D0127866

Dos noches oscuras

Christine Feehan

Dos noches oscuras

Titania Editores

ARGENTINA — CHILE — COLOMBIA — ESPAÑA
ESTADOS UNIDOS — MÉXICO — PERÚ — URUGUAY — VENEZUELA

Título original: *Dark Nights*
Editor original: Avon – An Imprint of HarperCollins*Publishers*, New York
Traducción: Diego Castillo Morales

1.ª edición Octubre 2013

Copyright © 2013 de la traducción *by* Diego Castillo Morales
Copyright © 2013 *by* Ediciones Urano, S.A.
Aribau, 142, pral. – 08036 Barcelona
www.titania.org
atencion@titania.org

ISBN: 978-84-92916-50-4
E-ISBN: 978-84-9944-621-9
Depósito legal: B-20.337-2013

Fotocomposición: Ediciones Urano, S.A.
Impreso por: Romanyà-Valls, S.A. – Verdaguer, 1 – 08786 Capellades (Barcelona)

Impreso en España – *Printed in Spain*

Para Brooke Borneman y Diane Stacy.
Por el gran aprecio que tengo a todo lo que hacéis.

Agradecimientos

Muchísimas gracias a mi agente, Steven Axelrod, por darme esta oportunidad. Este libro no hubiera podido haberse escrito sin el apoyo de Brian Feehan, quien me ayudó en la planificación de los combates, y en todos los demás aspectos. ¡Muchas gracias por todas las horas que hemos pasado haciendo tormentas de ideas!

Descenso oscuro

Capítulo 1

Las venas de un relámpago iluminaron las nubes y el cielo de medianoche se encendió al restallar un latigazo de luz incandescente. La tierra retumbó y se sacudió inquieta y titubeante. Una criatura, que se abría camino por debajo del suelo para alcanzar la superficie, contaminaba al instante a cada ser vivo que tocaba. Las hojas se marchitaron y ennegrecieron. El aire vibró sobresaltado. Cuando el vampiro llegó a la superficie giró la cabeza de un lado a otro. Oía expectante cualquier ruido mientras su astuta mente trabajaba rápidamente. Su corazón podrido latía con una mezcla de triunfo y miedo. Era el cebo, y sabía que el cazador no estaba muy lejos, seguía su rastro muy de cerca y se dirigía directamente hacia la trampa.

Traian Trigovise se abrió paso por debajo de la tierra siguiendo el hedor del no muerto. Estaba siendo demasiado fácil, pues su rastro era excesivamente evidente. Ningún vampiro sería tan obvio, a menos que fuera un novato, pero tenía la certeza de que estaba tratando con un vampiro fuerte y astuto. Traian era un antiguo cazador carpatiano, una especie casi inmortal, bendecida y maldita con la longevidad, el don de la intemporalidad y la necesidad de encontrar una compañera para poder convertirse en un ser completo. Pero por encima de todo era un depredador, capaz de transformarse en la criatura más repugnante y malvada, en un no muerto. Su gran fuerza de voluntad, y su sentido del deber hacia su especie, lo mantenían a salvo de ser presa de los susurros insidiosos y las llamadas del poder.

Cuando el túnel se desvió hacia cielo abierto, Traian continuó hacia adelante empujando con más fuerza. Oía los latidos del corazón de la tierra y percibía su energía a su alrededor. Todo estaba en silencio, incluso los insectos, criaturas que a menudo eran controladas por los malvados. Echó un vistazo a la superficie, estudió una amplia zona y descubrió tres espacios vacíos, lo que indicaba que había más de un vampiro cerca.

Se encontró con una maraña de raíces anchas y nudosas que rezumaban vida y se hundían profundamente en la tierra. Les susurró algo con mucho respeto, y acarició la raíz que se enterraba más profundamente para sentir su fuerza vital. Después se comunicó en su lengua ancestral a través de un cántico para solicitarles que lo dejaran entrar. Enseguida obtuvo una respuesta a través de los movimientos de un ancho árbol muy antiguo. Las hojas se estremecieron y se estiraron hacia la luna para abrazar la noche, aunque al mismo tiempo las ramas se encogían ante la presencia de seres repugnantes. El árbol le transmitió sus secretos, se confabuló para ayudarlo y extendió las raíces para permitir que Traian entrara en el intrincado sistema de protección y nutrición de su gran tronco.

El cazador se abrió camino a través del laberinto hasta alcanzar la superficie teniendo mucho cuidado en no molestar a la tierra ni a su red de raíces. Emergió lo justo como para poder explorar el entorno protegido por la jaula de seguridad que formaban las raíces que se superponían por encima del suelo. Cuando llegó a la superficie como un furtivo, enseguida cambió de forma y se convirtió en una sombra que se escondió entre las ramas y las hojas.

Por un momento alcanzó a ver a su presa, la alta y delgada figura de Gallent. Reconoció que el vampiro era uno de los antiguos carpatianos que muchos siglos atrás fueron enviados por su príncipe lejos de su tierra natal, igual que le había ocurrido a él. El no muerto daba vueltas continuamente, olfateaba el aire muy suspicaz, observaba atentamente a su alrededor y chasqueaba sus largas uñas con un peculiar ritmo repetitivo.

El viento atravesaba muy rápido los árboles del bosquecillo, y hacía crujir las hojas, que producían una especie de murmullo. Traian examinó atentamente la zona, buscando con la mente más que con su aguda visión. La brisa le trajo el eco de esos extraños chasquidos que surgían a su izquierda. Pero los espacios vacíos, que servían para que los no muertos protegieran su pestilente presencia de la naturaleza, estaban a su derecha. Tardó un rato en detectar a los otros dos no muertos, que estaban esperando el momento para atacarlo y despedazarlo. Volvió a cambiar de forma y se dejó llevar por un viento amigo a través de la jaula de raíces, para elevarse por el aire nocturno transformado en moléculas hasta que llegó a las hojas más altas de la copa del árbol.

Unas oscuras nubes que parecían un caldero hirviendo se arremolinaron en el cielo. Un relámpago atravesó la turbia masa de nubes que no dejaba de moverse. Traian flotaba con una pequeña sonrisa seca en la mente. En algunas circunstancias la discreción era la cualidad más importante del valor. La banda de vampiros lo estaba siguiendo, primero un grupo y después otro. Cada vez que lo atacaban y el cazador tomaba ventaja en la batalla, los vampiros retrocedían. Esta vez parecía que le llevaban ventaja, pues en cualquier caso ya estaba agotado. Llevaban varios días pisándole los talones como si fueran una jauría de perros que persigue a su presa, y le habían hecho heridas por aquí y por allá, nada grave, pero lo suficiente como para desgastarlo. Pero Traian quería elegir su propio campo de batalla.

En cuanto se dio la vuelta volvió a oír el chasquido de los dedos cada vez más alto. Con cada nuevo clic las nubes soltaban gotas de agua. Eran pequeñas y nunca llegaban a la tierra. Se quedaban suspendidas en el aire formando una gran masa de agua brillante. Muy sorprendido vio claramente su reflejo en esa agua. No eran sus moléculas dispersas, o una ilusión, sino el hombre real que se escondía entre las hojas. Si podía verse a sí mismo, también lo podía hacer el enemigo. Fue lo único que le advirtió que en un instante comenzarían a atacarlo.

Percibió un movimiento por el rabillo del ojo y reaccionó de inmediato dando un salto mortal hacia arriba. Volvió a su verdadera forma y agradeció que las hojas obstaculizaran el paso a una red plateada casi invisible que le habían lanzado, e impidiesen que se enredara en ella. Unas lanzas cruzaron el aire girando a toda velocidad junto a unos pequeños dardos impregnados con veneno de rana arbórea, y a una lluvia de brasas al rojo vivo, que después de enterrarse profundamente en la piel podían arder durante semanas. Rodeado de una nube ardiente y muerto de dolor, Traian se deshizo de todo eso y se dio la vuelta para enfrentarse al enemigo. Una nube de insectos cubrió el cielo. Todo el tiempo continuaba el sonido del chasquido de los dedos.

Traian se lanzó hacia la figura sombría que orquestaba el ataque ignorando a los dos vampiros menores. Gallent parecía dirigir la acción. Era un líder del mal a pesar de que antes había sido una figura importante entre los carpatianos. Este antiguo carpatiano convertido en vampiro era un maestro en la planificación de astutas trampas, y en usar venenos que atacaban al organismo. Traian sabía que tenía un serio problema y no podía permitir que Gallent tuviera tiempo para pensar. Consideraba que los vampiros menores eran simple forraje, meros peones en su plan para matar al cazador carpatiano. Tenía que destruir a Gallent.

Atravesó violentamente el cielo con el puño en alto y golpeó directamente el pecho del vampiro para intentar romperle la carcasa de huesos y tejidos podridos, y llegar hasta su oscuro corazón.

Gallent resplandeció completamente transparente, por lo que el puño lo atravesó sin hacerle daño. A pesar de esto, le devolvió el golpe con las garras afiladas como navajas de afeitar. Su puño atacó a Traían por la izquierda con un movimiento veloz y seguro propio de un maestro. Le clavó profundamente las uñas en la piel y los músculos, hasta llegar a los huesos. Otro de los vampiros se lanzó a su espalda, y hundió sus dientes en su cuello desprotegido.

Traian se disolvió convertido en niebla y se dirigió directamente hacia el vampiro más antiguo. En el último momento volvió a su forma sólida y dio un fuerte puñetazo al pecho del no muerto. Gallent chilló. Su sangre negra salpicó al cazador, atravesó sus músculos y le quemó hasta los huesos. Era un ácido venenoso que le chorreó por el brazo y la mano.

Gallent le respondió con un feroz zarpazo a los ojos para intentar dejarlo ciego. Después le dio un brutal cabezazo, giró la cabeza hacia un lado y le clavó los colmillos en el cuello, justo encima de su desprotegida arteria. El dolor del cuello se propagó por todo su cuerpo. Los afilados dientes del vampiro le habían abierto la carne para disfrutar brutalmente del suculento banquete de su sangre pura y antigua.

Sin embargo, Traian apretó los dientes para contener el atroz dolor y poder seguir horadando el pecho del otro vampiro para llegar hasta su ennegrecido corazón. El vampiro le arrancó un trozo de carne, lo escupió y devoró la sangre que se derramaba. Los dos vampiros menores gritaron de alegría, saltaron sobre él, lo arrastraron por el suelo y le apartaron el brazo que tenía enterrado en el pecho de su maestro. Enseguida le clavaron los dientes sedientos de sangre. Gallent los apartó a patadas, pues pretendían devorarlo, y él ya le había atravesado la piel para acceder a su precioso tesoro.

El nivel de dolor se convirtió en una agonía casi imposible de soportar. Traian sabía que tenía que retroceder para ganar tiempo y reparar los daños que le habían infligido en el cuello y en el resto del cuerpo. Con toda la sangre que había perdido se estaba debilitando rápidamente. Dos veces intentó librarse de los vampiros menores, pero continuaron pegados a él como lapas. Ni las furiosas órdenes de Gallent, ni sus terribles patadas consiguieron que lo soltaran. La atracción por su sangre pura era demasiado grande.

Gallent tuvo que abandonar su táctica, pues no dejaba de salivar y soltar babas por la boca. Los cientos de años que llevaba siendo vampiro, y la necesidad de beber la sangre del carpatiano eran más fuertes que su disciplina. Se arrojó sobre Traian atacándolo con sus garras y dientes, igual que sus subordinados, para abrirle la piel y llegar a la sangre. El banquete de esa sangre tan rica y pura que los hacía más fuertes, no solo les proporcionaba ventajas adicionales, sino que también les provocaba una ráfaga de sensaciones que deseaban sentir desesperadamente.

Traian, ya muy debilitado, tomó la única opción que le quedaba, se evaporó en el aire y huyó de los frenéticos vampiros. Los tres vampiros lo siguieron y chillaron poco dispuestos a perder su presa, justo cuando ya estaban tan cerca de la victoria. Matar a un cazador de la talla de Traian era un triunfo importante, y aún con el sabor de su sangre en sus bocas se negaban a permitir que semejante premio se les escapase. La sangre de Traian goteó sobre las hojas temblorosas y el olor de ese antiguo regalo hizo que los vampiros enloquecieran de rabia y hambre.

Traian llevaba mucho tiempo librando este tipo de batallas y el cansancio se había apoderado de él. Sin embargo, ya estaba cruzando el cielo nocturno después de verse obligado a huir. El ácido venenoso avanzaba por su cuerpo, su sangre se derramaba por el bosque y los perros del infierno seguían pisándole los talones. Miró al cielo. Todavía faltaba más de una hora para el amanecer. Los vampiros lo perseguirían hasta que no tuvieran más remedio que meterse bajo tierra para evitar abrasarse con el sol.

Entonces maldijo entre susurros y tuvo que usar un gran fogonazo de energía para cortar la hemorragia y reparar lo mejor que pudo su cuello roto en pleno vuelo. Necesitaba tierra y saliva, pero al estar volando convertido en neblina no podía contar con ninguna de esas dos cosas. Para transformarse necesitaba energía, igual que para estar en el aire, y se estaba quedando sin ella. Tenía que deshacerse de sus perseguidores. Los perros se habían convertido en cazadores, y eran una verdadera jauría.

Miró al cielo solicitando ayuda. Las nubes le respondieron moviéndose bajo las estrellas, y lanzaron unos ardientes rayos oscuros que generaron rápidamente una gran energía que podía acabar con ellos. Deliberadamente aminoró la velocidad, lo justo para que los vampiros menores se excitaran, chillaran triunfales e incrementaran su velocidad para capturarlo.

Traian se lanzó hacia la tierra y los tres vampiros fueron detrás de él formando una uve con Gallent a la cabeza. Un denso bosque se levantaba bajo ellos. La espesa niebla baja formaba una especie de alfombra que cubría la tupida vegetación de hojas y troncos podridos. Entonces se deslizó entre las capas de neblina, giró bruscamente y se situó detrás de una gran roca que se asomaba junto a un arroyo. Desde ahí proyectó un rastro de pisadas muy lejos del lugar donde en realidad se encontraba, y se quedó muy quieto esperando a que los tres vampiros descendieran.

Gallent, que era muy experimentado, retrocedió para dejar que fuesen sus perros los que olfateasen el suelo buscando el rastro del carpatiano herido. Ansiosos por dar con su anhelada y rica sangre, las dos grotescas criaturas se arrastraron por el suelo. Uno de ellos gimió entusiasmado al encontrar un débil rastro de hojas pisadas. Corrió tras su presa. El otro dejó de olisquear a pocos metros de donde él estaba escondido entre la niebla. Había conseguido evitar seguir perdiendo sangre por la herida del cuello, pero tenía cientos de mordiscos sangrantes en todo el cuerpo. El vampiro solo hubiese tenido que dar un par de pasos más y habría olido a su presa. Afortunadamente, los no muertos eran demasiado codiciosos como para permitir que su compañero consiguiese saltar primero sobre él.

Gallent vaciló dividido entre la cautela y la codicia. El primer vampiro menor volvió a gritar de alegría al descubrir un trozo de musgo roto justo en la orilla del arroyo. Gallent se decidió y los siguió. Bajó a tierra y apartó a sus dos subordinados para observar el rastro.

Traian atacó rápida y contundentemente. Lanzó un rayo tras otro hacia el lugar donde se encontraban. El bosque y el arroyo recibieron miles de relámpagos zigzagueantes y latigazos de energía incandescente que atravesaban el cielo y caían a tierra. Un trueno sacudió el bosque y reverberó en la noche. Los árboles se iluminaron macabramente con una intensa luz roja anaranjada.

Los vampiros gritaron horrorizados cuando el fuego devastó la tierra a su alrededor y la purificó, convirtiendo en cenizas hasta su aliento pestilente. Al otro lado de la feroz tormenta, Traian volvió a elevarse en el cielo para retirarse y encontrar un lugar donde descansar y curarse antes de volver a la caza. Era su forma de vida, la única que había conocido desde hacía demasiado tiempo.

Viajó rápidamente a través de la noche. Los montes Cárpatos estaban plagados de una serie de cuevas donde una fértil tierra lo esperaba para acogerlo. Ya estaba cerca de su hogar. Había estado viajando incansablemente para conseguir volver a su tierra natal y ver a su príncipe, pero se había tenido que desviar al cruzarse con los vampiros. Durante los últimos días se había dedicado a alejarlos de la zona donde se sabía que vivían Mikhail Dubrinsky y Raven, su compañera.

El hombro le palpitaba y ardía. Su cuello era un atroz tormento. Tenía heridas en un centenar de sitios distintos por culpa de las brasas, los dardos y los terribles mordiscos que le habían producido profundos desgarros. Encontró un hueco para acceder al fresco interior de la montaña, y se adentró profundamente a través de un laberinto de túneles. Se dejó caer sobre una apetecible cama de tierra fértil y se recostó para sentir la paz y el consuelo que le ofrecían los minerales ricos y acogedores.

Iba a necesitar sangre para recuperarse. Pero por el momento la tierra le había dado la bienvenida e iba a hacer todo lo posible para ayudarlo a curarse. Cerró los ojos y se entregó al sueño.

Las puertas del teatro se abrieron y comenzó salir gente elegantemente vestida que se reía y charlaba muy satisfecha con la representación a la que habían asistido. Unos relámpagos estallaron en el cielo exhibiendo de manera luminosa y deslumbrante la fuerza de la naturaleza en estado puro. Durante un momento los largos vestidos de lentejuelas, las pieles y los trajes de variados colores resplandecieron como si estuvieran bajo los focos de un escenario. Un trueno que estalló justo por encima de sus cabezas produjo una fuerte sacudida en el suelo y los edificios. Cuando su luz se desvaneció, la noche quedó oscura y la gente casi cegada. La multitud se dividió en parejas o grupos que corrieron a sus limusinas y a sus coches. Los aparcacoches se movían muy rápido antes de que la lluvia comenzara a caer.

El senador Thomas Goodvine estaba bajo el arco de la entrada con la cabeza inclinada hacia su esposa para poder escucharla en medio del bullicio. Se rio de lo que le dijo en voz baja, asintió y la atrajo a su lado para evitar que la empujara la muchedumbre que corría para guarecerse la lluvia.

Dos árboles flanqueaban la única entrada por la que se accedía al vestíbulo abovedado del teatro. Sus ramas estaban entrelazadas y ofrecían una pequeña protección contra las inclemencias del tiempo. El viento hacía que las hojas se rozaran y que las ramas crujieran. Las nubes se arremolinaban formando unas oscuras e inquietantes columnas que tapaban la luna.

Otra ráfaga de luz producida por un rayo iluminó a dos hombres corpulentos que se abrían paso en dirección contraria a la del público, que salía del teatro aparentemente con la intención de refugiarse en el edificio. Al desvanecerse el destello, solo quedó la tenue iluminación de la entrada y las farolas que parpadeaban inquietantemente. Thelma Goodvine tiró de la chaqueta de su marido para que volviera a mirarla.

—¡Una pistola! ¡Al suelo! ¡Al suelo!

Joie Sanders se lanzó encima del senador y su esposa con los brazos extendidos para que cayeran al suelo. Después en un solo movimiento rodó y se puso de rodillas frente a los atacantes con una pistola en la mano.

—¡Una pistola! ¡Todo el mundo al suelo! —gritó.

Unas llamas rojas y naranjas salieron de dos revólveres que apuntaban a la pareja a la que le habían asignado proteger. Joie respondió al fuego con su calma habitual, y con gran precisión alcanzó a uno de los hombres que cayó derribado casi a cámara lenta sin dejar de disparar al aire.

La gente gritaba y corría en todas direcciones. Algunas personas cayeron al suelo y otras se agazaparon detrás de la frágil cubierta. El segundo hombre cogió a una mujer que llevaba un largo abrigo de piel y la puso delante de él a modo de escudo. Joie empujó al senador y a su mujer, intentando conseguir que se arrastraran hasta el interior del teatro donde estarían relativamente más seguros. El segundo hombre armado obligó a la mujer a avanzar, a pesar de que no paraba de sollozar, y comenzó a disparar contra Joie, que nuevamente tuvo que rodar por el suelo para cubrir la retirada de sus protegidos.

Sin embargo una bala impactó en su hombro y le provocó un intenso dolor. Un chorro de sangre manchó los pantalones del senador. Joie gritó con fuerza y, a pesar de tener el estómago revuelto, no dejó de apuntar a su objetivo. Toda su atención se redujo a un solo hombre, a una diana. Apretó el gatillo lentamente con mucha precisión y observó el feo agujero que apareció en medio de la frente de él. El hombre cayó como una piedra y arrastró a su rehén formando un enredo de brazos y piernas.

Se produjo un corto silencio. Solo se oía la cadencia inquietante del crujido de las ramas. Joie parpadeó intentando aclarar su visión. Parecía como si estuviera observando una gran piscina resplandeciente, pero seguía mirando fijamente a su atacante que tenía la mirada fría e inexpresiva y llevaba algo metálico brillando en su mano. El hombre se levantó en medio de la multitud y se lanzó contra Joie antes de que pudiera apartarse de su camino. Pero ella consiguió revolverse lo suficiente como para escapar de su hoja letal y darle un culatazo en la mandíbula. Después le dio un golpe en la mano que sujetaba el cuchillo. Él gritó y dejó caer el arma, que se deslizó por la acera, pero alcanzó a darle un puñetazo en la cara e hizo que cayera de espaldas. Entonces se volvió a lanzar sobre ella con el rostro lleno de odio.

Pero algo lo golpeó en la nuca y Joie alcanzó a ver que había sido uno de sus hombres.

—Gracias John. Creo que me ha roto todos los huesos cuando me cayó encima.

Se agarró a la mano que le había ofrecido este para ayudarla a salir de debajo de la gran mole. A pesar de su abrumadora debilidad, la guardaespaldas dio una patada a la pistola que aún estaba en la mano inerte del primer hombre al que había disparado. Se sentó de golpe al sentir que se le doblaban las piernas.

—Pon al senador y a la señora Goodvine a buen recaudo, John. —Ya se oían sirenas que iban y venían—. Que alguien ayude a levantarse a esa pobre mujer.

—Lo tenemos, Joie —le informó un agente—. Tenemos al conductor. ¿Estás malherida? ¿Cuántos golpes te has llevado? Dame tu arma.

Joie miró la pistola que tenía en la mano y observó sorprendida que seguía apuntando a su atacante que yacía inerte.

—Gracias Robert. Creo que voy a dejar que John y tú os hagáis cargo de la situación durante un tiempo.

—¿Ella se encuentra bien? —Oyó la voz ansiosa del senador—. ¿Sanders, estás herida? No quiero dejarla aquí; ¿dónde nos llevan?

Joie trató de levantar el brazo para indicar que estaba bien, pero lo sintió pesado y poco dispuesto a cooperar. Cerró los ojos y respiró profundamente. Lo único que necesitaba era estar en otro lugar por un rato mientras los médicos la curaban. No era la primera vez que recibía un disparo y estaba segura que no sería la última. Tenía un sexto sentido que la había llevado a la cumbre de su profesión y eso la obligaba a llevar una vida llena de peligros.

Joie podía mimetizarse. Algunos de sus hombres la llamaban Camaleón. A veces parecía ser extremadamente hermosa, y otras anodina o simplemente normal. Podía relacionarse con la gente más ruda, con los sin techo o con los ricos y glamurosos. Era una cualidad muy valiosa y la usaba a su voluntad. Por eso la llamaban para realizar las tareas más difíciles, aquellas en la que la acción era inevitable. Pocos tenían su habilidad con los cuchillos o las armas de fuego, y nadie podía desaparecer entre la multitud de la manera en que ella lo hacía.

Salió de su cuerpo y observó con interés durante unos minutos la frenética escena que se desarrollaba a su alrededor. Los otros compañeros asignados al senador y los agentes austriacos lo tenían todo bajo control. A ella la estaban llevando a una ambulancia para sacarla de allí. No había nada que detestara más que los hospitales. Había visto demasiados, y tenía asociado su olor con la muerte. Más de uno de sus compañeros, sus amigos, habían entrado en ellos y no habían vuelto a salir nunca más.

No estaba segura de si creía en los viajes astrales, pero había tenido experiencias extracorpóreas desde que era niña. Había ido perfeccionando esa capacidad a lo largo de los años. Conseguía dejar su cuerpo físico y volar cuando no quería estar en el sitio en el que se encontraba. Era un don muy excitante y útil. También muy real. En ocasiones demasiado real. Muchas veces los parajes que se encontraba eran bastante más interesantes que el lugar donde había dejado su cuerpo, y evidentemente el mayor peligro radicaba en la posibilidad de no encontrar el camino de regreso.

Había leído muchos artículos sobre viajes astrales. Principalmente parecía que los llevaban a cabo personas iluminadas, que tenían fe y creían en mundos más elevados y mejores. Ella era mucho más práctica. Trabajaba en el lado más sórdido de la vida, pero buscaba la espiritualidad en la naturaleza y la belleza de los lugares vírgenes y salvajes, a los que acudía haciendo viajes astrales, o con su cuerpo físico cuando tenía tiempo libre.

El olor del hospital era insoportable y le revolvía el estómago. La gente se movía rápidamente a su alrededor y hablaba en voz baja. Le inyectaron algo y le cortaron la camiseta para sacársela. Por regla general no tomaba analgésicos e intentó decirlo, pero nadie la escuchaba. Rápidamente le pusieron una máscara de oxígeno en la cara. ¿De qué le servía estar en un lugar que no le gustaba si podía recorrer el mundo con su mente? Si estaba realmente allí, o no, importaba bastante poco. Sentía que cuando viajaba fuera de su cuerpo todo era muy real. Inhaló una gran bocanada de oxígeno y abandonó su cuerpo físico.

Sencillamente decidió alejarse y vagar sin rumbo. Quería estar al aire libre, a cielo abierto, o debajo de la tierra para disfrutar de la belleza del mundo subterráneo... no le importaba dónde ir siempre y cuando no estuviera entre las paredes de un hospital.

Joie se sintió ingrávida y libre cuando pasó sobre las montañas que había estudiado con tanto ahínco. A medida que se iba elevando libremente aprovechó para planificar una excursión con su hermano y su hermana en cuanto el senador y su esposa estuvieran sanos y salvos en su casa. Cruzó el espacio. Olía a lluvia. Sintió el frío y la humedad de la niebla de las montañas. Muy por debajo de ella vio la entrada de una cueva, que en esos momentos estaba iluminada por un rayo de luz de luna que había conseguido traspasar la gruesa capa de nubes. Sonrió y se dejó caer hasta conseguir acceder a ese mundo hecho de hielo y cristales. No le importaba si estaba soñando, o estaba sufriendo una alucinación; lo único que quería era escapar del dolor de sus heridas y del olor del hospital.

Montes Cárpatos

Traian estaba tumbado en la tierra fría mirando el alto techo abovedado que parecía el de una catedral. Tenía tantas heridas en el cuerpo que solo quería descansar. Afortunadamente la belleza de la cueva era tan impresionante que hacía que se le olvidara el dolor físico. La serie de cuevas interconectadas que se internaban en las profundidades de la tierra eran parte de una enorme ciudad subterránea. Grandes cataratas de hielo caían en cascada desde el techo hasta el suelo. Algunas se solapaban entre ellas haciendo como si unos grandes arcos de hielo envolvieran la cueva como si fueran papel de regalo.

A pesar del frío, algunos insectos y murciélagos habitaban en las partes más altas, pero él había elegido una zona más profunda, donde solo unas pocas criaturas podían sobrevivir. El frío le ayudaba a calmar el dolor y le aportaba una sensación de paz que tanto necesitaba después de las últimas refriegas. En el rincón más apartado de la cueva las paredes estaban hechas de una gruesa capa de hielo, y el techo parecía estar formado por una nube helada. Mientras intentaba quitarse algunas de las brasas ardientes de su cuerpo, pensó en la enorme energía que debió hacer falta para construir algo tan tremendamente hermoso en las profundidades de la tierra.

Entonces volvió la cabeza y la vio. Casi se le detuvo el corazón, aunque enseguida comenzó a latirle con mucha fuerza. Se quedó sin aliento durante un largo rato. Ella planeaba justo por encima de su cabeza, un poco a la izquierda. Había entrado en silencio y de alguna manera había conseguido atravesar sus defensas. ¿Estaba tan cansado que había olvidado un detalle tan fundamental para protegerse? Imposible. Podía sentir que la red de protección estaba fuerte y en su lugar. Nadie... ni nada... podía cruzar su dispositivo de seguridad.

Estudió a la mujer. Tenía el pelo oscuro, brillante y espeso, del tipo que a los hombres les encanta acariciar. Fue lo primero que pensó. Nunca había pensado así de las mujeres... o al menos que pudiera recordarlo... y había tenido una muy larga existencia. Sus ojos eran grandes y grises, enmarcados por unas gruesas pestañas. Lo miró completamente asombrada.

—¿Estás herido? —le preguntó—. Si fueras real haría que te vieran los paramédicos.

A Traian le pareció que su voz le atravesaba la piel y le acariciaba el corazón, que se le apretó tanto que se quedó sin aliento. Su visión se volvió borrosa. Minúsculos puntitos de luz explotaron en su retina como si fueran un espectáculo de luces de colores. Al principio solo vio colores pastel, por lo que algunas de las formaciones de hielo se tiñeron de suaves tonos verdes y azules.

—¿Qué te hace pensar que no soy real?

Comprobó el sonido de su propia voz, sin estar seguro si ella era de verdad o un sueño. Lo habían herido un millar de veces y nunca le había sucedido algo como esto. ¿Una mujer planeando sobre su cabeza? ¿Flotando en el aire como un ángel? Estaba tan lejos del cielo que nada de esto tenía sentido. No era un hombre que se asustara fácilmente. Quería ver lo que ella iba a hacer. No tenía ninguna duda de que podría matarla si hiciera algún movimiento en falso.

—Porque realmente no estoy aquí —le respondió—. Estoy en un hospital a muchos kilómetros de distancia. Ni siquiera sé dónde estoy.

Traian frunció el ceño y se frotó los ojos. Los puntos de colores chisporrotearon y vio un espectáculo de fuegos artificiales en el interior de su cabeza. Estupendo. Lo último que necesitaba ante una potencial amenaza era perder la vista. Pero ella no parecía ser una amenaza, y además la encontraba entretenida y tranquila. No parecía ser transparente, pero era posible que le estuviera diciendo la verdad. Su voz tenía un eco melodioso, como si fuera incorpórea.

—Yo te veo muy real.

—¿Qué demonios estás haciendo tumbado en el barro en medio de una cueva? —Su risa suave le atravesó el cuerpo—. ¿No habrás confundido este lugar con un balneario?

El corazón de Traian casi dejó de latir. Parpadeó varias veces y una lluvia de colores estalló en sus ojos ofreciéndole una espectacular exhibición de gotas oscuras. Cuando la miró, su mundo se había vuelto del revés. Las sencillas preguntas que le había hecho lo habían transformado todo para siempre.

Tenía consciencia de todo, de la frescura de la cueva, el azul del hielo, el dramatismo de la arquitectura que se había formado hacía miles de años. También de que ella tenía el pelo oscuro y brillante, de tantos tonos distintos de castaño que ni siquiera sabía que existían. Las cejas y las pestañas correspondían al color de sus cabellos, y sus ojos eran de un gris acerado. La boca era ancha y las comisuras curvadas. Los dientes eran pequeños y muy blancos. Las líneas de expresión a los lados de la boca, y las de sus ojos, indicaban que tenía sentido del humor. La piel era ligeramente dorada gracias a que estaba bronceada por el sol.

Estaba viendo en colores. Después de cientos de años de una sombría y gris existencia, viviendo en un mundo sin color ni emoción, allí estaba ella, la otra mitad de su alma, que lo miraba con los ojos curiosos y la sonrisa divertida. Tenía sangre en el hombro y contusiones en el rostro. Le pareció que llevaba una extraña bata muy fina que no la tapaba demasiado.

Entrecerró los ojos intentando ver las lesiones de su cuerpo. Ella había mencionado un hospital.

—¿Qué te ha pasado?

Ella le sonrió, como si sus lesiones no fuesen nada a pesar de que el corazón de Traian latió asustado, y se le hizo un nudo en el estómago. No tenía ni idea de lo importante que era para él. Después de tantos años al fin había encontrado a su compañera.

—Me dispararon —se tocó el rostro con una mueca de dolor—. Alguien me golpeó en la cara. Todo es un poco confuso. Me están dando tranquilizantes y nunca reacciono bien a ellos.

Por primera vez su cuerpo brilló y aparentemente era transparente.

—Espera, no te vayas.

Casi saltó para agarrarla pero sabía que su mano la traspasaría si realmente no estaba allí.

Traian nunca en su vida había sentido pánico, al menos no lo recordaba. Había estado en innumerables batallas, pero tanto si ella fuera real o no, había vuelto a ver en colores. Estaba sintiendo. Emociones. Emociones reales. Sabía que eso era cierto. ¿Era posible que estuviese siendo víctima de una alucinación? Había perdido mucha sangre, demasiada, y en la cueva no había nada con lo que poder reponer toda la que había derramado. No podía imaginar que alguna vez pudiera ser capaz de hacer que apareciera algo así.

Miedo. Júbilo. Conmoción. Sus emociones eran demasiado fuertes como para que fuesen recuerdos. Ella tenía que ser real. No tenía ni idea de cómo había llegado hasta la cueva, pero para él era lo bastante verdadera como para hacerle recuperar los colores y las emociones. No podía perderla. Ahora no. La había buscado por todo el mundo. Tenía que encontrar una manera de retenerla a su lado.

Un pequeño escalofrío recorrió el cuerpo de Joie mientras hacía un gran esfuerzo de concentración para permanecer junto a él.

—No puedo hacer esto durante mucho tiempo, pero —frunció el ceño— tú también estás herido. ¿Sueles ir a nadar en el barro con un enorme agujero en el hombro? Sabes que existen las infecciones y la gangrena, ¿verdad?

—Tuve un pequeño encontronazo con un grupo de granujas muy desagradables. Estuve inusualmente lento.

Mantuvo la voz clara, obviando sus propias heridas.

—¿Y ese tipo de cosas te pasan a menudo?

Por las líneas de expresión de los bordes de su boca sabía que tenía sentido del humor. Le gustaba su boca y la peculiar sonrisa que se reflejaba en sus ojos.

—Muy a menudo, desgraciadamente. ¿Y a ti?

Traian se quedó inmóvil mientras esperaba su respuesta.

—Lo mismo. En mi trabajo tienes que convivir con este tipo de riesgos.

Traian inhaló con fuerza pero no pudo sentir su olor. Eso le indicó que realmente su cuerpo físico no estaba presente en la cueva.

—Debemos tener un trabajo similar.

—Pero —le dedicó otra amplia sonrisa— tú estás en esta cueva y yo en un hospital, ¿qué dice esto de ti?

Entonces apareció su propio sentido del humor. No había bromeado con nadie desde su infancia, y apenas lograba recordar aquellos días.

—¿Soy un excéntrico?

La risa de Joie parecía una melodía que acariciaba su cuerpo, como si fuera el roce suave de unos dedos.

—Parece que llevas poca ropa para estar en una cueva —señaló.

Ella miró su propio cuerpo arqueando las cejas. Parecía que llevaba algún tipo de bata de hospital. Había olvidado vestirse adecuadamente para el viaje astral. Se encogió de hombros y con una pequeña sonrisa muy incitante le contestó:

—Bueno, a una dama le gusta saber que su aspecto es el mejor cuando la van a llamar los grillos de la cueva.

Joie estudió al hombre que tenía debajo. Era el hombre más guapo que había visto nunca. Nunca. Y a pesar de que ella se había entrenado con compañeros muy atractivos. Tenía el cuerpo duro como una roca, con la musculatura bien definida, y ella sabía perfectamente bien a qué se refería. Exudaba energía, a pesar de que era obvio que estaba gravemente herido. Él pretendía quitarle importancia, pero cuando ella realmente se fijó pudo ver que tenía una herida horrible en el cuello y marcas de mordeduras en los hombros y los brazos. Cuando Traian cambió ligeramente su posición también vio que tenía más heridas en la espalda.

—Parece como si te hubieses encontrado con una manada de lobos.

Se mordió los labios mientras esperaba una respuesta. Descubrió que cuando salía de su cuerpo no sentía dolor pero sí percibía el frío. Esta vez era más de lo normal aunque no tenía nada que ver con estar en una cueva de hielo. Nunca había hecho uno de estos viajes por un periodo prolongado de tiempo, y menos a una distancia tan grande. Si había elegido esta cadena de montañas había sido porque estaba estudiando la posibilidad de ir allí de vacaciones.

El frío intenso le atravesó el cuerpo. Estaba preocupada por ese hombre. Como su cuerpo no se encontraba realmente allí, él, de hecho, no podía ver lo que estaba sufriendo, ni toda la sangre que había derramado. En cambio, ella sí que veía fácilmente sus heridas y el rastro de sangre que había ido dejando sobre el hielo al llegar hasta allí. Parecía estar muy herido. Pero como ella no se hallaba en su cuerpo físico, no podía ayudarlo.

—Quizás ha sido más una jauría de perros que de lobos. No puedo insultar de esta manera a mis hermanos.

A ella le encantaba su voz

—Tienes un acento increíblemente sexy. ¿No se lanzan las mujeres a tus brazos con solo oír tu voz?

Era muy buena identificando acentos, pero el suyo era diferente; pronunciaba las palabras con una sonoridad especial. Para ser un sueño astral, era completamente fascinante. Mientras más tiempo permanecía con él, más real le parecía.

—La verdad es que nunca he advertido ese fenómeno —sus ojos brillaban divertidos—, pero ya me fijaré en el futuro.

La idea de que las mujeres pudieran lanzarse a sus brazos irritaba a su yo femenino más primitivo, cosa que le sorprendió. No era de esa clase de personas. Trabajaba con hombres todos los días, y ni una sola vez había deseado estar con uno de forma permanente. Era tan extraño que durante un viaje astral se fuese a encontrar con un hombre que le pareciera atractivo. Le gustaba su voz sexy y su cuerpo duro y firme. Definitivamente era europeo. Tenía el pelo más largo de lo que normalmente le gustaba en un hombre, pero le sentaba muy bien y era adecuado para su rostro aristocrático.

No podía determinar su edad, pero sin duda era todo un hombre. Un guerrero. El tipo de hombre que le atraía. Se dio cuenta de que lo estaba mirando fijamente y de que le sonreía procurando que los dientes no le castañeteasen. El frío había empeorado y parecía como si su temperatura corporal hubiese descendido alarmantemente.

—Eres demasiado encantador como para no haberte dado cuenta —señaló—. Me pareces un hombre con demasiada experiencia. Miró a su alrededor—. Bonita cueva. Me encantan las cuevas. Esta me parece un lugar maravilloso para explorar.

—No creo que haya sido descubierta todavía —le respondió cordialmente.

—¿En serio? Te tropezaste con ella cuando ibas con los ojos vendados, ¿verdad? Una forma interesante de explorar cuevas. ¿Dónde estoy? Me gustaría volver aquí.

—¿Si no sabías de la existencia de estas cuevas, cómo las has encontrado? ¿Flotas en el aire con los ojos vendados?

Ella le sonrió.

—Lo hago a veces cuando no quiero estar en el lugar donde me encuentro. Una mala costumbre.

Traian la analizó. Era hermosa, aunque a veces su figura se desvanecía y después volvía a aparecer.

—Estás en una red de cuevas de hielo en los montes Cárpatos. Mi pueblo considera que esta cadena de montañas es su hogar. Sus bosques vírgenes y las profundidades de la tierra.

Joie frunció el ceño.

—Me gusta tu forma de hablar, de verdad, es muy anticuada y elegante, pero también te las has arreglado para evitar mi pregunta. Los montes Cárpatos son un sistema montañoso muy diverso que atraviesa varios países.

El modo de vida de Traian desde que podía recordar, se había basado en el engaño. Los carpatianos nunca dejaban rastros personales, ni nada que pudiera delatar que no eran humanos. Y sin duda nunca decían dónde estaba su tierra natal. Dudó. El príncipe estaba cerca y tenía que protegerlo a toda costa.

La figura de ella brillaba, pero enseguida su sonrisa se desvaneció.

—Me están haciendo algo desagradable y no puedo seguir con mi proyección astral.

Traian se incorporó y tuvo que contener un gemido, pues las brasas que tenía incrustadas debajo de la piel lo estaban abrasando ferozmente.

—No te vayas todavía.

—Lo siento —dijo observando su propio brazo, y enseguida volvió su mirada hacia él con los ojos llenos de lágrimas—. Me están limpiando la herida. Es un dolor insoportable.

—Tengo que volver a verte, ¿dónde estás?

Ella volvió a fruncir el ceño.

—No lo sé, en un hospital.

—Rumanía. Estas cuevas están en Rumanía. No puedo perderte.

Traian estiró una mano para detenerla.

Ella lo intentó. Él podía ver el esfuerzo que estaba haciendo. Le dijo algo que no pudo oír y su cuerpo se fragmentó.

—Tengo que encontrarte. Dime tu nombre. Tu nombre.

Necesitaba ese dato para encontrarla.

Joie abrió la boca pero no pudo decir nada y desapareció. Así de rápido. Se evaporó sin dejar rastro. Traian se quedó sentado solo en la oscuridad de la cueva, asombrado de cómo la vida podía cambiar en un abrir y cerrar de ojos. Ella era real. Tenía unas poderosas habilidades psíquicas. Había compartido con ella su espacio y su mente, y le había dejado una huella profunda en el cerebro. No se escaparía, pero no iba a ser fácil encontrarla sin saber su nombre ni tener ninguna referencia como punto de partida.

Se dio cuenta que su corazón palpitaba con fuerza lleno de alegría. Una compañera. Era lo último que esperaba encontrar en su largo viaje de regreso a casa. No era carpatiana, lo que era desconcertante, pero el príncipe se había emparejado con una humana y por lo tanto era posible que fuera su compañera. Necesitaba a esa mujer para sobrevivir. Tenía que encontrarla. Le era difícil mantener su disciplina y no salir de la cueva corriendo como un loco justo cuando iba a amanecer.

Dejó escapar el aliento con un largo y lento siseo mientras hacía una promesa. Esa mujer le pertenecía. Poseía la otra mitad de su alma. Tendría que haberla vinculado a él en ese momento, pero la distancia era demasiado grande y si tardaba demasiado tiempo en encontrarla, las palabras rituales podrían dejarlos sumidos en el caos a los dos. No, tenía que sanar primero y después su única misión sería encontrarla.

Traian volvió a recostarse. Movió su mano para que la pequeña porción de tierra y lodo que había encontrado lo cubrieran por completo. Tenía que aquietar el corazón y la respiración hasta que el canto de la tierra lo sumiera en un profundo sueño reparador.

Capítulo 2

Jubal Sanders levantó la mirada hacia el cielo cargado de nubes. La temperatura estaba bajando de manera alarmante.

—Se va a hacer de noche muy pronto —anunció—. Tal vez falten un par de horas para la puesta de sol. Si no queremos acampar aquí, en la ladera de la montaña, tenemos que empezar a bajar.

—Te lo estás perdiendo, Joie, ahí no hay nada. —Gabrielle Sanders se hundió en el suelo con gracia, y levantó las rodillas mientras miraba a su hermana con sus fríos ojos grises—. Deja de volverte loca y disfruta de la vista. Desde aquí es impresionante. No has parado desde hace horas. —Echó la cabeza hacia atrás y miró al cielo—. Llevamos un montón de tiempo subiendo, si pensabas encontrar algo ya lo habrías hecho.

—No estoy perdiendo la cabeza Gabrielle —insistió Joie—, o a lo mejor sí.

De pronto se quedaron en silencio. El viento se detuvo. Un halcón chilló como si hubiese perdido a su presa. Gabrielle intercambió una larga mirada con su hermano. Después se fijaron en su hermana menor, que parecía estar completamente absorta en la superficie de las rocas que estaba analizando.

—Vale, es un alivio —le replicó Gabrielle mientras reía—, todo este tiempo pensaba que la anormal era yo.

Joie soltó el aire lentamente. Sabía que se estaba comportando como una loca, casi fuera de control. ¿Qué les iba a explicar a Gabrielle y Jubal?

¿Que realmente había perdido la razón hacía unas semanas y lo que estaba haciendo era un esfuerzo desesperado por aferrarse a la cordura? ¿Que no estaba bromeando, y que de alguna manera se había quedado tocada por la fuerte medicación?

Se había despertado en el hospital en Austria con un extraño zumbido en la cabeza. Murmullos que nunca cesaban. Era la voz de un hombre, no la de uno cualquiera, sino la del desconocido tan sexy y misterioso. Imaginaba que si contaba a Gabrielle y a Jubal que había conocido a un hombre muy atractivo durante uno de sus numerosos viajes astrales, y que además lo había encontrado bajo tierra, en una red de cuevas inexploradas de Rumanía, la encerrarían en un manicomio y tirarían la llave al mar.

No podía dejar de pensar en él. Estaba segura que se había obsesionado patológicamente con una aparición. ¿Cómo podía ser real? Los médicos le habían dicho que había estado largo tiempo inconsciente. ¿Quién sabe lo que pasa en el cerebro cuando está bajo los efectos de la anestesia? Si les dijese a sus hermanos que no estaba tan preocupada por hallar la cueva perfecta, si no a un hombre que estaba atrapado en una de ellas, la hubiesen arrastrado de una oreja hasta su médico de cabecera. Era imposible poder explicarle a nadie su necesidad de encontrarlo.

Estaba de baja, como es lógico cuando un guardaespaldas es herido estando de servicio. No había regresado a Estados Unidos, y cuando Gabrielle y Jubal fueron a visitarla para ayudarla con su recuperación, los convenció para viajar juntos a los montes Cárpatos a hacer espeleología.

Al principio había intentado ignorar esos íntimos susurros, pero al final había sucumbido a la tentación. Mantenían conversaciones tontas, o incluso filosóficas. Y, por el amor de Dios, a veces sus intercambios eran tan sexys que rozaban lo erótico. No podía imaginarse hablando de esa manera con nadie más. Desde que habían entrado en Rumanía sentía la voz mucho más fuerte, como si por fin estuviese más cerca de él.

¿Qué estás haciendo?

La voz surgió inesperadamente de la nada, como era habitual, y la cogió por sorpresa. Masculina. A veces divertida. Otras burlona. Siempre seductora. Trató de no escuchar ni responder, pero no podía evitarlo, siempre terminaba hablando con él. Se reía con él. Lo amaba.

A pesar de su atractivo, esta vez la voz sonaba tremendamente cansada, tensa, como si estuviera sufriendo un gran dolor. Nunca la había oído con ese tono en particular, por lo que se preocupó. ¿Estaría herido? ¿Podría estar herido? Si no estaba loca eso quería decir que era real y no tendría que sentirse la mayor parte del tiempo como si fuera una demente. Pero ahora, tal vez estaba un poco desquiciada.

—Vamos, estoy tan cerca de la entrada que ya la debería ver. ¡Jubal! —Llamó a su hermano—. Sabéis que tengo razón. Siempre tengo razón. Hay una red de cuevas, muchas de ellas inexploradas, y estamos justo encima de ellas.

De acuerdo, no es que estuviera un poco chiflada, de hecho Joie estaba segura que ya había empezado a caer en la locura. Prefería estar con esa voz en su cabeza que con cualquier persona real. Vivía para escucharla. Pensaba en ella día y noche, y estaba empezando a apoderarse de ella.

Joie levantó la barbilla desafiante y lo llamó... a su amigo imaginario, que rápidamente se estaba convirtiendo en un amante imaginario.

Estoy demostrando que no existes y que puedo superarlo. Tengo una lista de posibles amantes de un kilómetro de largo y, para variar, me gustaría divertirme un poco.

Estás demasiado cerca. Puedo sentirte. Tienes que marcharte, esta montaña es peligrosa.

Joie frunció el ceño mientras estudiaba la superficie de la roca cubierta de nieve. Estaba muy cerca de la entrada oculta. Demasiado cerca. La montaña necesitaba respirar, en cuanto sintiera la menor corriente de aire, la encontraría.

Evidentemente sabía que dirías eso. No quieres que sepa que no eres real. Dio un paso a la izquierda y rodeó un afloramiento rocoso. Entonces sintió que la entrada estaba cerca. Su cuerpo estaba excitado y ansioso. Y eso no tenía nada que ver con él. *Mira, cariño, ha sido muy divertido, pero tenemos que romper. No puedo tener un enamorado imaginario, aunque en mis sueños seas un amante increíble. Una mujer quiere tener a alguien real de vez en cuando. No te puedo presentar a mi familia y decirles: «Hola chicos, este es mi amigo invisible Traian. Tiene nombre de locomotora, así es mi fantástica imaginación».*

Traian es un nombre muy antiguo y respetado.

Percibió una nota divertida en su voz, pero aun así estaba tensa. Sintió en su corazón una terrible urgencia para llegar rápidamente hasta él. *Vete de aquí, Joie. No voy a criticar tu nombre, pues eso se consideraría una enorme grosería.*

Comentarios aparte, Traian. No eres real y esto no es una conversación, así que puedes insultarme todo lo que quieras.

—Siempre estás mirando hacia abajo cuando deberías estar mirando hacia arriba, Joie —comentó Gabrielle con un suspiro—. Si estiras los brazos hacia arriba podrías coger una nube. ¿Te has fijado en las flores? Son maravillosas. Me gustaría saber su nombre. Por una vez en la vida, piensa en algo que no sean cuevas. —Abrió los brazos como si quisiese abarcar todo el paisaje—. Este es el país de Drácula. Si dejaras a un lado tu obsesión por las cuevas, para variar, podríamos explorar los castillos antiguos.

Las flores que son de color rosa con el centro amarillo se llaman tratina. Las margaritas blancas, marguarete. Ahora no recuerdo cómo se llaman las azules, pero ya me acordaré.

¿Estás escuchando nuestra conversación?

Estás pensando en voz alta, y niegas mi existencia, algo que se ha convertido en un hábito últimamente.

Joie dio un pequeño suspiro. Él era un producto de su imaginación que se sabía los nombres de las flores. Miró a su hermana por encima del hombro.

—Gabrielle, las de color rosa se llaman *tratina* y las margaritas blancas *marguarete*. Desconozco el nombre de las azules.

—Eres una enciclopedia andante —dijo Gabrielle impresionada.

—Eso te enseñará a no decirme que solo me interesan las cuevas —contestó Joie.

Estaba tiritando a pesar de ir vestida con ropa especial para el frío. Había algo extraño en ese lugar que le hacía sentir que debían abandonar la montaña rápidamente. Miró hacia el cielo. Tal vez fuera una tormenta.

Jubal estaba contemplando la naturaleza salvaje del paisaje que los rodeaba. Había muchos desfiladeros muy profundos y varias cuevas. Los valles verdes y las mesetas hacían que la vista fuese impresionante. Por debajo de ellos, en las partes más deprimidas, el terreno estaba lleno de agua, que generaba turberas pantanosas. Había abundantes lechos de musgo verde y numerosos estanques poco profundos que serpenteaban alrededor de los bosques de pinos y abedules. El lugar era mágico, pero aun así, Jubal estaba inquieto. El aire frío era vigorizante y el cielo estaba claro, pero una extraña niebla cubría todo lo que había por encima de ellos. A veces pensaba que ese algo se estaba moviendo entre la niebla, un terrorífico ser vivo.

Estudió las imponentes alturas que se elevaban sobre ellos. Estaban a mitad de camino y la neblina parecía estar descendiendo lentamente. Aunque iban equipados para pasar la noche a la intemperie, no sería agradable.

—Joie, déjalo ya y salgamos de aquí —dijo él—. Tengo la sensación de que este sitio está embrujado. No me gusta la vibración que hay en este lugar.

Gabrielle giró la cabeza hacia su hermano.

—¿De verdad, Jubal? —Lo miró arqueando una ceja—. Es extraño, porque yo siento lo mismo. Como si no tuviéramos que estar aquí y fuéramos unos intrusos. ¿No crees que todas esas historias que nos contaron ayer en el hotel están haciendo que estemos a la que salta? Por lo general las historias de miedo son divertidas, pero sin duda estoy inquieta. Levantó la voz porque su hermana menor había cambiado de sitio y parecía estar examinando otra piedra caliza que sobresalía de la ladera de la montaña—. ¿Y a ti, Joie? ¿No te pone los pelos de punta este lugar?

—Vinimos aquí para explorar las cuevas —contestó Joie muy firme—. Sentimos un gran respeto por las montañas y nunca descuidamos nada, así que no hay razón para estar nerviosos. Los dioses de las montañas no tienen ninguna razón para estar enfadados con nosotros, si realmente existen. Sé que la entrada está aquí. Tengo un fuerte presentimiento. Sé que estamos cerca.

Joie pasó la mano por una grieta alargada y luego caminó con mucho cuidado hacia atrás, rodeó los afloramientos de rocas y pasó por encima de las piernas estiradas de su hermano sin ni siquiera mirarlo. Cerró los ojos intentando imaginar la entrada y sentir con la mente dónde se encontraba. Su obsesión era cada vez mayor, así como la convicción de que ese era el lugar.

—La entrada está por aquí, lo sé —murmuró en voz alta.

Los demás sienten la amenaza de los vampiros. Debéis marcharos, Joie, le advirtió con ternura la voz de Traian, que al entrar en su mente le había provocado un escalofrío siniestro.

Oh, ahora vas a decirme que crees en vampiros. Estos pensamientos han surgido por los comentarios de Gabrielle. No eres real, así que mantente tranquilo y deja de intentar asustarme. No me iré sin tener certezas.

No se iba a tragar esas historias de vampiros que les habían contado para asustarlos.

Ya lo sabes; pero no puedes admitir la verdad. Estoy atrapado y no podría rescataros si vienen por vosotros.

—¿Rescatarme? —dijo Joie casi gritando con los ojos brillantes e indignados, aunque enseguida giró la cabeza hacia sus hermanos para sonreírles con tranquilidad.

Gabrielle y Jubal se miraron mutuamente divertidos, como solían hacer cuando Joie decía incoherencias en el momento en que estaba sobre la pista de una nueva cueva. Pocas personas eran tan expertas como su hermana menor en descubrir mundos mágicos debajo de la superficie de la tierra.

¿Rescatarme?, murmuró en su mente. *No me piques, Traian ¿Tienes idea de lo molesto que es para alguien como yo que la traten como a una mujercita boba que no puede valerse por sí misma?*

El problema de discutir con una voz en tu cabeza, decidió Joie, era que primero tenía que determinar si se trataba de su imaginación, o si era real.

No me importaría picarte. Esta vez la voz sonaba sensual e insinuante. *Pero sería mejor en otro momento. En serio, no estoy bien, y si consigues, por algún golpe de suerte, llegar hasta mí, no estoy seguro de que pudiera protegeros del peligro como es debido.*

Joie sintió un escalofrío a su pesar, aunque tenía mucho calor por dentro.

Si sigues así, mis hermanos van a creerse que estoy loca, y me vas a poner en un compromiso. Si eso ocurre, ¿dónde estarás tú? El viento hizo que algunos mechones de su cabello cayeran sobre su rostro y la ayudaron a ocultar su expresión a sus hermanos. *Y para vuestra información, sir*

Galahad, no estoy en la situación de «necesitar ser rescatada» en absoluto, así que déjalo ya. Vale ya. Primero los vampiros, y ahora el rescate. ¿Podrías quedarte tranquilo y dejarme resolver esto? Supongo que no querrás darme alguna pista o dos, si realmente estás allí abajo y sabes dónde está la entrada.

Jubal se recostó en la alta hierba con las manos detrás de la cabeza para estudiar las formaciones de las nubes. La niebla había comenzado a alcanzarlos y se extendía como si fuesen unos enormes tirabuzones que parecían unas manos gigantes que se estiraban hacia ellos. Algunas de las prolongaciones más gruesas habían bajado mucho y parecían que se estaban abriendo camino entre las piernas de Joie. Ella iba y venía alrededor de la formación rocosa, volviendo una y otra vez al mismo lugar.

—Pareces un perro siguiendo el rastro de un asesino, Joie —dijo Jubal entrecerrando los ojos mientras observaba las cintas de niebla que parecían serpientes—. Hubieras sido una gran detective.

—Seguro —afirmó Gabrielle con una pequeña sonrisa.

Estaba concentrada en las brillantes flores azules de pétalos simétricos. Esperaba tumbada a que su hermana diera por finalizada la jornada. Los hermosos macizos de flores no eran comunes, sin embargo parecía haber algo siniestro bajo el suelo, a escasos centímetros de los suaves pétalos percibía una presencia obscena y maliciosa.

El viento azotó la ladera de la montaña. Las flores temblaron, y algunas se cerraron rápidamente. Gabrielle se quedó con la boca abierta, encogió las piernas y enseguida se levantó parpadeando muy deprisa.

—¿Qué ha sido eso? —preguntó Jubal.

—No lo sé. Por un momento me pareció ver que algo se movía debajo del suelo. Sé que parece una locura, Jubal, pero el suelo se levantó un par de centímetros, o algo menos, como si algo vivo lo moviera por debajo. —Miró a su alrededor y comprobó que la niebla ya había llegado hasta ellos—. Sin duda este lugar me produce escalofríos.

—Joie, vamos. Vamos a salir de aquí —decidió Jubal y estiró su largo brazo para recoger sus aparatos—. De todos modos, el sol se pondrá en un par de horas.

Joie seguía examinando cada centímetro de las formaciones rocosas y los huecos que había a cada lado. Habían crecido hierbas y matorrales en la roca. Las flores silvestres se elevaban hacia el pálido sol como si quisieran aprovechar sus últimos rayos. Entonces entrecerró los ojos y se acercó todo lo que pudo a una gran roca completamente concentrada en la superficie que sobresalía, en cada una de sus grietas y en sus sombras.

—Nunca en mi vida me he sentido tan motivada. No creo que me pueda ir sin encontrarla —admitió con sinceridad—. Lo siento, si queréis abandonar, adelante. Regresaré en cuanto pueda.

Jubal y Gabrielle intercambiaron una larga mirada de complicidad.

—Sí claro, hermana, seguro que te dejaremos aquí sola. Conociéndote, desaparecerás en alguna cueva y te encontrarás con un trol —dijo Gabrielle—. Es lo que siempre dice mamá.

—Ja, ja —respondió Joie, aún con el ceño fruncido mientras estudiaba la roca.

—¿Cómo se llama esta cadena de montañas? —preguntó Jubal inmóvil, mientras observaba cómo examinaba la superficie de la roca—. Los pantanos de este lugar son muy hermosos. Si no fuera un sitio tan extraño, podría vivir aquí. —Gabrielle levantó una ceja y él se echó a reír—. Podría. No necesito vivir en una ciudad. Tengo los mismos genes que vosotras. Me gusta el dinero, ya lo sabéis. Lo necesito para vosotras, para poder sacaros de todos los problemas en que os metéis.

—Eres un idiota —dijo Joie con cariño, pero sin mirarlo—. Tienes dinero suficiente como para retirarte de tu estúpido trabajo y hacer algo útil con tu vida. Algo humanitario. Hay una pequeña grieta a lo largo de esta roca. Tiene algo extraño. Jubal, ven y échale un vistazo. No es lógica su posición, y tú eres muy hábil resolviendo rompecabezas.

—Mi contribución a la humanidad es cuidar de vosotras dos. Os gustan demasiado las emociones fuertes —señaló y se puso de pie perezosamente—. Si no pusiera freno a vuestras travesuras, el mundo sería un lugar aterrador. —Observó que la extraña niebla se movía—. Me gusta mucho este lugar —afirmó mientras se dirigía sin prisas a examinar la formación rocosa.

—Estamos en las montañas de Apuseni, que forman parte de los Cárpatos, bruto —informó Gabrielle a su hermano—. Si hubieras puesto un mínimo de atención a lo que dijimos, lo sabrías. Te costaría tanto renunciar a tu urbanización de lujo para vivir en estas montañas como si tuvieras que cruzar a nado el canal de la Mancha. Y debo añadir que nosotras sí que cuidamos de ti.

—¡Aquí! —dijo Joie en un tono triunfal—. Siento en la cara el aire que sale de la cueva. Aquí está, pero no descubro la manera de entrar.

—¡Eh!, claro que puedo nadar —objetó Jubal con el ceño fruncido mientras pasaba sus manos por la roca—. Que no me guste nadar no significa que no pueda. No nací con branquias como vosotras. He encontrado algo, Gabrielle. Es un patrón, pero tiene que ser...

Clavó los dedos en torno a varias de las rocas más pequeñas y las comenzó a cambiar de posición.

—¡Vaya sorpresa! —dijo Gabrielle y también se puso de pie. El aire fresco de la montaña se agitó un poco muy excitado—. Siempre te puedes venir conmigo para buscar virus mortales —le ofreció a su hermano y lo rodeó con un brazo.

—Sí. Me meteré de cabeza, Gabrielle. Estoy loco y quiero tener una muerte horrible, pero noble —contestó y le desordenó su cabellera oscura—. Creo que me quedo con mis acciones y mis bonos, y dejo las investigaciones absurdas para ti.

—Siente esto. —Joie se giró para ponerse frente a su hermano—. La montaña está dejando escapar aire por la entrada de la cueva.

Jubal asintió con satisfacción.

—Ya está. Guau, mirad esto. Como de costumbre Joie encuentra la entrada, y esta es endemoniadamente extraña.

La montaña tembló y crujió cuando colocó la última piedra en la secuencia lógica que consideraba que formaba un patrón. La grieta se ensanchó y las rocas se rozaron produciendo un fuerte crujido. Salió una ráfaga de aire helado, como si la montaña hubiera exhalado.

—Esto está hecho por el hombre, no es natural. Maldita sea, Joie, no entres. —Cogió su mochila y sacó una libreta de notas para apuntar la hora—. Vamos a hacer una exploración superficial; ya casi se va a poner el sol y nadie sabe que estamos aquí.

Ya era muy tarde. Joie estaba demasiado motivada como para esperar por nada. No hizo caso a las normas de seguridad que se establecían para estos casos y se metió por la estrecha grieta con su todo su equipo.

Jubal maldijo, y dejó el cuaderno cerca de la grieta sujeto con un par de piedras. Así la entrada quedaba señalada por si se perdían dentro de la cueva y tenían que ser rescatados. Estaba seguro de que estaban a punto de iniciar un descenso.

Gabrielle se puso su equipo en los hombros y los siguió.

—Jubal, es muy estrecha —advirtió—. Pásame tu equipo; de otro modo no podrás entrar.

Jubal echó una última mirada al cielo y se fijó en que las nubes que antes flotaban tranquilamente, ahora giraban de una manera muy inquietante acumulando mucha energía. La niebla ya cubría toda la mitad superior de la montaña. Parecía un enorme velo blanco que lentamente iba cayendo sobre las elevadas cumbres. Realmente estaban metidos dentro de la parte más baja de la nube. La niebla los había sobrepasado, llegaba hasta los campos que estaban más abajo y cubría el camino de descenso. Rápidamente el tiempo se había vuelto en contra de ellos.

Sin dudarlo, Jubal se introdujo dentro de la grieta. Su gran envergadura hizo que al deslizarse por el estrecho pasadizo, la piedra caliza le fuera arañando el pecho.

Al entrar se levantó un viento que produjo una especie de chillido que rebotó contra la montaña, y en la cumbre resonaron unos gritos extraños e inquietantes. La niebla que se arremolinaba alrededor de la cima formó un pequeño tornado que hizo volar el cuaderno de notas. Rodó ladera abajo y acabó en uno de los muchos pantanos, donde poco a poco se fue hundiendo en las aguas oscuras.

La montaña gimió y las rocas crujieron. El suelo tembló, se estremeció y agitó como si de pronto hubiese cobrado vida.

—¡Esperad! —gritó Jubal a sus hermanas—. ¡Un terremoto!

Todos se apresuraron a buscar un hueco en donde ponerse a cubierto. Joie encontró un par de agujeros donde meter los dedos. Esperaba que el terrible miedo que se le había agarrado en el estómago no significase que el pasadizo fuese a derrumbarse y a estrecharse.

Gabrielle metió la mano en una grieta y cerró el puño, se apuntaló con la palma de la otra y se mordió los labios con mucho miedo de que el techo se hundiese. Jubal tuvo que usar un asidero, y rezó para que el suelo no se hundiera cuando la tierra tembló.

En la parte externa del pasadizo algunas rocas rodaron y se distribuyeron al azar formando una pila de aspecto anodino justo en la base de la grieta que cada vez se hacía más estrecha. El desprendimiento de rocas resonó a través de la cueva y el siniestro ruido reverberó por el estrecho pasillo. La entrada se oscureció y los hermanos tuvieron que encender las luces que tenían incorporadas a sus cascos.

Joie avanzó rápidamente por el pasadizo, muy por delante de sus hermanos. A cada paso el techo se hacía más bajo. Primero tuvo que ir agachada, después a cuatro patas y más adelante se vio obligada a deslizarse apoyada sobre el estómago.

—Aquí es muy estrecho, Jubal —informó a su hermano.

La gran sensación de urgencia que la impelía a avanzar, se vio atenuada por un gran nudo que se le había formado en el estómago. Le parecía que algo en la cueva no estaba bien.

Normalmente las cuevas eran una maravilla absoluta. Lugares fascinantes y misteriosos. La última frontera para aquellos que como ella tenían la necesidad de ir a lugares inexplorados, y descubrir cosas que nadie se había atrevido a ver.

Alrededor suyo, la frialdad de la roca la atraía; además del sonido constante del agua que manaba de las grietas, y las repentinas simas que se hundían en la oscuridad, había que añadir la surrealista experiencia de tener que deslizarse sobre el estómago para poder avanzar a través de la estrecha abertura. Pero siguió serpenteando hasta que sintió el aire fresco que venía de una cámara subterránea.

Justo delante de ella había un túnel perfecto que había sido formado por una poderosa corriente de agua que durante cientos de años había desgastado la piedra caliza hasta tallar una abertura. Entró sin dudarlo y sin hacer caso de las señales de advertencia que sentía en el estómago. Tenía un enorme nudo, muy apretado, que estaba anticipando de que se tendría que enfrentar a algo tremendamente oscuro. Pero sentía por dentro que debía seguir adelante, a pesar de que tenía que hacer extrañas maniobras con su cuerpo para deslizarse a través del túnel.

—Tranquila Joie —advirtió Jubal—, mantente a la vista.

—No me gusta la forma en que se está comportando —susurró Gabrielle—, nunca la he visto así. Siempre cumple con las normas de seguridad, ya sabes, Jubal. Algo va mal. —Se sentía indispuesta, tenía el estómago revuelto y estaba siendo presa de un gran miedo—. Va a pasar algo terrible si no la detenemos.

Jubal estaba esperando para poder avanzar, pero Gabrielle no se movía; se había quedado atascada en el estrecho pasadizo y no podía continuar.

—Sigue, Gabrielle. Vamos a alcanzarla y hacer que recupere la sensatez. Lleva un montón de años practicando la espeleología. No creo que se haya olvidado de todo lo que sabe.

—Desde que la hirieron en Austria está diferente —puntualizó Gabrielle—. La noto distraída y muy impulsiva.

—Siempre se concentra mucho cuando entra en una cueva, y esta es un gran descubrimiento porque no ha sido explorada. No tenemos ni idea de lo que vamos a encontrar y, evidentemente, está muy excitada.

—Sabes que no es solo eso. Lleva todo el viaje comportándose de manera extraña. Incluso antes. Está muy callada y no suele serlo. Parece como si estuviera gran parte del tiempo en otra parte. Siento como si la estuviésemos perdiendo, Jubal, como si algo la estuviese arrastrando a un mundo donde no la podemos seguir.

Jubal dio un gran suspiro.

—Me gustaría poder decir que no te entiendo, pero ese es el motivo por el que he venido a este viaje. También he estado preocupado por ella. —Estiró un brazo y empujó a su hermana—. Muévete, ni siquiera puedo oírla.

—No puedo, Jubal —Gabrielle sonaba asustada—, de verdad que no puedo.

—¿Estás atascada? —Jubal parecía tranquilo, pero por dentro un temor oscuro e insidioso lo estaba matando.

—No —susurró Gabrielle—, simplemente no puedo moverme. ¿Alguna vez has oído eso de estar paralizado de miedo? Creo que es lo que me está ocurriendo.

—Gabby —dijo Jubal con voz pausada—. ¿De qué tienes miedo?

—No lo sé. Joie está actuando de una manera tan descontrolada y… ¿no puedes sentirlo? La cueva no quiere que estemos aquí. Oye el sonido del agua. Hay algo maligno en esta cueva, Jubal.

—Estás permitiendo que tu imaginación juegue contigo, Gabrielle. Simplemente respira. No eres ni claustrofóbica ni supersticiosa. Si Joie tiene problemas tenemos que ayudarla. Y de la única manera que podemos hacerlo es pegarnos a ella y seguirla.

—Lo estoy intentando —dijo Gabrielle mientras empujaba con los dedos de los pies tratando de vencer su parálisis.

Joie se volvió a poner de pie en cuanto el techo se hizo más alto y le permitió caminar. Al final del túnel había una gran cámara.

—¡Eh! Aquí está mucho mejor. Hay una gran galería —iluminó el lugar con la linterna. Lo que más destacaba eran unas formaciones en forma de dedos que rodeaban un gran precipicio que se abría en el centro de la cámara—. Parece una catedral. Por todas partes hay grandes bolas de hielo y por abajo parece como si todo estuviera maravillosamente esculpido. Hay diferentes capas en tonos azules y verdes.

Miró hacia el abismo que aparentemente no tenía fondo. Su corazón palpitó con fuerza y casi se queda sin aliento ante la expectación. Por una parte estaba el hecho de haber descubierto una cueva en la que nunca antes había entrado nadie, y por otra el hombre imaginario que se negaba a desaparecer.

—Hay montones de estalagmitas por todo el suelo, Gabrielle, y eso significa que aquí la temperatura debe de estar bajo cero. Tendremos que tener cuidado —gritó por encima de su hombro mientras estudiaba un profundo agujero.

Siempre sentía esa fascinación por lo desconocido cuando entraba en una cueva. La idea de que estaba donde nadie había estado nunca era una sensación indescriptible que rara vez intentaba verbalizar. Necesitaba explorar lo desconocido. Le motivaba hacerlo. Tenía buena reputación y en muchos países le habían concedido permisos para hacer exploraciones y mapas. A menudo cogía muestras para los investigadores. Aunque eso correspondía a Gabrielle, no a ella, siempre que podía la ayudaba.

—Hay algunas bolas de hielo esparcidas por el techo. Voy a quitarlas. No podemos dejar ahí algo tan peligroso, justo encima de nuestras cabezas, mientras descendamos.

Usó su piolet para eliminar todas las que pudo. De vez en cuando oía cómo el hielo crujía y se agrietaba, lo que le indicaba que estaba sobrecargado. La presión podía hacer que algún trozo grande se desprendiera, y saliera disparado al vacío, con la suficiente fuerza como para matar a alguno de ellos.

—Date prisa, Jubal, ¿qué te frena?

—Gabby ha tenido que parar un momento. Relájate Joie. Tómate un respiro mientras hablo con ella.

Joie no podía esperar. Cada célula de su cuerpo le decía que debía apresurarse, que tenía poco tiempo; sentía profundamente que tenía que darse prisa, a pesar de la terrible nube de temor que no podía contener. Se puso sus aparejos haciendo un gran esfuerzo para aferrarse a la realidad. Él la necesitaba. Algo iba muy mal. Tenía que llegar a su lado cuanto antes.

—¡Gabrielle, Jubal, voy a empezar a descender! —Joie probó su arnés y miró hacia el precipicio—. ¡Gabrielle! ¡Jubal! ¿Estáis bien?

—Espéranos Joie —le ordenó Jubal—. Gabrielle tiene un mal presentimiento, y yo también creo que deberíamos reagruparnos y hablar. Podríamos tener más problemas de lo deseado.

Joie tuvo que evitar responderle con una risa histérica que le había surgido sin motivo.

—¿Hablar de ello? Nadie tiene más problemas que yo ahora, Jubal. No puedo volver atrás. Tengo que hacer este descenso o acabaré en una celda acolchada el resto de mi vida. No estoy bromeando.

Jubal cogió a Gabrielle por una pierna.

—No está bromeando; parece al borde de la histeria.

—No puedo.

Gabrielle se echó a llorar.

—Mueve el culo ya —le ordenó Jubal y levantó la voz para que su hermana pequeña pudiera escucharlo—. Joie, no se te ocurra iniciar el descenso sin nosotros. Quédate donde estás ahora hasta que lleguemos allí. Si no me obedeces voy a arrastrarte de vuelta a la superficie y te sacaré de aquí.

Jubal rara vez usaba ese tono con alguna de sus independientes hermanas, pero consiguió el efecto deseado. Gabrielle se deslizó hacia adelante, motivada por el hecho evidente de que su hermano estaba compartiendo con ella sus crecientes temores respecto a Joie.

Joie se alejó del abismo muy sobresaltada. Era sorprendente de hubiera estado a punto de descender sin Gabrielle y Jubal. Siempre anteponía la seguridad. Siempre. Era una experta escaladora y espeleóloga. No tenía sentido que se estuviera comportando de una manera tan insensata. Estaba en un terreno peligroso. Entrar en una cueva de hielo inexplorada podría convertirse en un enorme desastre para alguien que no prestara atención a lo que estaba haciendo.

Se apretó los ojos con los dedos y respiró hondo intentando recuperar su equilibrio. No podía poner en peligro la vida de su hermano y de su hermana. Sabía que habían salido a explorar con ella porque estaban preocupados por su estado de ánimo. Ella también estaba preocupada por su propia salud mental, igual que ellos.

Joie, debes escucharme. Tú y tus hermanos corréis un peligro letal. Este sitio es maléfico y debéis dejarlo antes de que sea demasiado tarde.

Joie respiró hondo bruscamente. Allí estaba de nuevo… su hombre imaginario. Su voz era imponente. Firme. Su tono denotaba convicción, pero también dolor. Estaba sufriendo en algún lugar allí abajo. Podía sentir que estaba cerca. La necesitaba, tanto si lo admitía como si no. Ella había estado en equipos de rescate en numerosas ocasiones, incluso había dirigido alguno, pero esta vez era diferente. Cualquiera que fuesen sus lesiones, no se las había hecho en un accidente de escalada.

El temor que sentía por ella, y por todos ellos, la golpeó. No lo podía ignorar. Se sentó al borde del precipicio y miró hacia el negro abismo. Los muros de hielo se acampanaban hacia afuera de manera que era imposible enganchar una cuerda y se verían obligados a hacer un rápel libre. Sería difícil frenar. Iban a tener que hacer un gran esfuerzo para controlar la velocidad de descenso usando una cuerda que estaría resbaladiza por culpa del hielo. Jubal y ella eran expertos en el manejo del descenso con bobina, pero Gabrielle podía tener más problemas. No lo había tenido en cuenta cuando sus hermanos se unieron a ella.

Jubal le apoyó una mano sobre un hombro. Echó una larga y lenta mirada alrededor de la cámara, iluminó sus techos abovedados, y estudió el borde del precipicio para evaluar su seguridad en caso de que optaran por hacer el descenso.

—Joie —le dijo de la manera más suave que pudo—, vas a tener que hablar con nosotros, necesitamos saber qué te está pasando. Todos disfrutamos explorando cuevas, lo hacemos desde hace un montón de años, desde que papá y mamá nos equiparon con arneses siendo niños. Pero esto no es divertido. Ni siquiera es seguro y lo sabes. Estamos dispuestos a seguirte y ayudarte en lo que podamos, pero tenemos que entender lo que está pasando.

Gabrielle se sentó a su lado cautelosamente y le tomó la mano.

—Vamos, cuéntanoslo. Te ayudaremos. Siempre hemos estado unidos. No tienes necesidad de ocultarnos nada.

Se produjo un pequeño silencio. Finalmente, Joie suspiró y dejó caer los hombros. Tenía que decírselo a alguien, y por otra parte, les debía una explicación.

—¿Hay tendencia a la locura en la familia? —Joie continuaba mirando hacia el agujero oscuro—. Porque si es así, alguien debería habernos avisado.

—¿Crees que estás loca? —preguntó Jubal intentando entenderla.

Joie era una persona que se reía todo el tiempo y encontraba divertida cualquier cosa. Iluminaba el mundo con su sonrisa, y desde luego nunca parecía tener una depresión.

—Escucho voces. Bueno…una voz. Sobre todo por la noche, o durante las primeras horas de la mañana. Tenemos largas conversaciones, algunas veces muy intensas, otras divertidas. —Sintió que se le subían los colores y agradeció que la galería estuviera a oscuras—. Y también eróticas. Me paso todas las noches despierta para poder oír su voz y estar con él. —Se encogió de hombros—. Incluso tiene un nombre, Traian Trigovise. ¿Cómo se me iba a ocurrir a mí un nombre así? Nunca lo había escuchado antes. Tiene un acento… europeo muy sexy. Es un hombre a la antigua, pero es encantador y no puedo dejar de estar obsesionada con él.

Gabrielle le apretó la mano.

—¿Cuándo comenzó esto? ¿Cuándo fue la primera vez que escuchaste esa voz?

Joie se encogió de hombros y se quedó en silencio. Ni Jubal ni Gabrielle hablaron para que ella se pudiera desahogar. Después de un rato volvió a suspirar. Odiaba reconocer cuándo había empezado a escuchar esa voz. Sabía lo que iban a pensar, pero para ella era real y él estaba en un apuro. Tenía que encontrarlo.

—Cuando me dispararon en Austria. Ya sabéis lo que odio los hospitales. Cuando me llevaron allí, de alguna manera desaparecí. —Echó una breve mirada a sus hermanos—. No creo que estuviese soñando cuando lo vi por primera vez. Conocéis los efectos de la anestesia, pero eso fue mucho más que eso. —Volvió a mirar a sus dos hermanos. Estaban atentos y era evidente que intentaban entenderla—. Llevo mucho tiempo practicando para realizar viajes astrales. ¿Recordáis cuando éramos niños y os contaba todas esas historias sobre volar?

—En tus sueños —dijo Gabrielle.

Jubal movió la cabeza alarmado.

—Sigue hablando, Joie.

—Creo que finalmente lo logré. Ocurrió de verdad. Tiene que ser real. Creo que conectamos porque ambos estábamos en un momento tormentoso, en medio de una lucha, y fuimos heridos a la vez. —Se encogió de hombros—. Es la única explicación razonable para mí. Pero no se marchó de mi cabeza. Seguí escuchando la conversación que mantenía conmigo mentalmente. Encontró algo importante en las cuevas. Y como ya estaba planeando este viaje con vosotros, pensé que podría comprobar si era real.

—¡Joie! —Jubal la reprendió con suavidad—. ¿Comunicación telepática con otra persona? Sé que entre nosotros podemos usar la telepatía, pero nunca hemos conocido a nadie más que lo haga.

—¿Realmente es tan descabellado? Me puedo trasladar a otros lugares. Sé cuándo estoy en peligro. Tú tienes una rara capacidad con los patrones, Gabrielle puede hacer todo tipo de cosas extrañas. Todos somos capaces de utilizar la telepatía entre nosotros. ¿Es tan inverosímil pensar que otros puedan hacerlo también? Tengo que ir allí abajo para saber si es real y si está aquí, en ese lugar. Lo siento. No puedo explicarlo, es como si se hubiese metido dentro de mí y de alguna manera lo necesito. Tengo que constatarlo por mí misma. Me temo que está herido.

—¿Por qué no nos lo dijiste desde el primer momento, Joie? —preguntó Jubal.

—Porque no quiero que la voz me abandone. —Joie admitió la cruda verdad—. Fui a ver a un terapeuta. Me dijo que estaba sufriendo una ruptura con la realidad, una esquizofrenia, que probablemente fue provocada por el disparo. No le quise aclarar que no era la primera vez que tenía una herida de bala; y que no había sido mi peor lesión, ni tampoco será la última. Pero no me tomé la medicación que me prescribió. Pensé que a lo mejor no sería tan malo vivir en un mundo de fantasía parte del tiempo. Todavía funciono y hago mi trabajo. —Consiguió ofrecerles una leve sonrisa. Siempre conservaba el sentido del humor, incluso en medio de una conversación tan seria—. ¿Pensáis que alguien querría tener una guardaespaldas esquizofrénica? Seríamos dos por el precio de una.

—Vamos, Joie, no puedes estar pensando que te estás volviendo loca. Eres… —Gabrielle hizo una pausa buscando las palabras adecuadas—, eres tú. Puedes hacer cualquier cosa. Siempre has sobresalido en todo. No puedes estar oyendo voces. Eres la persona más estable que conozco. Un poco loca por sentir pasión por este tipo de cosas, pero aun así… estable.

Joie sonrió a su hermana.

—Definitivamente estoy escuchando una voz. Me acaba de decir que salga de aquí porque es peligroso, y que podemos morir. En realidad usó la palabra letal. Yo nunca uso esa palabra. ¿Creéis que tengo doble personalidad? Siempre he preferido las actividades masculinas y he sido bastante marimacho. Tal vez simplemente es que ha salido a la luz mi parte masculina. Y para que veáis lo retorcida que es mi mente, es mucho más sexy que yo.

—Tal vez tu intuición te está diciendo que no deberíamos emprender el descenso, Joie —advirtió Jubal—. No lo hemos planificado de la manera adecuada.

—No tengo elección —dijo ella con tristeza—. Esta vez no. Tenemos el equipo, las provisiones y llevamos la ropa adecuada para mantenernos calientes. Puedo bajar y echar un vistazo alrededor. Si no vuelvo en un par de horas podéis ir a buscar ayuda.

—No me has dejado terminar. Si no es real lo descubriremos, y si lo es, lo lógico es que lo ayudemos si está herido. Además, somos una familia, y como siempre dice papá: «Juntos por una libra, y por un penique también».

Gabrielle movió la cabeza.

—Iremos todos y nos mantendremos juntos, Joie. Si tienes que hacer esto, lo haremos contigo, como siempre hemos hecho.

—Entonces deberíamos dejar de hablar y empezar a movernos —dijo Jubal muy decidido.

Joie no iba a cambiar de opinión. Fuese lo que fuese lo que la estaba arrastrando a ese abismo negro era demasiado fuerte como para luchar contra ello. Pero lo peor para Jubal era que en su interior seguía aumentando la sensación de terror. Miró el agujero oscuro. El mal acechaba muy cerca, y tenía la impresión de que se lo iban a encontrar de cara.

Capítulo 3

Joie, esto no es nada normal —dijo Jubal suavemente y dio una vuelta completa para iluminar los muros de la galería. Habían descendido mucho, bastante más de noventa metros—. Nunca he visto nada como esto. Qué descubrimiento. Las formaciones de hielo son increíbles. Juro que he visto vetas de oro en más de un lugar. Hay tantos pasadizos y galerías por explorar.

El lugar llevaba cientos de años oculto, y era sobrecogedor. Joie, a pesar de la urgencia que sentía, se permitió maravillarse un momento y miró los retorcidos pasadizos y túneles que tenía a su alrededor, las piscinas en sombra rodeadas de cristales que parecían piedras preciosas, y la red de estrechas grietas y grutas. La galería se abría a todo un mundo subterráneo. Si no hubieran encontrado esa extraña grieta por donde habían podido entrar, nunca habría podido contemplar ese brillante mundo que existía bajo tierra.

Los techos y paredes estaban cubiertos de unas pequeñas bolas brillantes de hielo con todos los tonos derivados del color azul; había pronunciadas pendientes y enormes afloramientos minerales que marcaban la magnífica galería. En ese mundo subterráneo había cumbres y riscos. El hielo había formado montañas y valles, crestas y desfiladeros. Los ríos subterráneos se habían congelado después de excavar túneles y diversas formaciones. «Ventanas» por las que se podían atisbar los molinos glaciares muy por debajo de ellos.

Gabrielle avanzó cautelosamente alrededor de una escultura de hielo que se levantaba del suelo como una llama brillante.

—Mira esto. Cuando la ilumino desde este ángulo juraría que veo piedras preciosas en su interior. Es tan brillante como un diamante pulido, pero refleja la luz como si fuera roja como un rubí.

Un movimiento atrajo su atención, giró la cabeza y vio que Joie estaba examinando el hielo glacial que formaba la galería.

—Tened cuidado, sospecho que un buen número de virus que hasta ahora desconocemos proceden de insectos, e incluso de hongos, que crecen en cuevas como esta. Estos microorganismos pueden vivir sin luz, con escasos nutrientes y encerrados en el hielo. Hay una información muy importante aquí. —Se dirigió a Joie con una sonrisa rápida y excitada—. Probablemente nunca nadie ha tocado este hielo. ¿Imaginas todos los microbios que debe haber aquí? Es el sueño de un científico.

Joie respiró hondo y soltó el aire observando a su alrededor los túneles que daban a otras cámaras. Ahora estaba cerca y casi podía sentir su respiración. En algún punto de esos laberintos de pasadizos la estaría esperando. Ardiendo lentamente. Estaba enfadada por haberle desobedecido y haber puesto a sus hermanos en peligro. Él era real, no era simplemente una voz en su cabeza, ni una parte de su personalidad disociada. Era real, estaba vivo y sentía dolor. Podía sentir su dolor, palpitaba en su cuerpo y martilleaba en su cabeza.

Cuéntame.

Preguntó y lo obligó a tratar con quien ella era realmente, no con quien él pensaba que era.

Di a los demás que se mantengan en silencio. Están en peligro. He tenido que luchar tres veces contra el mismo enemigo desde la primera vez que me encontraste en la cueva hace unas semanas. Estoy prisionero, herido y extremadamente débil. No os podré ayudar demasiado si tenéis que luchar, y el enemigo tiene poderes que posiblemente no podréis comprender.

Joie apretó los labios y su corazón de pronto se aceleró. Le había hablado con un tono de voz muy sincero. Creía en lo que estaba diciendo. Intentó quitarse el frío con humor. Le envió una imagen mental de ella misma poniendo los ojos en blanco exasperada.

Lamento venir con la cabeza acolchada, normalmente salgo entre algodones, o envuelta en plástico de burbujas para protegerme de toda la gente mala del mundo.

—Jubal, Gabby, tenemos que mantenernos en silencio. Aquí hay algo que no es bueno.

Ella tomó la delantera y Jubal se puso en la retaguardia para proteger a sus hermanas. Ninguno hizo preguntas. Conocían a Joie y sabían que era muy buena en su trabajo. Rápidamente había pasado del modo cazador al protector. Además, ella confiaba en él. Era el hombre más firme que había conocido luchando, y eso que trabajaba con un montón de hombres muy entrenados.

—Dinos qué está pasando, Joie —preguntó Jubal.

Ella movió la cabeza y se puso un dedo en los labios.

—Es un telépata. No quiero que escuche casualmente lo que decimos hasta que sepamos qué es lo que realmente está pasando —explicó a sus hermanos moviendo la boca casi sin emitir sonido y esperó a que asintieran indicándole que habían comprendido lo que les había dicho antes de continuar.

Estaba dispuesta a confiar en el desconocido que hablaba en su cabeza, pero no quería poner en riesgo a Gabrielle y a Jubal sin que supieran en lo que estaban metidos.

Después de atravesar varias salas y túneles se alejaron de la galería abierta a la que habían descendido. Se movía lentamente para mantenerse cerca de ambos para que la siguieran. Traian la atraía con mucha fuerza. En el momento en que estuvo frente a una entrada se dio cuenta de que debía estar en algún lugar en esa dirección. Usando señales con las manos comenzó a bajar por el lugar todo lo sigilosa que pudo a pesar del equipo de escalada. El largo pasillo continuaba recto, pero de él salían otros dos túneles, uno bajaba y el otro parecía subir. Sintió intensamente que tenía que bajar.

Joie. La voz de Traian sonaba muy débil. *Te pido por última vez que salgas de aquí. Estás poniendo en riesgo tu vida y la de tus compañeros.*

Pero Joie continuó avanzando por los pasadizos convencida de que estaba cerca, y de que Traian sabía que estaba yendo hacia él. Caminó más rápido, aunque muy consciente de las capas de hielo que los rodeaban. Los muros parecían anchos pero chirriaban, se agrietaban y unos fuertes ruidos le indicaban que se estaban produciendo derrumbes de hielo y desprendimientos de paredes debido al peso que tenían que aguantar.

Dudo mucho que necesite tu ayuda, señor Cachas, pero lo tendré en cuenta. ¿Cuántos hay?

Traian suspiró. Evidentemente no tenía ganas de seguir discutiendo con ella. Pero lo peor era que Joie sentía que él se estaba quedando sin fuerzas y tuvo que luchar contra la urgencia de correr a su lado.

Hay uno conmigo ahora. Los otros regresarán bien alimentados y muy excitados, con muchas ganas de matar.

A Joie no le gustó lo que le dijo. Que tuvieran ganas de matar tenía muchas implicaciones negativas.

¿No estás exagerando un poco?

Deseaba desesperadamente que fuera así.

No te gustaría encontrártelos.

Joie inspiró llorosa y su corazón dio un vuelco por culpa del tono de su voz. No estaba bromeando acerca de sus enemigos. Inspiró hondo y soltó el aire.

Esa no es la verdad. Todos los que tengan ganas de matar van a estar invitados a la cena del domingo.

Volvió a mirar a su hermana y a su hermano, frunció el ceño y de pronto sintió miedo por ellos. ¿En qué los estaba metiendo por culpa de su comportamiento obsesivo? Dudó en el siguiente giro del túnel. Él estaba cerca y eso era peligroso. Lo sentía y podía ver que Gabrielle también lo percibía. Su sensitiva hermana se apretó una mano contra el estómago con una intensa expresión de miedo impresa en la cara. Detrás de ella Jubal había sacado una pistola. Tenía las facciones duras y serias. La iban a apoyar y a respaldar bajo cualquier circunstancia, pero no consideraba que fuera correcto obligarlos a enfrentarse a una situación peligrosa y desconocida, aprovechándose del afecto que sentían por ella.

—Dejadme ir sola, veo qué está pasando y…

Comenzó a hablar moviendo la boca sin emitir sonido en vez de comunicarse en voz alta o telepáticamente.

Todavía no quería que Traian se enterara de sus conversaciones privadas con sus hermanos y no conocía exactamente la potencia de sus habilidades psíquicas. Pero parecían poderosas. Tenía que encontrar a ese hombre, pero no iba a confiar la vida de sus hermanos a un desconocido.

Jubal levantó una mano para que se detuviera, y después le hizo una señal para indicarle que continuara. Joie miró a Gabrielle muy decidida. No, no iban a dejarla. Estaban juntos en eso, fuera bueno o malo, y se iban a quedar con ella. Respiró hondo, asintió y avanzó por el túnel excavado en el hielo.

Los rodeaban unas amplias bandas circulares verdes y azules. Normalmente los tres hubieran estado examinando ese túnel tan hermosamente construido, pero en cuanto entraron en el pasadizo todos sintieron la presencia del mal. A Joie se le secó la boca. Se tocó el cinturón para asegurarse de que tenía su cuchillo a mano.

Imagino que lo mejor es que no nos metamos en problemas y nos larguemos corriendo de aquí.

Traian suspiró.

No te comportas como ninguna mujer de las que conozco.

Gracias, aprecio que lo digas.

Tenía un nudo en el estómago.

El mal impregnaba el estrecho pasadizo y cada vez que respiraba sentía el aire denso, nauseabundo y venenoso. El túnel se estrechaba y el techo bajaba considerablemente hasta que se les hizo imposible avanzar de pie. Joie se puso de rodillas y tuvo que hacerlo a cuatro patas. Jubal y Gabrielle la seguían de cerca. El continuo goteo de agua le recordaba el chasquido de las hojas de los árboles del teatro el día que le dispararon. Las gotas caían a un ritmo peculiar, casi como si una mano invisible provocara su caída, y no la naturaleza. El túnel se volvió a ampliar y de nuevo se pusieron de pie.

Un extraño gruñido asaltó sus oídos, parecía una mezcla entre la risa de una hiena y el ladrido de un perro violento. Inmediatamente levantó la mano por detrás de ella para indicar a Jubal y a Gabrielle que se detuvieran mientras ella seguía hacia adelante. Se refugió detrás de unas grandes columnas de roca y unas formaciones de hielo para permanecer escondida mientras buscaba una posición desde la que poder ver el interior de la cámara.

Un hombre, que tenía que ser Traian, estaba literalmente clavado a una pared de hielo sin que sus pies llegaran a tocar el suelo. Le corría sangre por los dos hombros y por las piernas, donde tenía clavadas las afiladas estacas que sujetan su cuerpo. Era la tortura más horrorosa que hubiera visto nunca. Tuvo que aguantar la respiración para no gritar o desmayarse. No le sorprendió que hubiera percibido el dolor que irradiaba ese hombre. Cualquier movimiento de su cuerpo tenía que ser terriblemente doloroso. ¿Quién podía hacer algo así? Y en lo más profundo de la tierra, en una cueva de hielo. Era extraño, irreal y cruel.

Pudo ver que algo que se parecía a un hombre, o por lo menos tenía la forma de un ser humano, metía un dedo huesudo en las heridas de Traian y después se lo lamía con una grotesca lengua púrpura. Un escalofrío recorrió su cuerpo.

Se obligó a observar al terrible espectro que tenía a Traian prisionero. Era casi tan alto como él, pero su cuerpo era esquelético, como si tuviera la piel pegada a los huesos. Tenía la ropa inmunda y andrajosa. Estaba hecha de harapos de una tela que nunca se usaría para estar en una cueva de hielo. La cosa, no tenía otro nombre para definirla, tenía largos mechones de cabello que se disparaban anárquicamente hacia todas las direcciones desde su cráneo informe.

La criatura emanaba una maldad horrible y perversa. El espectro se giró levemente y ella alcanzó a ver que sus dedos terminaban en unas largas uñas de aspecto malvado. Casi parecían las garras afiladas de un ave. Estaban amarillentas y manchadas. Le costaba mucho controlar los latidos de su corazón. Se había enfrentado a muchos monstruos humanos, pero esto, esta cosa, no era humana, o por lo menos ya no lo era.

Sabía que Traian era consciente de su presencia, pero no cometió el error de delatar su posición mirando hacia ella. Se limitaba a observar a la criatura que merodeaba a su alrededor con los ojos fríos.

—Pareces nervioso, Lamont —observó Traian con un tono bajo y amistoso que parecía educado y un poco irónico.

La criatura susurró una fea expresión de odio. Sin preámbulos inclinó la cabeza sobre el cuello de Traian y hundió sus colmillos sobre su vena palpitante. Joie alcanzó a ver fácilmente sus largos dientes clavándose en su carne; algo que solo había visto en las películas. Su corazón palpitaba con tanta fuerza que temió que la criatura pudiera oír su tamborileo, a pesar del ruido que producía el agua y el hielo al resquebrajarse.

Joie se tiró al suelo, se arrastró apoyada en su vientre y usando los codos se propulsó entre dos columnas por el suelo de hielo para tener una mejor posición de ataque. Se puso de rodillas detrás de una gran formación de hielo con la mirada fija en su objetivo. Tardó un rato en tranquilizar sus manos temblorosas. Muchas veces en su vida había sentido miedo, pero siempre, siempre, su cuerpo se había mantenido firme como una roca. Pero enfrentarse a esta horrorosa aparición sin saber lo que era o cómo matarla era francamente terrorífico.

Es muy peligroso, especialmente ahora que se ha alimentado con la sangre de un cazador antiguo. La voz de Traian sonaba tranquila a pesar de que la horrible criatura lo estaba torturando. *Está muy enfadado conmigo porque maté a su maestro, Gallent.*

Joie miró a la terrible cosa más detenidamente ahora que lo podía ver mejor. Agradeció que la voz de Traian sonara firme en su cabeza. La criatura era alta y estaba demacrada, la piel se le pegaba al cráneo casi como si estuviera muerta. Tenía parte del pelo liso de un curioso color grisáceo y el resto estaba grasoso, enredado y lleno de nudos. Se tragó la sangre de golpe, se manchó los labios y los dientes ennegrecidos, y soltó una especie de gruñido gutural. Definitivamente era más animal que humano.

Mi familia siempre me ha advertido que si pasaba demasiado tiempo bajo tierra iba a terminar encontrándome con un trol. Aunque parezca superficial tengo que decir que este no es muy guapo y no me atrae en absoluto.

Estaba bastante orgullosa de haber podido parecer graciosa en vez de mostrarse ligeramente histérica, que era como se sentía en realidad.

Se llevó una mano a la nuca y la deslizó hasta los omóplatos haciendo un movimiento que había practicado mucho, y sacó uno de los cuchillos que siempre llevaba.

La criatura levantó la cabeza alertada y miró alrededor de la gran galería bastante suspicaz. Joie se quedó completamente inmóvil sin apenas atreverse a respirar, rezando para que su hermano y su hermana no hicieran ningún ruido. Todavía estaban a salvo en el túnel que daba tantas vueltas, pero Jubal ya debía estar preocupado. El aire frío corrió por la cámara y acarició a Traian, y a la criatura, con sus dedos helados. Inmediatamente Lamont cogió una de las estacas que clavaban a su víctima al témpano de hielo y la golpeó malévolamente.

—No sirven tus trucos, viejo. Tu sangre nos pertenece. Los otros regresarán pronto con una víctima para obligarte a que obedezcas nuestras órdenes. Estás demasiado débil para resistirte.

Joie cerró los ojos al ver el intenso dolor que apareció en la cara de Traian. Tragó bilis y se tuvo que obligar a respirar.

¿Qué es?

Es un vampiro. Un no muerto. Y hay varios más. Tienes que sacar de aquí a tu familia antes de que los otros regresen.

Traian observaba intensamente a su torturador. El vampiro se acercó a la herida abierta del cuello de Traian, soltó un nauseabundo aliento verde y lamió su sangre con su lengua ancha y oscura.

—Te debería matar. Te clavaría una estaca en el corazón por lo que le hiciste a mi maestro.

Levantó una estaca de aspecto letal por encima de la cabeza y soltó una risa de maníaco.

Cuesta matar a los vampiros. Solo tienes una opción. Ir por su corazón.

Joie no se permitía dudar. No quería perder los nervios. De lo contrario se arriesgaba a tener que esperar y dejar que la terrible criatura matara a Traian. Lanzó el cuchillo con una precisión mortífera. El arma silbó mientras atravesaba la cámara a toda velocidad y se enterraba profundamente en el pecho del vampiro. La criatura chilló y el sonido resquebrajó el hielo hasta el punto que unas afiladas dagas heladas se rompieron en el alto techo y cayeron como mortíferos misiles. Entonces se lanzó contra Traian para protegerlo del hielo que estaba cayendo. El vampiro había caído herido de muerte haciendo un ruido que resonó por la caverna hasta que de pronto todo se quedó en silencio. Una vez más el sonido del agua era lo único que se oía en la cámara.

Joie se movió lentamente hacia atrás y sacó un segundo cuchillo de la funda que ocultaba en la pantorrilla.

—No me ha parecido demasiado difícil. —Respiró hondo un par de veces y consiguió ofrecerle una pequeña sonrisa vacilante—. Si quieres te puedo dar una o dos clases.

—¿Qué te hizo tardar tanto? —preguntó Traian.

Ella lo rodeó cautelosamente y apartó a patadas los trozos de hielo más grandes.

—Me dieron mal la dirección. Ya sabes cómo está el tráfico en estos lugares. —Se acercó a él para estudiar una de las estacas que atravesaban su hombro y lo mantenían sujeto al muro—. Odio decirlo, pero estás hecho un desastre. ¿Y qué hay de toda esa mierda de machito que me decía que me mantuviera alejada? Creo que realmente necesitabas ser rescatado.

¡Joie! Contesta, la llamó Jubal.

Estoy bien. Venid aquí, le aseguró.

¿Cómo le iba a explicar todo eso?

Traian arqueó una ceja. Su piel estaba pálida y evidentemente se sentía muy débil por la pérdida de sangre. Las heridas sin curar de su última batalla estaban desperdiciando parte de su precioso fluido vital. Temblaba incontroladamente y era incapaz de conservar la temperatura de su cuerpo. Tenía el pelo negro y apelmazado, lleno de coágulos de sangre.

—Estoy seguro de que hubiera pensado en algo. Tiene amigos. Regresarán pronto y cuando lo vean no se van a poner nada contentos. Y si no incinero su cuerpo de inmediato, revivirá.

—Precioso pensamiento —dijo Joie y se volvió para echar un vistazo al repulsivo cadáver—. Tienes suerte. Viajo con una doctora. Mi hermana Gabrielle está un poco loca, siempre mirando por el microscopio, y le gusta explicarnos que estamos parasitando la Tierra, pero la verdad es que tiene ciertos talentos.

Jubal entró agachado con la pistola en la mano y el rostro duro y decidido. Gabrielle observó la cámara y dio un pequeño chillido cuando vio el cuerpo ensangrentado de Traian. Inmediatamente corrió a su lado, pero Jubal le cogió un brazo para detenerla.

—Explícate.

Una única palabra. Una orden.

Joie lo hizo rápidamente saltándose la palabra vampiro. La criatura que yacía en el suelo tenía un aspecto espantoso y siniestro, pero su hermano no la había visto clavando sus dientes en el cuello de Traian como ella. Apretó los labios y observó a Jubal atentamente.

—Nos tenemos que dar prisa, Jubal —dijo Gabrielle—. No puede quedarse así. Necesita atención médica de inmediato.

Joie se dio cuenta de que Traian no intentó aclarar lo que le ocurría a ninguno de sus hermanos, estaba reservando su energía y dejaba que ella diera las explicaciones.

Gabrielle se movió primero, pues su naturaleza compasiva le hacía sacar lo mejor de sí misma. Empujó a Jubal y, evitando cuidadosamente al vampiro, se acercó a Traian para estudiar las pérfidas estacas que lo tenían clavado al muro.

—Conoces a gente extrañísima, Joie —murmuró suavemente—. No me atrevo a preguntarte dónde lo conociste.

¿Todos los de tu familia tienen el mismo extraño sentido del humor?

Joie asintió.

Bastante. Como método de defensa siempre encontramos humor en todo. Es eso o echarse a llorar. Es mejor reírse.

Gabrielle frunció el ceño y se acercó más.

—Voy a tocarte. Discúlpame si te duele. —Sus dedos exploraron suavemente la herida del hombro donde tenía la estaca—. Jubal, tienes que sacarle esto. Lo atraviesa de un lado a otro y se entierra bastante en el hielo.

—Si le saco la estaca ¿no se desangrará? —preguntó éste. Había seguido a Gabrielle hasta el centro de la cámara, pero se había detenido junto al vampiro y estaba agachado estudiando al no muerto—. Este tipo tiene estertores. No creo que esté muerto.

—Mueve el cuchillo profundamente y destrózale el corazón. Con eso ganaremos un poco de tiempo —sugirió Traian.

La mirada de Jubal saltó a su cara.

—¿Me tomas el pelo?

—No, si no lo haces muy pronto se levantará. La única manera de matarlo para siempre es incinerar su corazón.

Traian cerró los ojos, respiró hondo y su cuerpo se sacudió contra las estacas que lo sujetaban.

Manaba sangre de todas las heridas que le habían hecho las estacas. Gabrielle dio un salto hacia atrás y casi se tropieza con Joie.

—¡No! Lo vas a empeorar. Jubal, tienes que ayudarnos.

—Tienes que cortarle el corazón sin tocar su sangre. Funciona como un ácido que quema la carne y finalmente ataca los huesos.

Jubal miró a Traian a los ojos.

—Si no puedes —continuó Traian tranquilamente—, que lo haga tu hermana. Esa sangre corroerá el cuchillo y hará que se libere.

—Yo lo haré, Jubal —dijo Joie con el estómago revuelto.

No estaba segura de encontrar el valor suficiente para tocar a esa horrible criatura, y menos ahora que se estaba moviendo.

—Diablos —dijo Jubal agarrando la empuñadura del cuchillo de Joie y volvió a mirar a Traian por encima de su hombro—. Pero lo mejor sería que nos cuentes la verdad. Si pones un dedo encima a mis hermanas te pego un tiro directamente entre los ojos.

Muy mareada, Joie apartó la mirada de la sustancia viscosa que burbujeaba alrededor de la hoja del cuchillo y volvió a mirar a Traian.

—Le tendremos que sacar las estacas una a una —dijo Gabrielle—. Creo que lo podemos hacer, Joie. En cuanto lo hagamos taponaré las heridas, pero tendrás que encontrar algo para cubrirlas y que dejen de sangrar. No soportaría perder más sangre.

—Las tendrás que cubrir mezclando mi saliva con un poco de tierra que encontréis por ahí.

Gabrielle torció el gesto y señaló su mochila.

—Tengo mi botiquín de primeros auxilios en la mochila, Joie, pero no sé cómo lo vamos a sacar a la superficie. *Creo que está sufriendo un gran dolor, Joie, y se está engañando a sí mismo. La saliva no lo va a salvar.*

Joie miró alrededor de la cueva.

—Si hay tierra, está debajo de cuatro metros de hielo sólido. Tendrá que ser mi camisa.

Se abrió la chaqueta, se sacó rápidamente su camiseta Patagonia y la cortó en tiras antes de recoger el botiquín de primeros auxilios.

Cuando estaba poniendo una crema en la tela, observó que la cara de Traian se impacientaba.

—Ya te he dicho lo que hay que hacer, Joie.

—¿De verdad quieres que ponga tu saliva en las tiras de tela?

Atrapada entre Gabrielle y Traian, Joie no sabía qué hacer. —Sí, mi saliva me curará más rápido. De prisa —le advirtió Traian—. O si no, todos vamos a morir. Los vampiros son muy peligrosos y cuesta mucho matarlos. Habéis tenido suerte.

Joie se puso rápidamente la chaqueta, se la cerró hasta arriba y cogió los trozos de tela con mucha urgencia. Apretó los dientes y agarró la estaca del hombro.

—¿Estás listo?

La pregunta era más para sí misma que para él. Miró a Gabrielle que asintió con la cabeza.

—Simplemente hazlo.

Su estómago se revolvió cuando agarró la gruesa estaca. Cerró los ojos, respiró hondo y tiró de ella. Traian gruñó y la cara se le puso blanca. Aparecieron unas pequeñas arrugas alrededor de su boca. Joie sintió que la estaca se había deslizado algunos centímetros y ya no estaba clavada al muro, aunque todavía la tenía metida en el hombro.

—Jubal, te necesito —dijo mirando a su hermano por encima del hombro.

—Lo estoy intentando —dijo éste apretando los dientes.

En el momento en que vio lo que estaba haciendo rodar por el suelo creyó que iba a vomitar. Un corazón negro y reseco iba soltando una estela de humo ácido que dejaba un líquido viscoso en el suelo de la cámara. Jubal se levantó lentamente muy lúgubre y lanzó la empuñadura del cuchillo de Joie contra el corazón que seguía rodando. El metal estaba corroído y desgastado tal como les había advertido Traian que iba a ocurrir.

—¿No te ha salpicado nada? —preguntó Traian—. Te podría quemar hasta los huesos.

Jubal negó con la cabeza.

—Usé su cuchillo y el mío para sacárselo del pecho —dijo mostrando su repugnancia en la voz y enseguida apartó a Joie, agarró la estaca con ambas manos y tiró con fuerza.

Salió un chorro de sangre, pero Gabrielle apretó con fuerza la herida.

—Mete esas tiras de tela en la herida. ¿Le pusiste la crema con antibiótico? Necesita sangre lo antes posible.

Joie acercó la tela a la boca de Traian, ignorando el grito ahogado de Gabrielle. Después se la puso en el hombro. Éste comenzó a transpirar copiosamente.

—Después vendrán más. Intenta recuperar el corazón. No lo habrás matado hasta que no lo incineremos. Son maestros de la ilusión. Pueden cambiar de forma. No los miréis directamente a los ojos, y tened cuidado de cualquier hechizo. Os pueden cautivar con su voz. Si atraparan a alguno de vosotros, romped cualquier vínculo que os una y, por más difícil que resulte, abandonadlo. No seréis capaces de salvarlo.

Jubal agarró la segunda estaca y tiró con fuerza. Traian se tambaleó hacia adelante antes de recuperar el equilibrio. El esfuerzo que tenían que hacer sus piernas era casi insoportable. Jadeó y se apoyó en el hombro de Jubal para estabilizarse.

—Sigue hablando —le aconsejó éste mientras Joie le ponía la tela en la boca y Gabrielle le taponaba la herida—. Cuéntanos más cosas.

Traian respiró hondo y se enderezó.

—Lo siento. Me sacaron un montón de sangre y estoy muy débil.

—No te disculpes —señaló Jubal mientras sus manos ya estaban sujetando la tercera estaca y sus hermanas se ocupaban de su hombro—. Simplemente dinos qué podemos esperar.

—Las heridas los ralentizarán, pero no impedirán que vengan. Atacando su corazón ganaréis unos minutos, pero no será permanente.

Señaló el corazón ennegrecido con la barbilla. Para horror de Joie el órgano reseco se estaba moviendo. Con cada sacudida el vampiro se revolvía. Lentamente desplegó las grandes garras, y sus dedos huesudos señalaron al corazón.

Jubal maldijo.

—¿Las balas los detienen?

—Los ralentizan. No dejes que se acerque al corazón.

Jubal le sacó la tercera estaca y cruzó el suelo de hielo muy decidido a grandes zancadas.

—Maldición, muere ya.

Hizo un chasquido mientras insertaba la estaca en medio del órgano tembloroso y lo dejaba clavado al suelo helado de la cueva.

La boca del vampiro se abrió de golpe e hizo el ademán de chillar, pero no emitió sonido alguno. Enseñó los dientes puntiagudos manchados de sangre y exhaló un aliento fétido como si estuviera prometiendo futuras represalias.

—Nunca les mostréis vuestras emociones. Se alimentan del miedo. Les gusta la sangre cargada de adrenalina. Les provoca una excitación más intensa —continuó Traian.

Jubal lo miró.

—Tenías que haber considerado los peligros a los que se debería enfrentar mi hermana antes de que decidieras atraerla hasta este lugar —señaló agarrando la última estaca en la pierna de Traian—. ¿Cómo diablos podías vivir con esto?

—Simplemente sácamela —indicó él—. Tenemos que darnos mucha prisa.

—Haz lo que dice, Jubal —dijo Joie entendiendo la sensación de urgencia que transmitía Traian. Unas pequeñas arrugas blancas habían aparecido alrededor de su boca perfectamente esculpida—. El bebé vampiro está comenzando a encontrar sus piernas. —Para su horror, el corazón, a pesar de la estaca que lo atravesaba, estaba vibrando y se contoneaba hacia atrás y hacia adelante como si lentamente emergiera de la carne putrefacta—. De prisa... podemos tener un pequeño problema con este pequeño. Parece que está volviendo a la vida.

Joie tenía la boca seca. Por más que hiciera Jubal, la criatura seguía intentando volver.

—Taponadme la última herida. De prisa —les ordenó Traian.

Joie no quería apartar los ojos de la monstruosa criatura, pero la oscura compulsión de la voz de Traian la alarmó; obedeció y confió en que su hermano vigilaría al vampiro mientras Gabrielle y ella ponían el trozo de tela en la herida para que dejara de sangrar por los enormes agujeros que le habían hecho.

Jubal les estaba dando la espalda y tenía los ojos atentos a la inmunda criatura que se revolcaba por el suelo. Inesperadamente, Traian estiró un brazo y lo atrajo junto a él para murmurarle algo que Joie no pudo entender. Inmediatamente inclinó la cabeza hacia la garganta desnuda de Jubal.

Gabrielle chilló y corrió a ayudar a su hermano, pero Traian levantó una mano y murmuró algo en voz alta, aunque lo hizo en un idioma que no conocía. Gabrielle se detuvo de golpe y se quedó completamente quieta como si estuviera bajo el influjo de un hechizo.

Joie estalló furiosa.

—¡Demonio chupasangre! Déjalo o morirás. Y no estoy hablando en broma. Déjalo o te arranco el corazón. Y no intentes usar tu voz conmigo porque no funcionará.

Mientras hablaba con la voz baja y acalorada se sacó el cuchillo que tenía en la funda de la pantorrilla. Al mismo tiempo intentaba no perder al vampiro de vista.

—Si no bebo sangre vamos a morir todos —dijo Traian tranquilamente—. Esto es un hecho. Me necesitáis para que os saque de aquí, pero antes necesito sangre —le dijo observándola con la mirada firme y honesta.

Ella dejó escapar el aire entre los dientes, estiró un brazo y apartó a Gabrielle a un lado haciendo que se pusiera detrás de ella.

—Despiértalos ahora mismo.

—Solo tenemos unos minutos.

—Entonces no malgastemos el tiempo.

Su mano no vacilaba, ni tampoco su mirada.

Traian habló suavemente a Gabrielle y a Jubal. Este se apartó del hombre, levantó la pistola y agarró del brazo a Gabrielle. A ella se le llenaron los ojos de lágrimas y ocultó la cara en el hombro de su hermano.

—Para ser alguien que se supone que está tremendamente débil por la pérdida de sangre, me pareces bastante fuerte.

Nunca me he cruzado con nadie con este tipo de fuerza, Joie. Si se pone más fuerte y se vuelve contra nosotros nos veremos en un serio problema.

Ya tenemos un serio problema, señaló ella.

Estudió a Traian. Su expresión no había cambiado a pesar de la pistola de Jubal, y del cuchillo. Simplemente los miraba impasible.

—Dinos qué está pasando —sugirió Joie—. No hagas como si no hubiéramos sido testigos de lo que hizo el zombi que está en el suelo haciendo una lamentable imitación de Drácula. Olvidaste mencionar que tú también eres un poco vampiro y has arrastrado a mi hermano a tu lado para morderle el cuello.

—Soy carpatiano, un hijo de la tierra, una especie que tiene la desafortunada capacidad de volverse vampiro. Todas las historias que te conté cuando conversábamos por la noche eran ciertas. No las inventé para entretenerte. He vivido todas esas luchas; no eran una ficción. Necesito sangre para sobrevivir, pero no mato para obtenerla. Llevo cientos de años luchando contra los vampiros. —Su voz parecía tan firme como su mirada—. Este se volverá a levantar, y tiene amigos. No les podéis detener, ni yo tampoco si no tengo suficiente sangre como para recuperar mis fuerzas.

Cuando Joie dio un paso hacia él, Jubal la sujetó e intentó arrastrarla hacia atrás para alejarla del hombre herido.

—Esto es una mierda, Joie.

—Echa un vistazo a Lamont y dime si no estoy diciendo la verdad —dijo Traian.

Joie levantó una mano.

—Tengo que creer en él, Jubal. Se me está haciendo un nudo en el estómago de miedo. Estoy sintiendo que ya vienen los demás ¿vosotros no? —Entregó el cuchillo a su hermano ignorando su mano temblorosa—. Si estoy cometiendo la equivocación más grande de mi vida, espero que me venguéis.

Avanzó hasta donde estaba Traian desplomado contra el hielo azul y se quitó el casco.

—Adelante, pero recuerda, mi hermano puede dispararte en cualquier momento, y si eres como esas criaturas, ya nos has enseñado cómo matarte.

Traian entonces la tocó, rodeó su muñeca con sus largos dedos y la atrajo hacia él lenta e inexorablemente. El corazón de Joie dio un vuelco y enseguida continuó latiendo aunque no supo si lo hacía por el miedo o por la excitación que sentía. Solo sabía que tenía la boca seca y estaba completamente derretida por dentro. Los ojos de Traian se pusieron muy oscuros y se concentraron completamente en ella bloqueando todo lo demás. Todo lo demás. Entonces la atrajo a la protección de su gran cuerpo.

Joie sintió sus músculos duros, definidos y cargados de energía. Debía oler a sangre y a sudor, pero su aroma era muy masculino, limpio e incitante. Sexy. El mundo pareció desaparecer. No le importaba el peligro. Traian la rodeó con sus brazos y se aferró a ella hasta que su corazón comenzó a latir al mismo ritmo que el suyo. Ella le puso una mano en el pecho y sintió cómo su corazón latía con fuerza. Levantó la mirada para ver sus ojos, y en un instante se perdió en la ardiente intensidad que encontró en ellos.

Entonces estalló entre ellos una tormenta de emociones, un caldero oscuro que bullía tan agitado y salvaje como el vendaval que rugía por debajo del suelo. Joie estaba completamente fascinada y no podía dejar de mirarlo. Traian le retiró el pelo del cuello y ella sintió que le entraba fuego en el torrente sanguíneo. Si había sido metódico y rudo con Jubal, con ella estaba siendo amable, e incluso tierno. Inclinó su cabeza hacia ella.

Gabrielle soltó un pequeño chillido de protesta y se dirigió a ellos completamente decidida a detenerlo. Traian levantó la cabeza y pudieron ver que sus ojos brillaban con un extraño color rojo intenso. Ella se detuvo de golpe. Bajó los párpados y rodeó a Joie posesivamente con un brazo de manera que ella casi desapareció de su vista. Había quedado completamente oculta por su abrazo. La postura era muy protectora, aunque también era la de un depredador.

Sus labios apenas rozaron la piel de Joie. Ella sintió algo. El roce de un ala de mariposa, no más, aunque ese pequeño toque hizo que su cuerpo se acalorara por completo. Le besó los ojos hasta que los cerró. Las sensaciones aumentaron. Le susurró en la mente una suave letanía de palabras en un idioma antiguo.

—*Te avio päläfertiilam* —dijo, y el seductor idioma antiguo la envolvió en un aterciopelado hechizo que ella aceptó encantada.

Joie sintió su aliento cálido en el cuello. La lengua de Traian revoloteó sobre el pulso. Una vez. Dos veces. El cuerpo de Joie se tensó y se le contrajeron angustiados todos los músculos. Expectantes. Anhelantes. Le rozó el cuello con los labios, y ella sintió un intenso calor húmedo en su bajo vientre. Se le ablandaron las piernas. Uno de sus brazos se deslizó por su cuenta hasta la cabeza de Traian, y lo atrajo hacia ella para abrazarlo. Entonces se le clavó en la piel un rayo incandescente, y sintió que su latigazo bailaba por su torrente sanguíneo provocándole un placer que rozaba el dolor. Nada la había preparado para el intenso fuego erótico que se había apoderado de su cuerpo. Se le escapó un gemido suave, y se movió muy nerviosa pegada a él.

Traian se apretó tanto contra ella para sentir cada una de sus dulces y lujuriosas curvas, y su redondeada silueta, que dejó su cuerpo impreso en el suyo. Compañera. Había esperado y soportado tanto. A Joie ningún escudo le podría proporcionar una barrera protectora. Sabía exactamente lo que Traian estaba haciendo pero lo aceptaba. Aceptaba que necesitara su sangre. El rico líquido que daba vida corrió por el cuerpo de Traian con la fuerza de un tren de mercancías; sus células encogidas y hambrientas se empaparon de vida; y sus tejidos, músculos y órganos reclamaron su alimento. Quería saborear el momento, la primera vez que la probaba y tocaba su piel.

A pesar de que Traian intentaba tener suficiente control para borrar las miradas horrorizadas de sus hermanos, era consciente de que el no muerto luchaba por volverse a levantar, y que por lo menos dos vampiros estaban corriendo por el laberinto de túneles para llegar hasta ellos antes de que consiguieran escaparse. Solo bebió la sangre de Joie que necesitaba para poder tener fuerzas para cuando comenzara la lucha. No podía arriesgarse a que ella quedara demasiado débil como para no poder defenderse. Iban a tener más de una escaramuza con los no muertos antes de poder salir del laberinto de cuevas.

Muy cariñosamente, casi reverente, Traian lamió los agujeritos para cerrarlos y curarle la piel.

—Gracias Joie —dijo levantándola en sus brazos.

Ella temblaba cuando alzó las pestañas para estudiarle la cara. Enseguida se sintió atrapada y cautivada por las profundidades oscuras de sus ojos.

—De nada.

—Odio interrumpir el festival de amor que estáis celebrando —les espetó Jubal—, pero tenemos un pequeño problema. La estaca acaba de salirse del corazón de esta cosa muerta. Se sacude, lo que por cierto es asqueroso, y está comenzando a arrastrarse. No es una visión muy bonita tener a alguien con un gran agujero en el pecho derramando ácido negro por todas partes.

La voz de Jubal rompió el embrujo que Traian parecía haber lanzado a Joie. Ella apartó la mirada de él haciendo un gran esfuerzo y observó a la criatura aferrada desesperadamente al suelo de la cueva buscando su corazón reseco.

—Parece enfadado —observó ella.

Capítulo 4

Lamont no es el único —explicó Traian—. Sus amigos vendrán muy pronto. Solo piensan en matar.

Tenía que cuidar de la seguridad de Joie y sus hermanos. La red de cuevas era un gigantesco laberinto. ¿Cómo les iba a explicar rápidamente un concepto que los tres iban a considerar imposible de creer? Miró a Joie. Era un milagro para él, algo imposible, igual que lo que les parecían a ellos los vampiros y su necesidad de sangre... era como si los hermanos estuvieran atrapados en una pesadilla, y él en un sueño.

El vampiro estaba luchando para sentarse en el suelo. Le corría sangre negra y baba por la barbilla. Sus ojos con el borde rojo miraban fijamente a Joie con una mezcla de odio y miedo. Sus largas uñas se clavaban en el hielo y poco a poco se arrastraba hacia su corazón ennegrecido sin dejar de mirarla.

El corazón de Traian dio un vuelco y enseguida comenzó a acelerarse. Sintió sabor a miedo en la boca. La aprensión era un sentimiento que no sentía desde hacía cientos de años. Pero ahora, al ver que el vampiro estaba jurando vengarse contra la única mujer que le importaba, había sentido un miedo intenso. De todos los lugares en que podía presentarse ante su compañera, estaba en un laberinto de cuevas, desprovisto de su enorme fuerza, y teniendo que arrastrar con ellos a su hermano y a su hermana. Llevaba siglos buscándola, y ella había tenido que aparecer justo cuando se encontraba en un momento tremendamente vulnerable. El destino era un bromista terrible.

¡Joie! No lo mires directamente de esa manera. Es fácil quedarse cautivada.

Apartó su mirada haciendo un gran esfuerzo.

—¿Qué diablos hiciste con mi cuchillo, maldito demonio? ¿Sabes lo que cuesta una hoja como esa? —Extendió la mano para que Jubal le diera el cuchillo que le había dejado—. Dámelo. Creo que lo voy a necesitar.

El vampiro gruñó y al desparramar su sangre pestilente en el hielo, se hizo un profundo agujero. Sus ojos feroces prometían una venganza atroz.

Gabrielle se quedó con la boca abierta y se tapó la cara.

—Me quiero ir, Joie. Yo no soy como Jubal y tú. No puedo hacer esto.

Jubal inmediatamente la rodeó con un brazo.

—Saldremos, cariño. —Miró a Traian—. ¿Lo puedes matar? Tengo cerillas en nuestra mochila para poder incinerar esa cosa.

Gabrielle emitió un sonido de espanto completamente gutural.

—¿Lo vamos a quemar vivo?

—Tenemos que hacer algo —dijo Joie dando un paso hacia la criatura.

Pero Traian levantó su fuerte brazo para hacer que se pusiera detrás de él. Estaba preocupada por su hermana, y se sentía culpable por haber puesto a sus hermanos en esa peligrosa situación. Pero Traian no podía permitir que se expusiera al peligro cuando ya estaba en condiciones de matar a la criatura inmunda. Hizo una señal a Jubal y a Gabrielle para que se apartaran del vampiro. Ambos lo hicieron con mucho cuidado.

Lamont continuaba haciendo ruidos horribles, y sus garras ya habían hecho grandes surcos en el hielo. El corazón ennegrecido se retorció y rodó unos centímetros hacia la mano extendida del vampiro.

Jubal entregó el cuchillo a su hermana.

—Salgamos ahora que podemos. No quiero volver a encontrarme con ninguna cosa de esas.

—Voy a hacer como si nunca la hubiera visto —dijo Gabrielle muy firme. Se estremeció y respiró hondo—. Simplemente hazlo. Si hay que matar a esa cosa, hazlo rápido por favor.

Traian asintió y se puso delante de los tres. Joie lo observó atentamente. Parecía que estaba juntando en sus manos algo invisible, y percibió que en la cámara se estaba acumulando una gran energía. La galería finalmente estaba caliente, y eso había hecho que aumentara enormemente el goteo de agua. Una intensa luz naranja y roja, que emitía mucho calor, brilló entre las manos de Traian. Parecía un poco más pequeña que una pelota de básquetbol. La bola de energía daba vueltas y giraba.

El vampiro gritó de rabia e intentó levantarse para atacar desesperadamente al cazador. Como no podía ponerse de pie se lanzó por el suelo de hielo y llegó hasta el corazón que se retorcía. El órgano ennegrecido respondió a su desesperación y rodó hacia él con gran dificultad de manera muy macabra.

La bola de energía salió de las manos de Traian y cruzó la cámara directamente hacia el órgano reseco. El corazón se quemó con una llama incandescente, que después se volvió azul, y finalmente púrpura. Unas pequeñas larvas retorcidas cayeron al hielo, y lo derritieron. Las llamas saltaron del corazón a las manos extendidas del vampiro y le recorrieron los brazos y los hombros. Sus largos mechones de cabello húmedo se incendiaron y se le abrió la boca al máximo, así como los sorprendidos ojos llenos de horror.

El corazón se inceneró por completo, las cenizas saltaron como si fuera un volcán negro, y lanzó más larvas en el aire. Los gusanos negros caían como copos de hollín que manchaban el hielo. El no muerto chilló, y su agudo y horrible grito atravesó el laberinto de cuevas y taladró sus oídos. Jubal, Gabrielle y Joie se tuvieron que poner las manos en los oídos para amortiguar el sonido.

Por encima de sus cabezas una gran punta de hielo se movió y los muros que los rodeaban se trizaron en forma de telaraña. Cuando Jubal oyó en las galerías el siniestro sonido que producían miles de años de toneladas de hielo, que presionaban hacia abajo provocando un gran estruendo, cogió a sus hermanas del brazo y tiró de ellas intentando hacer que salieran de la cueva.

Traian lanzó al vampiro otra bola de energía. El fuego lo rodeó por completo y ardió intensamente. Durante un momento monstruoso el esqueleto negro del hombre se levantó entre el humo, y los huesos de sus dedos le señalaron a él, que permaneció en su sitio sin inmutarse y lanzó un soplido contra el espectro. Un hedor pestilente llenó la cueva.

Finalmente el humo negro desapareció, así como el olor asqueroso. El hielo se calmó y todo quedó en silencio, salvo el sonido del goteo del agua.

Jubal soltó el aliento.

—Puta mierda.

—Vale —dijo Gabrielle con una mano en la garganta—, ha sido asqueroso.

—Un truco muy práctico —observó Joie—. Me lo tendrás que enseñar.

Traian le sonrió como un chiquillo.

—Al fin te ha impresionado algo.

Un terrible aullido que parecía proceder de una jauría endemoniada resonó por las cavernas subterráneas. Joie sintió un escalofrío en la columna. Disimuló el enorme terror que sentía, y consiguió mostrar una débil sonrisa por el bien de su hermana... una auténtica bravuconada.

—Creo que esto nos indica que nos tenemos que ir.

—¿Podemos escalar? ¿Cómo vamos a saber dónde están? —preguntó Gabrielle muy nerviosa.

—Maldición, ¿cuántas de esas cosas hay? —preguntó Jubal.

—Normalmente cazan solas. Los vampiros esencialmente son seres egocéntricos y egoístas —respondió Traian—. Pero lo que he encontrado aquí no tiene precedentes hasta donde sé. Hay tres vampiros maestros... Gallent y Valenteen han dejado que un tercero, un maestro mucho más poderoso, los manipule a ellos y a sus seguidores. —Estiró un brazo y dio un suave tirón al pelo de Joie—. Vienen por nosotros. Tenemos que salir de aquí inmediatamente.

—¡Ay! —Joie lo miró—. Eso duele.

—Necesito pelo de todos vosotros, preferiblemente del cráneo, y no lo rompáis —les indicó y se arrancó un pelo de la cabeza.

Jubal frunció el ceño pero hizo lo que Traian les había pedido y le entregó un pelo. Gabrielle siguió su ejemplo. Traian se sacó un trocito de tela de la herida de su pierna ignorando la protesta de Gabrielle, aunque rápidamente la disimuló. Movió unos hilos manchados con sangre por el aire.

—Quedaos donde estáis.

Se elevó por el aire y avanzó por encima del hielo hasta un túnel que daba a la derecha, donde reunió más energía. Lanzó el pelo y los hilos a la cámara y provocó una poderosa explosión de aire que salió disparada por el túnel.

—Os voy a llevar a la cámara por la que habéis venido y después tendremos que salir rápidamente. Intentad correr sin pisar fuerte. Los vampiros son criaturas que tienen un gran oído. Queremos que piensen que vamos por la derecha, cuando en realidad vamos a seguir por la izquierda —les indicó—. Si es posible, avancemos en fila.

—Yo iré detrás —aceptó Jubal asintiendo con la cabeza.

Traian cogió la mano de Joie y tiró de ella para que lo siguiera. Y ella, a su vez, agarró la mano de Gabrielle.

Si hablamos telepáticamente, mi hermano y mi hermana también nos oirán si estamos conectados físicamente. Podemos correr sincronizadamente, explicó Joie mientras intentaba seguir las zancadas de Traian poniendo sus pies sobre sus huellas. Los crampones le hacían más fácil correr por el hielo sin resbalarse, pero temía que el sonido que hacían al rozarse con el hielo pudiera alertar a los vampiros.

Los vampiros siguen el olor a sangre. Estoy enmascarando el ruido que hacemos.

Gabrielle estiró su brazo para agarrar a Jubal que estaba guardando su pistola en el cinturón. Corría de la manera más suave posible pisando sobre las huellas de sus hermanas.

Realmente no comprendo cómo haces esto, pero has hecho una especie de bola de fuego y después te he visto volar un poco. Me has convencido, dijo Joie telepáticamente para no hacer ningún ruido que pudiera viajar a través de las cuevas.

Un carpatiano necesita sangre para sobrevivir, le explicó mientras salían a toda prisa de la cámara ensangrentada y ennegrecida. *No matamos a los que nos dan su sangre. Los tratamos con el respeto que merecen. No podemos estar al aire libre bajo la luz del sol, y en esas horas dormimos bajo tierra.*

Creía que era necesario educar a los tres humanos lo antes posible. Si se separaban de él tenían que saber cómo sobrevivir. Percibió que había despertado el interés de los tres. Gabrielle era científica y la información le interesaba. Jubal la aceptaba asumiendo que lo que pretendía era salvar sus vidas. Y Joie... el corazón de Traian dio un vuelco. Su compañera. No había tenido tiempo para aceptar por completo esa realidad.

Algo más, preguntó Joie. *¿Si tú no eres un vampiro, de dónde salen ellos?*

Pertenecemos a una especie casi inmortal. Digo casi porque sí podemos morir en determinadas circunstancias. Si con el tiempo no encontramos a nuestra compañera, la mujer que posee la otra mitad de nuestra alma, y solo existe una para cada carpatiano, perdemos las emociones y la capacidad de ver en colores. El mundo se vuelve un lugar aburrido y duro.

El túnel giró inesperadamente y aparecieron en otra gran sala. Esta tenía unos suaves muros verde azulados en tres de sus cuatro lados. El alto techo estaba cubierto por unas afiladas estalactitas que colgaban como gigantescas lanzas de carámbanos. Uno de los muros no era liso y estaba cubierto de bolas de hielo, algunas tan grandes como rocas, por donde corría y se congelaba el agua. El sonido del agua sonaba más fuerte, pero no se veía de dónde procedía. El ruido que producen parecía resonar por toda la cámara, lo que hacía imposible distinguir dónde estaba el río subterráneo.

¿Has estado aquí antes? Jubal probó la conexión telepática que mantenían cuando estaban con las manos unidas.

No conozco este lugar. Creo que es una cueva encantada.

Joie hizo un único sonido con la garganta y miró hacia atrás a Gabrielle mientras hacían una pausa para estudiar la situación y definir la mejor manera de volver a la superficie.

¿Cueva encantada? Odio preguntarlo.

Traian sabía que les estaba pidiendo mucho para hacer que comprendieran su mundo. Se habían lanzado al fondo de una piscina muy turbia y para sobrevivir tenían que luchar contra unas criaturas míticas que parecían sacadas de una película de terror. Quería tener a Joie en sus brazos y reconfortarla, pero no era muy cómodo estar en un lugar tan peligroso.

Un estruendo reverberó a través de las cuevas de hielo. El sonido, que transmitía rabia y promesas de castigo, se volvió estridente.

Se han confundido por culpa del pelo ensangrentado. Tenemos que irnos. Tenemos que mantenernos a la izquierda. Conozco la dirección por la que debemos salir, pero habrá que correr.

Las estalactitas se movieron sobre sus cabezas y sintieron alrededor de ellos un siniestro ruido de hielo resquebrajándose. Traian comenzó a correr justo cuando la cámara se volvió a sacudir por culpa de los continuos estruendos. Unas bolas de hielo muy grandes salieron disparadas desde los muros hacia ellos. Eran lo bastante pesadas, y tenían la suficiente energía, como para matarlos si les caían encima.

Gabrielle chilló, se soltó de la mano de Joie y se puso a correr a toda velocidad por el hielo.

—Tranquila —susurró Traian—. Detenla —le indicó a su hermano.

Jubal corrió detrás de Gabrielle y la atrapó haciendo que cayera al suelo justo cuando una gran lanza de hielo se clavó a su lado, se hizo añicos y disparó astillas de hielo en todas las direcciones. Traian cogió a Joie, la rodeó con sus brazos y casi la aplasta contra su pecho para evitar las lanzas de hielo. Varios bloques se soltaron de las paredes haciendo un gran estruendo.

—Mantenla ahí —pidió Traian a Jubal.

Corrió con Joie entre sus brazos esquivando las lanzas y las rocas de hielo, hasta que llegó junto a Jubal y Gabrielle. Se agachó a su lado e hizo que Joie se pegara a ellos mientras reunía energía. Esta, que se desarrolló muy rápido y con mucha fuerza, consistía en electricidad estática que enviaba cargas que rebotaban contra las paredes y el suelo de hielo.

Cubrió al grupo lo mejor que pudo y levantó un escudo alrededor de ellos. De este modo los poderosos pilares cónicos de hielo, y los enormes trozos de agua helada, chocaban contra la energía invisible, y se hacían pedazos. Las armas naturales volaban hacia ellos a una velocidad terrorífica. Las estalactitas se sacudían violentamente y terminaban por caer del techo. Si miraban hacia arriba podían ver las grandes columnas de hielo que caían directamente hacia ellos.

¿Esto es natural?, preguntó Joie. *Nunca he visto nada igual en todos los años que llevo entrando en cuevas.*

La caverna se había enfadado y había provocado una tormenta de hielo para expulsar a los intrusos que habían entrado en ella.

Traian sentía cómo latía el corazón de Joie. La acercó más a él para protegerla con su cuerpo. Sus fuerzas estaban menguando rápidamente. Los trapos que tenía en sus heridas estaban empapados de sangre. Necesitaba que la tierra lo curara pronto, y más sangre, pero todavía estaban a una buena distancia de la salida más próxima. No estaba perdido, pues sabía en qué dirección se encontraba, pero no tenía ni idea de adónde daba cada túnel y cada cámara.

No. Os sacaré de aquí. No pueden mantener el ataque. En cuanto podamos nos meteremos por el pasadizo más estrecho que hay a la izquierda.

Gabrielle lo escuchaba a través de su hermano que la tenía cogida de la mano. Levantó la cabeza para mirar al extraño. Vio que tenía la cara pálida y surcada por pequeñas arrugas. Dio un codazo a Jubal y este miró al hombre por encima del hombro.

¿Puedes hacerlo?, preguntó Jubal. *¿Aguantar este ataque?*

No nos queda otra elección, respondió Traian. No había nada que discutir porque no había otra respuesta. Hacía lo que tenía que hacer. Los vampiros estaban encolerizados e iban a hacer todo lo que pudieran para retrasar a sus presas, pero no sabían exactamente dónde estaban y no iban a usar todas sus fuerzas mientras no pudieran ver su situación. *Tenemos que mantenernos en absoluto silencio. Pueden encontrar nuestro olor y seguirnos, pero no tenemos que darles facilidades.*

Lo siento, dijo Gabrielle. *Normalmente no soy tan infantil, juro que normalmente no suelo perder el control, ni tampoco me derrumbo.*

Joie estiró un brazo para consolar a su hermana, le cogió una mano y se la apretó con fuerza.

Saldremos de aquí, siempre lo hacemos, le aseguró. *No te estás comportando de manera infantil, Gabrielle.*

Traian percibió el amor que subyacía en su voz. En realidad sentía el amor que sentía por su hermana. Se le hizo un nudo en la garganta ante una emoción tan sencilla y pura. Hacía muchos siglos que no experimentaba algo así.

El ataque ya está disminuyendo, les aseguró cuando vio que la violenta energía que los rodeaba se debilitaba. *En un par de minutos avanzaremos a la izquierda. Hay un túnel, un tobogán de hielo estrecho, pero se puede pasar, que hará que bajemos y nos alejemos de ellos. Lo cerraré después de que pasemos si tenemos suerte, y ya solo nos quedará encontrar la salida.*

Miró a Jubal a los ojos por encima de la cabeza de Joie. Su hermano no era tonto. No iba a ser fácil encontrar la salida del laberinto. No les había explicado lo que eran los magos y, francamente, no quería hacerlo. Ya tenían bastante intentando tomar conciencia de que los vampiros eran reales.

El estruendo terminó y solo quedó el sonido del hielo resquebrajándose y el goteo de agua. Eliminó el escudo y tiró de las dos mujeres para que se levantaran.

—Nos tenemos que ir. Nos están siguiendo el rastro y se pueden mover más rápido que nosotros.

Corrieron hacia el pasadizo que tenían a la izquierda.

Podrías sacarles ventaja si no estuvieras con nosotros, ¿verdad?, preguntó Joie.

Eso ni lo discuto. No os voy a dejar solos.

Estás herido.

Jubal entró primero en el estrecho pasadizo. Sus hombros se rozaron con el hielo.

—Esto es realmente muy estrecho —gritó hacia atrás—. Termina en un agujero.

—Es una cascada. Es un largo tobogán. Se podía pasar la última vez que vine por aquí, y es la mejor opción que tenemos.

Traian no quiso añadir que era la única. Con las pocas fuerzas que le quedaban tenía que hacer que bajaran por el largo tobogán sin que les ocurriera ningún percance y, después, cerrar el pasadizo.

Los tres hermanos intercambiaron una larga mirada muy impresionados. Jubal estudió la entrada e iluminó el estrecho agujero hasta donde se podía ver.

—Es muy peligroso, Joie. Cae de manera muy abrupta. Nos tendremos que deslizar fuera de control durante varios minutos.

Joie se acercó a él para echar un vistazo. Enseguida se volvió para mirar a Traian.

—¿Estás loco? No nos vamos a meter por ahí.

—No os queda otra elección —dijo Traian tranquilamente—. Podemos quedarnos atrapados en estas cuevas un par de días y hay que hacer lo que sea para seguir vivos. Tendremos que mantenernos unidos.

Deseaba que no fuera así. No quería explicarles lo que les ocurriría cuando el sol se levantara en el exterior.

Joie estaba plantada delante de él. Le brillaban los ojos.

—Evidentemente no somos como tú. Deslizarnos por una cascada helada sin conocerla y sin saber dónde nos estamos metiendo es simplemente un suicidio. Ninguno de los tres nos vamos a meter por ahí.

—Entonces todos vamos a morir aquí. Nos os puedo abandonar, pero tampoco seré capaz de derrotar a los vampiros que nos persiguen. Estoy demasiado débil. Si no aprovecháis esta oportunidad la única respuesta es la muerte. Y si tenéis que morir no querréis que los vampiros os pongan las manos encima —dijo Traian hablando de la manera más realista posible.

Pensaba sinceramente que no les quedaba otra opción. Iba a quedarse con su compañera y defendería a sus hermanos. En realidad su primera reacción había sido simplemente cogerla y obligarla a bajar con él, pero el lazo que unía a los tres hermanos era increíblemente fuerte. Joie no les iba a dejar, a menos que la obligaran, y si lo hacía, no se lo iba a perdonar. Ella no estaba deseando que la protegiera. Solo se lanzaría por esa cascada si su familia llegaba a un acuerdo y tomaban la decisión juntos. A Traian todavía le quedaba un largo camino hasta conseguir ganarse su absoluta confianza. En cambio los tres hermanos confiaban en ellos implícitamente, pues conocían bien sus fortalezas y sus debilidades. Él era un extraño.

Jubal cerró los ojos un momento, volvió a mirar hacia el lugar de dónde venían y movió la cabeza.

—Tenemos que confiar en ti, pero si les ocurre algo a mis hermanas…

Miró a sus hermanas asintiendo.

—Hay que sacarse los crampones —aconsejó Joie a Gabrielle—. No podemos permitir que se nos rompa una pierna. Si lo vamos a hacer, tenemos que tomar muchas precauciones.

Los tres se sacaron rápidamente los crampones de las botas.

—Yo voy primero —anunció Gabrielle con la barbilla levantada—. Si me quedo atascada sabréis que no podréis pasar —añadió con la voz temblorosa pero evidentemente decidida mientras miraba a su hermano por encima del hombro.

Jubal le agarró un brazo.

—No es posible, Gabby. Yo iré delante. No sabemos lo que hay abajo.

—La cascada puede estar bloqueada —explicó Traian—. La cueva vuelve a luchar y parece que tendremos que enfrentarnos a más trampas dejadas por los magos. Yo abriré el descenso por la cascada y lo despejaré. Una vez que lo haga lo sellaré cuando hayamos pasado todos, para que los vampiros no lo puedan usar como atajo para seguirnos. Esto no los detendrá, pero los retrasará. Mientras estéis bajando encended las luces de los cascos. Os informaré si el techo es demasiado bajo y tenéis que avanzar tumbados, pero una vez que lo hagáis, no podréis ver nada de lo que tengáis por delante, de manera que en cuanto paséis el obstáculo tendréis que volver a sentaros lo antes posible.

—Gabby, cuando te sientes ponte el piolet a un lado, sujétalo con las dos manos y entierra la punta para usarla como un freno —le explicó Jubal.

Gabrielle tragó con fuerza.

—Esto me parece más peligroso de lo que pensaba.

—Ya hemos practicado cómo se usa el piolet como freno —recordó Jubal—. Te tienes que deslizar apoyada en el trasero. Lo puedes hacer.

Gabrielle negó con la cabeza.

—Lo he hecho con los esquíes en nieve blanda, pero nunca en hielo, Jubal. Nunca en un tubo como este. Ni siquiera sabemos hasta dónde llega.

A pesar de sus protestas se ató el piolet a la muñeca.

—No nos queda más remedio, cariño —dijo Jubal—. Va a salir bien. Joie estará justo delante de ti, y yo iré detrás.

Gabrielle miró un momento como si estuviera a punto de ponerse a llorar, pero enderezó los hombros y asintió:

—Lo puedo hacer.

—Podéis usar el piolet para deteneros. Si os lo pido, hacedlo rápidamente. Iré despejando el camino por delante y os tenéis que quedar quietos hasta que os vuelva a decir que continuéis.

Traian hablaba de manera seca y segura, pues necesitaba que los humanos le obedecieran sin dudarlo.

—Ya sabes que esto no funciona siempre, depende de lo rápido que vayas —dijo Joie—. Es una apuesta impredecible, y esta cascada puede ser demasiado estrecha como para poder darse la vuelta.

—Es la mejor opción que tenemos para seguir vivos —repitió Traian—, y si vamos a hacerlo, tenemos que empezar a movernos.

El descenso por el tubo de hielo era como poco muy arriesgado. Una cueva encantada era tremendamente peligrosa, pues estaba llena de todo tipo de objetos valiosos protegidos por diversas trampas, cada cual más mortífera que la anterior. Estaban atrapados en un gran laberinto subterráneo, un refugio de magos bajo las montañas. Pocos podían superar los embrujos de los magos. Aterrorizaban los corazones y las mentes de cualquiera que quisiera descender a su profundo abismo. Así se aseguraban de mantener a todo el mundo alejado. Traian no creía que las cavernas estuvieran abandonadas. El hecho de que los vampiros hubieran entrado no significaba que los poderosos hechizos no hubieran funcionado. No comprendía cómo se habían metido en las cuevas la primera vez, ni cómo habían conseguido traspasar las barreras de los magos.

Los hermanos prepararon rápidamente el equipo de manera muy eficiente, se abrazaron un momento y le indicaron que estaban preparados.

Traian hizo que Joie se apretara contra él ignorando el arnés con rejilla donde llevaba las herramientas de escalada.

—Permaneced cerca de mí, pero intentad dejar suficiente espacio para poder parar rápidamente si es necesario —dijo—. Hay lugares donde es muy estrecho. No tenemos que atascarnos. Tenemos que bajar antes de que sepan lo que estamos haciendo. Si tenéis algún problema decídmelo y haré lo que pueda para ayudaros. Vais a ir muy rápido así que tenéis que prestar mucha atención. Tendréis que reaccionar muy de prisa.

—Tal vez podríamos compartir una cuerda —sugirió Gabrielle.

—No servirá de nada —dijo Jubal—. Recuerda que tienes que tener los talones levantados.

—Sígueme, Joie. Tu hermana es la siguiente. —Miró a Jubal por encima de sus cabezas—. Sabréis por adelantado cuándo los vampiros estén cerca. Insectos. Un olor pestilente. Una sensación de terror absoluto. Son tan capaces de colapsar el túnel como yo, pero tenemos que pensar que querrán nuestra sangre y que por eso no lo harán. Avisa en cuanto creas que están detrás de nosotros.

Jubal asintió.

—Estamos preparados. Hagámoslo.

Traian no esperó. Era completamente consciente de que en esos momentos el tiempo era primordial, y no quería que nadie cambiara de opinión. Se deslizó por dentro de la cascada y se impulsó. El suave hielo parecía un tobogán gigante, pero estaba tan oscuro que los demás no lo podían ver sin doblar sus cabezas para que sus linternas iluminaran lo que tenían justo delante. Sus anchos hombros rozaban por ambos lados. Las mujeres no tenían ese problema, pero Jubal también los tenía bastante anchos.

—Es cómodo pero muy estrecho —dijo Traian hacia atrás y Joie repitió la información a sus hermanos.

Joie respiró hondo y se deslizó detrás de él. Estaba oscuro y era aterrador. Se sentó sobre el trasero, levantó los talones y se puso el piolet a un lado. Lo agarró con las dos manos para clavar la punta en el hielo. Con el piolet atado a su muñeca respiró hondo para quitarse el miedo y contó hasta diez para dar un poco de ventaja a Traian antes de lanzarse a ese mundo desconocido.

¿Estás bien?, preguntó Traian.

Un poco asustada. ¿En todas nuestras conversaciones nunca se te ocurrió mencionar algunos hechos pertinentes, como que eres una especie peculiar de hombre al que le gusta la sangre, y lo acechan vampiros y otras criaturas míticas? Debiste haberme mencionado, por lo menos una vez, que no me ibas a contar alegres cuentos para quedarse dormido, sino que has tenido este tipo de vida. ¿No pensaste que podría ser importante que yo tuviera una visión más amplia de las cosas?

Aunque le hablara con la mente, Traian percibió que su voz temblaba. Estaba más que asustada y eso le parecía bien. Le preocupaba que, a veces, se mostrara demasiado bravucona. Los vampiros eran absolutamente malvados. No se podía razonar con ellos. No quería que ella pensara que podía ser fácil derrotarlos.

Tuve en consideración que estabas asustada ante la posibilidad de que hubieras perdido la cabeza. Se me ocurrió pensar que si empezaba a ha-

blarte de que los vampiros eran reales, y no solo producto de la ficción, hubieras terminado internada en un psiquiátrico.

La cascada de hielo estaba fría en comparación al calor que había generado Traian en la cámara. Joie se estaba deslizando a través de un mundo congelado rodeada de hielo azul y cristalino, completamente consciente de que él tenía razón. Hubiera terminado en un hospital para enfermos mentales si le hubiera mencionado a los vampiros. El hielo se empinó alarmantemente y comenzó a bajar más deprisa. Su corazón se aceleró en la misma proporción que la velocidad que llevaba.

Todavía puedo, murmuró en su mente intentando concentrarse en su enorme miedo. Estaba deslizándose por una estrecha cascada sin ver nada, siguiendo a un hombre al que no conocía y que además ni siquiera era humano. *Tener un novio fetichista que muerde cuellos definitivamente no es lo más cuerdo.*

Traian percibió que en su voz subyacía un enorme miedo. Que lo encontrara en una cueva de hielo teniendo que defender sus vidas de esas criaturas malignas, y que supiera que necesitaba sangre para sobrevivir, había debilitado la confianza de Joie en él. Sin saberlo, ella ya estaba atrapada en una relación de compañeros.

Gabrielle está justo detrás de mí, le informó.

Traian sintió una gran tristeza en su voz. Definitivamente tenía un enorme sentimiento de culpa por haber metido a su hermano y a su hermana en un lío tan enorme.

No tenías manera de saberlo.

Ella no quiso malinterpretarlo.

No deberían estar aquí. Especialmente Gabby. Jubal está en la cascada. Es difícil controlar la velocidad.

Traian observó el primer peligro que se les presentaba. Unas pequeñas bolas de hielo colgaban a los lados del tubo sobre las que se habían desarrollado pequeños carámbanos. A medida que descendían hacia el abismo cada vez eran más grandes. Inmediatamente envió la imagen a la mente de Joie sabiendo que ella transmitiría la información a sus hermanos y que intentarían disminuir la velocidad.

Se sintió bastante atrapado cuando vio las primeras protuberancias, y se dio cuenta que el hielo se desconchaba por debajo. Maldijo para sí mismo y tuvo que emplear una gran energía para suavizar el camino. Percibía el miedo que irradiaban los tres, especialmente la hermana de Joie. Estaban sujetos por un hilo. La intensidad de sus emociones se amplificaba por la mezcla de miedo, los vampiros y las cuevas encantadas. No podía malgastar sus fuerzas escudándolos de ese panorama tan desagradable.

Se deslizó otros tres metros y vio que un gran obstáculo bloqueaba el camino. Una bola de hielo cerraba la cascada. Era ancha y sólida. Se dio cuenta de que Joie la percibió de inmediato. Estaba aferrada a su mente aprovechándose de que parecía confiar en ella.

Cuando cuente hasta tres nos detendremos, indicó Joie a sus hermanos.

El sollozo de miedo de Gabrielle resonó por el tubo y el corazón de Traian se paró un instante. Si la mujer no conseguía detenerse iba a golpear la cabeza de Joie. Se tenía que concentrar en eliminar el gran bloque de hielo que interrumpía su descenso, y posiblemente habría más.

Un. Dos. Tres.

Traian sintió una ráfaga de energía cuando los tres escaladores clavaron con fuerza las puntas en el hielo, rodaron y sus brazos se llevaron la peor parte de haber tenido que detenerse de golpe. Joie solo chilló en su propia mente por el esfuerzo, pero Traian sintió el tirón en su cuerpo. Gabrielle emitió un pequeño sollozo.

Estoy deslizándome, Joie.

Estamos bien, le aseguró Joie. *Deprisa, Traian.*

Los tres habían depositado su suerte en él, y confiaban en su capacidad en una situación que no podían comprender. Mientras recuperaba energía tuvo muchas dudas sobre cuál sería la mejor manera de disolver la bola de hielo. El calor podría producir muchos problemas, y una explosión también.

Joie. En la cascada hay asideros, anunció Jubal. *No es completamente natural.*

La ha hecho un mago, les informó Traian mientras con mucho cuidado hacía estallar una bomba de calor en el centro de la sólida bola de hielo.

Tuvo que prestar mucha atención para proyectarla como un láser. No se atrevía a dejar que las paredes y el techo del túnel se pudieran derretir.

No puedo mantenerme quieta más tiempo, informó Gabrielle a sus hermanos con pánico en la voz.

Oigo algo en la cascada. Esta vez habló Jubal sorprendentemente tranquilo.

Traian redobló sus esfuerzos sin importarle provocar un pequeño desborde. Sopló con fuerza cuando se acercó a la barrera. El hielo se derritió y dejó un charco que se deslizó por delante de él.

Seguid bajando pero intentando controlar la velocidad de vuestro descenso.

A los tres les hubiera costado mucho darse la vuelta y recuperar el equilibrio sin perder el control. Fácilmente hubieran podido caer por el empinado tobogán. Confiaba en que Jubal lo hubiera conseguido. Era un hombre fuerte. Tal vez Joie también, pero Gabrielle no tenía suficiente experiencia. Respiró hondo y le envió fuerzas consciente de que estaba demasiado débil como para seguir controlándolo todo a su alrededor. Dejó el techo lo más suave posible cuando bajó, pues no quería que ninguno se hiciera daño. Tendría que seguir limpiando la cascada a medida que avanzaran.

Grillos. Me están cayendo miles de grillos.

Nuevamente Traian se sorprendió por la tranquilidad de la voz de Jubal. La experiencia de que una nube de insectos se precipitara contra uno en la oscuridad era escalofriante y aterradora como poco. No le extrañó que Gabrielle rompiera a llorar.

Cierra los ojos, le aconsejó Jubal. *Respira con mucha calma por la nariz. Se mueven muy rápido. Intentan salir de aquí igual que nosotros. Creo que están intentando decirnos algo.*

Traian sabía que esto último era por él. Se estaban comunicando gracias a la fuerte conexión que tenía con Joie, pero Jubal debía tener suficiente fuerza psíquica como para percibir que él estaba en la mente de Joie.

Supo inmediatamente cuándo los insectos llegaron hasta Joie. Se quedó paralizada, sublevada, llorando en silencio mientras los bichos pasaban por encima de ella en su lucha por alejarse del mal que los seguía. Se oía con fuerza el sonido irritante que hacían los cientos de patas que corrían por el hielo y por los humanos desesperadas por escapar.

Daos prisa. Ya he bajado. No os preocupéis si vais demasiado rápido porque os puedo detener al final. Tengo que cerrar la cascada antes de que entren los vampiros.

Los grillos llegaron hasta Traian y corrieron por encima de él, para escapar de la amenaza del mal, cuando sus pies tocaron el suelo. Saltó y se volvió para coger a Joie en sus brazos, a la que dejó a un lado para poder detener a Gabrielle. Estaba completamente blanca y temblaba descontroladamente, pero cuando él se puso a su lado, aunque se tambaleó un poco, consiguió mantenerse recta. Joie inmediatamente abrazó a su hermana y la sujetó mientras Traian reunía fuerzas para ayudar a Jubal a salir de la cascada.

Prepárate. En cuanto baje tengo que cerrar la cascada. Tendremos que correr. Manteneos a la izquierda. Siempre hay que ir a la izquierda. Por la derecha se va al interior de la montaña.

—No nos vamos a separar —dijo Joie muy firme.

Para Traian oír su voz fue casi sorprendente después de haber mantenido conversaciones íntimas de mente a mente. Se puso firme para recibir a Jubal. El hombre era grande, pero extremadamente fuerte y felizmente había conseguido controlar su descenso mejor que las dos mujeres. Traian lanzó hacia él un cojín de aire para ralentizarlo, y en cuanto aparecieron sus pies al final de la cascada, lo cogió en el aire usando su fuerza sobrenatural.

Traian hizo que se apartaran del túnel de hielo y se tambaleó un poco mientras estiraba los brazos para preparar otra explosión de energía. Los demás pudieron sentir cómo reunía calor y energía. Joie se acercó a él y le pasó un brazo por la cintura.

—Puedo ayudar. Usa mi energía.

—Y la mía —dijo Jubal y puso una mano en un hombro de Traian.

Gabrielle dio un paso detrás de su hermano y apoyó una mano en su hombro para estar físicamente conectados. Joie inmediatamente abrió su mente para él, lo llenó con su fuerza y energía, y generosamente compartió todo lo que tenía, todo lo que era. Traian sintió su solidaridad, esa conexión que le había permitido, sin que lo supiera realmente, confiar en él cuando siempre había sido muy cautelosa en establecer relaciones demasiado íntimas. A través de ella, sus hermanos también lo ayudaron generosamente y contribuyeron a potenciar enormemente su energía.

Un grito de rabia y odio resonó a través de la cascada, y aumentó tanto de volumen que el hielo se resquebrajó por encima de sus cabezas y aparecieron en los muros pequeñas grietas en forma de tela de araña.

Traian comenzó a cantar con la voz suave y sus manos se movieron rápidamente formando un patrón mágico que los tres hermanos no alcanzaban a seguir. Sus movimientos se veían borrosos debido a la increíble velocidad con que los hacía. Sin embargo, el inquietante sonido del hielo incrementó tanto su volumen que el ruido se asemejaba al estallido de un trueno. El hielo se llenó de surcos que seguían un patrón multicolor que se extendió rápidamente. A la entrada del tobogán el hielo comenzó a caer en grandes trozos. Algunos se deslizaron directamente hacia ellos.

—¡Corred! —les indicó Traian y todos salieron corriendo hacia la entrada de la izquierda.

El gran estruendo continuó desarrollándose con fuerza detrás de ellos como si fuera el estallido de un trueno hasta que el tubo se colapsó sobre sí mismo. La tierra se sacudió bajo sus pies, y se vieron invadidos por el gran ruido sordo que emitieron los muros y el techo. Jubal agarró la mano de Gabrielle y siguieron a Traian y a Joie en una carrera a vida o muerte a través del estrecho pasadizo. Continuamente caían junto a ellos afiladas puntas de hielo. Varias veces Traian tuvo que desviar un misil letal sin dejar de correr por ese transitado camino.

Mientras corrían por el pasadizo retorcido y oscuro oyeron detrás de ellos el ruido del hielo colapsando. Traian se detuvo de golpe con Joie de la mano. La abrazó para estabilizarla y se aferró a ella de manera muy protectora.

—Te dije que no vinieras aquí. No estoy seguro de poder sacar de aquí a tu familia con vida. Hay algo en esta cueva que los vampiros están decididos a encontrar... y los magos a proteger.

Estaban al borde de un precipicio. El único acceso era un puente muy estrecho hecho de hielo y piedras. Parecía peligrosamente delgado en algunas partes y en un punto tenía un gran agujero que se abría directamente al abismo. Jubal y Gabrielle se detuvieron también de golpe y observaron horrorizados la estrecha franja de hielo.

—No es un puente natural —observó Jubal—. ¿Quién, o tal vez debería preguntar qué, pudo haber tallado algo así? ¿Lo podemos cruzar?

Traian lo estudió con cautela. Negó con la cabeza.

—Me temo que el puente es una invitación a la muerte. Una trampa. La trampa de un mago.

Gabrielle cogió la mano de su hermana.

—Tengo miedo Joie. Tengo la terrible sensación de que vamos a morir.

—Los vampiros están transmitiendo terror e imágenes de muerte para alimentar tu miedo natural —explicó Traian—. Llevan semanas intentando encontrar algo en estas cuevas. La red subterránea es muy grande y como podéis ver no son formaciones naturales. Quise quedarme aquí para intentar encontrar lo que buscaban. Los vampiros normalmente nunca invierten tanta energía en un proyecto. Sea lo que sea lo que quieren, su descubrimiento no beneficiará ni a los carpatianos ni a la raza humana.

—No les hace falta transmitir miedo —señaló Gabrielle y a Traian le recordó un poco el humor seco de Joie—. Ya lo tengo por mí misma.

Jubal asintió observando las enormes heridas que tenía Traian en el pecho.

—Has tenido unos cuantos encontronazos con ellos.

Traian asintió.

—Sí, y he advertido cambios en su comportamiento. Normalmente me hubieran evitado. Ahora los vampiros van en grupo. Siempre suelen ir solos, u ocasionalmente un vampiro maestro puede usar a los nuevos como forraje para sus batallas, pero últimamente parecen tener más control y están mucho mejor organizados. Encontrar a dos maestros sirviendo a un tercero, al que aportan sus propios seguidores, es algo inaudito y debe ser investigado.

Jubal se pasó una mano por el pelo bastante nervioso.

—Siento que estoy perdiendo la cabeza. Los vampiros son creaciones de Hollywood, son criaturas cinematográficas.

—Son cambiaformas. Tenéis que tener mucho cuidado en quién, o en qué, confiáis.

Joie oyó un sonido que acompañaba al del goteo de agua. Un suave crujido. Parecían ramas que se rozan al ser sacudidas por el viento. La puso nerviosa. Los vampiros era una cosa, pero ¿los cambiaformas? Intercambió otra mirada con sus hermanos, y al instante rechazó la idea igual que ellos.

Entonces ocurrió algo inesperado. Traian estaba delante de ellos iluminado con la luz de sus lámparas. Pero de pronto apareció en su lugar un enorme lobo negro y peludo con una gran boca llena de terroríficos dientes. Miraba amenazadoramente a Jubal. Gabrielle gritó y se tambaleó hacia atrás. Jubal estiró un brazo para agarrarla, alejarla del abismo y dejarla en un lugar relativamente seguro junto al animal que rugía. Rápidamente abrió la cremallera de su bolsillo y sacó su arma.

A Joie se le secó la boca, pero valientemente rodeó el cuello del lobo con su brazo para sujetarlo.

—Absolutamente impresionante, pero no es algo que querría llevar a mi casa para que lo viera mi madre.

Le palpitaba el corazón con tanta fuerza que resonaba en sus oídos como un tambor. Había dudado de él, y este le había demostrado lo mortíferos y astutos que eran los vampiros. Le temblaban las piernas y las sentía como si fueran de goma.

No es necesario que te asustes de mí. Nunca te haría daño.

—¿Por qué piensas que te tengo miedo? —preguntó Joie—. No te tengo el más mínimo miedo. Estás bajo mi control.

Puede que tenga algo que ver el cuchillo que me tienes puesto en la garganta, dijo Traian muy despreocupado con cierto humor en la voz, como si el cuchillo que tenía fuertemente apretado contra su garganta no le importara en absoluto.

Y eso asustaba más a Joie que el hecho de que acabara de transformarse en un depredador. Se miró el brazo con el que le agarraba el cuello que estaba prácticamente enterrado en su abundante y suntuoso pelaje. Al sentir la empuñadura del cuchillo que tenía en la mano, soltó el aliento y lentamente lo retiró de su cuello.

—Simplemente quería asegurarme de que estabas atento —dijo y metió el cuchillo en la funda.

Traian tranquilamente volvió a su verdadero cuerpo.

—¿Cuántas armas llevas? Pareces un arsenal andante.

—Esto es una locura —dijo Jubal—. Genial, pero es una locura.

—Creo que estamos atrapados en una alucinación colectiva —sugirió Gabrielle—. ¿Podemos salir de aquí? Joie, encuéntranos una salida.

—Lo estamos intentando, cariño —le aseguró Joie—. Ese crujido me está volviendo loca. No me gusta el ritmo; no es natural.

El ruido del goteo del agua se había intensificado. Miró a Traian muy ansiosa. Algo iba mal. Él lo sabía. Y ella también. Miró a Jubal, y con toda seguridad él también sentía lo mismo.

—Cruzaré con ellos y vendré a buscarte —dijo Traian a Joie—. Jubal podrá proteger a tu hermana mientras regreso para ayudarte a cruzar a ti.

No tenía sentido que llevara primero a su compañera. Evidentemente ella no iba a querer ir sin los demás, y Traian no deseaba malgastar tiempo discutiendo.

—No podrás hacerlo sin más sangre —dijo Jubal—. Estás tan pálido que pareces casi transparente. —Respiró hondo, se metió la pistola en el bolsillo y sacó el cuchillo. Sin dudarlo se hizo un corte en la muñeca y entregó el cuchillo a Joie—. Si me mata espero que os venguéis. —Le mostró una breve sonrisa, dio un paso y ofreció su sangre brillante a Traian—. Sácanos de este maldito lugar.

Traian tomó lo que ofrecía sin dudarlo. Iban a tener que hacer un gran esfuerzo para salir del laberinto de cuevas y necesitaba energía. Agradeció que Jubal fuera un hombre tan fuerte y grande. Tuvo cuidado de no sacarle demasiada sangre, pero necesitaba desesperadamente el líquido vital que le daba voluntariamente. Cuando terminó cerró con mucho cuidado la herida con su saliva curativa.

—Gracias —dijo sencillamente y extendió una mano a Gabrielle. Ella lo miró horrorizada, negó con la cabeza y dio un paso atrás—. Rápido. Tenemos que cruzar ahora.

—Gabrielle —dijo Jubal un poco alarmado.

Pero ella no lo miró a él, sino a su hermana.

—¿Confías en él, Joie?

Joie miró a Traian y se fijó en las arrugas que marcaban su rostro atemporal. Las oscuras profundidades de sus ojos. Ojos antiguos. Ojos que habían visto demasiado. Era un hombre que llevaba demasiado tiempo solo. Estaba mirando a un guerrero. A un hombre de honor. Joie le acarició la mandíbula con las yemas de los dedos, y cuando lo tocó, él tembló ligeramente. Ella también. Su cuerpo se llenó de calor. Una corriente eléctrica atravesó sus cuerpos y un relámpago corrió por sus venas. Al instante tomaron conciencia de lo que ocurría entre ellos y se sonrieron de manera cómplice.

—Confío en él ciegamente, Gabrielle. Y, más aún, os voy a confiar a él. Por favor, cruzad ahora. Tengo el mal presentimiento que siempre tengo cuando estamos en peligro.

Gabrielle cogió la mano de Traian y permitió que la atrajera hacia él. Jubal se acercó lo suficiente como para que este le pudiera pasar un brazo por la espalda.

Traian se inclinó hacia Joie.

—Regresaré enseguida. No intentes enfrentarte al enemigo. No deben ponerte las manos encima. —En su voz subyacía cierta urgencia. Sus ojos oscuros miraron atentamente los suyos—. Estarás a salvo, Joie. Necesito que estés a salvo.

Iba a llevarse a su familia por su propia seguridad, cuando todo en él le pedía que la cruzara a ella primero. Joie entendió su mirada inmediatamente. Reconoció lo difícil que era para Traian tener que hacer algo que era importante para ella, más que para él. Una tormenta de emociones se arremolinaba en su interior, pero su exterior se mantenía tranquilo. Solo sus ojos ardían intensamente. Con posesión. Con promesas. Con pasión.

Apretó su boca contra la de ella y le dio un beso duro que demostraba lo mucho que le gustaba. Ese beso le decía que estaba decidido a que fuera suya, y que nada se iba a interponer en su camino. Comprobó que el cuerpo de Traian temblaba y, además de percibir su pasión, también se dio cuenta que sentía un gran miedo por ella y que necesitaba ofrecerle seguridad. Volvería a buscarla y estaba dispuesto a enfrentarse a cualquier cosa por ella. A pesar de que en ese momento estaban en medio de algo desconocido, se sentía protegida.

Se apartó de golpe, levantó fácilmente a su hermano y a su hermana, como si fueran niños, y se transformó en una criatura alada, medio hombre, medio pájaro, que voló por encima del abismo oscuro hasta desaparecer de su vista.

Joie se quedó de pie al borde del precipicio aplastada por la oscuridad... y el extraño crujido rítmico y el goteo de agua. Le palpitaba el corazón con mucha fuerza, y tenía la boca seca. Se volvió hacia el sonido y encendió la lámpara para ver lo que tenía detrás.

En un pequeño rincón pudo ver el agua que corría por un lado de la caverna; no era clara sino que tenía un color amarillo lechoso y se acumulaba en un charco pestilente. Se movió con cuidado y se puso de manera que pudiera tener a la vista lo que estaba ocurriendo en ese lugar. Algo malo. Algo vivo.

El agua se movió formando ondas en respuesta a una oscura perturbación que se había producido bajo la superficie. Enseguida el charco se puso negro por culpa de una sustancia aceitosa en la que aparecieron dos ojos rojos que miraban de manera terriblemente malévola. Un escalofrío le recorrió la columna vertebral y se le erizó el vello de los brazos.

Traian.

Automáticamente, y sin pensarlo conscientemente, lo llamó y le enseñó el charco con sus macabros secretos.

¡Sal de ahí! Sal de su campo visual, Joie.

Capítulo 5

Completamente aterrorizada e incapaz de apartar la mirada, Joie observó los ojos color rojo fuego que la acechaban desde el pequeño charco negro. Los ojos eran reales, aunque parecía que una terrible aparición la estaba mirando decidida a destruirla. Nunca había visto un ser tan maligno y que desprendiera un odio tan negro. Su cuerpo se rebeló y se indispuso por culpa de la tremenda maldad que transmitía el espeso fango.

Siguió el consejo de Traian e intentó mirar hacia otra parte, pero era imposible. Había caído en la trampa y era incapaz de romper el contacto visual con esos ojos y sus llamas rojas. Se le comenzaron a cerrar las vías respiratorias hasta que se atragantó como si la estuvieran ahogando con un nudo corredizo invisible. Se llevó las manos a la garganta instintivamente como si fuera a quitarse unos dedos invisibles que le apretaban el cuello, pero no había nada. Cuando vio estrellas blancas destellando contra un fondo negro, se dio cuenta de que no le quedaban más que unos valiosos segundos para liberarse la garganta. Llevó una mano hasta el cuchillo y, con un solo movimiento, lo lanzó completamente desesperada directamente contra la aparición.

El cuchillo se clavó profundamente en el ojo izquierdo. Inmediatamente en el agua comenzó a burbujear un líquido rojo muy oscuro. Se le aflojó la garganta y pudo respirar. Un terrible aullido, que resonó por toda la caverna, invadió sus oídos. Entonces se apartó tambaleándose del terrible charco y llenó los pulmones con la garganta muy adolorida.

Las burbujas se apilaron una encima de la otra hasta formar una pirámide pestilente; un olor a huevos podridos y a carne descompuesta inundó la cámara, que se llenó de un horrible vapor verde que dejaba unas volutas en el aire. Ella tuvo cuidado de no respirarlas. La pirámide creció hasta adquirir el doble del tamaño del charco. Lentamente la formación comenzó a inclinarse y las burbujas se estiraron hasta convertirse en unos dedos grotescos. Joie se quedó completamente pasmada cuando vio que las extensiones eran pequeños parásitos que se contoneaban. Parecían larvas o pequeños gusanos que surgían del cieno.

Entonces se estremeció y se alejó del fango sin dejar de observar atentamente el charco a pesar de que tenía el estómago revuelto. Algo terrible estaba a punto de ocurrir. Los sonidos de la caverna cesaron de pronto como si todo estuviera a la espera. Las burbujas comenzaron a sacudirse grotescamente. Algo dentro de los segmentos se movió bajo la superficie desesperado por salir. La pirámide se inclinó hacia ella y tuvo que dar otro cauteloso paso atrás. Se le oía perfectamente el corazón por el gran silencio que había en la cueva. Incluso se había detenido el incesante ruido del goteo de agua.

El espeso fango se movía dificultosamente y las burbujas se fundieron hasta formar una masa amorfa. Lo que hubiera dentro empujaba de un lado a otro deformando la masa de burbujas, como si la cosa estuviera dando algo a luz. Y ella temía que fuera exactamente eso lo que estaba pasando.

Rápido. Traian. Date mucha prisa.

Le era imposible ocultar la ansiedad de su voz.

Ya había estado en situaciones desesperadas, pero nunca tan a punto de entrar en pánico, pues simplemente había conseguido evitarlo, pero eso, esa cosa, definitivamente era letal e iba por ella. La espesa sustancia se volvió a contorsionar y se abrió un agujero donde apareció una membrana que protegía algo que había en su interior. Unos dientes se agarraron a la envoltura y la desgarraron. Entonces emergió la cabeza de un ser vivo. La criatura serpenteó por el agujero y saltó del charco de fango hasta el suelo de hielo. Surgieron pequeños gusanos de la abertura que había dejado. Algunos cayeron en la espesa sopa primordial y los demás se retorcieron violentamente alrededor de la enorme bestia.

Joie no quería tocar nada, ni siquiera con su equipo. La extraña oruga abrió la boca como si le gruñera. Tenía unos dientes en punta afilados como dagas que parecían estar hechos de hielo, aunque eran completamente reales. Dos de los dientes estaban curvados lúgubremente en forma de guadaña y goteaban un veneno amarillo que formaba vainas redondas hechas de una viscosa sustancia ambarina.

Joie dio otro paso hacia atrás obligada a ceder terreno, pues la cosa seguía serpenteando hacia ella. Consideró saltarla por encima, pero el charco seguía creciendo y las pequeñas larvas también avanzaban hacia ella.

¿Dónde estás?

De regreso.

No le sirvió que la voz de Traian sonara completamente confiada y en calma. Iba a llegar demasiado tarde. El extraño ser ya estaba casi a su lado. Tenía que tomar una decisión rápida. Agarró el piolet y pensó cuál sería el mejor lugar para intentar matar a esa cosa. Tal vez su punto débil fuera la cabeza, o detrás del cuello. Solo iba a tener una oportunidad.

De pronto el animal movió la cabeza hacia atrás y abrió la boca al máximo enseñando sus dientes afilados como dagas, los venenosos colmillos en curva, y más vainas amarillentas. Joie continuó mirando el insondable agujero negro y de pronto surgieron rápidamente de la boca seis cabezas de serpiente. Entonces se tropezó al dar un paso atrás para evitar que la mordieran esos dientes que no dejaban de rechinar, y el borde del hielo se desmoronó y cayó al vacío.

Afortunadamente alcanzó a clavar profundamente la punta del piolet en el muro de hielo, y consiguió sostener el peso de su cuerpo con los brazos evitando la caída. Soltó el aliento lentamente y miró con mucho cuidado a su alrededor. No podía ver nada por debajo de ella, pues el talud era demasiado profundo. Una mala señal era que había bolas de hielo colgando de los muros del precipicio. No había tenido tiempo para volver a ponerse los crampones en las botas, por lo que no podía sujetarse a la pared de hielo para estabilizarse mejor.

Tengo un problema, Traian.

Por encima de su cabeza la alertó un inquietante ruido. Algo arañaba el hielo. Miró hacia arriba y vio que caía hielo. Para su horror, además de los restos de hielo, comenzaron a caerle pequeños parásitos que se movieron serpenteando sobre su cabeza y sus hombros. Tuvo que obligarse a no perder el control y ceder al impulso de intentar sacudírselos. El ruido continuó y se hizo más intenso. Se arriesgó a volver a mirar hacia arriba. La extraña babosa parecía haber crecido aún más. La enorme mandíbula colgaba por el borde del acantilado y los ojos rojos la miraban fijamente. La cosa abrió la boca y le enseñó los venenosos dientes curvados como si fueran pequeñas guadañas.

Su corazón se saltó un latido y enseguida comenzó a palpitar con mucha fuerza. Las horribles cabezas de serpiente iban a llegarle a la cara en cualquier momento, y sin duda le iban a dar un mordisco letal del que no sobreviviría. Si quería coger el cuchillo tendría que quedarse colgada con una sola mano, y si lo hacía verdaderamente rápido, podría tener una mínima posibilidad.

Tragó con fuerza sin apartar la mirada de esos monstruosos ojos rojos que la observaban con tanta maldad, soltó una mano del piolet y transfirió todo su peso al otro brazo. Había escalado desde que era prácticamente una niña pequeña y su cuerpo era fuerte, pero hacía frío y estaba perdiendo fuerzas. Hizo los movimientos lentamente para no desencadenar un ataque, cerró los dedos alrededor de la empuñadura del cuchillo que tenía sujeto a su cinturón y lo sacó lentamente.

Entonces unos brazos la empujaron contra un pecho duro, y el aroma de Traian llenó sus pulmones.

Te tengo, le susurró en la mente.

Una potente energía crepitó a su alrededor. Se hundió en él aliviada. No había manera de controlar sus terribles temblores. Unas llamas surgieron en las manos de Traian y lanzó una bola de fuego que estalló directamente en la garganta de la criatura. Esta lanzó un largo chillido muy penetrante que resquebrajó los carámbanos. Entonces estalló un volcán de parásitos, que enseguida se abrasaron y cayeron a su alrededor convertidos en cenizas.

Joie enterró la cara en el pecho de Traian.

—Tengo algunos en el pelo.

—Tranquila, te los sacaré —la tranquilizó con la voz cariñosa—. El casco ha impedido que se te metan en la cabeza.

Joie enseguida sintió el aire cálido que usó Traian para librarla de los desechos que le habían caído por encima. La idea de tener esas pequeñas larvas arrastrándose por la piel era peor que la sensación que tuvo cuando cientos de grillos se deslizaron por su cuerpo en el tobogán helado. Se obligó a respirar hondo y estiró un brazo para recuperar el piolet.

—¿Estás herida? ¿Te han mordido? ¿Se te han metido parásitos por debajo de la piel?

Joie negó con la cabeza. Estaba aferrada a su cuerpo y no se molestó en fingir que el encuentro no la había impresionado. Traian se movió tan rápido por el aire que el viento frío le cortó la cara, le entumeció las manos y le arrancó lágrimas de los ojos. Volvió a enterrar la cara en su pecho, apretó el cuerpo con fuerza contra su calor antinatural y se permitió descansar un momento para poder recuperarse antes de tener que enfrentarse a sus hermanos.

—Me estás enseñando lo que significa el miedo —dijo él.

—¿De verdad? Pensaba que era completamente al revés. No creo que tu mundo sea un entorno tranquilo en el que suela estar una mujer como yo. —Sintió vergüenza porque le temblaba la voz—. Francamente, Traian, este es un lugar horrible. Y no se me conoce por considerar que ciertos lugares sean terroríficos. No quiero que Gabrielle y Jubal me vean así. Y es un poco humillante que lo hagas tú.

—Ser valiente no significa no tener miedo.

—Es verdad, pero no por eso cualquiera tiene que saber que me tiemblan hasta las botas. Literalmente.

—Yo no soy cualquiera. Soy tu compañero, la otra mitad de tu alma. No nos ocultamos cosas entre nosotros. Quiero saber cómo te has sentido, o si tienes alguna herida.

—No tengo ni idea de lo que significa eso. Y desconozco por completo este tipo de existencia. ¿Qué era esa cosa? —Volvió a temblar—. He estado en cuevas en todo el mundo y nunca me he encontrado con nada como lo que hemos visto aquí.

—No sé lo que era. Nunca antes he visto algo así. Me estaba dirigiendo a mi tierra natal cuando me encontré con la banda de vampiros. Era algo tan inusual que decidí enterarme de qué hacían. Desgraciadamente eran más que yo, y había tres vampiros maestros. Me metí en un Armagedón. Los maestros son antiguos y muy experimentados. Usan a los vampiros más jóvenes para cazar para ellos, y para debilitar a sus presas antes de que decidan matarlas.

—No me gusta como suena la palabra «presa». —Se volvió a estremecer—. Vamos tan rápido; debí haber pensado que cruzaríamos la grieta enseguida.

—Descubrimos trampas a lo largo de la pista que daba al túnel y por eso tuve que llevar a tus hermanos mucho más lejos. Vamos a pasar ahora por ahí y es muy estrecho. Me costó hacer pasar a tu hermano.

—Seguro. —Miró cautelosamente a su alrededor. El puente parecía más frágil que nunca y tenía dos anchos boquetes a cada lado. El hielo parecía lo suficientemente sólido en ambos lados del puente, pero vio un agujero de más de un metro y medio de diámetro. Contuvo el aliento—. Intentaste dejarlos aquí antes de venir por mí.

—Sí, tu hermano intentó cruzar, pero alcancé a agarrarle del brazo y tirar de él. El hielo solo parecía duro. Es una ilusión igual que el puente de hielo.

Joie movió la cabeza.

—Este sistema de cuevas es una enorme trampa mortal.

Traian se detuvo en la entrada del túnel y planeó justo por encima de la capa de hielo. Tocó la cara de Joie con sus cariñosos dedos.

—No puedo creer que hayas venido a buscarme. Todavía me cuesta creer que seas real y no una ilusión —dijo suavemente.

Cuando movía sus labios junto a su mejilla la rozaba con la suavidad de un ala de mariposa, aunque ella lo sentía hasta en los dedos de los pies. La pequeña caricia hizo que su sangre corriera aceleradamente, y el corazón le diera un vuelco; había conseguido calentarla como nada más podía hacerlo.

Joie cerró los ojos un momento para disfrutar de la caricia.

—No tengo ni idea de qué es lo que ocurre entre nosotros, pero lo siento. El único problema es que me está costando creer que todo esto sea real —admitió—. Pero ¿qué pasa con el lobo? Lo de la telepatía, vale, puedo aceptarlo. Incluso el extraño fetichismo que tienes con la sangre, pero ¿no crees que transformarse en animales y volar sea ir demasiado lejos?

Sabía que estaba siendo un poco frívola, pero se sentía como si prácticamente estuviera rayando en la locura. Se hallaba atrapada en una historia de horror.

Los brazos de Traian se aferraron a ella posesivamente.

—¿No te gustó volar?

—No disfruto de nada cuando no tengo todo el control.

Sus brazos se curvaron alrededor de ella y se apretaron contra la parte inferior de sus pechos.

—No tendrás todo el control cuando te haga el amor, Joie —le dijo suavemente.

Ella cerró los ojos al sentir el tono aterciopelado de su voz. Estaban rodeados de peligros. Su familia estaba cerca. Pero no parecía importar. Lo estaba sintiendo tan intensamente que le dolía el cuerpo de lo mucho que lo necesitaba. De hambre. De deseo. Se sentía inquieta y caliente; una terrible tensión se estaba desencadenando en su interior.

Siento lo mismo que tú.

Ella hablaba a menudo con su hermano y su hermana usando la telepatía, y los tres compartían el secreto, pero esto era diferente. Muy diferente. Una intimidad que susurraba noches eróticas y apetitos que nunca pueden ser satisfechos.

¿Por qué? ¿Por qué contigo?

Soy tu otra mitad. Nos pertenecemos el uno al otro. Te he buscado por todo el mundo. Llevo varias vidas esperándote.

Joie se agarró con fuerza a la camisa de Traian y puso su cabeza más cerca de su corazón. Era una mujer que se conocía bien. Una adicta a la adrenalina. Una feminista defensora de la justicia. Le encantaba su vida. Viajar de un país a otro. Un destino peligroso tras otro. Su tiempo libre lo pasaba practicando espeleología, rafting en aguas bravas o paracaidismo. No era una mujer que quisiera o necesitara tener un hombre. No era una mujer que se colgara de un hombre, aunque en esos momentos ya no se podía imaginar sin él.

Joie miró a Traian y la luz de su casco resplandeció en su cara. Había cambiado su existencia para siempre.

—No estoy completamente segura de que te haya dado el visto bueno.

Una carcajada resonó en la garganta de Traian.

—Afortunadamente tu visto bueno no es estrictamente necesario. Los compañeros simplemente existen. No tenemos ninguna elección que hacer al respecto. Somos como dos imanes que no se pueden separar.

—Genial. No sé nada de ti excepto que no te puedo llevar a mi casa a conocer a mi madre y a mi padre. Y, a propósito, somos una familia muy unida.

—No me había fijado en eso para nada —dijo Traian riéndose y arrastrando las palabras.

La llevó por una estrecha abertura que giraba a la izquierda. Seguía manteniendo su plan inicial de ir siempre a la izquierda para encontrar la salida.

—Claro que me puedes llevar a tu casa para conocer a tus padres —dijo tranquilamente de manera muy honesta mientras seguía por el estrecho pasadizo hacia donde se encontraban Jubal y Gabrielle—. Nunca te avergonzaría o los asustaría. Quiero conocerlos. Toda la gente importante para ti, también lo es para mí.

Joie intentaba impedir que su corazón se volviera loco. No era una jovencita, sino una mujer completamente madura. Ningún hombre debería provocarle esos efectos, pero Traian lo hacía. Sentía que era honesto, y su sencilla sinceridad la conmovía. No sabía nada de él, ni siquiera lo que era realmente, pero aun así lo conocía perfectamente. Sabía el tipo de hombre que era. Y a pesar de que su conocimiento era instintivo, era lo único de lo que estaba segura.

—¿Dónde está tu familia? —preguntó ella.

—Solo tengo a los de mi especie. A mi príncipe. —Se le veían los ojos intensamente negros bajo el suave brillo de la luz de su casco—. Ahora tú eres mi familia. Y tu hermano y tu hermana también se han convertido en mi familia. —La miró arqueando una ceja—. Aunque acabemos de conocernos. Un concepto muy extraño para ti, pero completamente natural para mí. Los compañeros son dos personas que se conocen y necesitan estar juntas, las dos mitades de un todo. Como los matrimonios de tu mundo, pero con un vínculo mucho más fuerte. Todo hombre carpatiano sueña con encontrar a su compañera, lo anhela y lucha por mantener nuestro mundo unido, aunque pocos de nosotros consiguen alguna vez este tesoro. Nunca pensé que iba a poder experimentar un acontecimiento tan impactante.

—¿Estás decepcionado de que yo no sea lo que pensabas que iba a ser?

Traian la miró.

—No comprendes lo que significa ser compañeros. Estoy sorprendido e incluso impresionado por la idea de tener una compañera humana, pero nunca me sentiría decepcionado contigo. Estamos hechos el uno para el otro. Nos completamos. Me pareces fascinante. Y siempre me lo parecerás.

A Joie le gustó como sonaba eso. No podía imaginarse que se llegara a cansar de Traian. Necesitaba escalar y encontrar nuevos lugares que explorar. Para ella era tan importante como respirar. Necesitaba un hombre al que le gustaran los desafíos. Y Traian ya le había demostrado que estaba más que preparado para desempeñar esa tarea.

La estrecha abertura se agrandó y accedieron a una cámara que evidentemente se abría a otra galería. Jubal y Gabrielle estaban muy cerca el uno del otro. La esperaban muy ansiosos. Traian la depositó cuidadosamente en tierra firme. Jubal y Gabrielle corrieron hacia ella, la rodearon con sus brazos y la abrazaron con fuerza.

—¿Qué diablos ha ocurrido? —preguntó Jubal—. Sabía que algo iba mal cuando intentamos encontrar una abertura segura.

Traian estaba todo lo nervioso que puede estar un hombre como él.

—Pero no decía nada —añadió Gabrielle y miró al carpatiano reprendiéndolo.

Jubal acarició a su hermana.

—¿Estás herida?

Joie negó con la cabeza.

—Apareció una criatura muy desagradable con grandes dientes, veneno y gusanos parásitos. —Miró a su hermana—. Parecían larvas, o algo peor.

Gabrielle la miró más intrigada que asustada.

—¿Me has traído alguna muestra?

—No pensé en eso, lo siento —dijo Joie. Ahora que estaba lejos de la criatura no se podía creer que no hubiera guardado ni una simple muestra del gusano. Todos llevaban unos envases especiales justo para eso. Gabrielle había viajado con ellos expresamente para recopilar especies extrañas, no porque fuera una apasionada de la escalada o la espeleología.

Odiaba tener que decepcionarla después de todo lo que había ocurrido—. Debí haber...

Gabrielle se rio inesperadamente haciendo un sonido muy poco habitual en la caverna.

—No seas tonta. Yo también hubiera escapado para salvar la vida. Estoy contenta de que estés a salvo.

—Todavía no estamos a salvo —recordó Traian. Todos estaban temblando y parecían no darse cuenta, pues a pesar de su ayuda, y de su ropa especial para hacer escalada en hielo, la temperatura les estaba afectando—. Tenemos que seguir avanzando.

Joie inmediatamente se sentó para ponerse los crampones de las botas. No se iba a volver a aventurar sin ellos.

—Encontremos una manera de salir de aquí —dijo poniéndose de pie.

—Espera, Traian —objetó Jubal—. Encontramos algo que parece muy importante. Dijiste que los vampiros estaban buscando alguna cosa. Mira esto. Nunca hemos visto nada igual.

Traian cogió a Joie de la mano para seguir a sus hermanos. Atravesaron la cámara y se internaron en la galería abierta. Ella se sentía un poco tonta por ir cogida de la mano, pues nunca lo había hecho, ni siquiera en su instituto de secundaria, pero estar cerca de Traian era algo cálido, reconfortante y completamente extraordinario.

La cámara se abría a una galería con el techo muy alto donde alguien, o algo, había excavado habitaciones y hornacinas. Unos candelabros muy altos adornaban los muros, pero no sabían cómo encenderlos, o siquiera si funcionaban. Joie frunció el ceño y miró a Traian deseando encontrar una respuesta que explicara cómo una cueva de hielo podía estar ocupada por alguien. Tenían que haber tardado bastante en excavar las grandes columnas y todos los recovecos.

Jubal se volvió hacia una hornacina superficial del muro y dirigió la lámpara hacia el hielo. De pronto se quedó todo en silencio, y los tres contuvieron la respiración. Había una enorme criatura atrapada en el hielo. Era una bestia enorme recubierta de escamas. Tenía la cabeza en forma de cuña, el cuello serpentino y una larga cola que terminaba en una afilada punta. Tenía las alas plegadas junto al cuerpo y unas garras afiladas perfectas para rajar y desgarrar. Tenía un ojo completamente abierto, que los miraba desde detrás del muro de hielo de más de tres metros. El hielo era tan denso que la criatura estaba un poco deformada.

Joie soltó el aliento lentamente.

—No es un dinosaurio.

—Tiene que serlo —dijo Gabrielle—. No puede ser un dragón. No me digas que es un dragón. —Miró a Traian esperando una respuesta—. Dime que es posible que el aire que hay aquí no sea bueno, y que estamos sufriendo una alucinación colectiva. Que no hay vampiros. Que no puedes cambiar de forma y que no hay dragones.

—Me encantaría poder hacerlo —contestó Traian cariñosamente.

Ella negó con la cabeza y tocó el hielo con su mano enguantada.

—Es verdaderamente hermoso. De todos modos, nunca nos va a creer nadie.

—¿Es real, Traian? —preguntó Jubal con cierto miedo reverencial en la voz.

—Sí. Es real. No sabía que estaba aquí. —Traian se acercó al muro de hielo y observó atentamente al enorme dragón. Igual que Gabrielle, puso la mano en el muro, pero de una manera mucho más íntima, y más que sorprendida o reverente. Parecía como si le estuviera prestando una especie de tributo amoroso—. Hace cientos de años que no veo un dragón.

Gabrielle se alejó de él con la boca abierta y se acercó a Jubal como si buscara protección. Intercambiaron una larga mirada, pero Traian no pareció advertirla. Joie no podía apartar la mirada de su cara extasiada.

—¿Crees que esto es lo que buscan los vampiros? —preguntó Joie. Traian negó con la cabeza.

—No les interesan los restos de un dragón. Pero esto definitivamente es una cueva que los magos usan, o solían usar. Lo sospecho seriamente. Puede ser una mina de oro de información para nuestro pueblo. Los magos tienen un poder y unos conocimientos increíbles. Probablemente fueron quienes lo capturaron y, finalmente, lo mataron y conservaron. En general los propios dragones destruyeron todas las pruebas de su existencia.

—¿Por qué querrían matar a una criatura tan hermosa? —preguntó Gabrielle.

—¿Por qué los humanos matan a los grandes murciélagos y a los rinocerontes? Se cree que ciertos animales tienen propiedades mágicas. Hace mucho tiempo que los dragones desaparecieron de la Tierra. Los cambiaformas pueden transformarse en ellos, pero no tienen la sabiduría y la energía de los verdaderos dragones. Bueno, hay un linaje de nuestro pueblo, los buscadores de dragones, que tiene un enorme poder y algunos dicen que la misma sabiduría. Hace mucho tiempo existió un buscador de dragones legendario, cuya compañera era una dragona cambiaforma. Nadie sabe si realmente fue cierto. —Se encogió de hombros—. Tal vez fue así.

—¿Si es cierto que los magos usaban a los dragones por su poder, no sería posible que los vampiros quisieran hacer lo mismo? —especuló Gabrielle.

—Se podría pensar —reconoció Traian—. Sería terrorífico pensar que los vampiros puedan apoderarse de cualquier forma de poder que controlen los magos. Pero no, no tendrían la capacidad de usar un recurso tan importante como un verdadero dragón. Hay que tener un talento natural. Ser mago es algo que viene de nacimiento.

—Pero tú puedes hacer cosas increíbles —señaló Joie.

—Pertenezco a la tierra y me ha otorgado ciertos dones, pero la cosa de la que estamos hablando es completamente diferente. El poder puede proceder tanto del mal, como del bien.

—¿Puedes sacarlo de ahí? —preguntó Joie.

—No sin que se nos caigan encima toneladas de hielo. Lo mejor es que salgamos rápidamente de este lugar.

Traian se volvió cuando Jubal se apartó del muro para deambular por la galería y se sintió atraído por una hornacina que contenía lo que parecía una madera antigua y retorcida.

—No toques nada —le advirtió Traian bruscamente—. Tenemos que tener mucho cuidado aquí. Los magos usan hechizos y trampas para cuidar lo que les pertenece.

—A eso te referías cuando nos advertiste que el puente podía ser una trampa. Pensaste que lo podían haber hecho los magos —dijo Jubal.

—Ya viste que el terraplén era una trampa. Eso no era natural, era una perfecta ilusión que aparentaba ser un muro sólido de hielo. Son maestros haciendo ese tipo de cosas.

Gabrielle levantó una mano.

—Guau, estamos hablando de cosas que aparecen en los libros fantásticos. Leyendas. Mitos. Nunca se ha probado que los dragones existieran. Ni siquiera cuando los dinosaurios poblaban la Tierra. Y a pesar de eso estamos justo delante de uno. Es tan surrealista.

—Surrealista o no tenemos que salir de aquí... y con mucho cuidado —reiteró Traian.

Tiró de Joie para que estuviera más cerca de él. Era muy consciente del efecto del frío en sus cuerpos y en sus mentes. Era muy desorientador estar tan débil dentro de una caverna. Ahora podía sentir la sutil influencia de la energía de la cueva. Minaba sus recursos para mantenerlos prisioneros.

—Tengo que sellar esta zona para retrasar a los vampiros y poder sacaros de esta cueva —dijo Traian.

—No estoy tan ansiosa por marcharme —respondió Joie que estaba estudiando el enorme cuerpo del dragón—. Esto es un tesoro. Aquí abajo debe de haber más cosas fascinantes.

—Os están persiguiendo para cazaros —dijo Traian seriamente—. Os voy a sacar de aquí ahora mismo. Regresaré después para encontrar aquello que los vampiros buscan tan intensamente.

—Cuando estés solo —supuso Joie.

—Cuando esté solo —confirmó Traian y les animó para que avanzaran por el estrecho pasillo—. No debéis tocar nada por más tentador que parezca —añadió como precaución.

Jubal miró a Joie.

—No es normal en ti someterte a las órdenes de nadie. ¿Estás segura de que no te tiene embrujada? —se quejó—. Esto suena tan melodramático y estúpido. No me puedo creer que lo haya dicho.

—Soy una profesional, Jubal, y no necesito imponerme. Es un experto en la materia, yo no.

El pasillo daba a otra galería enorme. Tenía altas columnas góticas talladas en los muros y una impresionante bóveda parecida a la de una catedral. Había dos filas de pilares de hielo y cristal a lo largo del lugar. Cada uno tenía varias esferas redondas de diversos colores. Mientras avanzaban por la enorme galería que era tan grande como un salón de baile, observaron que estaba iluminada por unas llamas parpadeantes que salían de unas lámparas de cristal, hechas por humanos, que colgaban de los anchos muros de hielo.

Traian levantó una mano para avisarles que tenían que detenerse.

—Vigilad donde pisáis. Tiene que haber una salida en esta galería. Un poderoso mago ha construido aquí su casa, por lo menos parcialmente, y tiene que haber una manera rápida de salir. Vamos a desplegarnos para investigar qué encontramos, pero no se os ocurra tocar nada.

Joie se dirigió a los pasillos con las esferas, igual que sus hermanos. Cruzó el suelo de hielo con cuidado y caminó junto a la fila de esferas de varios tamaños, muy cerca de Jubal y Gabrielle. Observó una de las más grandes que estaba hecha de zafiro natural color azul lechoso. En cuanto la miró el color se volvió más intenso y oscuro. La bola comenzó a girar a una velocidad alarmante. Fascinada, se acercó a ella y el suelo se inclinó y onduló. Sintió un tirón, una atracción. Le parecía como si la esfera la estuviera llamando.

Traian dio una palmada delante de sus ojos y la apartó de la esfera.

—No las mires. Gabrielle, apártate de ahí. —Su voz que normalmente era tranquila parecía nerviosa—. Jubal mantenla cerca de ti. Puedo sentir el aura de la energía en todos estos objetos. Hasta que no sepamos lo que son tenemos que mantenernos alejados de ellos.

Joie estaba sorprendida por haberse sentido atraída tan rápidamente por el influjo de las esferas.

—Pensaba que se suponía que los magos eran buenos.

—El poder absoluto corrompe. Es algo que uno aprende cuando su vida se alarga cientos de años.

Traian se acercó rápidamente a Joie e interpuso su cuerpo entre ella y los altos pilares.

Joie se rio.

—No dejes que Jubal o Gabrielle te oigan decir eso. Si les cuentas que llevas vivo cientos de años puede que cambien de opinión sobre nosotros.

—Ya lo he oído —dijo Jubal. Estaba caminando justo detrás de Gabrielle obligándola a avanzar por la amplia estancia abierta—. Tengo que decir que es algo tan increíble como lo del dragón. Es sorprendente.

Había varias esculturas de cristal transparente que representaban criaturas míticas. En las arcadas cinceladas de los muros había pequeñas pirámides color rojo sangre hechas de piedra. Era difícil no mirar las gemas y los extraños objetos que los rodeaban, pero Traian evidentemente estaba preocupado por su seguridad, y no olvidaba las mortíferas criaturas que los seguían.

—Jubal —dijo Joie.

Cuando se volvió vio que ella tenía el ceño fruncido. Gabrielle y Traian también lo estaban mirando.

—¿Qué pasa? —preguntó.

—Cada vez que pasas junto a una hornacina se le encienden las luces —dijo Traian muy suspicaz.

Jubal se encogió de hombros evidentemente confundido.

—Se debe activar un interruptor escondido o algo así.

—No son solo las luces, Jubal —dijo Joie—. Los objetos de las estanterías se inclinan hacia ti. Algunos prácticamente levitan como si intentaran alcanzarte.

No le gustaba el repentino tono de sospecha que oía en la voz de Traian y sentía en su mente.

Deliberadamente Traian se acercó a una hornacina donde había una serie de armas alineadas en estanterías metálicas. Ninguna luz iluminó la vitrina casi escondida por el hielo que la rodeaba, y ciertamente ningún arma se movió hacia él. Hizo un gesto para llamar a Jubal.

Este obedeció a su llamada de mala gana, y cuando se acercó, la hornacina se iluminó y las armas se movieron como si cobraran vida. Finalmente, un aparato de aspecto extraño salió del muro donde estaba colgado. Tenía forma de estrella y estaba rodeado de cuchillas en curva. Evidentemente era un arma que flotaba en el aire y se estaba dirigiendo derecha hacia él, aunque no parecía amenazante.

—Ofrécele tu mano —le ordenó Traian.

—¡No! —gritó Joie y corrió junto a su hermano para que no lo hiciera.

Traian la cogió con fuerza cuando pasó junto a él.

—Ofrécele tu mano —volvió a decir en un tono que no admitía discusión.

Jubal lo hizo muy confundido. La extraña arma flotó tranquilamente hasta él, y en el último momento se abrió como si tuviera un gozne en el centro, y se cerró alrededor de su muñeca con un firme clic.

Gabrielle se quedó con la boca abierta y se dispuso a acercarse a su hermano, pero el brazo de Traian la retuvo

—¿Quién eres? —preguntó—. Solo un mago puede dar órdenes a un arma así.

—No soy mago —protestó Jubal.

—Tenemos los mismos padres —afirmó Joie—. No es adoptado... nuestra madre lo trajo al mundo y nuestro padre es el suyo. Si es mago, todos lo seríamos.

—¿Cómo diablos me quito esta cosa? —preguntó Jubal apretándola con los dedos—. Es muy ligera. Apenas la siento. Y en cuanto a que le pueda dar órdenes, Traian, no tengo ni idea de cómo se hace.

—No es mago —repitió Joie y se apartó de Traian deslizando una mano a la empuñadura del cuchillo.

Traian se acercó a Jubal y puso sus manos a los lados de su cabeza de manera que sus dedos quedaron exactamente donde latía su pulso. Entonces hizo que su mente se fusionara con la de Jubal gracias al vínculo que se había generado entre ellos por haberle ofrecido sangre. El hombre era extremadamente inteligente, incluso brillante, pero Traian no encontró el menor rastro del mal ni de la magia, ni de haber sido formado como mago.

Soltó el aliento lentamente.

—Ya me puedes sacar el cuchillo de las pelotas, Joie.

Fácilmente podía leer en la mente de su compañera, igual que podía enterarse de los pensamientos de sus hermanos. Joie quería mucho a su hermano y a su hermana, y estaba dispuesta a sacrificar su propia felicidad por ellos si fuera necesario. Si se hubiera atrevido a hacerle daño a su hermano, hubiera intentado matarlo.

—¿Estás bien, Jubal? —preguntó Joie apartando el cuchillo de Traian.

—Sí. Sentí que Traian se movía por mi mente, pero no me pareció una amenaza, sino algo más bien reconfortante. Por lo que sea este lugar me responde... no sé por qué... ni tengo pistas de lo que son ninguna de las cosas de esta cueva.

Gabrielle movió la cabeza.

—Hubiera matado a Jubal. ¿Estás segura, Joie? ¿Ésta es tu elección? Realmente no le conocemos de nada.

Joie sintió que Traian la tocaba posesivamente y que su mente acariciaba la suya. Le sonrió para darle confianza. Al mismo tiempo cogió la mano de Gabrielle.

—Lo conozco profundamente. Lo único que me importa es mi familia. Espero saber lo que estoy haciendo, Gabrielle. Sabes que siempre he confiado en mi instinto. Siento que estoy haciendo lo correcto... y que él es el hombre adecuado. No lo puedo entender, pero tal vez llevo toda la vida preparándome para estar con él. Encajamos. Tienes razón, todavía no lo conozco, pero encajo con él. —Se restregó la cara y se la manchó con barro—. Es algo único e inigualable.

Jubal gruñó.

—Joie, nunca hubiera imaginado que te ibas a poner tan sensiblera y romántica con nosotros. —Pasó un brazo por el hombro de Gabrielle—. Es un hombre sólido, cariño. Raro, pero sólido.

Gabrielle intercambió una larga mirada con Jubal y se volvió hacia Joie.

—Bueno, supongo que tu vida con él siempre será interesante.

—Mis hermanas ya me han puesto el pelo gris —anunció Jubal—. No me gustaría sobrevivir y encontrarme a Traian deambulando por ahí, aullando a la luna y mordiendo el cuello de Joie. Y para que lo sepas, Traian, mantente apartado de mí. Que una mujer me muerda el cuello puede ser excitante... tal vez morboso, pero podría soportarlo. Pero que me muerda el cuello un hombre está fuera de discusión. No es para mí —dijo secamente.

—Ay. Eso duele, Jubal —dijo Traian—. Estaba ansiando tomarme un aperitivo más tarde.

Inclinó la cabeza para rozar la coronilla de Joie con su barbilla. Tenía que tocarla para recordarse que era real. Incluso cuando hablaban telepáticamente mientras buscaba por el laberinto de cuevas aquello que los vampiros querían encontrar frenéticamente, casi había llegado a creerse que se la había inventado.

Gabrielle consiguió sonreír.

—Bueno, encaja con tu extraña familia, Joie. Estoy deseando ver la reacción de nuestros padres.

Jubal tocó el arma que tenía en la muñeca.

—¿Crees que me podrían rastrear a través de esta cosa?

—Como no sabemos cómo sacártela a no ser que te cortemos el brazo —dijo Traian—, tendremos que arriesgarnos.

Una gran explosión sacudió la red de cavernas.

—Vamos —les ordenó Traian—. Por la cámara que está a la izquierda.

Ahora tenía que confiar exclusivamente en su instinto. Hizo que corrieran a través de estrechos pasadizos que se abrían a una cámara tras otra, y por los laberínticos túneles hasta que llegaron a otra estancia enorme que también tenía el mismo extraño sistema de iluminación. Corrieron de un muro a otro, pero después de examinarlos les pareció que todos eran sólidos.

—Tiene que haber una salida —dijo Traian—. Los magos no son capaces de cambiar de forma o de volar. Son casi tan humanos como vosotros, solo que sus vidas son más largas y tienen la capacidad de fusionar elementos y someterlos a su voluntad. Tiene que haber una abertura que dé a la superficie. Mirad si encontráis algo que parezca extraño. Tiene que haber un pasadizo que nos lleve a la entrada.

—Aquí —dijo Jubal—. Lo siento.

—Se parece al dibujo que formaban las rocas que había fuera de la cueva. El patrón estaba completamente equivocado —dijo Joie—. Jubal, tú eres bueno descubriendo patrones. Encuéntranos la abertura rápidamente. Jubal es famoso en nuestra familia por su mente matemática —le dijo a Traian—. Puede encontrar patrones en cualquier cosa. Así es como ha ganado todo su dinero.

Oyeron un terrible chirrido amplificado por la acústica de las galerías de la caverna. Unas grandes garras rascaban la tierra para llegar hasta ellos. Traian y los demás se desplegaron y avanzaron a lo largo del muro examinando todas las superficies. Todo el tiempo oían a los vampiros excavar un túnel a través del barro y el hielo. El sonido aumentó, pues ya estaban cerca. Traian dio un paso atrás para ponerse frente al muro donde estaba seguro que iban a aparecer las criaturas.

—¡Lo tengo! —dijo Jubal muy triunfal—. Lo buscábamos arriba, pero está abajo. En el suelo. ¿Has visto el patrón del suelo, Joie?

—Descífralo —dijo Traian muy seco sin mirar, completamente concentrado en el muro.

Jubal estudió los cuadrados, las pirámides y los patrones de color de las piedras que había debajo de varias capas de hielo embarrado. En el centro de cada piedra había tallado un símbolo con jeroglíficos e imágenes. Se paseó por encima de varios dibujos y tomándose su tiempo fue eligiendo cada piedra cuidadosamente para seguir el patrón que veía desplegado bajo sus pies.

Al final una gran piedra se deslizó hacia un lado y mostró unos peldaños tallados en el hielo. Jubal dudó.

—¿Estás seguro de que este es el camino?

—Tiene que serlo —dijo Traian—. Coge a tus hermanas y marchaos.

Jubal iluminó con mucho cuidado la estrecha escalera. Los peldaños parecían ser un puente sobre un abismo oscuro e insondable.

—Es otro puente, Traian. ¿Será real?

—Tienes que confiar. Tiene que ser la salida.

Jubal respiró hondo, pisó el primer peldaño para comprobar si era sólido y estiró el brazo para ayudar a Gabrielle.

—De prisa, Joie.

—Ven con nosotros, Traian —le suplicó esta.

Salió un chorro de agua oscuro y lleno de barro por un lado del muro. La galería se llenó de insectos. El muro que tenía Traian a su izquierda se colapsó y un torrente de fango oscuro lo inundó todo.

Dos horribles criaturas abominables se desplomaron en el suelo de la cámara rompiendo la perfección cristalina de la habitación. Eran unos seres esqueléticos y cadavéricos cubiertos de lodo negro. Miraron a Traian con sus ojos enrojecidos llenos de odio venenoso y le enseñaron sus afilados dientes puntiagudos.

Capítulo 6

Gabrielle, corre —la animó Joie. A pesar de que el miedo la desgarraba por dentro, dio unos pasos atrás para proteger a su hermana y a su hermano—. Jubal, vamos, no mires atrás.

No podía dejar a Traian. No iba a dejar que se enfrentara a esos horribles monstruos solo. Aunque le hubiera explicado que llevaba toda su vida cazando vampiros, era incapaz de dejar que nadie se enfrentara solo al peligro. Y de algún modo Traian estaba conectado con ella. Era parte de su sangre y de sus huesos. O de su corazón y de su alma. Se iba a quedar con él.

—No seguiremos sin ti, Joie —dijo Jubal—. Lo digo en serio. Gabrielle, baja ya por esta escalera.

—Ve con ellos, Joie —la animó Traian—. Para mí será más fácil defenderme si no tengo que preocuparme por tu seguridad.

Joie, que tenía el corazón acelerado, dudó un momento y después se dio la vuelta para ir detrás de sus hermanos. Sintió un profundo sentimiento de culpa, pero discutir justo cuando tenían que entrar en acción era algo simplemente estúpido, y se negaba a comportarse como ese tipo de mujer.

Al ver que Joie había decidido seguirlos, Jubal cogió la mano de Gabrielle y bajaron corriendo las escaleras para salvar la vida. Joie bajó tres peldaños pero, justo en ese momento, la cámara se sacudió de manera muy amenazante. Grandes bloques de hielo cayeron de los muros y salieron disparados por la cámara en todas las direcciones. Incluso los carámbanos gigantes que colgaban del techo se movieron, se resquebrajaron y se desgajaron produciendo un enorme ruido. Cayeron como grandes misiles y estallaron contra el suelo. Algunos se hicieron añicos y, además de las lanzas de hielo, también cayeron bloques compactos y un montón de detritos.

Traian saltó la distancia que los separaba, y se abalanzó sobre Joie, la protegió con su cuerpo y rápidamente llenó el espacio alrededor de ellos de energía para desviar el ataque de la cueva. La losa de piedra se volvió a poner en su sitio y les impidió meterse en la escalera secreta que los podía sacar de la cámara. Enseguida cayeron unos bloques de hielo enormes sobre la trampilla. Joie definitivamente se quedó encerrada en la caverna con Traian y los dos vampiros furiosos.

Traian enterró su cara en el pelo de Joie un momento aferrándose a ella con fuerza.

Vamos a estar bien, Joie. Puedes hacerlo. Sigue mis instrucciones y no los mires directamente. Son maestros del ilusionismo.

Joie, además de la navaja, tenía un cuchillo, el piolet y otras armas más pequeñas y menos efectivas. Sabía que Jubal también estaría haciendo un inventario de sus armas. Iba a tener que proteger a Gabrielle y encontrar una manera de salir del laberinto mientras ella se enfrentaba a los no muertos junto a Traian. Ninguna parecía una buena opción, aunque Traian exudaba mucha confianza gracias a la tranquilidad de su mente y a la firmeza de su voz.

Sácate a tus hermanos de la cabeza. Tendremos que concentrarnos exclusivamente en esta situación para salir vivos.

Joie sabía que Traian tenía razón, pero no le era fácil apartar de su mente a sus hermanos.

Cuidaros mucho Jubal, Gabby. Os quiero a los dos.

Respiró hondo y asintió. El cuerpo de Traian le estaba transmitiendo el calor que tanto necesitaba. Dobló los dedos para prepararse.

Haré lo que necesites que haga para ser útil.

¿Qué otra cosa podía hacer? No tenía ni idea de cómo luchar contra tales criaturas. Por más que los mataras, enseguida se volvían a levantar.

Gabrielle gritó cuando Jubal la empujó para que se pusiera delante de él y la escalera quedó completamente a oscuras. Entonces la cogió con fuerza por los hombros para darle confianza. Se dio la vuelta e iluminó los muros del estrecho túnel en el que se encontraban.

—Joie no alcanzó a entrar, Gabby —dijo—. Está al otro lado y creo que el techo se ha venido abajo. Todavía puedo sentirla, y a Traian. Sé que están vivos. Tenemos que encontrar la forma de salir y confiar en que ellos también lo hagan.

—¿Al haber bebido tu sangre ahora podrás hablar con él? ¿Y comunicarte con Joie?

—Hay toneladas de hielo entre nosotros, Gabby. Lo intenté cuando se desplomó el techo, pero ni tú ni yo somos tan fuertes telepáticamente. Creo que es posible que Traian nos encuentre, pero lo más probable es que si les está cayendo hielo, y los vampiros los están acosando, ahora mismo estén sumamente ocupados. Estamos solos, pero podemos hacerlo. Llevamos toda la vida metiéndonos en cuevas.

Hablaba con confianza, y deliberadamente le estaba recordando que sus padres les habían enseñado a rapelear en acantilados y cuevas cuando eran muy pequeños.

Gabrielle asintió.

—Hace tanto frío. Creo que mi cerebro está un poco confundido. Estoy contigo, Jubal, y no voy a hacer que sientas miedo. Encontremos la manera de salir de aquí.

—Me voy a poner delante de ti y quiero que te mantengas cerca, Gabby. No sé cuántos vampiros hay en estas cuevas. Si nos encontramos con alguno tendremos que matarlo destruyendo su corazón. —Sintió un escalofrío y le apretó un hombro—. Lo podemos hacer. Sabes que podemos.

Cruzó por delante de ella y siguieron bajando por la estrecha escalera. Los peldaños estaban tallados en el hielo y eran muy resbaladizos. No había nada a lo que agarrarse. Avanzaron con mucho cuidado examinando los muros y cada peldaño, antes de poner los pies. Todo estaba muy silencioso, casi demasiado. Oía la respiración cansada de Gabrielle, que cada vez que espiraba soltaba un vapor blanco.

Jubal se dio cuenta poco a poco de que la extraña arma que llevaba en la muñeca emitía un calor que de algún modo se propagaba por su cuerpo y regulaba su temperatura. Se detuvo para iluminar el objeto de los magos que lo había elegido. En vez de parecer un arma, las cuchillas se habían ocultado y era como una pulsera que le rodeaba la muñeca. Observó el diseño que había dibujado en el metal, y se dio cuenta de que le era vagamente familiar. Definitivamente ya lo había visto antes.

—¿Qué estás haciendo? —preguntó Gabrielle con curiosidad y se acercó a él mirando la pulsera por encima de su hombro—. ¿Qué es eso?

—Un escudo —respondió Jubal.

Hablaba con cierta incredulidad. Pero no era cualquier escudo, era específicamente el de su familia paterna. El arma había cambiado de aspecto. ¿Podía de algún modo haber «percibido» su historia a través del extraño metal? Si hubiera estado hecho con un metal normal, la pulsera debería de estar fría, pero estaba más caliente que nunca.

—Esto es espeluznante, Jubal. Tal vez te lo deberías sacar —sugirió Gabrielle.

Jubal sintió que el arma reaccionó, se apretó a su muñeca y vibró.

—No creo que pueda, Gabby. Creo que fue hecha para que la llevara alguien de nuestra familia. La siento… —hizo una pausa buscando la palabra exacta— adecuada.

—Eso es imposible y lo sabes, Jubal. Nuestra madre es de Sudamérica y nuestro padre… —dejó de hablar.

Jubal asintió.

—Exacto. Papá. Me parezco mucho a él y nunca habla de su rama de la familia. Nunca. Mamá tiene una personalidad muy dominante y él es muy tranquilo, pero ambos sabemos que los tres tenemos una inteligencia por encima de la media, y esto nos viene de nuestro padre. Mamá es la atleta y también recibimos esa herencia. ¿Sería posible que nuestra familia paterna de algún modo haya estado relacionada con los magos?

Gabrielle se apartó.

—Son malos.

—Toda una especie no puede ser completamente mala, Gabby. En cualquier caso tenemos que encontrar la salida. Sea lo que sea, esta cosa no me parece mala y la quiero conservar.

La pulsera tenía algo y no podía explicar que cada vez se sintiera más apegado a ella, casi encariñado. No tenía demasiado sentido, pero estaba seguro de que una vez que salieran del laberinto de cuevas desentrañaría el rompecabezas.

Jubal siguió bajando por la escalera muy enfadado porque Gabrielle no dejaba de temblar mientras que él estaba acalorado. La luz de la lámpara le mostró que la empinada escalera se curvaba casi en espiral haciendo que bajaran diez metros, o más, y después volvía a subir. Reprimiendo la urgencia por salir corriendo, mantuvo el paso firme. De vez en cuando intentaba concentrarse para asegurarse de que Traian y Joie estaban vivos. No podía conectar telepáticamente con ninguno, pero sabía que seguían vivos.

Gabrielle no decía nada, pero lo seguía, se tropezaba de vez en cuando y se agarraba a sus hombros. Jubal sabía que tenían que salir de las cuevas y bajar la montaña, por lo menos hasta donde tenían las tiendas para que su hermana se pudiera calentar. Parecía que llevaban toda la vida en la serpenteante escalera de hielo que iluminaban con las linternas que llevaban en la cabeza.

—Creo que estamos cerca, Gabby —dijo Jubal animándola.

Entonces la lámpara iluminó el final de la escalera y vio una estrecha franja de hielo que terminaba abruptamente delante de un grueso muro helado. Gabrielle se sentó en la escalera y se llevó las manos a la cara.

—Estamos atrapados, Jubal. He inspeccionado los muros mientras bajábamos y son sólidos.

—Tiene que haber una salida, cariño —dijo Jubal—. Dame un minuto. Las entradas y salidas parecen estar relacionadas por patrones y fórmulas matemáticas. Ya sabes cómo funciona mi mente. Prácticamente veo en números y patrones.

—Cada vez me cuesta más pensar con claridad —confesó Gabrielle.

Jubal se volvió hacia ella. Necesitaba calor. Su cuerpo le protegía el corazón y los pulmones. Pero muy pronto no iba a poder caminar si no encontraba algún modo de calentarla. Miró la ancha pulsera que le rodeaba la muñeca. Pensó sacársela para ponérsela a ella…, pero el arma se apretó como si le hubiera leído el pensamiento. Puso las manos en los hombros de su hermana y comenzó a restregarle los brazos de arriba abajo por encima de su chaqueta.

La pulsera se rozó contra su manga y enseguida sintió que el calor se extendía a través de la chaqueta. Inmediatamente le apretó el metal contra la nunca, y cuando vio que dejaba de temblar, le cogió ambas manos y se las puso sobre el arma.

—¿Estás bien ahora? —preguntó.

Gabrielle asintió.

—Tengo mucho menos frío, gracias. —Tocó el dibujo del brazalete y trazó la extraña caligrafía—. Tienes razón, Jubal. He visto estos símbolos antes, en el estudio de papá.

—Jubal volvió a examinar el muro.

—Mantén tres secciones del muro iluminado. Fíjate si puedes distinguir alguna diferencia.

El hielo al principio parecía suave, sólido y denso. Jubal se acercó a él. Primero lo examinó moviéndose a la derecha y después la izquierda. Cuando fue hacia la izquierda la pulsera se puso muy caliente y vibró llena de energía. El entusiasmo hizo que su corazón se acelerara. Oh, sí. Lo había encontrado. Movió su mano atentamente por el hielo y el muro cobró vida, brilló bajo las capas de hielo revelando miles de símbolos.

—¿Cómo nos va a ayudar esto? —preguntó Gabrielle—. Dios mío, está lleno de símbolos.

Jubal se desplazó hacia atrás y hacia adelante, y revisó el muro de arriba abajo, de izquierda a derecha, y viceversa. El secreto estaba allí. Estaba seguro de que podría descubrirlo. Con mucha paciencia levantó la muñeca y reforzó la luz que emitían sus linternas. Varias veces la pulsera vibró como si reconociera algo. Jubal sabía que entre todos esos símbolos estaba la clave que abría la puerta. Ladeó la cabeza hacia un lado y observó los símbolos desde todas las direcciones. De pronto se paró de golpe y una tranquila sonrisa se extendió por su cara.

—Claro, Gabrielle. Estaba aquí todo el tiempo. ¿Lo ves? ¿Recuerdas a Draco, la constelación en forma de dragón de la que papá contaba muchas historias? Teníamos que memorizar todas las constelaciones, pero Draco era su favorita. Siempre nos contó muchos cuentos del gran dragón que había en el cielo. Como la historia de cuando el cielo era oscuro, y nació del fuego una gran fiera llena de furia que tenía el corazón encendido, el alma muy valiente y una sabiduría inmemorial. Mira esto desde el ángulo adecuado. Es un cielo nocturno con todas las constelaciones y aquí, en el hemisferio septentrional, se puede ver su cabeza y su cola que serpentea entre la Osa Mayor y la Osa Menor.

Gabrielle ladeó la cabeza.

—Tienes razón. ¿Cómo diablos pudiste encontrarlo en medio de todas las inscripciones de este muro?

Jubal le sonrió y con mucha confianza tocó el primer punto de la constelación de Draco. Trazó el dibujo pasando por la gran cabeza en forma de cuña, por el cuerpo y por la larga cola. El hielo resplandecía cada vez que tocaba la espalda del dragón. Entonces se onduló, pareció fluir y se volvió prácticamente transparente, de manera que los dos pudieron ver a través del muro lo que había al otro lado: la montaña abierta.

Gabrielle, muy ansiosa por salir de la cueva, dio un paso directamente hacia el muro.

¡Gabby, para! No te muevas ni hagas ningún sonido, le advirtió Jubal. Levantó su muñeca para que ella viera que la pulsera ya no era sólo un trozo de metal grabado, pues sus cuchillas en curva se habían abierto como los pétalos de una flor. Había adquirido el aspecto de un arma letal y de estar preparada para la lucha. *Algo no va bien.*

Gabrielle agarró con fuerza su piolet y asintió. Jubal agradeció que no se asustara. Tal vez no era tan dura como Joie, pero siempre se podía contar con ella.

Huelo el mismo olor pestilente que soltaban los otros vampiros que había más atrás, dijo Gabrielle. *Debe de haber alguno cerca, y por eso la pulsera se ha convertido en un arma.*

Para los dos eso tenía sentido. Si los magos tenían que protegerse de los vampiros, incluso hace cientos de años, tendrían que haber tenido armas que los ayudaran.

Mejor si hubiera venido con un manual de instrucciones, señaló Jubal.

Gabrielle le ofreció una leve sonrisa y ambos apagaron sus linternas mientras él pasaba la mano por la última estrella de la constelación del dragón. El arma vibró y brilló un poco, de manera que ambos pudieron ver unas ondas que se movieron en el muro delante de Jubal, y se curvaron hasta formar un arco por donde podían escapar. El hielo brilló y resplandeció, y se convirtió en una especie de pantalla que dio lugar a una hermosa puerta de entrada… o salida. Su instinto le dijo que la puerta no se mantendría abierta demasiado tiempo. Así que la cruzó delante de su hermana, y ella le puso una mano en la espalda para seguirlo y salir juntos a la noche.

Las cuchillas en curva que rodeaban el arma de Jubal comenzaron a girar. Cuando salieron de la cueva fueron golpeados por un incómodo viento muy frío procedente de las montañas. La pulsera se puso roja y vibró cargada de energía. Las cuchillas giraban a tanta velocidad que Jubal tuvo que levantar el brazo para evitar cortarse. Detrás de ellos la puerta desapareció suave y silenciosamente. Al fin estaban al aire libre, pero un vampiro monstruoso los estaba mirando fijamente con sus ojos rojos.

Jubal apenas vio el ataque. El espectro estaba agachado y se abalanzó hacia ellos en el momento en que salieron. Gabrielle gritó y lanzó el piolet contra la cabeza del vampiro. En ese momento las cuchillas giratorias saltaron de la muñeca de Jubal como si tuvieran vida propia. El arma zumbó girando en el aire, se puso roja y emitió un enorme calor. Las cuchillas giratorias golpearon contra el pecho del vampiro, justo encima del corazón, donde hicieron un círculo perfecto que lo abrasó por completo.

El piolet se había clavado profundamente en la sien derecha del no muerto. El vampiro abrió la boca y soltó un terrible chillido que resonó amenazadoramente en la montaña. Un montón de nieve se deslizó por encima de ellos mostrando las primeras señales de una avalancha. Jubal empujó a Gabrielle hacia una cornisa desde donde ambos observaron horrorizados cómo el no muerto estallaba en llamas y se incineraba. La montaña retumbó nuevamente y se sacudió. El arma volvió al brazo extendido de Jubal justo cuando toneladas de nieve se deslizaron por la montaña llevándose las cenizas del no muerto consigo.

Gabrielle y Jubal se aferraron el uno al otro y permanecieron protegidos bajo la cornisa mientras esperaban a que la nieve se asentara. Jubal se miró la muñeca. La pulsera había vuelto a ser una gruesa banda de metal llena de dibujos que conocía bien, y que además le proporcionaba calor.

Su hermana levantó la cabeza de su hombro y le ofreció una pequeña sonrisa.

—Si vamos a estar mucho más tiempo en compañía del hombre de Joie, voy a tener que comprar un nuevo piolet... pronto.

Los dos soltaron una carcajada de alivio un poco histérica.

La cámara terminó de retumbar y el hielo se asentó en torno a Traian y a Joie. El carpatiano se puso de pie inmediatamente para enfrentarse a los vampiros, y la levantó sin demasiado esfuerzo. A Joie le tronaba en los oídos su propio corazón, y la boca le sabía a miedo.

Deja que tu corazón siga el ritmo del mío.

Su voz era tremendamente íntima, parecía un bálsamo tranquilizante que la ayudaba a mantener la respiración uniforme. Se apartó un poco de Traian para dejarle espacio y que así pudiera luchar. Joie tenía sabor a miedo en la boca, pero ni siquiera llevaba una pistola, solo un cuchillo.

Mi cinturón negro cuarto dan no parece muy prometedor considerando que estas cosas horribles tienen unas garras de aspecto terrorífico, y la boca llena de dientes de tiburón. Tendríamos que usar un arma o dos. Tal vez una ametralladora.

Mantente cerca de mí. Quiero que estés donde pueda protegerte. Pueden hacer que la cueva tiemble y lance misiles de hielo desde el techo. No lucharán de la manera que supones.

Traian nunca antes había tenido el estómago apretado, ni había sentido miedo hasta en los huesos. Nunca había tenido nada que perder. Ahora sí. Una mujer con la que compartía la mente a pesar de que aún no conocía íntimamente su cuerpo.

Soy muy consciente de ello.

Joie se acercó un poco a él intentando mostrar confianza en una situación con la que nunca se había encontrado, y no sabía bien qué podía esperar.

Por alguna razón sus palabras sencillas hicieron que él se relajara y deseara sonreír. Joie no se asustaba fácilmente. No le faltaba valor y se había comprometido a luchar a su lado. No se iba a desmayar porque los vampiros fueran reales y vengativos, y hubieran venido a matarlos.

No cuentes con ello, negó en la mente de Traian, pues podía leer sus pensamientos. *Desmayarme tal vez sea mi única opción si me ponen las manos encima, y no puedo asegurar que no me vaya a ocurrir.*

Su irónico humor le indicó que ella había entrado como una sombra en su mente para buscar una estrategia y descubrir cómo derrotar al enemigo.

¿Tienen alguna debilidad?

Su ego. Los vampiros son extremadamente vanidosos.

Joie respiró hondo cuando las criaturas se levantaron y pudo ver su impresionante estatura. Tenían fuego en la mirada. Un olor pestilente inundó la caverna. El aire puro y frío fue reemplazado por una espesa sustancia pútrida. Evidentemente no habían sido ellos los que habían provocado la avalancha de hielo. Se habían tenido que proteger de ella igual que Traian.

¿Cuál es el más fuerte?

Traian observó que Joie se comportaba con mucha calma. Aceptaba que tendrían que luchar. Después de haber combatido tres veces contra los mismos vampiros, Traian era muy consciente de sus fortalezas y de sus capacidades.

El que tiene los incisivos por encima del labio inferior es extremadamente poderoso. Se llama Valenteen y es un vampiro maestro. El otro se llama Shafe. Puede haber más, por lo que tenemos que estar muy alertas.

Bien, maldición, y yo que esperaba poderme echar una siesta mientras hacías un poco de limpieza.

Traian tuvo que hacer un esfuerzo para mantener la cara impasible. A pesar de su situación desesperada, Joie le transmitía sus sentimientos.

Estoy preocupada porque debes estar bastante cansado y necesitas descansar. ¿Los puedes distraer un momento?

Joie se dio unos golpecitos en los pies.

—Si no fuera por los hermanos troles ¿cómo estás? ¿Has venido a verme como un buen vecino? Me alegra que no te molestaras en vestirte formalmente. Estamos en una pequeña reunión. —Joie caminó deliberadamente sobre los patrones del suelo de piedra haciendo que concentraran su atención en ella. Se había asegurado de mantenerse un poco por detrás de Traian—. Estoy pensando en redecorarlo. ¿Qué piensas? ¿Demasiadas bolas de cristal? —Señaló la más grande de casi treinta centímetros de diámetro que descansaba encima de un alto pilar de obsidiana negra—. Son muy valiosas. Puedes ver el futuro en ellas. Esta responde a preguntas y encuentra objetos —dijo estirando un brazo como si quisiera tocar la suave esfera.

Joie era muy consciente de que Traian había situado su cuerpo entre ella y los vampiros. Las dos criaturas estaban rodeadas por un remolino de vapor y niebla, y cubiertas por un cieno negro. En el momento en que ella mencionó las esferas, los ojos codiciosos de los vampiros miraron fijamente las grandes bolas.

Sorprendentemente Joie sintió calor en la palma de la mano cuando la puso por encima de la bola de cristal. La esfera cobraba vida cada vez que le acercaba la mano. Durante un momento, que se le hizo eterno, vio su propia cara dando vueltas dentro de la neblina de la esfera, y a Traian detrás de ella con los brazos extendidos. Su amor se dibujaba en los rasgos de su cara, y las profundidades de sus ojos ardían de deseo. La intensidad de su amor impedía que dejara de mirar su cara reflejada en la esfera. ¿Sentía eso por ella, o no? No la conocía. ¿Cómo dos personas podían sentirse tan atraídas mutuamente y reconocer su amor tan rápido? La mirada de Traian la dejaba sin aliento y le hacía perder la cordura. Quería meterse dentro de la esfera y quedarse allí con él para toda la eternidad.

Apártate de esa cosa.

Joie parpadeó y se obligó a mirar hacia arriba. Unos remolinos de niebla blanca estaban inundando la caverna y ella casi se volvió invisible. Entre las volutas de niebla se movió algo oscuro y amenazador. Alcanzó a atisbar otra forma entre las sombras. Se curvaba protectoramente alrededor de un objeto, pero no llegó a distinguir qué era, pues la neblina blanca y las sombras grises se fusionaron.

Traian se volvió lentamente hacia esas sombras grises con las manos ligeramente estiradas a los lados de su cuerpo, y con las palmas hacia arriba como si quisiera que algo, o alguien, se apaciguara. Detrás de él acechaba una sombra más oscura que tenía un cráneo horrible, la piel muy estirada, los dientes manchados de sangre y los ojos rojos y brillantes.

¡Cuidado!

Joie derribó a Traian. Su impulso hizo que ambos se apartaran del vampiro y se acercaran al muro externo de la caverna. Traian rodó con ella, y firmemente aferrado a su cuerpo la arrastró a través de la densa niebla que les dejaba gotas de agua en la piel y silenciaba los sonidos. Pero aun así percibieron que algo se movía dentro de esa niebla blanca y gris que se arremolinaba a su alrededor.

Traian la ayudó a ponerse en pie.

Quédate muy quieta. Absolutamente quieta, le advirtió.

Joie miró cautelosamente a su alrededor. Una serie de armas adornaban la hornacina más próxima. Había cuchillos de aspecto terrorífico, largas lanzas, y espadas decoradas con gemas brillantes. Para Joie era un verdadero tesoro oculto. Se sentía atraída por las armas, aunque algo la retenía. Su propio sistema de alarma, perfectamente calibrado, hizo que se llevara las manos a la espalda y las ignorara.

Traian observaba tranquilamente la sombra negra que emergía entre la neblina de la caverna.

—Ha llegado el juez, Valenteen —dijo al vampiro maestro—. Se ha despertado un guerrero de sombra y quiere acabar con nosotros. ¿Luchamos?

Valenteen gruñó de manera desagradable, movió la cabeza y se apartó de la enorme criatura hecha de humo que emergía de las sombras.

Joie retorció los dedos en la parte de atrás de la camisa de Traian mientras contemplaba la cosa que había identificado como un guerrero de sombra. No tenía sustancia, estaba hecho de humo blanco y gris, y se mantenía en contínuo movimiento. Tenía los ojos de un color rojo espeluznante por las voraces llamas que ardían resplandecientes en su interior. Pero no se parecían a los ojos inyectados en sangre de los vampiros. Había algo muy noble en el rostro adusto que ocasionalmente alcanzaba a ver. Parecía como si la sombra fuera un guerrero muy antiguo que había luchado largo tiempo por su honor.

No me importa que se haya despertado ahora. Si el vampiro le tiene miedo, ¿qué nos importa a nosotros?

Traian la tocó sin darse la vuelta y le rodeó la muñeca con sus dedos. Suavemente. Apenas la rozaba. Ese ligero contacto era suficiente. Estaban juntos. Era todo lo que importaba. La iba a proteger del guerrero y de los vampiros.

¿Podrías salir de aquí solo? De pronto se le había ocurrido que si podía cambiar de forma, tal vez podría volverse insustancial como la niebla. O quizás incluso atravesar la tierra y el hielo como habían hecho los vampiros. Reconocía que ella podría ser un obstáculo para él, y por eso le había pedido que se marchara con los demás. *¿Traian? ¿Podrías salir de aquí sin mí?*

Los vampiros se disolvieron y solo quedó de ellos un charco con una sustancia viscosa negra que burbujeó y escupió un líquido venenoso hacia el guerrero de sombra. Joie se quedó con la boca abierta. Se produjo un silencio extraño. Un estallido de aire helado limpió el hedor de la cámara y alejó la criatura de humo de Traian y Joie.

Importa poco si puedo hacerlo. Nunca te dejaré atrás.

Su voz era reconfortante. Tranquila. Firme. Segura.

Joie tenía la boca seca.

Jubal y Gabrielle todavía están en las cuevas. Si los vampiros los encuentran... mi hermano y mi hermana no se podrán proteger de los vampiros.

Ambos vampiros siguen estando en esta habitación. No se marcharán ni se moverán para no revelar su presencia al guerrero. En este momento ambos están vivos. Si tu hermano muriera yo lo percibiría. Lo estás haciendo bien. Mantente tranquila. Saldremos de aquí. Tu hermano es un hombre que tiene muchos recursos.

Joie soltó el aliento y se esforzó por controlar los latidos salvajes de su corazón.

¿Por qué esa cosa no viene por nosotros? ¿Nos puede ver?

El guerrero de sombra no nos ha atacado porque no hemos tocado nada. Si atraemos su atención, o cogemos algo que hayan dejado los magos, arremeterá contra nosotros.

Joie frunció el ceño.

Mi hermano cogió el arma que llegó hasta él. Está en su muñeca. Entonces, ¿por qué el guerrero no lo atacó?

Creo que es una buena pregunta. El guerrero de sombra nunca atacaría a un mago.

A Joie no le gustó el tono de conjetura de su voz, o que su mente desconfiara. Unas voces que hablaban en susurros la distrajeron. Un tentador murmullo estaba seduciendo a su mente, y a toda la cámara. Antes de que supiera lo que estaba haciendo, sus dedos casi habían agarrado un cuchillo con la hoja curvada de aspecto diabólico. La llamaba. La palma de su mano estaba ansiosa por asirlo. Apretó el puño y resistió la tentación. Las voces aumentaron de volumen. Miró las esferas y vio que todas estaban activas, sus colores pálidos, ahora llenos de vida, habían adquirido tonos vivos como si fueran gemas resplandecientes.

Traian le agarró las dos manos.

Háblame. Cuéntame algo de ti. Todo lo que puedas pensar. Solo a mí. Mírame a los ojos. Obsérvame. Solo a mí.

Sus grandes manos le sujetaron las suyas. Apartó obedientemente la mirada de las dagas adornadas y los cuchillos. Enseguida se sintió atrapada en las oscuras profundidades de la mirada de Traian y su mundo se redujo a él.

Alrededor de ellos el humo y la niebla subieron desde el suelo y crearon un mundo nebuloso donde las voces murmuraban unas palabras muy serias, aunque no groseras, en una lengua antigua. Eran insistentes, aunque no autoritarias. Los colores vibraban por la habitación como si fueran estandartes brillantes que salían de las esferas llenas de calor y energía.

Mírame solo a mí, repitió Traian cuando estaba a punto de volver la cabeza para mirar las luces parpadeantes. *Esta trampa está dirigida a ti, a tu amor por las armas y a tu curiosidad. Piensa en mí. Déjame decirte quién soy, qué soy. Qué necesito y qué deseo. Quiero saberlo todo de ti y de tu familia. Háblame. Dime quién eres realmente y qué defiendes. Cuéntamelo todo sobre tu vida.*

Su voz era hipnótica y cautivaba su corazón, a pesar de que pensaba que entre ellos solo había una atracción física. Realmente era el hombre más sexy que había conocido. Estaban corriendo un peligro mortal. Los vampiros estaban escondidos en algún lugar de la cámara esperando su momento para atacar. Un guerrero que había surgido de las sombras vigilaba unos tesoros guardados cientos de años atrás en un mundo basado en la brujería, pero Joie estaba fascinada por el hombre que tenía delante.

No eres coherente.

Soy perfectamente coherente. Le sonrió enseñándole sus dientes blancos y resplandecientes. *Somos perfectamente coherentes.*

Joie casi deja de respirar.

Sabes que trabajo de guardaespaldas.

Sus ojos volvieron a vagar por las adornadas espadas y le costó mucho resistir la tentación de coger alguna de esas sorprendentes armas que estaban a pocos centímetros de sus dedos.

Traian hizo que levantara la barbilla para obligarla a que lo mirara.

Una profesión muy tonta que consiste en poner tu precioso cuerpo entre alguien y el peligro.

Ella se rio suavemente en su mente, muy sorprendida de que a pesar de estar en una situación muy peligrosa, Traian pudiera tenerla completamente cautivada.

Traian sintió entonces que una vibración atravesaba su cuerpo y llegaba a zonas que había olvidado muchos años atrás.

Has pasado el tiempo que duran un montón de vidas cazando vampiros. He estado observando algunos recuerdos muy interesantes que guardas en la mente, a menos que hayas estado toda tu vida viendo películas de Drácula. Creo que has puesto tu precioso cuerpo, tremendamente sexy, entre el peligro y la gente muchas veces. Y no digas que eres un hombre, y que por eso lo tuyo es diferente. Esa idea me enfadaría muchísimo.

Los gruñidos de odio se mezclaban con los insidiosos susurros. El vampiro más pequeño, al que Traian había identificado como Shafe, de pronto emergió de la sustancia viscosa negra siseando y escupiendo, y se arrastró por el suelo apoyado en el vientre. Miró fijamente la esfera de cristal más grande y sus garras dejaron unas marcas en las piedras, pues intentaba evitar responder a las llamadas.

A pesar de los ojos cautivadores de Traian y de su voz hipnótica, a Joie le fue casi imposible ignorar el drama que se estaba desarrollando entre la niebla que se arremolinaba por la cueva. Las voces insistentes que cantaban siguiendo un ritmo constante consiguieron atraer al vampiro a la brillante esfera de cristal. La criatura se acercó a ella con una mezcla de codicia y miedo en la cara. Mientras tanto, el oscuro guerrero de sombra que custodiaba los tesoros de los magos, lo observaba desapasionadamente.

Joie temblaba. El miedo era como una entidad viva que casi le impedía respirar. En algunos instantes, cuando se levantaba la niebla que salía del suelo, alcanzaba a divisar la armadura del guerrero; pero otras veces era tan insustancial como una nube.

Traian atrajo a Joie a los brazos y la apretó con fuerza contra su pecho. Sus movimientos eran deliberadamente lentos y cuidadosos para no atraer la atención del guerrero.

Vamos a flotar hacia arriba, Joie; simplemente ascenderemos hacia el techo. Mírame todo el tiempo.

Joie tenía miedo. Combatir contra adversarios humanos era complicado; pero enfrentarse a vampiros y a guerreros hechos de humo y sombra era algo completamente diferente. Deslizó una mano hasta el pecho de Traian que era como un muro sólido de carne y hueso que la tranquilizaba. Rodeó su cuello con un brazo, le clavó los dedos y se aferró con fuerza a su cuerpo. Su complexión tan masculina era dura como un roble. Tenía los músculos muy definidos y pegados a la piel. Cuando Joie sintió que sus pies se elevaban del suelo, cerró los ojos y comenzó a rezar.

Traian observaba al guerrero. Las luces de colores vibraban en la caverna e iluminaban la niebla. Parecía como si unas criaturas fantasmales se estuvieran moviendo… Eran los espíritus de los magos que habían desaparecido mucho tiempo antes. Apretó los brazos en torno a Joie. Encajaba perfectamente con él, y su mente, de la que obtenía conocimientos y aprendía sus tácticas, se sentía cómoda con la suya. Se dio cuenta de que ella estaba dentro de su mente analizando sus recuerdos, y recopilando información de sus luchas contra los vampiros para estar preparada para cuando lo acompañara a luchar si fuera necesario.

Pero más que todo eso, Traian quería que lo conociera como hombre. Quería pasar tiempo con ella. Quería oírla reír y ver la calidez de sus ojos. Necesitaba comprobar que lo aceptaba tal como había imaginado durante sus charlas a distancia. Y quería sacarla del peligro. Las cosas podían empeorar en un instante, por lo que debía concentrarse en un solo objetivo: llevar a Joie a un lugar seguro.

Se elevaron bastante y Traian hizo que quedaran ocultos con más vapor y más humo, de manera que parecían formar parte de la niebla. Prestó mucha atención a que sus movimientos fueran lentos, pausados y lo más naturales posibles. No quería que nada pudiera desencadenar los instintos del guerrero.

La criatura hecha de sombra permanecía inmóvil incluso cuando el humo que conformaba su cuerpo daba vueltas y giraba formando columnas oscuras. Sus feroces ojos permanecían fijos en el vampiro que se arrastraba hacia la tentadora y vibrante esfera de cristal. Shafe se fue acercando poco a poco para poder acceder a las visiones, que prometían riqueza y poder, que aparecían dentro de la bola.

El vampiro puso triunfalmente las palmas de sus manos sobre el atractivo cristal. Pero en el momento en que lo tocó, el guerrero de sombra echó su cabeza hacia atrás y rugió. Durante un instante desapareció el humo que lo rodeaba. El guardián era muy alto e iba vestido con una brillante armadura de escamas multicolor. Entonces volvió el humo, y corrió por encima de todo el suelo sin llegar a tocarlo.

Valenteen, el vampiro más viejo, emergió del charco negro transformado en una criatura con forma de serpiente cuya cabeza parecía un taladro. Serpenteó hacia el muro más próximo y comenzó a taladrar el hielo. Joie se esforzó por ver qué ocurría por debajo, y al guerrero de sombra, que había atrapado al no muerto que había puesto las manos en la bola de cristal.

La luz. Apágala.

El corazón le dio un vuelco.

La necesitamos.

Yo veo bien en la oscuridad. Tenemos que escapar de esta cámara. Puedo conseguir que pasemos por el conducto de la ventilación, pero no debemos atraer la atención del guerrero.

Cuando apagó la luz Shafe chilló horriblemente. Un montón de colores resplandecieron en la niebla. Una oscura mancha de sangre, que se propagó como un virus, comenzó poco a poco a invadir la niebla y el humo. Una violenta explosión de luz y sonido retumbó en la cámara mientras el vampiro chillaba y se quejaba. Joie enterró la cara en el cuello de Traian con el cuerpo tembloroso.

Traian tenía un nudo en el estómago.

Casi estamos fuera. No mires. Esta cueva es una trampa y la tenemos que sellar para que nadie más la encuentre.

Piensas volver mañana por la noche para encontrar lo que están buscando los vampiros, le dio a entender Joie.

Tengo que encontrarlo. He estado en estas cuevas varias semanas luchando contra los vampiros intermitentemente. Acabé con más de uno, pero siguen ahí. Esto es muy poco normal y me preocupa. Lo peor es que Valenteen no es el único maestro. Había otro en el grupo, Gallent. Después de varios combates conseguí destruirlo, pero evidentemente estaba con el grupo. Y creo que todavía hay otro más... mucho más poderoso.

Joie suspiró y lo abrazó más fuerte.

No son buenas noticias. Se parece a nuestros problemas con las bandas. Lo mejor es que miremos en Internet si hay alguna página web que se llame «Vampiros del mundo unidos».

Traian sonrió encima de su cabeza.

No se me ha ocurrido mirar ahí, pero si encontramos algo así ¿los espiarías voluntariamente?

Joie gruñó completamente en desacuerdo y le mordió el hombro con fuerza.

El conducto de la ventilación era estrecho, pero Traian ladeó sus cuerpos hasta que lo consiguieron atravesar y avanzar hasta los niveles superiores. En cuanto Joie sintió el suelo bajo sus pies encendió la luz, le cogió una mano y se lanzó corriendo a toda prisa por el túnel hacia la entrada.

—Valenteen no nos está siguiendo. Aunque es un vampiro maestro no intentará luchar en solitario contra mí. —Sus palabras la detuvieron. La idea de que una criatura tan horrible y letal como un vampiro no pudiera luchar solo contra Traian era aterradora. ¿Qué sabía de él al fin y al cabo? Había sido una voz que le hablaba por la noche. Un hombre que bebía sangre y cambiaba de forma—. Soy un hombre de honor. Un hombre que ha encontrado a su verdadera mujer. La única. —Le puso cariñosamente una mano en el hombro—. Sé que esto está ocurriendo demasiado rápido, y que no confías completamente en mí.

—Si no pienso en ello, sí que confío, y eso me asusta, Traian. No soy una persona especialmente confiada. Todo este tiempo pensaba que lo tenía todo controlado, a fin de cuentas te había rescatado. Pero ahora que dices que estas criaturas no te atacarían si están solas, me das a entender que te deben tener mucho miedo.

—Soy un cazador antiguo. Llevo luchando contra el mal más años de lo que puedo recordar. Sé cómo funcionan los vampiros y tengo mucha experiencia con ellos.

En su voz no había ni arrogancia ni bravuconería, simplemente constataba una verdad.

—¿Y esos vampiros?

—No deberían estar juntos ni deberían estar aquí, en los montes Cárpatos, tan cerca de nuestro príncipe y nuestros varones. Venía de regreso a mi país natal cuando me crucé con ellos por primera vez y me enteré que estaban buscando desesperadamente algo en esta cueva. Aunque era muy arriesgado enfrentarme solo contra tantos vampiros, la obligación que tengo con mi pueblo me hizo quedarme para descubrir lo que buscaban. Incluso después de que me encontraras y yo reconociera quién eras, me quedé aquí porque los vampiros estaban buscando algo con mucho frenesí. No tenía ni idea de que fuera una cueva de magos. Y parece que ha sido ocupada recientemente.

—¿Y qué significa un mago para un vampiro? Sé lo que son para los humanos. La mayoría de nosotros no cree en los cuentos fantásticos de magos, en las bolas de cristal... ni en los dragones. Y a propósito, esto es genial.

—Viste las esferas que había en esa habitación. Conservan antiguos hechizos y una gran energía. No queremos que los vampiros, ni en realidad nadie, pongan las manos en cosas que lo mejor es dejarlas tranquilas. Los carpatianos somos de la tierra. Tenemos dones, pero no empleamos nuestro poder de la misma manera que los magos.

—¿Crees que todavía existen magos?

—Pienso que es probable. Por lo menos creo que algunos de sus descendientes han conservado sus conocimientos, por lo menos una parte.

Joie suspiró.

—Qué bonita idea. Quien haya creado a ese guerrero de sombra nunca va a formar parte de mi grupo de mejores amigos.

—Ni de los míos —advirtió Traian muy lúgubre.

Ella lo miró rápidamente.

—Sé lo que estás pensando: que si mi hermano es un mago, yo también. Tenemos los mismos padres, y eso es un hecho indiscutible No puedo contactar ni con Gabrielle ni con Jubal. Están muy lejos —dijo muy preocupada.

Traian respiró hondo y se detuvo para encontrar el vínculo de sangre que lo unía a Jubal.

—Están fuera de las cuevas y se dirigen a la posada. Pensaban reunir un equipo de rescate. Le he explicado que no es necesario y que muy pronto estaremos con ellos.

Joie se relajó muy aliviada.

—¿Estás seguro?

—Completamente.

Lo siguió por el largo pasillo sintiendo el aire limpio en su cuerpo, aunque sin mirar la belleza y la magnificencia del lugar como hubiera hecho normalmente. Estaba tan aliviada de saber que su hermano y su hermana habían conseguido salir que sintió ganas de llorar. Buscó algún tema para evitar entregarse a sus intensas emociones.

—Te hiciste mayor hace mucho tiempo.

Traian le sonrió y sus dientes brillaron bajo la luz de la linterna.

—Bueno, sí. Llevo vivo muchos siglos. Ya casi no recuerdo a mis padres. —Su sonrisa se desvaneció—. Los recuerdos de mi infancia han desaparecido. A veces atisbo cosas. Recuerdo los años justo anteriores a cuando me marché de mi tierra natal. La manera cómo nos miraba el príncipe. Lo que vi en sus ojos. Su propia muerte, la decadencia de nuestro pueblo y su temor por los guerreros que estaba enviando lejos de su hogar. Ahora tenemos muy pocas mujeres, pero ya en esa época estaban empezando a ser menos que los hombres. Desde entonces hemos hecho alianzas con humanos. Ahora se quedan con nosotros y hacemos todo lo que podemos para mezclarnos con mujeres humanas.

Mientras Joie lo escuchaba percibió una gran tristeza. Había visto multitud de luchas en su mente, muchas veces contra amigos de la infancia. Vio sus demonios internos, los insidiosos susurros del poder, la mancha oscura que lentamente se extendía en él y lo llamaba. Y siempre estaba solo. En cualquier recuerdo estaba solo. Joie sintió ganas de consolarlo. Le cogió una mano y entrelazó sus dedos. Pretendía que fuera un pequeño gesto, pero él la agarró con fuerza.

—Me crié de una manera muy diferente —dijo y se agachó para evitar una gran formación de cristal—. Mi familia está muy unida y es muy amorosa. Hablamos todos al mismo tiempo y nos damos todo tipo de consejos no solicitados. Mi padre nos cuenta historias estrambóticas. Solía entrar a hurtadillas en nuestra habitación por la noche iluminando su cara con una linterna. Después nos contaba historias de miedo hasta que gritábamos y nos reíamos, y tenía que venir nuestra madre a reprenderlo. Una vez, después de habernos leído *Cujo* de Stephen King, puso nata batida en el hocico de nuestro perrito y lo metió en la habitación. Es sorprendente que hayamos sobrevivido a su sentido del humor. —Se rio con sus recuerdos. Estaba compartiendo deliberadamente con Traian la calidez que vivió en su infancia y el amor que tenía a su familia—. Todos estamos un poco locos, pero nos va bien siendo así.

—¿Crees que encajaré con vosotros? —Le llevó una mano hasta su pecho y se la apretó contra su corazón—. No me importaría tener una familia después de tanto tiempo.

Traian era un hombre alto con los hombros anchos. Sus ojos habían visto demasiado. Pero el tono de desamparo que percibió en su voz hizo que su corazón sufriera un vuelco. Joie le sonrió.

—Tengo muchas ganas de que conozcas a mi madre. No le gustan los hombres, aparte de mi padre, y puede ser muy intimidante. Eres un macho alfa y con toda seguridad expresará sus puntos de vista. Ya veremos cómo le haces frente. Hacía huir a todos los muchachos que querían tener una cita con mi hermana o conmigo.

Traian le sonrió con una sonrisa de lobo más que de oveja.

—Le tendré que dar las gracias.

Capítulo 7

Joie agradeció poder respirar profundamente el aire vigorizante, limpio y fresco de la noche. Su miedo se había disipado, estaba al aire libre y sus hermanos en lugar seguro. Se sacó el casco para dejar que el viento le acariciara el pelo. Estiró los brazos hacia la luna y se rio suavemente.

—Me encanta la noche. Me gusta todo de ella. No me importa que haya tormenta o no.

Volvió la cabeza para mirar a Traian. Su cara se veía muy hermosa bajo la luz de la luna.

—Digna de un dios griego —murmuró sorprendida por estar sintiendo tanto por él, y de tener unas emociones tan intensas, completamente conectadas con las del cazador.

El cabello de Traian era como una seda negra que rodeaba su cara y le cubría los hombros. Ya no tenía manchas de barro en la cara y había desaparecido cualquier rastro de sangre de su rostro. Solo le quedaban unos tajos muy feos en la piel.

Joie movió la cabeza y se apartó de él a una cierta distancia. Necesitaba espacio para recuperar su equilibrio.

—Muchas gracias por dejarme completamente sucia y mojada. Tú estás resplandeciente y con muy buen aspecto. Ni siquiera te voy a preguntar cómo lo has hecho.

Los dientes de Traian brillaron mientras le ofrecía una sonrisa más lobuna que humana.

—Tengo mis secretillos. Estás temblando. Pásame el arnés y la mochila. Ponte esto —dijo, y su chaqueta la rodeó de calor.

Decidió que tampoco le iba a preguntar de dónde había sacado la chaqueta, o cómo es que estaba tan limpio.

—¿Cómo encontraste la salida? Yo no podía ver nada.

Se sentó, estaba muy cansada y, además, quería sentir el suelo bajo su cuerpo. Traian le había cambiado la vida por completo en un instante y no quería pensar demasiado en el extraño mundo en que vivía.

—Había signos que hubieras visto si hubieras sabido lo que estabas buscando. Antiguamente los carpatianos y los magos no eran enemigos. Vivíamos juntos y disfrutábamos de los beneficios de ambas razas. A menudo usábamos los mismos jeroglíficos. Los vi cuando íbamos por los pasadizos. Los magos y los carpatianos en realidad trabajábamos y estudiábamos juntos, éramos amigos y aliados. Compartíamos nuestros conocimientos.

—¿Qué pasó para que todo cambiara?

Traian suspiró.

—Los magos son muy longevos pero no son inmortales. A nosotros nos pueden matar, pero no es fácil hacerlo. Todos confiábamos y creíamos en el gran mago Xavier..., quien a menudo enseñaba a nuestros niños más dotados las artes...

—¿Más dotados que tú? —Joie levantó una ceja—. Si puedes hacer casi cualquier cosa. ¿Cuánto más dotados son vuestros hijos?

En vez de sonreír, Train la miró muy triste.

—Ya no tenemos hijos. Somos una especie en extinción. Nacen muy pocas niñas, y nuestros hijos no sobreviven. Hemos perdido nuestro tesoro más preciado. —Movió la cabeza—. Este sistema de cuevas bien pudo pertenecer a Xavier en algún momento, y es posible que alguno de sus descendientes lo esté utilizando ahora... a menos que todavía esté vivo.

—Siento que hablas con cierto desagrado y desdén.

—Traicionó la amistad que le había ofrecido nuestro pueblo, y comenzó una guerra que duró varios siglos y devastó a ambas especies.

Joie observó su cara. No vio odio, sino un gran pesar y mucha tristeza. Para ella Traian era un hombre guapo, atemporal, incluso elegante y un guerrero muy honorable. Además pensaba que sus arrugas lo hacían aún más atractivo.

—Lo siento, Traian.

No podía imaginar lo que había sido su vida.

Entonces él se acuclilló a su lado y le tocó cariñosamente la barbilla.

—Déjame que te lleve a la posada donde os hospedáis. Estás cansada y hambrienta, y quieres darte una ducha. También estás muy preocupada por tu hermano y por tu hermana. Pero no hace falta que te preocupes. Ya le he asegurado a tu hermano que estamos a salvo. Nos están esperando allí, y están muy cómodos.

—Gracias, aunque me hayas dicho que estamos seguros, es muy difícil, después de todo lo que ha pasado, no querer tocarlos físicamente para tranquilizarme. Sé que los dos son escaladores experimentados, y ninguno se asusta escalando, pero nunca nos habíamos tenido que enfrentar a... —Se derrumbó e hizo una señal con las manos—. Vampiros y trampas. —Se tapó la cara un momento—. Esto suena tan absurdo. La gente no tiene ni idea de que esas cosas realmente existen. Es una locura.

—Y no lo pueden saber. De vez en cuando a lo largo de las distintas épocas se producen alarmas que provocan masivas cacerías de brujas. Matan a todos los sospechosos, humanos, carpatianos o simplemente a personas que no les gustan. Hasta donde sé, realmente nunca han conseguido matar a un vampiro.

Joie lo miró confundida.

—No querrás que contemos nada.

—Ya nos las arreglaremos —dijo—. Llevamos siglos haciéndolo.

Joie se pasó una mano por el pelo, y se lo retiró de la cara.

—Estoy cansada, Traian. Me siento como si me hiciera falta estar un mes durmiendo.

Traian se puso de pie y, después, simplemente la levantó en sus brazos como si no fuera más que una niña, a la que acurrucó contra su pecho.

Joie soltó una carcajada.

—Esto es tan medieval. Los machos llevan a sus mujercitas por la montaña. Ay, es la mayor de las humillaciones. —Abrazó su cuello con más fuerza por si la dejaba caer, y se permitió levantar la cabeza para inspeccionar el cielo—. Si alguna vez le cuentas a alguien que te he dejado hacer esto me veré obligada a hacerte mucho daño. Quiero que te quede muy claro. No se te ocurra decir ni una palabra sobre esto.

Traian miró su cara vuelta hacia arriba. Estaba intentando ser valiente cuando evidentemente estaba agotada. Quería besarla. Parecía que lo más indicado era que inclinara la cabeza para hacer que sus bocas se encontraran. Para sentir su sabor. Para reclamarla.

—¿Qué posición adoptas para besar?

La mirada de Joie saltó a su boca. A su pecaminosa tentación lasciva.

—Lo estaba pensando —admitió—. Si me besas me derrito aquí mismo. Es un hecho. Ya lo sé, y demasiado humillante. Peor que ser llevado como un ligero fardo femenino.

—Es verdad, pero valdría la pena —señaló él muy serio.

Joie suspiró, llevó una mano a la cara de Traian y trazó su pecaminosa boca con las yemas de los dedos.

—Sí. Pero hay que considerar otra cosa, Traian. —Su voz se volvió muy sombría y lo miró a los ojos—. Podrías se adictivo. Y después no seré capaz de eliminarte del organismo, y me pondré a llorar cuando tengamos que separarnos. Esto sería mucho más de lo que podría soportar. Llorar por culpa de un idiota. ¿Comprendes las complicaciones a las que me enfrento?

El corazón de Traian se retorció en el interior de su pecho.

—Comprendo que podría ser un problema si alguna vez nos tenemos que separar, pero como somos verdaderos compañeros no nos queda más remedio que estar juntos. No creo que sea demasiado importante. De hecho, dada esta circunstancia, que seas adicta a mis besos podría ser una ventaja.

No se pudo resistir a girar la cabeza para atrapar su dedo con su cálida boca.

—¿No ves que el hecho de ser compañeros es parte del problema? Tengo la imperiosa necesidad de ser dueña de mi propio destino. No creo que esté hecha para ser una buena compañera si conlleva tener un tipo de relación en la que hay que hacer cosas por obligación. Soy una mujer que hace lo que quiere. Hay una diferencia.

—Eso es bueno, Joie. De todos modos no creo que tengamos problemas, puesto que está claro que pensamos de manera muy parecida.

Definitivamente soy un hombre de los que hacen lo que quieren... y quiero besarte.

Le ofreció una sonrisa pícara a la que era imposible resistirse. Y, además, ¿quién querría hacerlo? Su boca descendió sobre la de ella, y Joie levantó la cara para recibirla a medio camino...; ese beso era algo que ella había decidido hacer, y él debía saberlo.

Los labios de Joie eran suaves, blandos e incluso acogedores. Después de tantos siglos Traian sentía que había regresado a su hogar. No importaba dónde estuvieran, o en qué mundo se encontraran, ella siempre iba a ser su hogar. La Tierra dejó de girar tal como él sabía que iba a ocurrir. A su alrededor estalló un fuego de estrellas. Sintió como si unas brasas le estuvieran quemando las entrañas, y unas llamas se abrieran paso aceleradamente por su torrente sanguíneo. Su cuerpo la conocía casi tan íntimamente como su alma, aunque todavía ni siquiera la había tocado.

Joie no podía pensar ni respirar, y había olvidado si era de noche o de día. Le era imposible recuperar las funciones cerebrales. Solo podía sentir. Nada la había preparado para la imparable tensión que se estaba desarrollando rápidamente en su cuerpo. Cada vez tenía más calor. Danzaban por su piel unas llamas que convertían su cuerpo en un infierno. La pasión era cada vez más intensa. Parecía como si un manantial estuviera a punto de estallar. Le dolían los pechos. Tocó su pelo sedoso y lo agarró con fuerza.

—No deberías hacerme eso —susurró Joie en su boca. En su corazón—. No dejo que nadie se meta.

—Ya estoy dentro de ti.

Los labios de Traian se volvieron a apoderar de su boca una y otra vez, y se dieron varios besos largos y embriagadores que los dejaron temblando.

—Debe de ser el factor peligro —dijo ella—. Es la única explicación lógica.

—¿Hay alguna lógica? No la puedo recordar.

No se cansaba nunca de ella. El barro de su cara lo había manchado, y su ropa empapada también lo había mojado. Le ardían las heridas, pero no podía sentirse incómodo, tenía el cuerpo tenso y duro, muerto de ganas de encontrar satisfacción.

Su voz la sacudió. Era posesiva. Ronca. Perfecta. La seducción personificada. Joie se apartó, le enmarcó la cara con las manos, y apoyó la frente contra la suya.

—Necesito un minuto para tomar aire. No puedo ni respirar ni pensar, y no quiero nada salvo estar contigo.

La boca de Traian se curvó y sonrió.

—¿Se supone que me dices eso para detenerme?

Los ojos grises de Joie estudiaron cada centímetro de su rostro. Y él pudo ver claramente lo confundida que estaba.

—¿Por qué siento esto? ¿Tiene sentido para ti, Traian? Yo no suelo meterme de golpe en una relación. Lo único que consigo pensar es que quiero tener sexo contigo. No solo sexo..., sino que además sea salvaje y desinhibido. Estoy embarrada, agotada, tremendamente asustada y preocupada por mi familia, pero quiero, no es que lo necesite, sentirte dentro de mi cuerpo.

Traian amplió su sonrisa.

—Creo que besarte ha sido la mejor idea que he tenido nunca.

Joie no pudo evitar devolverle la sonrisa. La hacía feliz de una manera que nunca había sentido... completa, pues antes no sabía que se estaba perdiendo una parte de sí misma.

—¿Por qué tú? Ni siquiera eres humano. —Joie torció el gesto—. Sabes que me estás complicando la vida.

—Toda tu familia tiene habilidades telepáticas. ¿Estás segura de que eres humana?

Joie se rio a carcajadas.

—Por favor, nunca le preguntes eso a mi padre. Es muy extravagante y te contaría una larga historia absolutamente horrible y falsa, y nos mortificaría a todos con ella.

El sincero afecto que Traian percibió en su voz le indicó que las historias extravagantes de su padre nunca la habían mortificado en realidad, y que quería mucho a ese hombre.

—Eso me da esperanzas. Por lo menos sé que has pensado en presentarme a tus padres, pero la lista de lo que puedo decir aumenta. Solo por curiosidad, ¿esos extraños cuentos alguna vez se refieren a dragones y a magos?

—Claro. Cuando éramos niños nos contaba cuentos fantásticos todo el tiempo, pero los magos eran brujos con un sombrero donde fabricaban todo tipo de hechizos mágicos.

—¿Magos buenos o malos? —preguntó rápidamente.

—De ambas clases, evidentemente. ¿Qué sería de un buen cuento fantástico si no hay buenos y malos? —Volvió la cabeza para mirarlo de nuevo—. ¿Crees que no sé adónde quieres ir a parar? Todos los padres cuentan a sus hijos historias fantásticas. Mi padre es un genio que indiscutiblemente tiene un enorme talento, igual que Jubal con los números y los patrones. Gabrielle también ha heredado esa actitud. Trabaja como investigadora de virus peligrosos, y realmente ha ayudado mucho desentrañando cadenas de ADN, e investigando maneras posibles de combatirlos. Pero somos completamente humanos. Hemos nacido en hospitales, hemos ido a médicos para que nos hagan revisiones regulares, pagamos los impuestos y comemos comida de verdad.

—Estoy seguro de que así es. Sin embargo, todo eso no demuestra que tu padre no sea un mago. Nosotros nos camuflamos muy bien en la sociedad, pero los magos lo hacen mucho mejor que los carpatianos. No duermen bajo tierra, ni se alimentan de sangre.

Joie lo miró parpadeando.

—¿Duermes bajo tierra?

—Sí, nos rejuvenece.

Entonces ella cerró los ojos.

—Oh, Dios. Ni siquiera sé qué decirte.

Traian inclinó la cabeza para robarle otro beso.

—Agárrate. Estoy a punto de ponerme a volar.

Ella emitió un ruido entre risa y ahogo, pero su boca le respondió muy suave, firme y dócil. Traian se dejó llevar durante un rato, la besó una y otra vez, y se perdió en su refugio dulce y cálido. Cuando levantó la cabeza ella lo miró un poco aturdida.

Traian le sonrió.

—Estás siendo muy valiente.

—Bromeas. No estoy siendo valiente. ¿No has pensado que podría darme miedo volar?

—La primera vez que puse los ojos en ti estabas haciendo un viaje astral —señaló Traian.

—Pensaba que habías aparecido por culpa de las drogas —confesó—. Estaba experimentando, pero en realidad no me había creído que lo había conseguido. Pensaba que de algún modo me había hipnotizado a mí misma. Nunca hubiera sido tan abierta contigo si hubiera llegado a creer que eras real.

Joie volvió la cara hacia el cielo y apoyó la cabeza en su hombro.

—Entonces estoy contento de que pensaras que yo era un invento de tu mente. Creo que me va a gustar mucho tu familia, tanto si son magos como si no.

—Yo no sacaría conclusiones hasta que no conozcas a mi madre. Está muy unida a nosotros y a nuestro padre, pero no es en absoluto acogedora con los demás. Mis profesores francamente detestaban que viniera a las reuniones del colegio… especialmente los hombres.

—De todos modos voy a intentar ganármela. Hace tantos años que no tengo familia que no se me había ocurrido que todavía podría tenerla. Aun así sentí una gran envidia cuando te vi con tu hermano y tu hermana, y percibí el amor que les tienes.

El corazón de Joie dio un vuelco por la melancolía de su voz. Ella nunca había creído que pudiera sentir tanto por un hombre. Solamente el tono que había empleado le había hecho sentir un escalofrío como si la hubieran acariciado, y se le había apretado el corazón.

—¿Tienes hermanos? ¿Estáis unidos?

Traian se restregó la barbilla contra la coronilla de su cabeza para sentir su sedosa cabellera pegada a su piel.

—Realmente sí. Tengo una hermana, Elisabeta. Ella, por supuesto, es mucho más joven que yo. Por lo general los niños carpatianos nacen con una diferencia de entre cincuenta a cien años, pero no siempre. Ella era muy joven cuando me enviaron fuera de los montes Cárpatos. He intentado saber de ella, pero nadie parece conocer su paradero. La recuerdo corriendo descalza con su larga cabellera volando detrás de ella, y parecía como si todas las plantas volvieran la cabeza para verla pasar. Nuestros jardines enloquecieron cuando nació. Era un alma libre. —Cerró los ojos para disfrutar de los recuerdos de esa niña que no tenía más de seis veranos. Recordar su risa alegró su corazón a pesar de que no debía sentir nada. Había disfrutado de la presencia de la niña más de lo que debía hacer un guerrero—. La mayoría de los guerreros antiguos, aquellos que ya han perdido sus emociones por haber luchado demasiado y haber acabado con muchas vidas, se acercaban a nuestra casa solo para estar con ella. Podía hacer que recuperaran sus emociones después de haberlas perdido. Realmente un pequeño milagro. —Traian movió la cabeza y miró a Joie parpadeando—. Hace siglos que no pensaba en ella. Demasiado tiempo. He asumido que desapareció para ayudar a nuestro pueblo.

—Y a ti —dijo Joie suavemente—. Lo siento Traian. No sé qué sería capaz hacer si pierdo a mi hermano y a mi hermana. Realmente no lo sé.

—Pasó hace mucho tiempo, Joie, aunque la realidad es que cuando pierdes las emociones es mucho más fácil sobrellevar las tristezas. Ahora desde que he recuperado los recuerdos de nuevo están vivas. Mi compañera me ha proporcionado una manera de volver a sentir.

—Es un concepto muy difícil para mí —admitió Joie—. Nunca he querido entregarme a nadie por completo —confesó mirándolo a los ojos—. Nunca he querido compartir todo lo mío. No quería que nadie viera dentro de mí. Pero tú ya lo has hecho ¿verdad? —Sus ojos se encontraron—. Me has visto como nadie lo ha hecho.

—Sí.

Traian la aferró a su cuerpo y se elevó en el aire.

Planearon por un cielo nocturno tan oscuro que casi parecía de color púrpura. Una capa de estrellas brillaba por encima de sus cabezas. Las pocas nubes de tormenta que quedaban se estaban dispersando más que acumulándose. Muy por debajo de ellos todo se veía pequeño… montañas, valles, bosques y lagos que escondían secretos que era mejor mantener ocultos para siempre. El paisaje que tenían por debajo era una mezcla del mundo antiguo y el nuevo.

Joie vio algunas granjas desperdigadas con grandes pajares y pequeños huertos que luchaban por sobrevivir. En las laderas había ovejas, así como algo de ganado y algunas cabras. También había cabañas de pastor por aquí y por allá, en los lugares más remotos en lo alto de las montañas, y en más de una ocasión vio perros abandonados buscando comida por los polvorientos caminos.

También aparecieron un castillo y un monasterio, además de numerosas iglesias. El país era hermoso y fascinante. Los carros de caballos no eran más que plataformas planas, en muchos casos hechas con barandillas y neumáticos de coches. La belleza de ese campo y la simplicidad de las aldeas la sobrecogían.

Me encanta esto, admitió. *Has tenido suerte de haberte criado en un lugar muy hermoso.*

Lo miró y se le cortó el aliento. Estaba tan fascinada como aterrorizada por la forma que había adquirido Traian. Tenía unas alas de búho enormes, pero conservaba sus brazos humanos, con los que la estaba estrechando contra su pecho emplumado. Las plumas le hacían cosquillas y sintió un escalofrío en la espalda cuando se dio cuenta de que todo era absolutamente real. Cerró los ojos e intentó mantener el ritmo cardíaco normal, segura de que él notaría la diferencia si no lo hacía. Era tan consciente de cada una de las respiraciones de Traian que no podía imaginar que a él no le ocurriera lo mismo.

Durante mucho tiempo he sido incapaz de ver la belleza de mi entorno. Traian miró a su alrededor. *Gracias por hacerme este regalo.*

Joie miró cautelosamente a su alrededor una vez que calmó los acelerados latidos de su corazón. Estaba volando con un hombre que podía cambiar de forma. El viaje astral era algo genial, sin duda, pero esto... era sorprendente. La sensación del viento contra su cara, la manera cómo Traian bajaba para ver de cerca los lagos y los desfiladeros. Todo, incluso las hojas de los árboles, se veía sorprendentemente claro.

Creo que también me estás haciendo un regalo. Nunca pensé que experimentaría una sensación así. Es mucho mejor que saltar desde un avión.

Joie sintió que el corazón de Traian se sobresaltó.

¿Saltas desde los aviones?

Con un paracaídas, por supuesto. No salto sin más, y rezo para poder encontrar un sitio donde aterrizar suavemente.

Joie de pronto se rio. Traian volaba a través del cielo nocturno, se enfrentaba a vampiros y se transformaba en diferentes pájaros. Sin embargo, evidentemente, desaprobaba que ella saltara desde los aviones. ¿No era algo completamente absurdo?

Eres un poco medieval, ¿verdad?

Tal vez. No se estaba disculpando. *Habrá que contener tu necesidad de hacer cosas peligrosas, Joie. No tienes ni idea de lo que me has salvado. No puedo comenzar a expresarte lo necesario que es que sigas viva.*

Ella frunció el ceño. Traian estaba muy serio y Joie sabía que estaba siendo absolutamente sincero. Hizo un rodeo antes de llegar a la posada para permitirle disfrutar de la increíble sensación de volar, y que pudiera ver su tierra natal. Tal vez podía ser un poco medieval, pero también era muy cariñoso y considerado.

Estaba volviendo del revés su mundo, y ella realmente no había tenido tiempo de considerar lo que le estaba ocurriendo. Simplemente había dejado que la abrumara con su descarada sexualidad, con la intensidad de su personalidad y el hecho de que, al igual que ella, fuera un guerrero. Era lo suficientemente fuerte como para hacerle frente, y eso lo respetaba... y a él. Pero también sabía que su personalidad era muy fuerte. Automáticamente se hacía cargo de casi cualquier situación.

Jubal, como su padre, era mucho más despreocupado. Nunca se metía en peleas. Siempre era tranquilo y razonable, y con ese carácter apenas tenía problemas. Gabrielle era una fiera en el laboratorio, pero también lo suficientemente aventurera como para ir con sus hermanos y sus padres a las cumbres de las montañas y bajar a cuevas profundas, pero no era agresiva de la misma manera que ella.

Te voy a volver loco, le confesó.

Soy muy consciente de eso, replicó Traian en su mente con mucho humor.

Joie no pudo evitar reírse también.

No estoy segura de que quiera tenerte dando vueltas por la mente. Dejó de reírse. *Ya sabes que casi terminé ingresada porque seguía oyendo tu voz. Es muy molesto cuando no puedes impedirlo.*

Traian frunció el ceño.

¿Es algo tan extraño para ti? ¿A pesar de que puedes hablar telepáticamente con tu hermano y con tu hermana?

Eso es completamente diferente. Siempre hemos podido hablar entre nosotros, pero con nadie más. Simplemente pensamos que es algo típico de los Sanders. Mi madre y mi padre también pueden hacerlo.

Se puede considerar que es muy arrogante pensar que solo tu familia es capaz de comunicarse telepáticamente.

Joie se volvió a reír involuntariamente.

Supongo que tienes razón. Siempre he dado por sentado que era algo propio de mi familia. Siempre hemos sido así.

¿Ambos padres?

Joie intentó no dar importancia al tono de sospecha que percibió en su voz, o que sintió en su mente. Traian realmente parecía tener prejuicios contra los magos.

Sí, ambos padres. Y somos completamente humanos. Te puedo enseñar mi certificado de nacimiento y todas mis horribles fotos del colegio.

Estaría interesado en ver tus horribles fotos del colegio simplemente porque son algo tuyo. No te puedo imaginar con un aspecto horrible, especialmente cuando eras una niña pequeña. Te has convertido en una mujer muy hermosa.

Lo dijo de una manera tan realista que ella no pudo protestar. Como la mayoría de las mujeres, no se sentía en absoluto hermosa, pero era agradable que él pensara que lo era. Volvió la cara hacia él y le sonrió.

Gracias. Me alegra que lo pienses.

Las luces de la posada brillaron por debajo de ellos. Traian bajó a tierra a una cierta distancia del edificio, donde estaba más oscuro. Salía música de la construcción de dos plantas y flotaba en todas las direcciones. La gente estaba reunida en las galerías abiertas que rodeaban todas las plantas, y en los balcones. Algunos bailaban, otros charlaban y los demás estaban en compañía de alguien.

—El festival —dijo Joie—. Lo había olvidado. Mírame... estoy hecha un desastre.

—A mí me pareces hermosa —objetó Traian—. ¿Cuáles son vuestras habitaciones?

—En la segunda planta, el tercer balcón a la izquierda. —Le sonrió—. ¿Estamos flotando?

—¿Está cerrada la ventana?

—Eso no me detendrá. Tengo talentos especiales para acceder a las segundas plantas.

Traian levantó una ceja.

—Estoy muy impresionado. Soy un cazador y estoy seguro de que ese talento me sería muy útil.

Joie entornó los ojos y se miró sus dedos que estaban agarrados a la nuca de Traian.

—Son útiles para un guardaespaldas. Tengo un negocio y soy conocida por ser una de las mejores.

—Estoy seguro de que lo eres.

La elevó rápidamente por el aire disfrutando de la manera cómo se aferraba a él apretando los brazos. Se había quedado con la boca abierta en cuanto salió disparado hacia arriba.

No te rías de mí.

No me estoy riendo.

Puedo sentir que te estás riendo. Sabes que no es normal volar.

Para mí es normal.

El suelo del balcón parecía bastante sólido. Joie inmediatamente le soltó el cuello.

—Genial, voy a tener que hacer esto con cien personas a mi alrededor.

—No te pueden ver. He hecho que no nos puedan ver.

Joie lo miró por encima del hombro.

—¿Somos invisibles? Caramba. ¿Tu vida es fácil o qué? No me importaría ser invisible cuando estoy trabajando. No me extraña que los vampiros te tengan miedo.

—Ellos vuelan y también pueden ocultar su presencia.

Joie abrió la puerta de su habitación.

—Qué encantadores. ¿De dónde salen?

Traian la siguió y entró en la habitación. Ella oyó su respiración pesada y se dio la vuelta para mirarlo. Definitivamente se le veía inquieto y no parecía querer responder a su pregunta.

—No me va a gustar la respuesta ¿verdad?

—Los vampiros son carpatianos que han elegido entregar sus almas para obtener un pequeño momento de poder, la emoción de matar… un subidón, si lo quieres llamar así. Nuestros hombres pierden las emociones y la capacidad de ver en color después de los primeros doscientos años de su existencia. Algunos antes y otros después, pero todos finalmente perdemos todo lo que consideramos sagrado si no encontramos a una compañera. Solo una mujer, la luz de nuestra oscuridad, puede devolvernos todo eso. Desde hace varios siglos nuestra raza cada vez tiene menos mujeres y niños. Estamos al borde de la extinción. Tenemos pocas esperanzas, y cada vez un mayor número de nuestros hombres se convierte en vampiro.

Joie intentó asumir la enormidad de lo que estaba diciendo.

—¿Solo existe una mujer que os pueda devolver los colores y las emociones para cada carpatiano? ¿Solo una?

Traian asintió.

—Solo una. Podemos pasar siglos buscándola. Si nos perdemos el uno al otro, o cazamos y matamos durante demasiado tiempo, la necesidad de sentir emociones, o lo que sea eso, se vuelve algo demasiado tentador y muchos sucumben. Nuestras posibilidades son convertirnos en vampiros, o hacer que el sol acabe con nosotros.

Era un destino brutalmente triste. Joie se quitó el arnés y dejó con mucho cuidado el equipo de escalada en el suelo junto al armario. Se sacó los crampones y las botas, e hizo una mueca cuando vio todo el barro que había en ellas. Necesitaba tiempo para digerir lo que le había contado antes de volver a encontrarse con su mirada. Ella tenía los ojos llenos de compasión.

—Qué triste que os ocurra eso. Por eso tú y los cazadores estáis obligados a reprimir a los vampiros. Aunque en otros tiempos hubieran sido vuestros amigos de la infancia… o familiares.

Traian asintió sorprendido por ver en su cara que lo había comprendido perfectamente. Ella evidentemente veía lo que otros no: muy por debajo de la superficie, cada vez que acababan con un amigo de la infancia o con un primo, el alma se les rompía en pedazos hasta que llegaba el momento en que apenas les quedaba nada. Su comprensión hizo que se conmoviera, y que algo cambiara en él. Lo sentía; por primera vez percibía que lo estaba curando gracias al poder que ejercía como compañera.

Joie estaba con la ropa sucia y con la cara manchada de barro, pero a él le parecía hermosa. Se le había hecho un enorme nudo en la garganta, pero apartó la cara pues no quería que ella viera que la emoción lo había dejado sin aliento. ¿Podría comprender todo lo que significaba para él?

—Lo siento Traian. Sé que apenas puedo entender lo que debe ser, pero percibo lo importante que es en tu mente.

Más que eso, percibía lo solo que había estado. La intensidad de su dolor la estremeció. Su vida había sido severa. Fea. Sombría. Atisbó algunas escenas aterradoras de su pasado. Terribles batallas que duraban horas. Heridas muy serias. Muerte por todas partes. Nadie que lo consolara. Nadie que se preocupara por él.

Joie cerró los ojos un instante, sobrecogida por un gran deseo de rodearlo con sus brazos y simplemente aferrarse a él. Lentamente se quitó la chaqueta. Aunque no habían calentado la habitación después de todo el frío que habían pasado en la montaña, casi sentía que hacía demasiado calor. Tiró los guantes encima de la chaqueta.

—Casi está amaneciendo, Joie. Tengo que enterrarme bajo tierra. He perdido demasiada sangre y debo curar las heridas de mi cuerpo. No hay otra manera de hacerlo rápidamente y te va a ser muy difícil separarte de mí. Tendrás que quedarte en esta habitación donde estarás segura.

—¿A qué te refieres con difícil?

Joie no pudo evitar que su voz sonara suspicaz. Traian no le soltaba cosas simplemente para crear un efecto dramático. Claramente le estaba advirtiendo de algo que todavía no había experimentado.

—La atracción entre los compañeros es muy fuerte. No podrás comunicarte conmigo telepáticamente por más que tu mente insista en contactar con la mía. Si no estás preparada podrías creer que he muerto. Mi corazón dejará de latir y tendré la respiración paralizada mientras el fértil suelo de mi tierra natal me cura las heridas y me rejuvenece. Lo mejor sería que pudieras dormir durante el día. Estás muy cansada igual que tus hermanos, quienes, a propósito, están muy ansiosos por reunirse contigo.

—No creas que tengo ningún problema por pasar el día durmiendo —le aseguró—. Estoy demasiado cansada como para ducharme, pero hombre, necesito hacerlo.

Su cansancio definitivamente se había apoderado de ella.

—Me puedo ocupar de eso.

Joie no sabía qué esperar… tal vez que le arrojara un cubo de agua, pero simplemente hizo un gesto con la mano y ella quedó completamente limpia. No era tan satisfactorio ni tan relajante como una ducha muy caliente, pero se sentía limpia. Se acomodó en la cama y se pasó una mano por la cara.

—Haz lo que tengas que hacer, Traian. Sobreviviré.

—Pondré unas salvaguardas muy potentes en tu puerta y en las ventanas. Nadie será capaz de atravesarlas si no les abres la puerta —le advirtió.

—Pensaba que los vampiros no se podían poner bajo la luz del sol.

—Es verdad, pero no te creas que trabajan solos. Crean marionetas humanas que actúan como sirvientes que obedecen sus órdenes. Les prometen la inmortalidad, pero al final esas marionetas se vuelven locas y se alimentan de la carne de los mortales. No pueden ser salvadas. Son abominaciones de la naturaleza que tienen el cuerpo y el cerebro podridos. Solo hacen lo que les ordenan sus amos. No puedes permitir que tú ni tus hermanos caigáis en sus manos.

Joie consideró responderle como una listilla, pero mantuvo la boca cerrada. El mundo de Traian estaba más plagado de peligros que nada a lo que se hubiera enfrentado. Para él se había convertido en su forma de vida. La miraba como si ella lo fuera todo para él. Aunque fuera excitante y un poco sexy, también era aterrador. ¿Podría estar a la altura de sus expectativas?

—Si pones salvaguardas en mi puerta, ¿podrías hacer lo mismo con Gabrielle y Jubal?

—Claro. —Miró por la ventana—. No me puedo quedar mucho más. Volveré cuando te despiertes. Prométeme que te quedarás aquí esperándome.

Joie asintió.

—Si eso da paz a tu mente, Traian. Estoy cansada. Solo quiero ver a mi hermano y a mi hermana para saber que están bien.

Traian cruzó la habitación y se puso frente a ella. Le cogió una mano y la acercó a él.

—Sé que tienes miedo de lo que ocurre entre nosotros. De verdad que para mí es perfectamente lógico. Las compañeras son algo natural para nosotros, pero para ti no es lo mismo. Si despiertas y no estoy contigo, prométeme que no saldrás huyendo. Para ti es algo sobrecogedor. Quiero estar contigo y verte a pesar de los miedos que te genera este vínculo eterno que se ha consolidado tan rápidamente, pero no me queda otra elección. Tengo que enterrarme bajo tierra antes de que salga el sol.

Joie asintió.

—No voy a ir a ningún sitio, Traian. Me caracterizo por enfrentarme a las cosas a las que temo. Tengo a Jubal y a Gabrielle conmigo. Voy a estar bien.

Agarró su cara con ambas manos y le dio un beso en los labios. La boca de Traian era muy tentadora, masculina y exigente. Sintió que su cuerpo se volvió de goma y que toda su femineidad se sentía atraída por él en respuesta a sus besos. Rodeó su cuello con un brazo y se inclinó hacia su cuerpo poderoso, todavía bastante sorprendida por estar respondiendo sin inhibiciones a un hombre que apenas conocía.

Sivamet... amor mío, susurró. *Por fin te he encontrado.*

Cuando levantó la cabeza su oscura mirada se paseó por su cara. Ella se rio y sacudió la cabeza.

—Técnicamente te encontré yo a ti.

Su sonrisa le calentó el corazón.

—Así es.

¡Joie! La voz de Jubal sonó muy exigente en su cabeza. *Gabby y yo vamos a tu habitación ahora mismo.*

La risa de Joie se desbordó.

—Voy a tener que informar sobre todas estas voces que me hablan en mi cabeza. Voy a hacer que vengan mis hermanos cuando te vayas. ¿Te veré cuando me despierte?

Definitivamente más que una pregunta era una afirmación. Su corazón se encogió un poco al pensar que se iba. No era una mujer empalagosa, pero al saber que se marchaba su cuerpo había reaccionado físicamente. Pero todo el tiempo mantuvo la sonrisa. No era una niña como para rogarle que se quedara con ella. Jubal y Gabrielle llegarían en cualquier momento.

Traian la volvió a besar.

—Pase lo que pase no bajes las escaleras sin mí. Que sepas que vendré a buscarte.

Joie se tragó una inesperada protesta y asintió con la cabeza. De pronto tenía la boca seca y el corazón se le había quedado como una piedra.

—Cuídate —consiguió decirle.

Traian miró por la ventana y vio que el amanecer comenzaba a manchar el cielo, la volvió a besar y salió por el balcón. Levantó las manos, dibujó un símbolo en el aire y cantó suavemente con la cara muy concentrada.

Pondré las salvaguardas en las habitaciones de tus hermanos y después me marcharé. Tu hermano y tu hermana están en la puerta. Tienes que darles permiso para que puedan entrar.

Joie miró la puerta y justo entonces alguien llamó. Cuando se volvió, Traian ya se había marchado. Joie respiró hondo y abrió la puerta a sus hermanos con las manos temblorosas. Jubal la levantó en sus brazos y Gabrielle los abrazó a los dos. Se abrazaron entre ellos durante un rato. Joie se acordó de cerrar la puerta de una patada después de darse un abrazo grupal durante unos minutos.

Observó a su hermano y a su hermana para ver si tenían rozaduras y hematomas.

—Habéis salido ilesos los dos.

—Luchamos contra un vampiro —declaró Gabrielle con los ojos brillantes—. Jubal lo mató y esa maldita cosa se quedó con mi piolet. —Se estremeció delicadamente—. No es que quisiera que me lo devolviera después de habérselo clavado en la cabeza.

—Oh, Dios mío, luchasteis contra una de esas cosas malvadas, y conseguisteis matarlo sin la ayuda de Traian. —Joie estaba sorprendida—. Parecen invencibles.

Gabrielle se arrellanó en un sofá intentando disimular un bostezo.

—Fue la pulsera de Jubal. No le gustan los vampiros.

Jubal levantó su brazo para que Joie lo examinara. Vestido con una camiseta de manga corta y vaqueros, la ancha tira de metal parecía una pulsera normal en su brazo desnudo.

—Esta cosa lleva el escudo de nuestra familia, Joie. Y me mantuvo caliente en las cuevas, iluminó el camino, y también cortó y quemó el corazón del vampiro. No tengo ni idea de cómo ocurrió. No la dirigí, pero las hojas se abrieron, comenzaron a girar y el metal se calentó cuando se soltó de mi brazo.

Joie estudió la pulsera de aspecto inocente. Solo quedaba bien en el brazo de un hombre fuerte con grandes brazos. Parecía como si estuviera hecha especialmente para Jubal.

—La escalera por la que bajamos era muy larga y daba muchas vueltas. Estaba tallada en el hielo. Al final había un muro con símbolos y estrellas —dijo Jubal—. La contraseña secreta para abrirla era en realidad la constelación del Dragón.

Joie de pronto lo miró a los ojos.

—¿Qué estás diciendo, Jubal?

—No lo sé, Joie, pero es una coincidencia bastante grande que la pulsera viniera hacia mí, que tenga el escudo de nuestra familia y que el secreto para salir fuese la constelación del Dragón.

El tono de Jubal era realista. Rara vez se enfadaba o se excitaba demasiado. Gabrielle y Joie a menudo bromeaban diciendo que nunca sufriría un ataque cardíaco.

—¿Crees que la familia de papá de alguna manera desciende de magos?

Joie apenas consiguió expresar esa pregunta. Si no hubiera visto vampiros, y las otras cosas extraordinarias de las que había sido testigo durante esa larga noche, la pregunta hubiera sido ridícula.

—Creo que es una posibilidad —reconoció Jubal—. Siempre nos atrajo esta región, y papá nunca quería que viniéramos. Creo que tiene secretos, y que tal vez las historias que nos contaba eran más verdaderas de lo que sospechábamos.

—Eso es lo que dice Traian. No confía en absoluto en los magos, y dudo que lo hagan los demás que son como él. Tal vez deberíamos ser muy cautos y no especular sobre este asunto con nadie más que entre nosotros tres —propuso Joie—. Por lo menos hasta que podamos hablar con papá.

—De acuerdo —dijo Gabrielle y volvió a bostezar—. Me voy a la cama.

—Vámonos todos a dormir —aceptó Jubal.

—Permaneced en vuestras habitaciones durante el día —les advirtió Joie y les contó lo que le había explicado Traian de las marionetas humanas que usaban los vampiros—. Lo organizaremos todo mañana por la noche cuando Traian vuelva y pensemos en lo que vamos a hacer.

Abrazó a sus hermanos y cerró la puerta con llave cuando se fueron. Un par de minutos después decidió empujar la cómoda delante de la puerta. Se sentía muy cansada y no estaba segura de despertarse si un intruso intentaba abrir la puerta.

Capítulo 8

Joie soñó con un hombre con cara de ángel y cuerpo de demonio. Durante todo el sueño oía el tamborileo atronador de su corazón. Pero no sabía si era por miedo, o porque estaba eufórica. En un instante estaba luchando por su vida, y en el siguiente se encontraba en sus brazos besándolo una y otra vez. También la persiguieron unos monstruos que finalmente consiguieron hacer unas terribles heridas al hombre. En un segundo plano la observaba su padre con los ojos muy extraños. Estaba en actitud expectante sin hacer nada, y simplemente sujetaba una esfera brillante. Junto a él un gran felino de la selva con el cuerpo moteado observaba a Traian muy enfadado. Cuando uno de los monstruos intentó atacarlo, el felino saltó hacia él, aterrizó en su espalda y le clavó los dientes en la cabeza.

Entonces ella corrió por un interminable puente de hielo hasta que consiguió enterrar un cuchillo en las costillas del felino para intentar salvar a Traian. El jaguar volvió la cabeza y la miró. Sus ojos ambarinos estaban cargados de odio, pero poco a poco se fueron mostrando cariñosos y apesadumbrados. En ese momento se llevó una enorme sorpresa y se apartó al ver la sangre que chorreaba por el costado del felino formando un charco junto a él, pues cuando lo miró directamente a la cara, a los ojos, vio que era la de su propia madre.

Cuando consiguió salir de la telaraña de ese sueño oscuro, tenía lágrimas en los ojos, una presión en el pecho y el corazón latiendo a toda prisa. No reconoció el hotel, solo sentía que la rodeaba algo terrible y peligroso, y que tenía una pistola en la mano. Enseguida revisó minuciosamente la pequeña habitación buscando al enemigo.

—Rumanía —dijo en voz alta en la oscuridad—. Estás en Rumanía con Jubal, Gabrielle y un hombre que debes haber imaginado.

Traian emergió lentamente de la oscuridad con las manos levantadas y las palmas hacia ella. Estaba rodeado de oscuridad, y aunque generalmente esta lo ocultaba por completo, a veces revelaba sus duras facciones. Joie metió la pistola debajo de la almohada y se sentó con sabor a pasión en la boca. Ese hombre bien podía ser un sueño, una simple fantasía que su mente le estaba haciendo creer que era real.

—Ya estás aquí. —Paseó lentamente su mirada por su cuerpo para ver si estaba malherido. Pero sus enormes heridas ya casi se habían curado, una gran proeza considerando cómo estaban cuando lo había dejado muy temprano por la mañana—. Has tenido suerte de que no te haya disparado —dijo e hizo un gesto de defensa poniendo la mano como si estuviera en guardia.

Traian le sonrió y continuó avanzando hacia ella.

—Nunca hubieras cometido ese error. Siempre me hubieras reconocido.

Evidentemente era verdad. En el instante en que se movió supo que era él. La había dejado sin aliento como le ocurría siempre. Y no era algo normal en ella, pero era la pura verdad. Traian llegó hasta un lado de su cama, estiró los brazos para rodearle la cara con las manos y la besó tan intensamente que ella no pudo respirar. No era una mujer que se dejara intimidar por un macho dominante, y nunca se había sentido pequeña o frágil, o siquiera hermosa y femenina, pero él conseguía que sintiera todas esas cosas a la vez.

Sus reacciones hacia él la confundían más que los vampiros, las cuevas secretas de los magos o el hecho de que cambiara de forma. Agarró su cabello largo y sedoso, que en él parecía natural, casi elegante. Para que no se le cayera sobre la cara se lo ataba en la nunca con una cuerda fina. Tenía el pecho ancho y duro, los brazos tremendamente fuertes y las caderas, cubiertas por unos pantalones negros, muy estrechas. Le costaba creer que un hombre tan atractivo como Traian quisiera estar con ella.

Traian se rio suavemente y la despeinó.

—Ya te dije que un carpatiano no puede ver a ninguna mujer más que a su compañera, y con toda seguridad nunca lo haría después de haberla encontrado. He sabido de uno, o dos, a lo largo de los siglos, que no han sido tan correctos, pero basta con que mires en mi mente para que sepas lo que significas para mí. Los compañeros no se pueden mentir entre ellos.

—Tengo la boca pastosa —dijo Joie pasándose una mano por los labios, más para evitar que la besara que para ocultar su aliento.

Con toda seguridad más besos los llevarían a otras cosas.

Los ojos de Traian se iluminaron cuando sonrió.

—Ya es de noche.

—Lo que sea. De todos modos me acabo de despertar y a diferencia de ti, me tengo que lavar los dientes para tener el aliento fresco.

—En lo que a mí respecta, me parece que tienes el aliento bastante fresco. Sabes a miel y a menta —dijo y enseguida le ofreció una sonrisa reconfortante.

Traian se dio cuenta de que Joie estaba muy nerviosa. Aparentemente estaba muy segura, pero él sospechaba que para estarlo prefería la acción a la inactividad. El carpatiano cruzó deliberadamente al otro lado de la habitación para darle espacio, rodeó una silla y se sentó a horcajadas. Sabía que su altura y el ancho de sus hombros hacían que ella sintiera que llenaba toda la habitación.

—Tuviste una pesadilla —afirmó Traian.

Joie lo miró un poco cautelosa y asintió.

—Sí. —Se encogió de hombros—. Fue perturbador pero en absoluto sorprendente. Cuesta mucho asumir todas las cosas que vi la otra noche. ¿Quién iba a saber que existe todo un mundo de seres míticos que viven entre nosotros? Dijiste que estabas de regreso en tu tierra natal. ¿Dónde has estado durante tanto tiempo?

Traian sabía que ella necesitaba confiar en que no iban a ir demasiado rápido, y que la atracción que sentían era algo real y no simplemente producto de que hubiera una gran química entre ellos. Necesitaba unos segundos para respirar. No quiso señalarle que lo único que tenía que hacer era acceder a su mente donde podría encontrar todo lo que necesitaba saber. No le iba a esconder nada, bueno o malo, pero ella necesitaba espacio para tomar aliento, y hablar a la manera humana.

—Hace muchos siglos mi príncipe convocó a los antiguos cazadores. Nos dijo que de manera inminente se iba a producir una guerra, y que iba a haber más vampiros vagando por el mundo. Su obligación era librar al mundo de ese peligro. Aquellos de nosotros que aceptamos fuimos enviados a lugares lejanos donde tendríamos poco o ningún contacto con los de nuestra especie. A mí se me asignó básicamente proteger la India, y regiones cercanas, como Sri Lanka. Es un territorio muy extenso y muy poco desarrollado. A menudo se producían guerras entre los distintos reinos que luchaban por mantener el control sobre los demás.

—¿Participaste en esas guerras?

Traian negó con la cabeza.

—Muy raramente. Intervenía cuando me encontraba con alguien que abusaba de alguna mujer o algún niño, pero tenía bastante trabajo trasladándome por una zona tan extensa intentando evitar que se estableciera algún vampiro.

—Es difícil creer que hubiera vampiros en la India.

Traian le sonrió.

—Piensa en las diversas leyendas y en los mitos que se escuchan en todos los países del mundo. Es difícil encontrar algún país donde no aparezca alguna forma de vampiro firmemente consolidada en los cuentos y narraciones tradicionales. Y qué pasa con los extraños animales de los que se habla, que incluso ahora han sido filmados ocasionalmente. Siempre se considera que son un fraude, tanto si está probada su existencia como si no. Incluso en Estados Unidos ha habido avistamientos muy extraños.

Joie se inclinó hacia él. Traian podía ver en sus ojos que estaba sacando sus propias conjeturas. Ella era una mujer poco común, abierta de mente a muchas cosas que los demás nunca considerarían.

—¿y dices que esos extraños animales son vampiros?

Traian negó con la cabeza.

—No, pero es más que probable que se encuentre entre las especies aún existentes que son capaces de cambiar de forma, y entre ellas están los no muertos.

Joie se pasó una mano por el pelo y atrajo su atención a su abundante cabellera oscura. Parecía un poco desaliñada, sus grandes ojos grises todavía estaban dormidos, pero tenía la piel suave como el pétalo de una flor.

Todavía estaba despeinada. Traian no pudo contener una ardiente oleada de deseo que corrió desenfrenadamente por sus venas.

—Háblame de la India. Nunca he estado allí —admitió Joie sin hacer caso de los intensos deseos de Traian. Estaba completamente absorbido por ella. Verla y olerla le proporcionaba una paz que nunca había conocido. Después de levantarse había vuelto a apreciar, después de siglos, la riqueza del suelo de su tierra natal. Y había visto la belleza de su entorno como si mirara con ojos nuevos... y tal vez así era. Veía intensamente los colores, e incluso los olores le habían parecido más placenteros. Ella estaba en el mundo. Joie—. Háblame de la India —repitió ella—. Para mí es importante saber qué vida has llevado y qué ha influido en ti. Has visto a mi familia. Pero cuéntame cómo fueron tus primeros momentos en la India.

Estaba encantado de que quisiera saber de él, pero conocía formas mucho más placenteras de pasar el tiempo antes de que tuvieran que cumplir con las demandas de la noche. Contuvo un pequeño suspiro e hizo lo que ella quería.

—La India consistía en bosques y junglas cuando llegué la primera vez. Muy pronto me sentí cómodo en ese entorno. Pasaba bastante tiempo con los elefantes. Con el paso de los años desaparecieron mis emociones y mis recuerdos, especialmente cada vez que cazaba y mataba a algún no muerto, pero por alguna razón, cuando estaba con los elefantes, los recuperaba. Durante mucho tiempo estuvieron contentos y en paz, me enseñaron a aceptar la vida y las maneras en que la Tierra modela el futuro. No luchaban contra lo que no podían controlar. Finalmente a muchos les pusieron un arnés para trabajar al servicio del hombre, y aun así vivían pacientemente todo lo bien que podían. El budismo tenía mucha influencia y en algunos momentos no pude evitar comparar sus enseñanzas, como la aceptación de la vida, o la necesidad de vivir el día a día, con la manera en que los elefantes llevaban su existencia.

Traian extendió las manos.

—He conseguido transformarme en cualquier animal con el que me he cruzado y he engañado a las otras especies haciéndoles creer que era como ellas, pero con los elefantes no me fue posible. Aceptaban mi presencia junto a ellos, y con el tiempo creo que llegó a gustarles estar conmigo, pero siempre supieron que yo no era un verdadero elefante. Tienen algo muy especial en su interior.

Joie frunció el ceño.

—Traian, has viajado por todo el mundo, has tenido muchas experiencias y has visto cómo ha cambiado todo siglo tras siglo. Mi trayectoria es tan diferente. ¿Cómo alguien como yo puede hacer que no se aburra de mí un hombre como tú, después de unos pocos días o semanas a mi lado?

—¿Eso es lo que te preocupa? —le preguntó con mucha ternura.

—Además de otro millón de cosas —admitió—. En serio, ¿cómo podrías ser feliz con alguien que tiene tan poca experiencia comparado con los siglos que llevas viendo cómo se transforma el mundo? Ya estabas aquí cuando apenas había gente y has vivido guerras, plagas y cosas que ni siquiera puedo imaginar. —Joie se pasó un mechón de pelo por detrás de la oreja y lo miró de arriba abajo—. Me educaron para ser muy independiente. Pienso por mí misma y soy una mujer de acción. Comparado con los conocimientos que tú tienes, soy una niña. Cuando estoy contigo, siento una gran tentación de arrojarme a tus brazos y tomar lo que me ofrezcas, pero tengo miedo de que finalmente pueda dejar de ser quien soy. Me gusta tomar mis propias decisiones y ser como soy. Necesito escalar acantilados y encontrar cuevas donde no haya estado nadie. Encuentro muchas satisfacciones en mi trabajo.

Joie se dio cuenta de que estaba sentada en la cama vestida con una camisa de hombre, lo que hacía que se viera más sexy que nunca. Traian negó con la cabeza.

—No me puedo creer que te preocupe dejar de ser quien eres si estás conmigo. Joie, me gusta cómo eres y no deseo verte transformada en otra cosa. Eres una mujer muy inteligente. Eres una guerrera y lo respeto, así como la necesidad que tienes de mantenerte activa. También sé que cuando estás trabajando con alguien, escalando, descendiendo a una cueva, o protegiendo a un cliente, si otra persona tiene más conocimientos que tú, tu ego no se interpone. Escuchas. Confío implícitamente que lo haces.

—Joie apretó los labios con fuerza—. ¿Crees que yo no te escucharía? Desconozco cómo funcionan las familias. O los amigos. O siquiera el placer que se consigue cuando uno emplea sus capacidades como cuando escalas un acantilado. Quiero aprender todas esas cosas. Confiaré en tu experiencia para adaptarme poco a poco a tu mundo. Conozco bien cómo funcionan los vampiros y cómo transformarme, y he visto el transcurso de la historia, pero no sé nada de las cosas importantes de la vida, como por ejemplo lo que es una esposa, un hijo o una familia. He oído cómo te ríes y cómo te sientes cuando estás con tu hermano y tu hermana. Quiero sentir lo mismo que sientes tú cuando estás con ellos. Quiero que Jubal sea mi hermano y Gabrielle mi hermana. Me gustaría que tus padres me vean como un hijo. Solo tú me puedes dar todas esas cosas. Solo tú me puedes enseñar la manera correcta de ser parte de algo que nunca he tenido la posibilidad de experimentar.

Las largas pestañas de Joie abanicaron sus altos pómulos. Su lengua salió disparada y tocó su labio superior. El corazón de Traian sufrió un vuelco. Ella tenía todo el poder y ni siquiera era consciente de ello, pues pensaba que él se podría aburrir en su compañía.

—He observado la historia pero no la he sentido. He visto tierras extranjeras reconociendo que debían ser hermosas, pero solo veía tonos grises, sin emoción, colores o sentimientos. He vivido muchos acontecimientos, millones, y conozco la guerra, pero poco más. Te necesito Joie.

Joie tragó con fuerza. Le estaba rompiendo el corazón. Lo que acababa de reconocer con todo rigor era brutalmente honesto. Sentía que le estaba afectando la enorme necesidad que tenía de estar con ella. Había elegido el servicio público como profesión porque era inherente a su personalidad responder a las necesidades de los demás, protegerlos de cualquier peligro. Y este hombre, que parecía absolutamente invencible, le estaba exponiendo todas sus debilidades.

Más que eso, sentía como si hubiera estado toda la vida separada de los demás, manteniéndose apartada y sin adaptarse por completo. Pero cuando se hallaba con Traian, un ser de otra especie que le costaba mucho comprender, notaba que formaba parte de algo. Si lo hacía, si saltaba del acantilado y se dejaba caer con él, sabía que se iba a entregar en cuerpo y alma. No habría vuelta atrás. Traian pasaría a ser parte de ella de una manera tan intensa que nunca podría desprenderse de él, incluso aunque la dejara.

Joie respiró hondo y observó detenidamente la cara de Traian. Asombrosa. Mágica. Una combinación que se reflejaba en cada ángulo y facción, en la forma de sus hombros y en los definidos músculos de su pecho. No solo era su belleza física, su constitución atlética y la energía que exudaba; la atracción se basaba en que se concentraba intensamente en ella cuando la miraba... como si fuera la mujer más hermosa y fascinante del mundo. La única mujer. Como si la necesitara desesperadamente.

Estaba sentado frente a ella observándola. Esperando. Joie se humedeció los labios. Tenía que mantener cierta distancia para poder verlo todo en perspectiva.

—Necesito darme una ducha.

—No te hace falta. Puedo hacer que te sientas limpia y fresca.

Joie enseguida negó con la cabeza.

—Disfruto duchándome. Me encanta la sensación del agua cayendo sobre mi piel.

—¿Eso es una invitación?

¿Lo era? ¿Había decidido darse una ducha porque tenía clavada en la mente la idea de verlo desnudo? No lo sabía, pero las imágenes eróticas que revolotearon por su cabeza la dejaron impactada.

Miró sus duros ángulos y las facciones de su cara. Sus oscuros ojos insondables. Si la atracción entre ellos hubiese sido simplemente física, lo hubiera lanzado a la cama y le habría arrancado la ropa allí mismo. Pero Traian le provocaba sentimientos desconocidos... sentimientos profundos y aterradores para una mujer que estaba a cargo de su propio destino. Ella era terriblemente susceptible, el salto iba a ser muy largo y la caída muy dura. Pero empezaba a pensar que iba a ser incapaz de romper su fascinante hechizo. Estaba segura de que hubiera debido apostar más fuerte, pero...

Traian sintió que su mundo apenas se mantenía en equilibrio sobre la punta de una aguja cuando vio la indecisión que se reflejaba claramente en la cara de Joie. Tenía miedo de moverse. De hablar. Sabía que su unión era inevitable. La iba a poseer. Ella era suya. Le pertenecía. Pero todavía quería que fuera una decisión tomada por ella. Quería que lo quisiera igual que él a ella.

—La cabina de la ducha es muy pequeña —dijo en voz baja con un tono vacilante, todavía dejándose espacio para poder salir corriendo.

—Nunca me he dado una ducha. Nunca me ha hecho falta, ni he podido disfrutar de la sensación del agua cayendo sobre mi piel. Me encantaría hacerlo contigo.

Joie puso sus manos temblorosas detrás de la espalda, y Traian se dio cuenta de que tenía miedo de dar el siguiente paso, pero que lo iba a dar. Siempre había sido muy valiente. Levantó la barbilla y le sonrió para invitarlo a ir con ella.

Él no esperó a que se acercara; recorrió los pocos pasos que los separaban y la levantó en sus brazos acunándola pegada a su pecho.

Joie le sonrió.

—Esto se está convirtiendo en una costumbre.

—Me gusta tenerte cerca de mí —reconoció y la llevó al pequeño baño donde la dejó de pie.

Traian llevó las manos a los botones de su camisa sin dejar de cautivarla con la mirada. Ella se humedeció los labios con el corazón acelerado y él le ofreció una sonrisa para darle confianza.

—Estás completamente segura conmigo, Joie. Simplemente respira.

Retiró cada botón de su pequeño ojal y se abrió la camisa por completo antes de mirar el tesoro que iba a desvestir con todo cuidado. Apenas podía respirar.

—Eres tan hermosa, Joie.

La acarició desde los pechos hasta el vientre, y después fue más abajo para quitarle las braguitas.

No tenía ni idea de que se iba a sentir así, inundado por una emoción tan profunda, fuerte e intensa que lo tenía completamente conmocionado. Tardó un instante en sacarse su propia ropa para meterse en la ducha con ella.

El vapor, que empañaba el cristal transparente de la puerta de la ducha, se elevaba y se arremolinaba alrededor de los dos cuerpos que había bajo el chorro de agua caliente. Joie dejaba que el agua se derramara sobre ella, empapara su piel y su cabello, y eliminara los restos de sueño de su cuerpo. La cabina de la ducha era pequeña y la obligaba a rozarse continuamente contra Traian. Pensaba que estaba completamente preparada para ver su cuerpo tan masculino, pero cuando lo hizo se quedó sin aliento. Todos sus músculos estaban bien definidos, su pecho era ancho y sus caderas estrechas. No se atrevió a mirar más abajo de su cintura. El hombre no se recataba cuando se trataba de sus deseos. Y la deseaba mucho.

—¿Vas a echarte hacia atrás cada vez que me acerco?

Su voz sonaba divertida y le hablaba con un tono aterciopelado que se deslizaba por su piel desnuda activando todas sus terminaciones nerviosas.

Joie tenía la boca seca.

—Es lo más sensato que puedo hacer. Antes de conocerte, pensaba en tenerte para mí en exclusiva, solo, desnudo y... —Dejó de hablar un poco desesperada. Las fantasías eróticas eran maravillosas cuando él no estaba frente a ella absolutamente imponente, aunque todavía fuera prácticamente un desconocido—. Pero ahora no tengo ni la más remota idea de qué hacer contigo.

—Recuerdo perfectamente que me dijiste que tenías una larga lista de posibles amantes —dijo Traian y le rodeó la cara con las manos, y con el dedo pulgar hizo que ladeara la barbilla para que lo mirara a los ojos—. ¿Qué pensabas hacer con todos ellos?

Su voz sonaba un poco mordaz, y sus blancos dientes se cerraron haciendo un chasquido.

Joie intentó que no se reflejara en su cara la sonrisa que había florecido en su interior.

—No eras real. Pude decir cualquier cosa. —Le era imposible apartar la mirada de la oscura intensidad de sus ojos y el enorme deseo que mostraban. Las emociones de Traian estaban tan al desnudo como su cuerpo—. Sigo pensando que esto está ocurriendo demasiado rápido. Realmente no te conozco. ¿Cómo terminaste en mi habitación? ¿Cómo terminé dándome una ducha contigo completamente desnuda? Soy una persona muy reservada, nada confiada y, a pesar de eso, aquí estás conmigo.

Lo único que Traian podía hacer era intentar no besarla, aunque sabía que fácilmente podía acabar con sus objeciones. La atracción entre ellos era mutua. Eléctrica. Absorbente. Le iba a responder con la misma feroz pasión que él sentía si la besaba, pero ella tenía que estar completamente de acuerdo con su propia decisión.

—Joie —susurró su nombre con voz doliente—. Si quieres que hablemos de eso te sugiero que salgamos de la ducha y nos situemos cada uno en un extremo de la habitación. Llevamos semanas metidos en la mente del otro. Me conoces. Sabes de mí más de lo que la mayoría de la gente conoce de otra persona a lo largo de toda una vida. Conoces mi personalidad y lo que represento. Y sabes que no es una aventura pasajera. Esto es para siempre.

—Para siempre —dijo Joie saboreando las palabras—. Es mucho tiempo, Traian.

El agua se derramaba por sus cuerpos y estaban rodeados de vapor. Ella se inclinó y las puntas de sus pechos se apretaron contra su tórax. Sintió su dura, ancha y pesada pasión masculina que la tentaba y le suplicaba.

—Si no estoy contigo para siempre, todo se volverá muy aburrido y el tiempo interminable. En cambio, estando siempre contigo, el tiempo pasaría en un momento.

—Me pides que tome una decisión cuya enormidad posiblemente no puedo comprender. Quiero a mi familia, Traian. Los quiero de verdad y nunca sería feliz sin ellos. Realmente desconozco exactamente lo que me estás pidiendo, y, además, creo que es mucho más de lo que ya he entendido.

Traian inclinó su cabeza hacia ella. Muy cerca. Su boca estaba a pocos centímetros de la de ella.

—Sé lo que te estoy pidiendo, y entiendo que tengas reservas respecto a tu familia. No quiero regresar a una existencia donde tú no estés. Quédate el resto de tu vida conmigo, Joie. —Traian la tentó cariñosamente. Le dio unos ligerísimos besos en la cara y en las comisuras de sus labios. Tiró de su labio inferior con los dientes—. Pasa lo que duran varias vidas conmigo. Toda una eternidad. Quédate conmigo. Di que me quieres de esa manera. Déjame ser parte de tu familia.

Ella miró sus ojos intensamente ardientes. La emoción de Traian era tan fuerte y caliente que parecía un hierro de marcar que le quemaba hasta el corazón. Se sentía atraída por su enorme deseo, y por su soledad. Ese peligroso depredador, que no era completamente humano, parecía más poderoso que nada con lo que hubiera soñado. Y sexy. Vertiginosamente sexy. Sus manos, por su cuenta, ya se estaban deslizando alrededor de su cuello y su cuerpo se estaba amoldando al suyo.

—¿Podemos estar juntos, Traian? ¿Cómo? Dime cómo.

Ella se había sentido sola en su familia, a pesar de que la quería. Aunque a menudo estaba rodeada de gente, amigos y familia, siempre se mantenía apartada. Nunca había sabido la razón, hasta que oyó la voz de

Traian. Siempre le había faltado algo en su interior, una parte fundamental de su ser.

De algún modo se sentía segura y en paz con Traian. No sabía por qué, pues ella era una persona muy independiente y autosuficiente, pero algo en su interior le pedía que buscara por todo el planeta, en las montañas más altas, en las cuevas más profundas, por todas partes, pero nunca había sabido qué estaba haciendo hasta que se encontró... con él. Con Traian. Poseía la parte que le faltaba.

—No tiene sentido que duermas bajo tierra aunque yo no pueda hacerlo.

—Te puedes convertir en lo que soy yo. Seguirías siendo Joie, siendo parte de tu familia, pero con los dones y vulnerabilidades de mi especie. O puedo envejecer igual que tú. Mi fuerza se debilitará y me volveré más vulnerable ante mis enemigos. Pero lo que cuenta es tu felicidad, Joie. Quiero formar parte de tu vida para siempre.

Joie sintió un aleteo de mariposas en la boca del estómago. Se sentía como si estuviera al borde de un gran precipicio. Intentó retroceder antes de que fuera demasiado tarde. La enormidad de lo que le estaba ofreciendo era tan aterradora como excitante. Estaba abrumaba por la soledad de Traian y la intensidad de sus propios sentimientos, tan completamente ajenos a ella. Intentó refugiarse en el humor.

—Ni siquiera sé si eres bueno en la cama.

—Quiero que reconozcas que sabes lo que te estoy ofreciendo.

La boca de Traian rozó su cara, trazó sus altos pómulos, su barbilla y bajó para encontrar el pulso que palpitaba frenéticamente en su cuello. Su cálido aliento la inundó de calor. Una seductora tentación tan poderosa como sentir su cuerpo duro de pasión.

Ella estaba en su mente y veía claramente las opciones que tenía. Entonces sus dientes se hundieron profundamente en su cuello. Tenía que hacerla suya y que entrara en su mundo. Si él se quedaba con ella como ser humano, y envejecían juntos, su gran fuerza poco a poco desaparecía, y siempre sería vulnerable a sus enemigos. Dos caminos. Dos mundos. Y solo un instante para decidirlo.

Ella sabía que tenía que darle una respuesta, pero no porque se lo estuviera pidiendo, sino porque la intensidad de los sentimientos que tenía hacia él era tan fuerte que necesitaba resolver su futuro. Los dientes de Traian la mordieron, y enseguida su lengua revoloteó por su piel para quitarle el pequeño dolor. Joie sintió el pinchazo en lo más profundo de su ser y sus músculos se apretaron deseando ser aliviados.

—Joie —volvió a susurrar su nombre—. Te amaré hasta el fin de tus días.

El agua que se derramaba sobre ella intensificaba su sensibilidad y su placer. Sintió que su voz era honesta. La pureza. Joie inclinó la cabeza hacia un lado para que pudiera acceder mejor a su cuello, y cerró los ojos expectante. Estaba segura. Puede que no entendiera la razón por la que eso era lo correcto, pero nunca había estado más segura de algo.

Traian le clavó profundamente los dientes. Un dolor incandescente atravesó su cuerpo, pero enseguida dio lugar a un éxtasis puro. Varios relámpagos atravesaron a toda prisa su torrente sanguíneo y restallaron unos latigazos de placer. Su temperatura se elevó todo lo que podía soportar. Se aferró a él y movió su cuerpo de manera muy seductora. Hubiera debido sentirse aterrada. Se estaba alimentando con su sangre, que devoraba con una pasión y un deseo mucho más sexual que cualquier otra cosa.

Traian resiguió cada línea, cada curva y cada agujero de su cuerpo como si quisiera dibujarlo en su memoria, deseando que ese momento durara lo que varias vidas. La pasión lo golpeaba con fuerza, y su fuerte deseo sexual se mezclaba con un ansia oscura casi incontrolable. Durante siglos su apetito había sido insaciable, nunca podía aliviar su terrible hambre, pero ahora la sangre de Joie satisfacía todas sus necesidades inhumanas. Sin embargo, su intensa tensión sensual seguía sin ser apaciguada. Estaba duro, caliente y lleno de pasión. Su lengua lamió los agujeritos que le había hecho en la piel y rápidamente sus labios viajaron a sus pechos. Unas antiguas palabras resonaron en su cabeza, las palabras que conformaban un ritual que llevaba impreso en la mente desde antes que naciera. Una vez pronunciadas esas frases no habría vuelta atrás: los dos quedarían unidos para toda la eternidad.

El pequeño sonido que escapó de la garganta de Joie lo animó aún más. Su lengua jugueteó y bailó sobre uno de sus tensos pezones, y absorbió las gotas de agua que le rodaban por la piel.

—Eres mi compañera. Te reclamo como mi compañera. Te pertenezco. Ofrezco mi vida por ti.

Las manos de Traian moldearon su cuerpo y se deslizaron hasta sus
pechos.

Su cara era oscura. La miró a los ojos muy concentrado. Joie sintió un
extraño apretón muy cerca de su corazón. Parte de ella sentía miedo y
quería gritarle que se detuviera, pero otra aceptaba sus palabras y comprendía la importancia de las promesas que Traian había pronunciado.
Deslizó las manos por su tórax, y se inclinó para saborear su piel y darle
unos mordisquitos directamente encima de su corazón. Nunca había
mordido a nadie, pero algo la animaba a hundir los dientes profundamente en el pecho de Traian para poder estar conectados. Hizo que su lengua
revoloteara por sus fuertes músculos.

Lo estaba matando con su inocente sensualidad. Y Traian tenía el
cuerpo duro y adolorido; desesperado por aliviarse.

—Te doy mi protección. Te doy mi lealtad. Te doy mi corazón —dijo
Traian y apretó su cintura sujetándola con tanta fuerza que el suave cuerpo de Joie se derritió a su lado—. Te doy mi alma. Te doy mi cuerpo.
Pongo bajo mi protección todo lo que es tuyo. Tu vida, felicidad y bienestar serán lo más preciado para mí y siempre estarán por encima de mis
necesidades. Eres mi compañera, estarás unida a mí toda la eternidad, y
siempre estarás bajo mi cuidado.

Las palabras que formalizaban el ritual del matrimonio carpatiano,
que era tan antiguo como el tiempo, salieron a borbotones de su boca, y
sintió que miles de pequeños hilos iban a hacer que se mantuvieran unidos, tal como se suponía que debían estar.

Traian le cogió la barbilla con una mano, le levantó la cabeza y buscó
sus labios casi a ciegas ansioso por devorarla. Ella abrió la boca y se fundió con él. La cogió en sus brazos, la besó salvajemente y la llevó a la
cama. Allí la acunó en su regazo de manera que su dura erección se apretó contra sus nalgas. Le susurró suavemente algo en su idioma, que parecía una orden, mientras sus uñas se alargaban para hacerse un pequeño
corte en el pecho.

Joie le besó la garganta, sus labios bajaron por su cuello y sin desviar-
se llegaron hasta su pecho, donde se encontraba el pequeño corte. Una

llama ardiente resplandeció en su interior, una tormenta de fuego de emociones y sensaciones. Traian colocó una mano en la nuca de Joie para acercarla a él y animarla a que accediera al intercambio. El cuerpo de él se llenó de calor. Ardía por ella y estaba duro y adolorido de deseo, a pesar del placer que ya estaba sintiendo. Traian cambió de posición, apoyó a Joie sobre el edredón y se movió sin romper la conexión que había entre ellos. Cuando estuvo seguro de que ella había bebido suficiente sangre como para hacer un verdadero intercambio, le ordenó en susurros que se detuviera. Después él mismo se cerró la herida, y enseguida buscó su boca, le robó el aliento y le entregó el suyo.

Joie no podía recordar cómo había terminado debajo de él, con las caderas de Traian haciendo cuña entre sus piernas. Las manos del carpatiano estaban en todas partes, la acariciaban y la incitaban. No le dejó ni un centímetro de piel sin explorar. Joie oyó su propio grito ahogado cuando hundió profundamente los dedos en su vagina, y sintió cómo sus músculos se apretaban en torno a ellos. Estaba preparado. A la espera. Desesperado por invadirla. Las manos de ella se aferraron a sus caderas y lo atrajeron hacia su cuerpo en un desesperado intento de encontrar alivio. Nunca había querido, o necesitado, nada tanto, como sentir que su miembro la penetraba profundamente.

Traian, seguro de que ya estaba preparada para él, sujetó sus caderas y empujó contra su cuerpo en un único movimiento. Ella jadeó de placer y se arqueó hacia él para devolverle cada uno de sus embates. Traian chilló incapaz de mantenerse en silencio mientras se hundía dentro de ella. Su vagina apretaba su miembro con fuerza. Era como un sedoso tobogán de fuego y terciopelo.

Joie estaba fuertemente aferrada a él, e incapaz de hacer mucho más que eso, levantaba el cuerpo ansiosa por recibirlo. Él se movía cada vez más fuerte y profundamente, y ambos se fundían en un feroz tango que hubieran deseado que no terminara nunca. Estaban piel contra piel y sus corazones latían al mismo ritmo. El aire crepitaba cargado de electricidad, y saltaban chispas de una terminación nerviosa a otra. La presión fue creciendo hasta que ella creyó que iba a tener que ponerse a gritar por la gran alegría que estallaba en todo su cuerpo.

Traian le llenaba la mente y ocupaba todos sus espacios vacíos con...

él. De este modo ella podía sentir las sensaciones de su cuerpo masculino, y cómo se acumulaba una gran energía muy parecida a la que hace explotar un volcán. Caliente. Espeso. Un infierno de deseo y pasión, mezclado con emociones intensas y lujuria pura. La llenaba de fuego y de calor, de una enorme presión que fluía desde los dedos de sus pies hasta la cabeza. A su vez, Traian sentía todas sus reacciones. Como las oleadas de placer que se apoderaban de su cuerpo, que terminarían por superarlos y consumirlos por completo.

Joie gritó su nombre y se agarró a su cuerpo con todas sus fuerzas cuando saltaron juntos por el precipicio y se lanzaron en una caída libre salvajemente excitados. Estaba sin aliento; y su corazón latía fuera de control. Las pequeñas explosiones continuaron sacudiendo su cuerpo, pero se negaba a soltarse de Traian. Lo agarraba con fuerza y se aferraba a él.

—Creo que he visto fuegos artificiales —le susurró en el pecho.

Él se rio suavemente.

—Creo que hemos provocado fuegos artificiales. —Estaba tumbado sobre ella y aplastaba su cuerpo. Todavía la estaba penetrando. La besó lentamente. Por completo. Sin prisa. Saboreándola—. Gracias por encontrarme Joie.

—El placer es mío, Traian —respondió. Él apenas se movía, pero cada pequeño cambio de posición hacía que ella sintiera réplicas de las oleadas de placer por todo el cuerpo—. Estoy oyendo que los latidos de nuestros corazones suenan tan fuerte que parecen golpes de tambor. Y puedo oír la sangre corriendo por nuestras venas. ¿Eso es normal? Pues si lo es qué asco, ¡puaj!

Traian se rio suavemente y el sonido vibró por todo el cuerpo de Joie haciendo que sus músculos se agarraran a él aún con más fuerza.

—Piensa en bajar el volumen. Nuestras mentes son muy poderosas. Puedes controlar el volumen de los sonidos con el pensamiento. —Mordió su labio inferior y tiró de él—. Concéntrate en los sonidos y podrás oír un alfiler cayendo en la habitación de al lado. Pero si quieres estar en silencio, simplemente baja el volumen.

—No siento tanta diferencia por dentro. Pensaba que notaría los cambios.

—Aún no has terminado la conversión, Joie. Hace falta hacer tres intercambios de sangre. Solo hemos intercambiado nuestra sangre una vez.

La cogió firmemente por los brazos y rodó aferrado a ella hasta que la dejó sentada a horcajadas sobre él.

Su miembro, que todavía estaba duro y grueso, seguía llenándola por completo, de manera que cada movimiento le provocaba ráfagas de placer que bailaban por su cuerpo. Traian le agarró los pechos.

—Quiero observarte. Todavía me cuesta creer que realmente te haya encontrado. Que estoy contigo.

Joie se movió, y lentamente se deslizó de arriba abajo. Sintió que él se estremecía de placer y se arqueaba hacia atrás. Simultáneamente le masajeaba los pechos y buscaba el mejor ángulo para penetrarla más profundamente.

—¿A qué esperas si tenemos que hacer tres intercambios?

Observó cómo su miembro desaparecía dentro de su húmeda y pegajosa vagina.

—Quiero que tu cuerpo tenga tiempo de ajustarse a los cambios. No siempre es fácil.

Traian descubrió que le costaba expresarse y tener pensamientos coherentes mientras ella agarraba su miembro con sus músculos internos y cabalgaba sobre él cada vez más fuerte y deprisa. Un fuego le lamió el vientre y se le incendió la piel. El intenso calor se precipitó en un solo punto, se concentró y se disparó completamente fuera de control.

Dejó que el éxtasis sexual lo dominara y se apoderara de su cuerpo, pero siguió observando cómo ella deslizaba su cuerpo, la manera cómo se movían los músculos bajo su piel y cómo sus pechos se aplastaban contra las palmas de sus manos mientras continuaba jugueteando con sus tentadores pezones. La enorme sensación de placer que se reflejaba en la cara de Joie, y sus pensamientos, que estaban completamente implicados en hacer que los dos disfrutaran, bastaban para llevarlo al límite. Recuperó el ritmo, empujó hacia arriba y la penetró hasta que ella se desplomó sobre él. Cada embate lo dejaba sin aliento y le arrebataba el corazón. El interior de Joie, que no dejaba de acariciar su miembro... estaba húmedo, caliente y apretado. Lo estaba llevando al clímax y, al mismo tiempo, afianzaba una adicción que no tendría fin. Siempre querría estar con ella, una y otra vez. Cuando sintió que los músculos de Joie se contrajeron, tensaron y apretaron, ambos ardieron provocando un enorme incendio.

Joie se quedó tumbada junto a él, incapaz de moverse pero deseando reír de alegría. Sus dedos encontraron los de Traian, los entrelazó y los apretó con fuerza. Creía que había que vivir la vida al máximo, pero siempre había pensado que iba a hacerlo sola. Por primera vez en su vida sentía una satisfacción tan completa y absoluta. Una paz tan completa y absoluta.

—Me siento igual que tú —dijo Traian—. No puedo evitar asombrarme... si tú hubieras sido carpatiana y yo humano, ¿hubiera sido tan confiado como tú? No te imaginas lo que significan para mí tu fe y tu confianza.

Joie volvió la cabeza con una sonrisa pícara.

—He decidido que me gusta volar, y cambiar de forma debe de ser genial. Y si haces algo tan tonto como engañarme, o escaparte con alguna otra, soy muy buena con el cuchillo.

Traian levantó una ceja.

—Creía que te iba a preocupar tener que dejar de comer. La comida huele bien. La he probado alguna que otra vez.

—Nadie ha dicho que tenga que dejar la comida. —Lo miró muy suspicaz—. Hay ciertas cosas que las mujeres no pueden hacer sin comida, Traian. Un poco de chocolate en ciertos momentos del mes es esencial para la salud. No necesariamente para mi salud, sino para la de todos los varones que estén cerca. No voy a dejar el chocolate, ni siquiera a cambio de tener buen sexo.

Traian se apoyó en un codo y trazó un círculo alrededor de sus pechos con las yemas de sus dedos.

—¿Es tan importante el chocolate?

—Esencial. Absolutamente esencial. Eso es innegociable.

—¿Qué tipo de chocolate tomas?

—Chocolate negro, por supuesto. ¿Hay de otra clase?

Traian bajó la cabeza, se metió uno de sus pechos en la boca y lo chupó con fuerza para ver cómo reaccionaba. Hizo que su lengua revoloteara sobre un pezón y enseguida le besó la boca. El beso fue largo, lento y completo. Cuando levantó la cabeza se rio suavemente al ver la expresión de su cara. Ella lo miró desconcertada y se tocó los labios preguntándose si el sabor a chocolate negro que se fundía en su boca era completamente real.

—¿Cómo lo has hecho?

—Satisfago tus necesidades... así es como funciona. Creo que quieres ver a tu hermano y a tu hermana esta noche.

Joie dejó que la levantara.

—¿En cualquier momento? ¿Puedes hacer eso en cualquier momento? Guau. Creo que me va gustar esto de ser tu compañera.

Traian se rio sin apenas creerse la felicidad que florecía en su interior. Sin apenas atreverse a creer que Joie era real.

Capítulo 9

Joie estaba en la entrada del salón inspeccionando a la gente como hacía siempre. Sacaba sus primeras impresiones y decidía quiénes probablemente causarían problemas, y quiénes podrían estar interesados en más de lo que debieran. Se fijó en que un hombre alto de cabello oscuro que estaba en un rincón los observó en cuanto entró con Traian en el salón. Enseguida apartó la mirada de ellos como si repentinamente estuviera muy interesado en su bebida, pero era evidente que los vigilaba atentamente. Un segundo hombre atrajo su interés. Estaba sentado en un sillón de respaldo alto, cerca del fuego y con un periódico en las manos. Era bajo, delgado y llevaba gafas de lectura. Miraba a Gabrielle por encima del ancho marco de sus gafas.

Joie miró la cara inescrutable de Traian. Él también había inspeccionado la habitación con una rápida mirada. Enseguida percibió que se había movido ligeramente para interponerse entre ella y el hombre alto de cabello oscuro que fingía estar muy interesado en su bebida.

¿Quién es?

No lo sé, pero está muy interesado en tu familia. Es un lugar peligroso para viajeros por cuyas venas corra la sangre de los magos, le advirtió. Deliberadamente no quiso mirar a Jubal, aunque le dio una pequeña orden. *Asegúrate de que nadie de este bar pueda ver el arma que te agenciaste en las cuevas.*

Jubal se volvió de manera muy casual y los saludó. Gabrielle levantó la vista, soltó un grito de alegría y salió de un salto de detrás de la pequeña mesa que estaba compartiendo con su hermano, que estaba cerca de la chimenea encendida. Rápidamente atravesó corriendo la habitación hasta ellos. Cuando pasó junto a la chimenea, las llamas saltaron y bailaron con un resplandor naranja, dorado y rojo. El hombre alto dejó su bebida y volvió la cabeza para ver qué hacía la chica.

Los instintos de Traian, que era más un depredador que un hombre, dispararon una alarma que se deslizó por su espalda. Con mucho cuidado decidió meterse en la mente de ese hombre. Le gustaba Gabrielle, pero había algo en ella que le hacía creer que era mucho más de lo que aparentaba, pues el hombre estaba buscando… no muertos. Para Traian era evidente que se sentía atraído por la joven, pero justificaba su interés intentando aplicarle ciertos criterios proporcionados por los miembros de su sociedad secreta de cazadores de vampiros.

Decían que las mujeres más hermosas se aprovechaban de que despertaban interés allá por dónde pasaban, y salían de noche buscando hombres para seducirlos y dominarlos. Las únicas mujeres que se podrían convertir en vampiras eran aquellas humanas que no tenían capacidades psíquicas y habían sido convertidas por vampiros. Evidentemente, eran unas desquiciadas y nadie se confundiría con ellas. Para Traian eran unas pobres criaturas con las que había que ser compasivos y enviarlas piadosamente al otro mundo.

Evidentemente el hombre todavía no había visto a Joie, pues estaba demasiado ocupado comiéndose con los ojos a Gabrielle. La sangre de Traian había realzado la belleza de Joie de una manera muy sutil. No quería atraer la atención hacia su familia, especialmente si Jubal llevaba el arma de los magos. Antes de separarse de Joie se aseguró de escudarla lo suficiente como para que no pareciera interesante para el extraño.

Joie se preparó para ser prácticamente derribada cuando su hermana la abrazó y la apretó con su entusiasmo habitual. Miró por encima del hombro de Gabrielle y advirtió que el hombre de las gafas miraba a Traian. Su cara mostró inmediatamente que lo había reconocido. Con mucho cuidado dobló el periódico y lo depositó en la mesilla que tenía ante él.

Traian, le advirtió Joie. *El hombre de las gafas con el periódico. ¿Lo conoces? Te ha reconocido.*

Traian suspiró. ¿Dos miembros de la Sociedad de cazadores de vampiros en una pequeña aldea cerca del lugar donde tenía su hogar el príncipe de los carpatianos? Era una coincidencia demasiado grande como para poder creérsela. Si solo hubiera uno, podía ser que estuviera explorando, pero que hubiera dos significaba que estaban de caza. La última vez que se había producido una cacería fueron asesinados hombres, mujeres y niños, tanto carpatianos como humanos.

Joie se movió un poco para situar a Gabrielle detrás de ella, y adoptó una postura protectora. Pero los dos hombres estaban separados, uno en un lado de la habitación, para que el otro pudiera controlar perfectamente lo que estaba a su alrededor. Traian dejó que sus ojos cayeran con mucha naturalidad sobre el hombre delgado con las gafas que levantó un vaso hacia él en cuanto sus miradas se encontraron.

Le inspeccionó la mente. Aunque evidentemente era humano, había reconocido que él no lo era. Le pareció divertido que en el momento en que Joie notó el interés que tenía el extraño en ellos, volviera a cambiar de posición y se deslizara ligeramente delante de él, sin dejar de vigilar al hombre alto de cabello oscuro.

Traian sintió una ráfaga de alegría y afecto que le iluminó el alma y lo dejó temblando. No podía recordar si alguien en su larga vida se había preocupado por él, o siquiera si había intentado protegerlo. Ese pequeño gesto significaba muchísimo para él, pues le demostraba su lealtad. Había hecho un acto de fe y se había comprometido con su vida y con su mundo.

Realmente no es un enemigo, aseguró. *¿Olvidamos discutir el hecho de que no estoy seguro de querer que seas guardaespaldas?*

¿De verdad? Joie arqueó una ceja mirándolo. *¿Ni siquiera tu guardaespaldas? Soy muy buena en mi trabajo.*

Los ojos de Traian observaban al hombre de cabello oscuro, que levantó su mano a la altura de las caderas con las palmas hacia abajo e hizo un gesto al hombre de las gafas que comenzaba a levantarse. Este inmediatamente se arrellanó en su sofá y recuperó el periódico.

Va a hablar contigo.

Todavía no. Tengo que arreglar algo con otra persona primero. Quédate con tu hermana y tu hermano unos minutos. Tened cuidado para no meteros en problemas.

No te preocupes, Traian, te vigilaré todo el tiempo, dijo Joie y le lanzó una sonrisa pícara.

Traian no pudo evitar que una pequeña sensación de bienestar lo calentara por dentro. Joie creía que él deseaba la felicidad de ella por encima de la suya. Pero ella también quería proporcionarle felicidad. Tenía unas ganas locas de levantarla en sus brazos y llevarla corriendo a la habitación donde podría hacerle el amor una y otra vez. La observó dejando que esa idea brillara en su mente y se reflejara en el resplandor de sus ojos.

Joie se rio.

—Déjalo.

Gabrielle miró a su hermana, y después a Traian, e hizo un ruido desagradable.

—Oh, no. Joie, te dejamos sola con él unos minutos y ya lo has seducido, ¿verdad?

Joie se encogió de hombros sin arrepentirse.

—Tengo que reconocerlo, es muy atractivo.

Los ojos de Gabrielle se abrieron como platos y se tapó la boca con una mano.

—Solo estaba bromeando contigo, pero realmente lo has hecho. Has dormido con él. Se lo voy a contar a mamá.

—Vale, chivata, si le dices una palabra a mamá le voy a decir que estás pensando en llevar a cabo un trabajo de investigación sobre el virus Ébola. Sabes lo que hará cuando se entere. Y, para tu información, no dormimos juntos para nada.

—Te has metido en un gran problema, fresca, y no te atreverás a decirle nada a mamá sobre mí —dijo Gabrielle. Empujó el hombro de Joie, miró al hombre que leía aplicadamente el periódico e intentó que se su hermana se apartara un poco para poder verlo mejor—. Qué guapo es ese hombre, Joie. Un hombre es más que sus músculos. —Miró a Traian—. Sin ánimo de ofender.

—Faltaba más —le aseguró Traian.

—Se te cae la baba, Gabrielle —susurró Joie—. Deja de comértelo con los ojos. Para que tú caigas rendida a sus pies tendría que tener un coeficiente intelectual de doscientos. —Miró a Traian—. Ningún hombre en el que se haya fijado puede mantener una conversación normal. Yo creo que les mira directamente el cerebro. —Dio un codazo a su hermana—. Se te salen los ojos de la cara.

—Solo estaba mirando —respondió Gabrielle susurrando—. Por lo menos no me he lanzado sobre él, ni me he jactado de haberme cargado a troles desnutridos recién salidos de la tumba. Soy más discreta.

—A mí me encantó que lo hiciera —señaló Traian—. Me rescató.

—Sí, bien, supongo que en esas circunstancias te pondrías muy feliz —concedió Gabrielle. Pero ella tiene un gran chupetón en el cuello—. Si mi madre lo viera habría consecuencias.

Traian le enseñó sus duros dientes blancos.

—Creo que me las puedo arreglar con tu madre.

Gabrielle y Joie se miraron y estallaron en carcajadas.

—Eso no es posible, Traian, ni siquiera tú podrías hacerlo —dijo Joie.

Traian apoyó cariñosamente una mano en el hombro de Joie.

—Me vais a tener que excusar un rato. Por favor, quedaros al calor del fuego. —Acompañó a ambas mujeres a la mesa donde estaba sentado Jubal observando la habitación—. Tengo un par de cosas que hacer. —Mantuvo el contacto visual con Jubal quien asintió de manera casi imperceptible—. No llaméis la atención mientras esté fuera.

Joie le cogió una mano.

—Traian, podemos ayudar en algo.

—En esto no. Simplemente manteos a salvo hasta que regrese.

Ella se mordió el labio y asintió.

Traian inclinó la cabeza y le dio un pequeño beso en la boca. Enseguida se dirigió a la barra. Lo hizo con calma, se abrió camino por la habitación con los hombros muy rectos mostrándose un poco intimidante, y se aproximó al hombre del cabello oscuro. Se apoyó en la barra justo a su lado, levantó un dedo al posadero, que llegó corriendo, y miró al extraño.

—¿Qué bebes?

El hombre le sonrió vacilante.

—Vodka —dijo con un ligero acento húngaro.

Traian le tendió una mano.

—Traian, estoy visitando a mis padres, ¿y tú?

El hombre lo miró un poco aliviado.

—Gerald Hodkins, solo un turista. Quería ver esta parte del país. He escuchado muchas cosas de esta región por parte de varios familiares.

Traian le ofreció una sonrisa amigable y ordenó que les sirvieran dos vodkas. El posadero, Mirko Ostojic, lo miró a los ojos y asintió con un pequeño gesto de la cabeza. Traian levantó el vaso hacia el otro hombre y bebieron. Pero por su garganta se deslizó agua fría.

—Es un hermoso país —se aventuró a decir.

Gerald asintió.

—Peligroso para los viajeros que no conocen cómo moverse por aquí.

Traian levantó una ceja.

—Ya no tanto. Mis padres se trasladaron a esta región hace unos diez años. Compraron una pequeña granja junto a la carretera, básicamente para retirarse, pero les gusta criar ovejas. Me dijeron que aquí prácticamente no se cometían delitos. —Añadió a su voz una nota de preocupación—. Trabajo en Sri Lanka y no los puedo visitar a menudo.

Gerald se encogió de hombros.

—Este lugar se limpió hace unos años, tengo entendido, aunque deben de quedar algunos focos.

Traian hizo una señal a Mirko para que les trajera otra ronda.

—¿Focos de qué?

Gerald miró a la derecha y a la izquierda como si alguien pudiera estar escuchando. Ya había bebido bastante, pero esperó a que el posadero les sirviera otro vaso. Rápidamente se llevó el vaso a la boca.

—¿Has escuchado los rumores que dicen que hay vampiros en esta región?

Dio un buen trago y miró a Traian fijamente por encima del marco de sus gafas.

Traian frunció el ceño.

—Claro. Todo el mundo lo ha escuchado. Este lugar tiene la reputación de ser un país de vampiros, pero todo el mundo sabe que es solo un mito. He leído que en algunas de las aldeas más remotas la gente todavía cree que si después de que alguien muera un miembro de su familia enferma, tienen que desenterrar su cuerpo, cortarle la cabeza, llenarle la boca de ajo y clavarle una estaca en el corazón para asegurarse de que el supuesto vampiro está realmente muerto. Esa práctica ha sido documentada en varios países de distintas partes del mundo, pero ya casi no existe, y con toda seguridad esos aldeanos ya no hacen esas cosas.

Gerald dio otro trago a su bebida.

—No estés tan seguro. No era así hace un tiempo cuando se produjo una enorme purga justo en esta zona.

—Sé de qué hablas. Investigué la historia de esta región cuando mis padres comenzaron a considerar que se podrían establecer aquí, pero lo que averigüé fue que esos asesinatos rituales los efectuaron extranjeros que mataron a un buen número de personas por culpa de una creencia equivocada que decía que los vampiros todavía existían. Este es un lugar verdaderamente seguro para turistas y viajeros.

Gerald se bebió el resto de su bebida e hizo una señal al posadero para que rellenara sus vasos.

—Apúntalo en mi cuenta —le indicó y estudió a Traian por encima de su vaso. Tenía la cara enrojecida y los ojos un poco inyectados en sangre—. ¿No crees que haya habido encubrimiento? ¿Qué tal vez esos hombres realmente hubieran encontrado algo? —Volvió la cabeza e inspeccionó la habitación—. Tal vez todos esos mitos y leyendas no son solo historias.

—Una idea aterradora —dijo Traian haciendo que su voz reflejara un gran interés—. La historia siempre es interesante. Si lees varias descripciones de algo, lo que explican cambia dependiendo de quién lo cuente.

—Exacto —aceptó Gerald arrastrando ligeramente la palabra.

Con mucho cuidado Traian comenzó a hacer que subiera la temperatura alrededor del hombre.

—Generalmente hay algo de cierto en muchas de las leyendas, pero he descubierto que la mayoría de las veces existen explicaciones científicas para cualquier suceso extraño.

Gerald le sonrió como si lo hubiera pillado afirmando algo comprometedor.

—¿Tú crees en las historias de vampiros?

Traian lo miró incómodo y se encogió de hombros.

—No, claro que no.

Gerald hizo un gesto hacia la familia Sanders.

—Mira a esa hermosa mujer. La que tiene el pelo largo. Ese es el prototipo, ya sabes. Llegó temprano por la mañana, ha dormido todo el día y ahora está levantada.

—¿Te refieres a Gabrielle? —Traian se rio—. Es una investigadora de virus peligrosos que está de vacaciones con su hermano y con su hermana. Les gusta escalar montañas... generalmente de día. —Se pasó una mano por la frente—. Creo que he bebido demasiado. Hace mucho calor aquí.

Gerald lo aceptó como una sugerencia.

—El posadero sigue echando leña al fuego. Nunca se dan cuenta de que cuanta más gente hay en una estancia, menos hay que calentarla. —Le dio una palmada en el hombro—. Salgamos a dar un paseo para tomar aire fresco.

Traian le hizo caso, dejó el vaso en la barra y siguió a Gerald a través de las mesas mientras volvía a inspeccionar la habitación. Sintonizó con varias de las conversaciones para asegurarse de que, antes de dejar a su compañera y a su familia, nadie estuviera conspirando disimuladamente. Salió de la posada y dejó que la puerta se cerrara sola.

Los rodeó por completo una espesa y fría niebla que se deslizaba entre los árboles próximos y entraba en la aldea con sus largos dedos dejando un velo gris sobre las casas y los comercios. El viento soplaba suavemente desde el sur, y sus intensas ráfagas le traían información de las criaturas nocturnas que se movían en las profundidades de los bosques. Cuando atravesó, junto a Gerald, una estrecha callejuela que se dirigía hacia un lugar muy oscuro, le llegó olor a comida desde las casas. Conseguía escuchar hasta las conversaciones en susurros.

—Crecí escuchando historias de monstruos —explicó Gerald—. Por supuesto que los niños pensábamos que nuestros padres estaban un poco locos, pues era evidente que creían en vampiros y monstruos malévolos. Los llamaban marionetas humanas, demonios comedores de carne que obedecían a sus amos.

—Grandes historias para escuchar antes de dormir —comentó Traian y agarró del brazo a Gerald, que se había tropezado por culpa de una irregularidad del suelo justo cuando estaban entrando en un espacio oscuro entre dos edificios—. Sin duda crees bastante en las historias fantásticas.

—Oh, claro que creo —dijo Gerald bajando la voz—. Ahora hay mucha gente que cree. Pero en esta zona hemos acabado con ellos.

Traian se volvió y bloqueó el camino con su cuerpo obligando a que Gerald dejara de avanzar. La sangre contaminada con alcohol nunca había sido del gusto de los carpatianos, pero a veces, como ahora, era necesaria. Tenía que controlar la mente de Gerald von Halen. Podría haber ofrecido mayor resistencia a su voz si no hubiera consumido alcohol, pero le permitió entrar en su mente con toda facilidad.

Traian inclinó la cabeza hacia el cuello de Gerald y bebió su sangre. La mente del cazador de vampiros había aceptado dócilmente seguir las instrucciones que Traian le había murmurado. El cazador investigó lo que sabía de los miembros de la Sociedad de cazadores para obtener información sobre su próxima cacería. Había algún desacuerdo, pero la mayoría parecían estar convencidos de que tenían que concentrar sus esfuerzos en acabar con los vampiros de Sudamérica.

—Deja este lugar en cuanto hagas la maleta. Es muy urgente que te marches —le ordenó Traian y le metió a la fuerza unas gotas de su propia sangre en su boca abierta. Así siempre podría susurrarle y hablarle a distancia, y se aseguraría de que no fuera a hacerle ningún daño a algún carpatiano—. Olvidarás a la mujer que viste esta noche y solo me recordarás como un amiguete del bar al que tienes un gran afecto.

Cuando estuvieron de vuelta en la entrada de la posada permitió que Gerald tomara conciencia del entorno, le insertó recuerdos divertidos y la vaga idea de que los miembros de la Sociedad se estaban quedando con sus cuotas y lo estaban engañando. Se dieron unas palmadas en la espalda como viejos amigos y Gerald subió las escaleras tambaleándose para dirigirse a su habitación. Traian esperó a que Gerald regresara a su cuarto antes de volver junto a Joie. No se había dado cuenta de lo fuerte que era la atracción entre compañeros hasta que la mañana anterior la había tenido que dejar sola. Estaba ansioso por completar los tres intercambios de sangre para que pudiera acceder completamente a su mundo. Así no tendría que dejarla en cuanto el sol se levantaba.

—¿Va todo bien? —le preguntó Jubal.

Traian movió con la punta de un pie la silla que estaba junto a Joie y se hundió en ella pasándole un brazo por el hombro. Necesitaba tocarla, sentir su calor y confirmar que no era una fantasía que había soñado en la cueva mientras los vampiros lo torturaban.

—Bien. Creo que el amigo de las gafas está a punto de venir con nosotros. Tened cuidado de lo que decís.

Dirigió el comentario principalmente a Gabrielle. Por la intensidad del color de su piel, y el brillo de sus ojos, le parecía evidente que consideraba que el extraño era muy atractivo.

El hombre delgado se detuvo frente a ellos y extendió una mano hacia Traian.

—Soy Gary Jansen. Me ha enviado Mikhail Dubrinsky. Quiere que te transmita sus disculpas, pero unas circunstancias imprevistas le han impedido venir. Si es necesario me ha pedido que te diga que lo llames, y enviará a Falcon. El hermano de Mikhail está en Italia en estos momentos. Por eso me ha enviado a mí para que te ayude como pueda.

Hablaba eligiendo cuidadosamente las palabras, pues evidentemente era muy consciente de que el carpatiano no estaba solo.

Traian agarró la mano de Gary con fuerza.

—Soy Traian Trigovise. Ella es mi compañera, Joie Sanders, su hermana, Gabrielle, y su hermano, Jubal. ¿Están bien el príncipe y su compañera?

—Raven ha estado enferma —dijo Gary escuetamente. Su mirada se perdió en Gabrielle, pero rápidamente se refrenó—. Sería mejor que pudiéramos ir a algún lugar más privado —añadió—. Te ofrezco libremente lo que te haga falta.

Si Traian tenía alguna duda respecto a Gary, ese ofrecimiento terminó con ella de inmediato. Le estaba ofreciendo su sangre, una manera de asegurarse que no le mentiría. La mente del hombre no estaba escudada, aunque cuando Traian accedió a ella, supo que Gary podría habérselo impedido. Un carpatiano había levantado una densa barrera para que no pudieran investigar en la mente del humano. Pero Gary la había apartado para ganarse la confianza de Traian. Tenía que ser alguien muy valioso para los carpatianos como para que lo estuvieran protegiendo con tanta fuerza.

Traian asintió.

—Tenemos que hablar en algún lugar tranquilo. Tengo noticias muy importantes que deben llegar a nuestro príncipe lo antes posible.

—Mi habitación está al otro lado del pasillo —ofreció Gary.

Los tres hermanos Sanders se levantaron. Gary dudó y miró a Traian para que le indicara qué hacer. Traian asintió y Gary se encogió de hombros. Enseguida los dirigió a través del estrecho pasillo y abrió la puerta de su habitación con la llave.

—Qué bonito —comentó Jubal—. Estamos en la segunda planta y tenemos balcones pequeños. Esto es genial. —Miró las puertas dobles que daban al espacioso porche—. Joie debimos haber pedido habitaciones de la planta baja.

Gabrielle miró a su alrededor.

—Es una bonita habitación. Las nuestras son mucho más pequeñas —dijo a Gary sonriendo.

Este se ruborizó un poco y rápidamente retiró la ropa que había puesto en una silla.

—Perdonad el desorden.

Gabrielle amplió su sonrisa.

—Deberías ver mi habitación. Hemos estado en una cueva y tengo toda la ropa sucia. Lo único en lo que he pensado ha sido en darme una ducha caliente.

Muy sonrojada se apartó de Gary para estudiar el porche en el que parecía tan interesado Jubal.

Gary hizo un gesto a los hermanos Sanders.

—¿Perdona que lo pregunte, pero estás seguro de que todos lo que estamos en la habitación somos de confianza?

—Estoy más seguro de ellos que de ti —respondió Traian.

Gary sonrió y por primera vez se relajó.

—Con eso me basta. Puedo llevar tus noticias a Mikhail, pero me ha pedido que regreses a casa lo antes posible. Está convocando a los antiguos carpatianos que su padre envió lejos de su tierra. Necesita de sus conocimientos para tomar decisiones bien fundamentadas ante la inminente guerra que librará contra los no muertos.

Cuando añadió esto último miró a Gabrielle.

Ella se estremeció y se acercó un poco más a su hermano.

—Nunca jamás querré encontrarme con otro mientras viva.

—¿Os habéis encontrado con alguno? —preguntó Gary evidentemente sorprendido—. ¿Y seguís vivos?

Gabrielle asintió.

—Jubal...

—Tal vez sea mejor que dejemos esto para otro momento —interrumpió Traian. No conocía a Gary Jansen. Creía que era un emisario del príncipe, pero tenía que proteger a la familia de Joie de cualquier posible peligro. Lo último que quería era que saliera a la luz el arma de los magos—. Solo te voy a decir que escapamos y corrimos hasta aquí para llevar las noticias a Mikhail. ¿Está bien? ¿Está en peligro?

Gary negó con la cabeza.

—Raven estaba embarazada, pero perdió el bebé.

Traian lo miró a los ojos. Joie captó el eco de la tristeza que sintió de inmediato. De algún modo un bebé significaba mucho para los carpatianos, representaba la esperanza.

—Son noticias tristes. Había pensado que como ella era de origen humano, y se había quedado embarazada con éxito una vez, tal vez escaparía del destino de nuestras mujeres.

—¿Qué destino? —preguntó Jubal moviéndose protectoramente hacia Joie.

Traian suspiró. Hubiera deseado no tener que repetir el tema delante de su familia, pero su honor le obligaba a responder a la pregunta directa de Jubal.

—Durante los últimos siglos cada vez sobreviven menos niños. Y los que lo han hecho generalmente han sido varones. Es muy raro que nazca alguna hembra. Cuando nuestro príncipe descubrió que su compañera era una humana con poderes psíquicos, los hombres carpatianos volvimos a tener esperanzas. Dio a luz una niña... la primera en mucho tiempo. Desgraciadamente los abortos son muy habituales, y cuando nacen bebés, muy a menudo no sobreviven más allá del primer año.

Joie apretó los labios con fuerza y miró a su hermana. Gabrielle parecía como si fuera a echarse a llorar.

—Qué terrible —susurró ella.

—Estoy investigando —dijo Gary—. Espero encontrar la causa.

—¿Has descubierto algo que pueda indicarte alguna dirección en la que investigar? —le preguntó Gabrielle mostrando auténtico interés con su tono de voz—. Tal vez te pueda ayudar.

Gabrielle, le advirtió Jubal. *Tranquila. No sabemos nada de este hombre.*

Gabrielle levantó la barbilla.

Si Traian está hablando de cosas importantes con él es porque evidentemente le ofrece confianza.

Traian ignoró el debate de los hermanos.

—Me encontré con un grupo de vampiros que viajaban juntos. No un amo con su marioneta, sino por los menos tres vampiros maestros, cada uno con sus propios seguidores, incluso algunos muy experimentados. Viajaban y cazaban juntos, y mantenían una auténtica estrategia común. Nunca he visto nada así. Definitivamente, están preparando algo. Son conspiradores decididos a asesinar al príncipe. Conseguí matar a un par de ellos, pero me hirieron. En vez de matarme me hicieron prisionero y me usaron para suministrarles sustento. Sin embargo, tenía la sensación de que querían utilizarme para algo más. No sé lo que puede ser.

—Mikhail quiere preguntarte por qué no le diste directamente la información cuando solicitaste reunirte con alguien aquí —dijo Gary.

—Si hubiera usado el canal telepático común los no muertos hubieran escuchado lo que tenía que decir —dijo Traian—. Nunca he intercambiado sangre con el príncipe y no tenemos un canal telepático privado. Creo que la noticia de que hay vampiros que han formado una banda es demasiado sensible como para que sepan que estoy transmitiendo esa información a nuestro príncipe. Quería que todo fuera lo más confidencial posible hasta que tuviéramos tiempo de analizar la situación.

Gary asintió.

—Desgraciadamente me temo que las cosas se van a poner peor antes de mejorar.

—¿Dónde está el lugarteniente de Mikhail? ¿Por qué no está cuidando de nuestro príncipe? Nuestra gente teme que podamos perder a nuestro príncipe y a su compañera. No me gusta que los no muertos se estén reuniendo tan cerca de nuestra tierra natal.

—Gregori está en Estados Unidos, pero regresará pronto. Falcon y Jacques están con Mikhail, aunque no le gusta. Siempre dice que puede defenderse por sí mismo.

—Tal vez sea así, pero el vampiro maestro es demasiado poderoso como para que un cazador experimentado se enfrente solo contra él. Y si están formando una banda, incluso el príncipe y Gregori están en peligro. Nunca ha tenido que luchar contra tantos vampiros a la vez. Siempre han estado desperdigados por distintos países para así hacerse más poderosos y evitar que los cazadores les hagan justicia —objetó Traian con la voz nerviosa.

Gary se encogió de hombros.

—Me temo que no sé mucho de vampiros maestros. He tenido poca experiencia con no muertos y considero que es muy difícil matarlos. Evidentemente, siempre voy armado, y he desarrollado algunas armas más adaptadas a la manera de defendernos de los humanos.

—Deberías compartir tus descubrimientos con Joie, Gabrielle y Jubal —sugirió Traian—. Sin duda volverán a estar expuestos a los no muertos si se quedan algún tiempo en esta zona.

Descansó su mirada en Joie. ¿Habría cambiado de opinión en cuanto a la posibilidad de entrar por completo en su mundo? Debería haberle explicado que tendrían una alta probabilidad de perder sus hijos. Había analizado la historia carpatiana con ella y le había explicado que escaseaban las mujeres y los niños, pero realmente no le había contado lo que ocurría en realidad.

Joie le ofreció una sonrisa reconfortante, y le agarró la camisa por detrás para estar más cerca de él.

No me voy a ir a ningún lado, Traian. Si tú y el resto de tu gente tenéis que enfrentaros a un problema y buscar la manera de solucionarlo, yo también puedo hacerlo. Y Gabrielle no habla por hablar. Es muy buena en lo que hace. Seguro es capaz de ayudar a Gary si realmente está haciendo lo que dice.

Traian se volvió hacia ella incapaz de consolarse, y la deslizó bajo su hombro.

—Mientras volvía para cumplir con la convocatoria del príncipe me atacaron un grupo de no muertos. Maté a dos, pero quedé malherido. Pasaron semanas pisándome los talones, mordisqueándome, hiriéndome y cada vez terminaban retirándose. Los vampiros tienen el ego demasiado grande como para llevarse bien, pero luchaban coordinadamente. Después de matar a un par de ellos supuse que me iban a dejar, pero, en cambio, redoblaron sus esfuerzos, me atacaron y volvieron a escapar, y en ningún momento me dejaron descansar. Primero me atacaba un maestro y sus seguidores, y después lo hacía el siguiente. El tercero, el que creía que controlaba todo, nunca se presentó ante mí, pero sabía que estaba cerca, y que era muy poderoso.

La cara de Gary mostraba mucha preocupación.

—Tienes razón. Es un comportamiento muy extraño. Nunca había escuchado algo así en todo el tiempo que llevo con Gregori y con Mikhail.

Traian estaba sorprendido de que confiaran tanto en un humano y que Gregori, guardián del príncipe de los carpatianos, le permitiera estar tan cerca de ellos. Era evidente que Gary, por la manera familiar como hablaba de ello, pertenecía a su círculo íntimo. Traian llevaba siglos lejos de su tierra natal, y cuando se marchó el príncipe todavía era el padre de Mikhail. De hecho, aún no había prometido obediencia a Mikhail, por lo que de algún modo el nuevo príncipe confiaba más en Gary que en él.

—Me metí en una gran red de cuevas inexploradas en unas montañas que no están lejos de aquí —dijo Traian—. Al principio pensé que los vampiros me habían seguido hasta las cuevas, pero realmente estaban buscando algo que había bajo tierra. Estaban tan locos por encontrarlo que, en vez de evitarme como hubieran hecho normalmente, me enredaron en una serie de luchas. Conseguí matar a un maestro, Gallent, pero no conseguí saber quién era el poderoso vampiro maestro que coordinaba los enfrentamientos.

Gary se restregó la barbilla.

—Un nuevo comportamiento del enemigo siempre indica que está planeando algo. Definitivamente, alguien está orquestando una gran batalla.

—Yo también creo que es eso lo que está ocurriendo. Cuando estaba seriamente herido después de una de las batallas, encontraron mi lugar de descanso, y en vez de matarme decidieron usar mi sangre y continuar buscando. Joie, Jubal y Gabrielle me encontraron. Joie mató a uno de los vampiros.

Gabrielle se movió nerviosa por si podía dar importancia a su hermano también. Pero Jubal la refrenó poniéndole una mano en el brazo para que se contuviera, por lo que decidió cerrar la boca.

—En cierto modo —asintió Joie cuando Gary la miró admirado—. La maldita cosa fundió mi cuchillo favorito. Traian tuvo que incinerarlo para acabar con él de verdad. *¿No crees que sabe mucho para ser humano?*

A pocos humanos se les confían los conocimientos que tiene de nuestra gente. Mikhail debe respetarlo mucho como para enviarlo ante mí.

—¿Cómo te metiste en esto? —preguntó Gabrielle a Gary con curiosidad.

Gary la miró muy tímido.

—Me avergüenza admitir que desarrollé un compuesto para paralizar el cuerpo de los carpatianos, pues evidentemente pensaba que eran vampiros. El compuesto se ha transformado en un veneno que usan para torturar y diseccionar a cualquiera que la Sociedad de cazadores de vampiros considere que es un no muerto. Cuando intenté ponerlos al descubierto y rescatar a una de sus víctimas, conocí a Gregori.

—¿Cómo es? —le preguntó Gabrielle con curiosidad—. Debiste quedarte sorprendido.

Gary se encogió de hombros.

—No puedo describir a Gregori o cómo fue el encuentro, pero cambió mi vida. La Sociedad de cazadores quiere verme muerto, así que Gregori decidió traerme aquí para protegerme, y para que los ayudara con la investigación. Me gusta estar aquí y he encontrado grandes amistades, de modo que decidí quedarme.

¿Quién es Gregori?

La voz de Gary mostraba tanto respeto que despertó la curiosidad de Joie.

Es el lugarteniente del príncipe… es su guardián y su tarea es defender su vida. Es un gran cazador y curandero. Su compañera es la hija del príncipe.

Joie miró a Traian.

—Estoy viendo que los carpatianos tienen una organización muy compleja. ¿Por qué no hemos sabido de su existencia hasta ahora?

—Tenemos mucho cuidado para camuflarnos en el mundo de los humanos. Así es nuestro sistema desde hace siglos y nos ha funcionado bien. Desgraciadamente nuestra especie está al borde de la extinción.— Traian atrajo a Joie hacia él—. Sin nuestras compañeras no sobreviviríamos.

—¿Compañeras? —repitió Jubal—. Antes dijiste que Joie era tu compañera, ¿qué significa eso?

—Nos emparejamos para toda la vida. Una vez que un carpatiano encuentra a la mujer que es su otra mitad, la vincula a él, como hacéis vosotros en la ceremonia del matrimonio. Si es humana y no vive por completo en nuestro mundo, puede ser muy difícil. Los compañeros no pueden estar separados demasiado tiempo. Tenemos un fuerte vínculo telepático y debemos meternos frecuentemente en la mente del otro, de otro modo nos sentimos afligidos. Como los carpatianos no pueden entrar por completo en el mundo de los humanos, lo mejor es que la humana entre en el nuestro —explicó Traian.

Jubal y Gabrielle intercambiaron una larga mirada muy inquietos.

—¿Qué conlleva exactamente eso? —preguntó Jubal muy suspicaz.

—Jubal... —protestó Joie.

—No, Joie, quiero saber de qué está hablando.

Jubal no miraba a su hermana sino a Traian. De hombre a hombre. A la espera de una respuesta. Exigiendo que le respondiera.

—Joie ha consentido entrar por completo en mi mundo, Jubal —dijo Traian con la voz baja y sin inflexiones—. La protegeré, cuidaré de ella y todo el tiempo estaré pendiente de su felicidad. La conversión no la apartará de su familia. Nunca podría ser feliz alejada de vosotros. Espero que tú, tu hermana y tus padres podáis aceptarme en vuestro mundo, en vuestra familia, de la misma manera que mi pueblo consentirá que Joie acceda al mío.

Jubal maldijo en voz baja y se apartó de ellos para mirar fijamente la noche.

—Joie, ¿lo has pensado bien? ¿Sabes lo que te está pidiendo?

Joie se acercó a su hermano y pasó sus brazos alrededor de su cuerpo.

—Nunca me he sentido como si verdaderamente perteneciera a algo, Jubal. Acepté que era diferente y sí, he sido feliz porque me gusta mi trabajo y quiero muchísimo a mi familia, pero quiero más que eso. Traian me ofrece lo que me falta, y me he agarrado a esta oportunidad con las dos manos.

—¿Has oído lo que está diciendo? No es como un matrimonio humano, Joie, que se puede terminar si las cosas no funcionan.

Traian se puso junto a Joie y se cogieron de la mano entrelazando sus dedos.

—Los compañeros no solo quieren estar juntos, Jubal. Necesitan estarlo. Siempre encuentran una manera de resolver los problemas. Un carpatiano sabe lo que hace feliz a su compañera, y hace todo lo que esté en su poder para proporcionárselo. Y funciona en ambos sentidos. Siempre nos estamos comunicando telepáticamente, de manera que en cierto sentido nos acostumbramos a vivir en la mente del otro. Sé que hay que hacer grandes ajustes, y estoy haciendo todo lo que puedo para dar a Joie todo el espacio que necesite. Pero está aprendiendo muy rápidamente.

—Es lo que quiero, Jubal —dijo Joie—. Alégrate por mí.

—Te conozco, Joie. No vas a estar satisfecha sentada esperando en el banquillo mientras los vampiros anden por ahí. Vas a salir a salvar al mundo.

Joie no podía mentir a su hermano.

—Probablemente. Por otro lado, no tengo intención de dejar mis negocios. Creo que Traian podría trabajar conmigo.

—Por eso es necesario que tengas fe en mí, Jubal —dijo Traian—. No puedo permitir que a Joie le ocurra nada.

Jubal se rio forzadamente.

—No conoces a Joie si crees que vas a tener que protegerla. Lo más probable es que sea justo lo contrario.

—Perdóname por discrepar, pero llevo ya un buen tiempo con los carpatianos —dijo Gary—. Traian en un carpatiano antiguo. Es un ser mucho más poderoso de lo que podéis imaginar. Los carpatianos no permiten que nadie haga daño a sus mujeres.

—Pero es que nunca habéis conocido a nadie como Joie —señaló Jubal—. Se cree la guardiana del mundo.

—Por lo menos me ocupo de la gente, no de organismos diminutos que no se pueden ver ni hacer nada con ellos.

—Vale ya —objetó Gabrielle—, no vuelvas la atención hacia mí.

Una pequeña sonrisa curvó la boca de Traian.

—Creo que me estáis juzgando equivocadamente por culpa de nuestro primer encuentro, cuando me tenían prisionero. He sobrevivido a innumerables batallas contra los no muertos, Jubal. Un vampiro maestro es tan poderoso como el mejor de nuestros cazadores.

Volvió de nuevo su atención a Gary.

—Mikhail debe saber que están viajando en grupo, y que están planeando algo grande. También creo que es importante descubrir qué están buscando en esas cuevas. Los vampiros siempre quieren ser más poderosos. Nunca malgastarían su tiempo en funcionar como lo hacen ahora, a menos que intenten conseguir obtener más poder. La cueva ahora pertenece, o perteneció en otros tiempos, a un poderoso mago —añadió como advertencia—. Hay objetos que tienen mucho poder en esas cuevas, que están custodiadas por un guerrero de sombra.

—No sé lo que es.

—Mikhail y Gregori lo saben. Nadie desearía encontrarse con un guerrero de sombra.

Gary asintió.

—Se lo diré.

—Regresaré a la cueva mañana justo después de que se ponga el sol. Espero sorprenderlos antes de que se levanten. En cualquier caso haré todo lo que pueda para descubrir qué es lo que buscan.

—Bien, evidentemente yo te acompañaré —dijo Joie.

Traian se llevó los dedos de Joie a la boca y le sopló su cálido aliento en la mano.

—Puedo viajar más rápido si voy solo, Joie. Y todavía no has aprendido a evitar que lean tu mente. Podría correr algún riesgo si tienes los pensamientos desprotegidos.

La mirada de Joie se movió rápidamente a Gary. El hombre asintió.

—Les encanta leer nuestros pensamientos, e incluso controlarnos. Traian puede ir allí sin que sean conscientes de su presencia, pero a ti te descubrirían en el momento en que te acercaras a ellos.

Joie frunció el ceño.

—No me gusta la idea de que vayas solo. Hay muchos vampiros, y has reconocido que hay más de un maestro. Podría ayudarte. ¿Puedes evitar que lean mis pensamientos?

—Probablemente, pero mientras más tareas tenga que llevar a cabo, más energía tendría que gastar. Tengo que llegar a donde estén ellos muy rápido y con mucha fuerza, y salir de la misma manera.

Jubal inmediatamente dio unos pasos para ponerse junto a su hermana.

—¿Qué pasaría si nos quedáramos cerca de ti, esperando ante la posibilidad de que te veas en problemas? —sugirió.

Gabrielle asintió.

—Creo que eso será lo mejor, Traian. Podremos retrasarlos e incluso incinerar lo que sea por ti.

Traian los miró a los tres. Familia. Solidaridad. Jubal y Gabrielle tal vez no aceptaban del todo la decisión de Joie. Estaban asustados por ella. Pero cuando hacía falta estaban a su lado. Inclinó la cabeza y besó a Joie delante de ellos. Era eso o humillarse y que vieran sus ojos brillantes llenos de lágrimas. De todos modos tenía un gran nudo en la garganta que estaba a punto de asfixiarlo.

—Gracias por dejarme ser parte de vuestra familia, Joie. Sois maravillosos. —Miró a Jubal—. Aprecio la oferta, pero lo más seguro para mí es que os quedéis aquí, a una cierta distancia, donde los no muertos no os puedan percibir como una amenaza. Si fuera necesario puedo contactar con Joie de inmediato.

Miró a Gary por encima de sus cabezas y el mensajero del príncipe asintió atentamente. Iba a cuidar de la compañera de Traian y de su familia. Un asunto muy honorable en el mudo carpatiano.

Capítulo *10*

J oie estaba soñando que una boca caliente y húmeda chupaba sus pechos con mucha fuerza. Unas manos acariciaban su cuerpo. Los labios se paseaban por su piel desnuda alrededor de su ombligo, la llenaban de besos y le daban unos mordisquitos juguetones en el vientre. Las manos fueron a sus mulsos e hicieron que separara las piernas. Ya estaba húmeda e incitante.

Abrió los ojos justo cuando varias oleadas de placer estallaron en su interior como un regalo. La espesa cabellera oscura de Traian se deslizó por su piel y le pareció más erótica que nada que hubiera imaginado. La penetró con los dedos y descubrió un sistema secreto de encenderle fuego en las venas. Entonces su lengua ocupó el lugar de las manos y la clavó profundamente en su vagina. Saboreó, jugueteó y la acarició hasta que ella chilló de alegría y su cuerpo dejó de pertenecerle. Oleada de placer tras oleada de placer, orgasmo tras orgasmo, se apoderaron de su cuerpo mientras ella se revolvía y sacudía. Pero la siguió sujetando firmemente mientras la devoraba, la reclamaba y le proporcionaba un intenso placer.

Joie le agarró el pelo con fuerza para emprender una cabalgata salvaje mientras la tierra temblaba y su cuerpo se rompía en mil pedazos. Entonces Traian se decidió a poseerla, se arrodilló encima de ella, hizo que levantara las caderas hacia él y la penetró con fuertes embestidas. Ella continuó disfrutando de un clímax enloquecido que parecía no tener fin. Traian estaba en todas partes, en su cuerpo y en su mente. Sus corazones latían al mismo ritmo. Ella sentía la intensidad de las emociones del carpatiano. Su maremoto de cariño y amor, de imperiosa necesidad y deseo, de aprecio y lealtad, mucho más de lo que podía comprender, pero aun así completamente real.

A Traian le encantaba cómo Joie se aferraba a él mientras su cuerpo atravesaba una tormenta de emociones agitadas. Cada vez la penetraba más profundamente y con más fuerza. Estaban copulando de una manera feroz y posesiva. Un trueno rugió en sus oídos, un relámpago cantó en su sangre y un fuego incendió su vientre hasta que se produjo una enorme conflagración en el centro de su cuerpo. La vagina de Joie estaba tremendamente caliente, apretada y suave como el terciopelo. La fricción le estaba provocando sensaciones increíbles. Ladeó las caderas deseando que ella lo poseyera por completo, deseando arrastrarse dentro de su cuerpo, su hogar, el santuario que había encontrado tras muchas vidas de soledad. Quería ofrecerle el mundo y deseaba que el cuerpo de Joie sintiera las mismas llamas de pasión y placer que ella encendía en él.

Traian sintió que los músculos de Joie se tensaban en torno a su miembro desplegando una fuerza enorme. Echó la cabeza hacia atrás y dejó que su miembro explotara con una intensidad volcánica. Se hundió en ella profundamente e hizo que se aferrara intensamente a él hasta que estallaron rodeados de luz solar, el único momento en que hubiera podido asimilar algo así.

Traian le enterró la cara en el cuello y aspiró su aroma. Para él era demasiado temprano para levantarse, pero tenía que verla antes de salir de caza. Había recibido un milagro inesperado y estaba a punto de perderla.

—Suelo pensar que la palabra «siempre» es la peor en cualquier idioma. Y ahora no puedo imaginar que tenga suficiente tiempo para estar contigo.

—Siento lo mismo —admitió Joie.

La cambió de posición y apretó su cuerpo contra el suyo.

—Nunca te vayas —le susurró al oído—. Nunca dejes que me vuelva a tener que enfrentar solo a una infinidad de años.

Joie le acarició el pelo y se lo echó hacia atrás, enmarcó su cara con sus manos y miró fijamente… las facciones que se dibujaban en sus rasgos hermosamente masculinos que se habían configurado en muchas batallas, y una infinidad de años en contacto con los entes malignos que pueblan la Tierra. Estaban marcadas por una profunda soledad.

—Te querré siempre, Traian. Encontraremos nuestra manera de estar juntos.

Joie le rompía fácilmente el corazón cuando le mostraba su absoluto convencimiento. Tenía confianza en sí misma y en él.

—Tenía que haber hecho que entendieras de verdad lo que ocurre con nuestros hijos, y todo lo que tienen que pasar nuestras mujeres para tener un bebé. Tienen que pagar un precio muy alto. Sufren un aborto tras otro, o pierden a sus bebés durante su primer año de vida. Es muy duro para una madre. —Traian movió la cabeza—. Sé que te estoy pidiendo mucho, Joie, y cuando pienso demasiado en ello, se me rompe el corazón de saber que podrías pasar por esas mismas pérdidas emocionales.

—No voy a pasar por la pérdida de un hijo sola, Traian. Si me quedo embarazada, creo que vas a tener la misma sensación de pérdida. Pasaremos por eso juntos.

—No quiero que sufras ese tipo de dolor.

Ella le sonrió.

—Comprendo que es un sentimiento genuino, pero no se puede predecir lo que va a ocurrir en el futuro, ni siquiera un carpatiano todopoderoso puede hacerlo. Que la esposa de vuestro príncipe haya tenido un aborto es muy triste, pero no significa que me vaya a ocurrir a mí si tenemos la suerte de que me quede embarazada.

—En el futuro pondré más atención en explicarte todos los detalles, y siempre sabrás en lo que te estás metiendo —le prometió.

Traian se inclinó hacia ella, la besó cariñosamente con una ternura exquisita, con el arrollador amor que sentía su corazón y no podía expresar con palabras, pero intentaba demostrarle adorándola con todo su cuerpo. La besó una y otra vez, lenta y tranquilamente. Su cuerpo se aferró intensamente al de ella, y sus manos jugaron a hacerle túneles en su espesa cabellera. Su boca se paseó por su garganta, por sus pechos y, sin dudarlo, encontró exactamente el lugar donde se encontraba su corazón.

Joie sintió el revoloteo de su lengua, y su corazón expectante dio un vuelco. Su cuerpo se apretó en torno a Traian. La atravesó un dolor incandescente que dio lugar a un placer inmediato. Acunó la cabeza de Traian mientras se alimentaba, y simultáneamente su cuerpo se movía lenta y eróticamente dentro de ella. La sensación no se podía comparar con nada que hubiera experimentado. Traian estaba en su cuerpo, en su mente, llenando cada espacio vacío con... su propio ser, y bebía su sangre acercándola cada vez más a su propio mundo.

Joie se retorció inconteniblemente debajo de él y arqueó las caderas para recibir mejor su miembro. Tenía los pechos adoloridos y cargados de deseo. Cuando sus manos sopesaron el peso de uno de sus pechos, un pulgar se deslizó por la tensa punta de su pezón y ella se aferró a su cabeza, ofreciéndole más... ofreciéndole todo lo que era para él.

Ella alcanzaba a oír que su corazón palpitaba al mismo ritmo que el suyo. La sangre que latía en sus venas salía lanzada hacia él, caliente y cargada de su esencia íntima, de su sabor, acompasada con los latidos del corazón de su compañero. El hecho de que estuviera bebiendo su sangre podía haber sido algo aterrador, o incluso desagradable, pero para ella era un acto muy sensual.

Traian cerró los ojos disfrutando del sabor de su sangre. El deseo que sentía por ella se incrementó en cuanto su poder y su energía entraron en su cuerpo y empaparon cada una de sus célula, nervios o huesos. Lo cargaba con toda la fuerza que ella sabía que lo completaba. Le estaba proporcionando tanto por el simple hecho de haber nacido, por estar en este mundo y por olvidarse de sí misma para salvarlo. Para él un regalo así era un auténtico milagro.

Enseguida pasó la lengua por los agujeritos que le había hecho, disfrutó de su pecho tentador y la besó en la boca para compartir el sabor de la esencia de sus vidas. Traian se lo tomó con calma, y su lengua exploró toda su boca, jugueteó, bailó y se acopló a la de ella.

—Ven a mi mundo, Joie. Otro paso más —murmuró con su oscura voz hipnótica y seductora a la que ella no podía resistirse... ni quería hacerlo.

Esta vez Joie estaba atrapada en una especie de ensoñación. Era consciente de las sensaciones del cuerpo de Traian, y ella se movía incansablemente con mucha lascivia debajo de él. Cuando lamió el pecho de Traian para beber su preciado regalo, los dedos de él le acariciaron la garganta, y después los pechos, para mantener la sensualidad de la intimidad que estaban compartiendo. Mientras la ayudaba a beber su sangre, su miembro se endureció aún más dentro de ella, y continuó moviéndose con fuerza y decisión. Joie sintió que las conocidas llamas, incandescentes y puras, que ardían y saltaban llenas de vida en las venas de él, entraban en su propio cuerpo.

Estaba encantada de ser capaz de proporcionarle tanto placer y tanta felicidad. Quería acceder por completo a su mundo y estar con él tal como estaban ahora, tan unidos que era imposible discernir dónde terminaba uno y empezaba el otro. Se movió con mayor agresividad hasta que explotó lleno de fuerza y energía, y ella sintió que se unían todas sus terminaciones nerviosas, todos sus músculos y su flujo sanguíneo, para volar más alto que nunca.

Quiero estar más tiempo contigo. Quiero tocar tu cuerpo y conocerlo igual que conoces el mío. Quiero ver lo que has visto y hacerte sentir lo mismo que me haces sentir, susurró Joie en su mente.

—Tenemos tiempo —dijo él—. Para todas las cosas con las que has fantaseado, para todo lo que te importa… tendremos tiempo para todo.

Con mucha dulzura impidió que ella siguiera alimentándose con su sangre y cerró el corte que tenía en el pecho. La depositó en la cama, y acarició su piel desnuda de manera suave y amorosa. Entonces la sacó por completo de su embeleso.

Joie lo miró parpadeando.

—Es la segunda vez —dijo—. Estoy mucho más cerca de estar en tu mundo. —Le tocó la cara cariñosamente—. Me he enamorado mucho de ti, Traian.

Él sabía lo que le estaba diciendo. Estaba completamente comprometida y un poco asustada por la posibilidad de que cambiara de opinión respecto a ella. No había manera adecuada de explicar el concepto de los compañeros a una persona que vivía en un mundo humano donde el divorcio parecía ser un modo de vida. Era absolutamente imposible abandonar a un verdadero compañero.

—No estás sola, Joie —le aseguró—. No sabía que las emociones podían ser tan intensas, pero cuando miro a mi alrededor solo te veo a ti. Verdaderamente eres la luz de mi oscuridad.

Ella le ofreció una pequeña sonrisa vacilante, rodó hacia un lado y apoyó la cabeza en una mano.

—No sé qué significa eso. Dudo mucho que ninguno de mis hermanos nunca me llame la luz de la oscuridad de nadie.

—Imagino que no te ven como yo.

—Imaginas bien.

Traian suspiró arrepentido.

—Me tengo que ir, Joie. Ya casi se está poniendo el sol. Tengo que encontrar la guarida de por lo menos uno de los vampiros maestros antes de que se levante.

—¿Tienes alguna idea de dónde debes buscar?

Joie trazó su cara con las yemas de sus dedos, y después su boca, intentando memorizar su rostro con cada caricia.

—Espero que se hayan ido de la cueva. Antes no tenían ningunas ganas de marcharse, pero aún no habíamos descubierto las trampas de los magos. Es un lugar muy peligroso, incluso para los no muertos... tal vez especialmente para los no muertos.

—Prométeme que contactarás conmigo si te metes en algún problema.

Lo miró directamente a los ojos para que le dijera la verdad.

—Eres mi compañera, Joie. Si tengo algún problema lo sabrás.

Inclinó la cabeza para besarla. Lentamente. Tranquilamente. Vertiendo en ella su corazón y su alma.

La boca de Joie se secó en el momento en que se apartó de ella.

—Traian, me cuesta mucho dejar que vayas solo.

—Sé que cuesta, *sivamet*, mi amor, y gracias por ser tan comprensiva. Sé que dejarme salir de caza solo va contra tu naturaleza, pero la verdad es que tú y tus hermanos corréis un gran peligro aquí. Es igual de difícil para mí dejaros expuestos cuando sé que el peligro está cerca. Vuestros olores todavía permanecen en la cueva y un no muerto puede salir de caza simplemente siguiendo un aroma. No pienses ni un momento que no os van a intentar cazar.

—¿Aquí? ¿Rodeados de toda la gente que hay en la aldea? ¿Son de verdad tan audaces?

—Los vampiros son criaturas muy vengativas. Y usan humanos que obedecen sus órdenes. Cualquiera puede ser un enemigo en potencia.

—Tengo mucho que aprender de los vampiros —dijo Joie suspirando—. Todos mis entrenamientos, y toda la experiencia que he adquirido en mi trabajo, no parece que sirvan de mucho para tratar con ellos.

Traian le agarró la barbilla y volvió a besarla. Cuando dio un paso atrás, inmediatamente volvió a estar completamente vestido, con un aspecto inmaculado y un poco letal.

—He retirado las salvaguardas de tu puerta para que tus hermanos puedan entrar sin preocuparse, pero mantendré las que tienes en las ventanas. Regresaré lo antes posible.

Y así de rápido Traian desapareció. Joie se volvió a meter entre las sábanas y se quedó mirando el techo fijamente con el corazón palpitando de miedo por lo que le podría ocurrir. Para marcharse se había deslizado por la ventana convertido en una nube de vapor que se elevó en el aire. Aún no había anochecido, pero ella sintió como si el sol hubiera desaparecido del mundo.

No te va a pasar nada, susurró en la mente de Traian. *Nunca me perdonaré haberte dejado hacer esto solo.*

Veo que te tengo que enseñar mis conocimientos sobre la caza de no muertos lo antes posible. Te cuesta mucho que te deje atrás cuando voy a estar rodeado de peligros. Piensa en tus hermanos, Joie. Tengo una gran necesidad de estar contigo.

Joie se apretó una mano contra el corazón intentando controlar sus salvajes latidos. Respiró hondo y se tranquilizó. No estaba así porque se acabara de ir a luchar solo. Cada vez sentía más terror. Si no hubiera estado metida en su mente, sabía que estaría pensando que habría muerto. Detrás del miedo subyacía una gran tristeza.

Es un efecto de nuestra conexión. Estoy contigo. Siente con tu mente como hacen los carpatianos. Se tarda un tiempo en aprender nuestros sistemas, lo sé, pero no puedo ver que sufres una gran pena cuando estoy vivo y bien, y además soy capaz de comunicarme contigo.

Joie se sentó decidida a luchar contra la creciente tristeza que sentía en un momento en que no había razón para estar así.

Es sorprendente lo intenso que es este sentimiento. Y es un poco aterrador pensar que las emociones son más fuertes que la lógica. Sé dónde estás, y aun así tengo tanta necesidad de tocarte... de sentirte en mi mente. No tiene sentido.

Su terrible necesidad interna no tenía sentido. Ella se consideraba una mujer muy lógica. No le gustaba este sentimiento descontrolado, esa tristeza oscura que le robaba su buen humor y su capacidad de razonar. Levantó la barbilla. Se estaban produciendo muchos cambios en su cuerpo y en su mente, pero eso no significaba que se fuera a entregar a la melancolía.

Estaré perfectamente bien. Preocúpate de ti mismo. Estaré con Jubal y Gabrielle mientras estés fuera, le aseguró. *Soy fuerte y puedo superar esto. No te preocupes por mí, simplemente ocúpate de ti mismo.*

Manteneos cerca de Gary también. Conoce tanto a los no muertos como a mi gente.

Joie hizo el equivalente mental a poner los ojos en blanco.

¡Por favor! Traian vas a tener que superar tu anticuada actitud hacia las mujeres. Debe de ser por la edad que tienes. Gary es quien necesita ser protegido. Vive en otro mundo, igual que Gabrielle. Lo veo perfectamente. Se siente más cómodo en un laboratorio que luchando contra los vampiros.

Pero sabe cómo funcionan los vampiros y la mejor manera de luchar contra ellos. Manteneos cerca de él.

Joie apretó los dientes. Nunca iba a ser una mujercita escondida detrás de un hombre grande y valiente.

Si así es el tipo de mujer que deseas tener, estás queriendo algo que nunca podrás tener.

Ella sintió una ligerísima caricia en la cara, el cariñoso tacto de sus dedos, aunque Traian ya no estaba cerca de la posada.

Sé exactamente quién eres, Joie, y lo que eres capaz de hacer. No pretendí hacerte sentir que no crea que te las puedas arreglar por ti misma. Sé que no sentirías pánico y que lucharías contra los no muertos sin dudarlo. Simplemente digo que mientras esté fuera os mantengáis a salvo y no os alejéis de ese hombre que ha estado con varios cazadores carpatianos. Eso tiene sentido ¿verdad?

Evidentemente lo tenía. Aunque a ella no tenía por qué gustarle, ¿verdad? Tampoco quería dejar de estar irritada mientras estuviera prácticamente invadida por la extraña tristeza que le producía la separación.

Debías haber mencionado tus actitudes arcaicas y tu testarudez cuando estabas siendo tan condenadamente encantador hace unos minutos.

La suave risa de Traian resonó en su mente.

Me tenías que haber advertido que iba a tratar con una mujer moderna que está decidida a meterse en situaciones peligrosas.

El humor de su tono la reconfortó y la tranquilizó. Respiró hondo y soltó el aire. Sabía que Traian tenía que seguir y que ya no debía entrar en su mente. Los vampiros podrían detectarlo a través de la conexión que mantenía con ella.

Simplemente haz lo que tengas que hacer y regresa a casa bien.

Nuevamente sintió la ligerísima caricia en su cara. Puso la palma de su mano sobre la marca invisible e intentó sentirlo lo más cerca posible, hasta que su mente se apartó de ella. Enseguida se sintió desolada, como si en vez de que Traian estuviera convertido en una niebla que avanzaba por el cielo hacia las cuevas, en realidad yaciera muerto bajo tierra. Estaba sorprendida por la fuerza de las emociones que llenaron su mente una vez que por fin se alejó de ella.

Decidida a no entregarse a la extraña reacción que le producía la separación, se dio una larga ducha caliente. Le era casi imposible estar bajo el chorro de agua sin pensar en Traian, pero se concentró en apartarlo de su mente y pensó en cómo le iba a contar a sus padres que en esencia ya estaba casada… y con alguien que no era del todo humano.

Su padre aceptaba todo lo que hacían sus hijos y era un hombre muy tolerante. Su madre era terriblemente protectora con ellos y los quería un montón. Su familia era su mundo. Había sido ella la que había insistido en que tomaran clases de defensa personal, casi desde que empezaron a caminar. Su padre, que había sido escalador y había descendido cuevas en todo el mundo, les había enseñado el amor a la naturaleza.

Joie suspiró. Su madre no iba a recibir bien a Traian. Tenía un gran problema con los machos alfa, y se iba a erizar en el momento en que entrara en la habitación… era casi como si tuviera un radar. Había sido especialmente dura con Jubal cuando se hicieron mayores.

Entonces, de pronto, descubrió que podía escuchar las conversaciones que se cuchicheaban en las habitaciones contiguas a la suya, o incluso más lejos, las de la gente que se movía en el salón. Tenía que practicar un poco para aprender a bajar el volumen, pero no antes de oír que su hermana y su hermano estaban atravesando el pasillo para llegar a su habitación. Así pues, cuando llamaron a su puerta no se sorprendió, pero el sonido de una herramienta raspando la cerradura sí lo hizo. Se tensó y sacó una mano de la ducha lo justo para agarrar su arma. Pero enseguida reconoció el olor de su hermana que se asomaba al baño.

—¿Qué haces, loquita? —preguntó Joie—. ¿Quieres echar un vistazo a mi hombre? Podía haberte disparado.

—¡Ja! No te habrías enterado. Y date prisa. Jubal y yo estamos cansados de esperaros. Y mejor que no hagas nada perverso en esta pequeña cabina de ducha.

Sonaba más bien esperanzada que cualquier otra cosa.

—¿Cómo te metiste en mi habitación, señorita *voyeur*? —Joie le lanzó una toalla mojada con gran precisión—. Estaba cerrada con llave.

Gabrielle dio un chillido cuando la toalla le dio directamente en la cara.

—Estoy aprendiendo tus malas costumbres y quería demostrártelo. —Sonaba un poco engreída—. No eres la única que puede abrir una cerradura. En todo caso, Jubal apostó a que no me atrevería a hacerlo. ¿Qué otra cosa podía hacer?

—Fingir que eres discreta cuando sabes que estoy intentando seducir a un hombre. Por Dios, Gabby, va a pensar que somos una panda de pervertidos. No tienes que aceptar todos los desafíos infantiles de Jubal.

—Tú siempre caes —señaló Gabrielle en absoluto arrepentida.

—Solo lo hace para que nuestra madre se vuelva loca —dijo Joie.

—¿Estás sola? No querría ver ningún cuerpo desnudo.

Joie soltó un breve suspiro.

—Entonces qué haces ahí intentando ver a través del vapor. Estoy desnuda, si te interesa, pero Traian ya ha regresado a la cueva.

Gabrielle suspiró.

—Ya te he visto desnuda y no es algo que me excite, pero tu hombre es guapo de morirse. No sé en qué consiste eso de ser carpatiano. Le gusta tanto estar bajo tierra que bien podría ser un trol. ¿Qué le vas a decir a papá y a mamá?

Esta vez la voz de Gabrielle sonó alegre.

—He estado ensayando —admitió Joie. Salió de la cabina y se enrolló una toalla de baño—. Se me ha ocurrido que tendría que mentirles. Pensaba que te gustaban los hombres delgaditos. Te vi comiéndote con los ojos a Gary anoche.

—No me como a nadie con los ojos. —Gabrielle suspiró indignada—. Nunca lo hago. Simplemente pensé que era bastante mono. Y no lo has mirado bien. No es delgadito, está lleno de músculos, pero no obscenamente desarrollados. —Suspiró con fuerza y frunció el ceño—. Me gustaría ser una de esas modelos realmente guapas y delgadas de las que se enamoran todos los hombres. Aunque me tiña el pelo rubio y aprenda a moverlo de un lado a otro, no creo que nunca aprenda el arte de la seducción.

Joie la observó.

—Eres muy guapa, tonta. Estás un poco loca. Si un hombre no puede ver lo que vales, no es tan listo como piensas.

—Sí, sí, como soy todo cerebro va a sentirse muy intrigado por mi intelecto, y muy confundido por mi cuerpo blandito —dijo Gabrielle haciendo una mueca como si se intentara reír, aunque parecía que estaba a punto de ponerse a llorar.

—¿Gabby, qué te está pasando? —preguntó Joie y se acercó a su hermana percibiendo la angustia de esta.

—Resulta que siempre la pifio cuando finalmente me siento atraída por un hombre. No me ocurre a menudo. La mayoría de las veces me muero de aburrimiento y no puedo estar con ellos más de cinco minutos. Pero cuando aparece alguien coherente con el que puedo hablar de los temas que realmente me interesan, si me siento atraída físicamente, me comporto como una idiota, o si estoy contigo y con Jubal, como una damisela en apuros que ha de ser rescatada. —Levantó la barbilla—. Y no soy así, lo sabes.

—Claro que lo sé. Gabrielle, olvidas que Jubal y yo escalamos y nos metemos en cuevas contigo. Hemos estado en el Amazonas y en la selva. Nunca te acobardas.

—Me acobardé en la cueva de hielo.

—Sí, claro, pero la gran noticia, hermana, es que yo también. Quien no sienta miedo en ese lugar es simplemente un suicida o un loco.

—¿Verdad? —preguntó Gabrielle—. Ni tú ni Jubal parece que perdísteis los papeles.

—Claro que sí. Los guardaespaldas no podemos mostrar debilidades, nena, esa es la clave; y Jubal se enorgullece de no mostrarse nunca asustado porque nos reiríamos de él despiadadamente hasta el día de su muerte, y tal vez incluso después. —Joie compartió una sonrisa con su hermana—. ¿Está Jubal esperando en la habitación? ¿Me traes ropa?

—Te traeré algo presentable —dijo Gabrielle y desapareció.

Joie oyó su risilla tonta. Gabrielle nunca hacía nada tan indigno como emitir una risilla tonta. Sin la más mínima vergüenza Joie escuchó la conversación que se produjo en la habitación. Gary se había unido a su hermano y a su hermana en la estancia, y Gabrielle, evidentemente, había olvidado la misión de llevarle un poco de ropa.

Joie se asomó a la puerta.

—¡Hola! No me gusta recordároslo pero estoy atrapada en el baño porque no tengo ropa. Salid o traedme algo de ropa.

Jubal gruñó y se tapó los ojos.

—Eres tan pesada, Joie. No necesito ver esto. Gary, deberías probar lo que es tener dos hermanas siempre dispuestas a atormentarte. No te puedes imaginar cómo me acosan.

Gabrielle le lanzó un beso por el aire.

—Evitamos que tu vida sea extraordinariamente gris y aburrida.

—No les creas —advirtió Jubal a Gary.

Joie cogió la ropa que Gabrielle le dejó en el baño.

—Gracias por acordarte de mí —siseó.

—Me acordé —replicó Gabrielle con una sonrisa de superioridad—. Solo que de pronto no me pareció tan importante traerte la ropa.

Eres verdaderamente una fresca. Joie cerró la puerta delante de la sonrisa burlona de su hermana. *Sé exactamente lo que estás haciendo. Ese pobre hombre no tiene ni idea de que le has lanzado el anzuelo para pescarlo.*

Voy a meterle una pócima de amor en la bebida, le espetó Gabrielle.

Gabrielle rara vez se deprimía o estaba triste demasiado tiempo. Era naturalmente optimista y tenía una personalidad alegre. Joie se descubrió sonriendo a pesar del profundo miedo que sentía en el estómago. Estar con su familia era exactamente lo que necesitaba.

Se vistió con mucho cuidado como si se preparara para la guerra. No quería que le faltara nada. Tenía reservas de armas tanto en el baño como en la habitación. Siempre llevaba todas las que podía sin que la detectaran. Su ropa era lo bastante suelta como para esconderlas y poder moverse ágilmente, aunque no sabía si tendría que escalar o luchar cuerpo a cuerpo.

Gary se levantó en cuanto Joie entró en la habitación.

—Buenas noches. —Se inclinó ligeramente, una costumbre que había adoptado de los carpatianos—. Doy por hecho que Traian ya se ha marchado. Imagino que se levantó lo antes posible. Había nubes bloqueando la luz del sol. Algunas veces los carpatianos interfieren en el tiempo para proteger sus sensibles ojos. —Sonrió a Joie—. Quiere que os lleve a tomar un zumo esta noche.

Joie se llevó una mano al estómago.

—No creo que vaya a hacerlo, pero estoy segura de que Gabrielle y Jubal están hambrientos.

—Muertos de hambre —aceptó Jubal inmediatamente—. Pensaba que Joie iba a quedarse durmiendo para siempre.

—Te acostumbrarás al horario tan distinto que siguen —dijo Gary—. Cuando trabajo en el laboratorio me olvido de la hora. Si estoy detrás de algo prometedor parece que no necesito dormir.

—Yo soy igual —dijo Gabrielle—. Algunas veces cuando levanto la vista han pasado dos días —añadió e intercambió una larga sonrisa de absoluto entendimiento con Gary.

Jubal levantó las manos en el aire.

—Estoy muerto de hambre. Necesito comida, y aunque no tengas hambre, Joie, tenemos que estar juntos. Bajemos al comedor.

Joie puso los ojos en blanco.

—Qué gran sorpresa que tengas tanta hambre, Jubal. Juraría que naciste con ella. ¿Vas armado?

Joie acercó sus botas y metió un cuchillo en una funda de cuero integrada en una de ellas.

Gary levantó una ceja, pero Gabrielle simplemente se encogió de hombros con una sonrisa tímida.

—Estamos acostumbrados a Joie. Casi siempre es una mujer letal.

—Claro que voy armado. —La sonrisa de Jubal desapareció de su cara cuando se volvió hacia Gary con los ojos muy serios—. ¿Y tú?

Se produjo un pequeño silencio. Gabrielle apretó los labios. Joie y Jubal simplemente esperaban su respuesta. Si Gary estaba remotamente interesado en su hermana, lo mejor es que supiera cómo protegerla.

Gary les ofreció una sonrisa de suficiencia en absoluto intimidado.

—Siempre llevo armas encima. Para trabajar aquí con los carpatianos es indispensable. Descansan durante el día y los vampiros envían marionetas humanas a buscar los lugares donde reposan. Tienen que estar protegidos.

—Genial —dijo Gabrielle—. No solo nos tenemos que preocupar de que no intenten matarnos los vampiros, sino que también de otras cosas.

Gary asintió.

—Desgraciadamente es verdad. Y no os olvidéis de la Sociedad secreta de humanos que intenta cazar y asesinar a diversas personas, a las que torturan antes de matarlas. Es una parte muy peligrosa del mundo en que vivimos, de modo que si os vais a quedar aquí, tendréis que aprender todo lo que podáis para manteneros protegidos todo el tiempo. Y básicamente esperar lo inesperado.

Jubal abrió la puerta de golpe.

—No me voy a tener que preocupar de los monstruos ni de los locos cazadores de vampiros si no comemos pronto. ¡Vamos ya!

Miró a sus dos hermanas.

Ambas se rieron de él, pero lo siguieron obedientemente por el pasillo y las escaleras.

Gabrielle se mantuvo cerca de Gary.

—Jubal se pone muy gruñón hasta que consigue comer —le susurró lo suficientemente alto como para asegurarse de que su hermano la oía—. Todavía lo llamamos «pequeño cascarrabias».

Jubal gruñó.

—Nunca tengas hermanas. Te lo digo para tu información.

—Resumen de noticias, Jubal —dijo Joie con la vista puesta, igual que él, en la poca gente que merodeaba por el comedor cuando entraron—. Adoras a tus hermanas y todo el mundo lo sabe.

—He conseguido que os lo creáis, y de no ser así, no me lavaríais la ropa —señaló muy engreído.

Joie notó que Gary se había puesto un poco alerta y vigilante, igual que Jubal y ella. Había un bufé y enseguida se sirvieron los platos que preferían. Jubal se puso una ración abundante, y Joie decidió tomarse un pequeño vaso de zumo. Se sentaron a una mesa próxima a la cocina para estar cerca de una salida.

Joie frunció el ceño al ver cómo sus hermanos comían con mucho apetito, muy necesitados de calorías después de la terrible experiencia que habían sufrido en las cuevas de hielo. Se le revolvía el estómago con solo pensar en comida. Sintió que Gary la observaba y apretó los dedos sobre el vaso para no llamar la atención de sus hermanos ante el hecho de que no podía comer.

—¿Vives aquí permanentemente, Gary? —preguntó.

Él asintió.

—Me necesitan. El trabajo que hago es muy valioso y encuentro mucha satisfacción en ello. Esta especie es demasiado sorprendente como para que se extinga. Tiene que haber una manera de resolver el problema de que no puedan traer hijos al mundo. Aparte de eso, vivir con ellos es desgarrador. Es muy triste cuando los conoces, y que una de las pocas mujeres que hay aborte o pierda a su precioso retoño.

—No me puedo imaginar lo doloroso que debe de ser —dijo Gabrielle destilando compasión en la voz—. Si no te importa me gustaría ver lo que estás haciendo. Tal vez pueda ayudar.

—Normalmente los carpatianos borran los recuerdos de quien se haya encontrado con ellos —dijo Gary—. Me sorprende que Traian no lo haya hecho con vosotros.

Jubal miró hacia arriba frunciendo oscuramente el ceño.

—Bien, no lo creo. Puede haberse olvidado.

Joie le dio una patada por debajo de la mesa.

—No lo va a hacer. Lo mataría y lo sabe. No seas tan idiota.

Como vio que Gary la observaba, se llevó el vaso a la boca y dio un pequeño trago. El estómago se le apretó casi al instante, por lo que enseguida lo depositó en la mesa con mucho cuidado.

—¿Viajas mucho?

Gary se encogió de hombros y negó con la cabeza.

—He estado en una lista negra y ahora no es seguro que lo haga. Los carpatianos me protegen y, sinceramente, estoy muy concentrado en mi trabajo.

—Soy exactamente igual cuando me meto en un laboratorio. El tiempo pasa y a veces estoy varios días sin dormir —admitió Gabrielle.

Joie fue consciente del momento exacto en que el sol se puso. No vio las tonalidades rojas y anaranjadas, sino que simplemente lo supo a pesar de que estaban en el fragor de la conversación. Sintió el repentino estertor de la tierra en cuanto los vampiros se levantaron. El corazón le dio un vuelco de miedo.

¡Traian! Lo llamó, entró en su mente y sintió de inmediato que la reconfortaba.

No había descubierto los lugares de descanso de los vampiros. No estaban bajo el suelo de la cueva de los magos.

—¿Joie? —Gabrielle le tocó la mano—. ¿Estás bien?

Jubal dejó el tenedor y miró atentamente la habitación.

La pulsera se ha vuelto a calentar. Solo está caliente, pero no es una buena señal.

Un sombra oscura sobrevoló la posada moviéndose muy rápido. Enseguida se produjo un momento de silencio en el comedor y toda la gente se miró entre sí muy incómoda.

Gary reaccionó al instante. Cogió la muñeca de Gabrielle y se levantó tan rápido que su silla se cayó hacia atrás.

—Venid conmigo ahora mismo.

Hizo que Gabrielle se pusiera de pie y comenzó a abrirse camino entre las mesas arrastrándola con él.

Jubal estaba mirando su comida bastante apenado cuando Joie le dio una palmada en la mano.

—Podría ser tu última comida si no te mueves —le advirtió.

—De todos modos podría ser mi última comida —se quejó.

Pero se puso de pie y corrió detrás de Gary y Gabrielle. Tuvo que taparse la muñeca con la otra mano, pues la pulsera comenzaba a iluminarse levemente.

Definitivamente se ha puesto caliente, dijo Jubal a sus hermanas. *Las cuchillas saltarán enseguida.*

—Dile que regrese, Joie —le ordenó Gary por encima del hombro—. Llama a Traian para que vuelva aquí. No tenemos demasiado tiempo.

Joie no lo dudó. Había una gran urgencia en la voz de Gary.

Traian. Están aquí. Los no muertos están en la posada. Gary dice que es urgente que regreses lo antes posible.

Haz lo que diga Gary. Él sabrá lo que hacer hasta que consiga regresar. No te pueden poner las manos encima. Ataca directamente su corazón si te tienes que defender. A menudo inyectan veneno en la sangre, son unos grandes embusteros y suelen cambiar de forma.

El tono práctico de la voz de Traian la tranquilizó.

La pulsera de Jubal se ha puesto caliente. La última vez que ocurrió saltaron las cuchillas. Gary las ha visto, no se las hemos podido ocultar.

No nos queda más que confiar en él. No conocemos a vuestros ancestros, pero tú eres mi familia y estás bajo mi protección. Lo entenderá. Si algún carpatiano os amenaza por haber visto el arma de los magos, decidle que estáis bajo mi protección.

Esta vez su voz sonaba acerada.

Gary abrió la puerta de su habitación en la planta baja. Lo más rápido era ir allí, pues tendrían una excelente vía de escape si fuera necesario.

—Rápido, meteos dentro y poned todo lo que podáis encontrar en las ranuras alrededor de las puertas y las ventanas. —Lanzó a Gabrielle unas camisas y corrió a la puerta que daba al porche—. Tendremos que refugiarnos aquí. Intentarán hacer que salgamos a base de coacciones. Jubal, hay un pequeño reproductor de CD en el escritorio. Elige alguna música odiosa de la colección y pon el volumen al máximo. Muy fuerte.

Joie cerró la puerta después de entrar.

—La clave, Gabrielle… es que remetas algo aquí también. —Si los vampiros podían hacer lo mismo que hacía Traian, meterse por una rendija convertido en vapor, no sabía qué iban a hacer para que no entraran—. ¿Y por qué habrán venido aquí?

—Lo más probable es que sea porque estás aquí —respondió Gary—. La manera más segura de hacer que un carpatiano salga al exterior es ir por su compañera. Querrán que una de vosotras los invite a entrar. Si oís una voz que habla muy suavemente, os está intentando embaucar. Poneros algodón en los oídos. Haced lo que sea para no escucharlos. Si alguno observa que uno de vosotros se dirige a la puerta, o incluso les habla e invita a que entre alguien en la habitación, detenedlo. Aunque signifique tener que dejarlo inconsciente.

—Definitivamente están aquí —dijo Jubal retirándose la manga de la camisa.

La pulsera derramó su luz en la habitación y sus temibles cuchillas en curva se hicieron mucho más evidentes.

Gary dio un paso atrás, movió la cabeza y suspiró.

—Ni siquiera voy a preguntar.

Unas sombras pasaron por delante de la ventana y se movieron de un lado a otro como si buscaran algo. Se levantó un gran viento que hizo que las ramas de un árbol se rozaran contra la posada produciendo un chirrido aterrador. Las nubes giraban a toda prisa y arrojaban unas sombras horribles en la luna. Una mancha, que se extendió por el cielo, y lentamente tapó las estrellas, fue cubriéndolo todo insidiosamente hasta que casi desapareció cualquier forma de luz. El viento ululaba, golpeaba contra las ventanas y contra la puerta del porche. Arrastraba un montón de voces. Suaves. Astutas. Dulces y seductoras. Voces suplicantes. Gritos pidiendo ayuda. Una mujer los llamaba desde detrás de la puerta, les rogaba que la dejaran entrar, y su voz se elevaba con el viento.

—¿Joie?

Gabrielle miró a su hermana para que la guiara.

Gary estaba cerca de ella y le había pasado un brazo por los hombros de manera protectora.

—Traian estará aquí enseguida. Podremos aguantar hasta que venga.

Jubal manipuló el reproductor para que sonara más estrepitosamente. Algo agarró el picaporte y lo movió con mucha fuerza haciendo que repiqueteara. La puerta había comenzado a astillarse. Jubal dio un salto para situar su cuerpo entre la puerta y sus hermanas, pero Joie se puso a su lado.

—Gary, saca a Gabby de aquí —le dijo con el corazón palpitante.

Jubal ya había matado a una de esas cosas con su pulsera y tal vez volviera a ocurrir. Se puso a rezar en silencio.

—Créeme, estamos más seguros en esta habitación que en cualquier otro lugar ahora mismo. Y es menos peligroso si nos mantenemos juntos —dijo Gary mientras se situaba a su lado—. Jubal, vigila las ventanas. Si ves algo que parezca humo, o niebla, intentando meterse por una rendija, pon una camisa, mantas o lo que sea para dejarlo fuera.

La puerta nuevamente estaba siendo golpeada desde afuera, con tanta fuerza que el marco comenzaba a ceder. Gabrielle se puso una mano en la boca para no gritar.

—No podéis entrar —dijo Gary sin levantar la voz—. No habéis sido invitados y no podéis entrar a esta habitación.

Una risa maníaca fue la respuesta a las tranquilas palabras de Gary. Algo muy pesado estaba golpeando la puerta con mucha fuerza y la madera ya se estaba combando hacia adentro.

Capítulo 11

Traian estaba volando por el cielo oscuro convertido en un búho. Joie no tendría esperanzas si se viera obligada a luchar contra un vampiro maestro. Incluso con la ayuda de los grandes conocimientos de Gary sobre los no muertos, y el arma de Jubal. Muchas veces hacían falta dos, o hasta tres cazadores muy experimentados para matar a un vampiro maestro. Lo único que podían hacer los humanos era retrasar a los vampiros hasta que él llegara.

El viento aumentó su intensidad, y sus continuas ráfagas lanzaban por el aire ramas grandes y pequeñas, que parecían misiles. Una nube en forma de embudo daba vueltas inquietantemente desde el suelo hacia el cielo. Era como un oscuro monstruo turbulento que extendía sus avariciosos dedos hacia él. Traian chocó con fuerza contra una barrera invisible que había en el aire, y cayó en picado contra el suelo.

La masa negra se estiró hasta formar una cabeza horrible con la boca abierta, y sus largos brazos huesudos se estiraron hacia el cuerpo del búho que había caído al suelo. Entonces Traian se transformó en gotas negras de vapor y se fundió con la masa oscura para que no lo detectara. El tornado desapareció del cielo como si nunca hubiera existido. Quedó todo sobrecogedoramente tranquilo, y el cielo claro.

De pronto cayó de las ramas de los árboles una enmarañada red plateada, que consistía en una fina manta sólida formada por filamentos entretejidos. Traian ya había vuelto a transformarse y había aterrizado en el suelo en cuclillas. La red le golpeó un brazo pero alcanzó a escapar, y llegó al suelo a cierta distancia de sus pies. Un enorme dolor se apoderó de su cuerpo. Inmediatamente le aparecieron unas ronchas muy dolorosas en los puntos en que su piel había estado en contacto con la plata brillante. Además volaron hacia su cara miles de insectos venenosos que prácticamente formaban un muro sólido. Estaban programados para encontrarlo y atacar. Se tuvo que disolver para poder evitarlos, se deslizó por el bosque y se colgó de la rama de un árbol convertido en una rana.

Puso sus sentidos alerta para intentar localizar a su oponente. Los vampiros maestros raramente se ponían al descubierto, especialmente en las batallas. Traian sabía que los no muertos lo estaban atrayendo deliberadamente a la posada con la esperanza de atraparlo y destruirlo.

Estoy luchando para salvaros la vida. Si podéis evitar la confrontación, hacedlo. Si no es posible, siempre tenéis que ir por el vampiro más peligroso, y atacadle al corazón. Nada más los detendrá. Retrasadlos. Retenedlos. Intentad evitar que se produzca una batalla.

Mientras esperaba a que Joie le respondiera, el corazón le latía demasiado rápido, y el miedo le roía la mente. Pero la voz de ella sonó tranquila y firme, y le provocó un nudo en el estómago.

No pienses en nosotros como si fuéramos pobres mortales, Traian. Podemos manejar a estos chicos muertos. No te hagas ningún rasguño o me enfadaré... y nunca me has visto enfadada.

El enorme alivio casi lo sobrepasó. No estaba herida.

Me has enseñado el verdadero significado del miedo. Cada vez que he tenido que luchar, nunca había tenido nada que perder. No me preocupaba ese sentimiento.

Bueno, es algo mutuo, Traian, así que no lo lamentes tanto. Los chicos horribles están en la puerta, te voy a tener que dejar.

Joie hizo que se riera. Parecía como si hubiera estado hablando por teléfono con él, y se hubiera presentado un vecino a pedirle una taza de azúcar.

No muestres un exceso de confianza.

No pudo evitar advertirle, aunque sabía que le iba a molestar que se lo dijera.

Un paseo por el parque. Preocúpate de ti mismo.

Volvió a ver que los insectos se estaban dispersando y volaban entre los árboles buscando cualquier señal de él. Siempre volvían a formar un enjambre alrededor del mismo tronco podrido de un árbol caído.

Te amo Joie, y no puedo vivir sin ti. Ten eso en la mente cuando decidas cuál es la mejor manera de enfrentar la situación. Tendrás que decidir por los dos.

Joie le siseó algo entre dientes. Traian percibió perfectamente la irritación y el enfado de una mujer que estaba más allá del límite de su paciencia. Su corazón dio un curioso vuelco, una extraña reacción ante la exasperación femenina. Por alguna extraña razón se sentía contento.

La pequeña rana saltó por la rama prestando mucha atención a mantenerse camuflada entre las hojas y las ramillas pequeñas. Estaba a una cierta distancia del árbol caído, y el espacio que había hasta él estaba cubierto de residuos vegetales. Miró las nubes negras que se arremolinaban en el cielo. Les dio una orden mental y un relámpago chisporroteó en el enorme nubarrón que tenían por encima. La energía incandescente giró formando una bola que salió de las nubes y se precipitó hacia el suelo. El aire crepitaba cargado de electricidad.

Traian saltó entonces de la rama y recuperó su verdadera forma. Dirigió los filamentos giratorios de energía con las manos, los lanzó y volvió a camuflarse en el árbol. La esfera chocó contra el centro del tronco podrido, excavó un agujero negro y se abrió camino con fuerza hasta el suelo, donde dejó un cráter profundo. Varios latigazos incandescentes restallaron y chisporrotearon dentro del agujero.

Enseguida comenzó a salir del tronco un vapor negro que se entremezcló con las oscuras nubes que no dejaban de moverse. Un aullido de rabia terriblemente penetrante llenó el aire. La voz era muy aguda y obscena, rompía los nervios y atravesaba los tímpanos. Los árboles se sacudieron y temblaron. La hierba y las hojas se marchitaron. El sonido rebotó desde el suelo hasta las nubes con la fuerza del estallido de un trueno. La explosión había golpeado a Traian en la espalda y lo había lanzado contra un árbol. Gracias a que consiguió lanzar la cabeza hacia atrás, no se la golpeó.

Inhaló rápidamente, y el nocivo y nauseabundo olor a carne quemada le indicó que se había anotado un tanto. Llovió fuego del cielo, y toda la vegetación quedó convertida en brasas rojas brillantes. Las llamas hambrientas lamieron la hierba y las hojas, y después subieron alegremente por los árboles. Entonces extendió los brazos, dio una orden y las nubes explotaron de golpe derramando un aguacero sobre las llamas que se estaban extendiendo. El cielo se puso negro por el humo y las nubes que daban vueltas. Era imposible decir dónde estaba el vampiro. El no muerto era lo bastante experimentado como para no delatar su presencia. Se había convertido en un punto vacío en el aire. Prefería mantenerse camuflado dado el caos que había a su alrededor. Y ahora que estaba herido, iba a evitar cualquier enfrentamiento directo.

Inesperadamente Traian recibió un golpe por detrás, una gruesa rama chocó con fuerza contra su espalda y le hizo caer de rodillas. Al instante cayó un cuerpo sobre él, se enganchó a sus hombros e intentó clavarle los dientes en el cuello. Él usó su enorme fuerza, se levantó y se tiró hacia atrás para que su cuerpo cayera sobre el violento vampiro.

Inmediatamente supo que era un peón de un maestro que había sido enviado al sacrificio para retrasarlo, y dejarlo lo bastante herido para que fuera más fácil asesinarlo. Oyó el gruñido de miedo del vampiro y rodó a un lado. El no muerto se negaba a soltarlo y seguía clavándole los dientes con toda su fuerza en un hombro. Mientras rodaban, el cazador sintió que le estaba desgarrando la carne. Estiró los brazos hacia atrás, agarró con fuerza su cabeza con ambas manos, lanzó el cuerpo por encima de los hombros, y se puso de pie de un salto.

El vampiro aterrizó dándose un golpe seco contra el mismo árbol que había chocado él. La fuerza del cuerpo sacudió el tronco y las ramas. Un montón de hojas y ramas pequeñas cayeron sobre el cuerpo delgado y huesudo. Traian estuvo a punto de no reconocer que ese vampiro había sido un amigo de la infancia. Tenía su misma edad, y el hecho de que fuera un novato que recibía órdenes de un maestro, significaba que se habría convertido hacía muy poco tiempo. Habría soportado la creciente oscuridad todo lo posible, pero en vez de buscar el amanecer, habría sucumbido a los susurros y a la enorme excitación que les proporcionaba el hecho de matar.

Traian ignoró deliberadamente la sangre que manaba de las heridas provocadas por los mordiscos que le había hecho en los hombros. Se inclinó ligeramente hacia el vampiro.

—Emilian, casi no te reconozco. Hace muchísimos años que no nos vemos.

El vampiro novato se puso de pie muy torpemente. Sus ojos inyectados en sangre se encontraron con los suyos, pero los apartó rápidamente incapaz de verse reflejado en la mirada del cazador. Se sacudió el polvo de la ropa intentando fingir que era el mismo que había sido antes de que corrompiera su cuerpo. Su cabello cambió, y de estar completamente gris, pasó a negro grisáceo. Su piel llena de agujeros y hundida se volvió a rellenar para parecer suave. Además se puso recto para tener un aspecto más digno.

—Traian. Has enfadado al maestro. Vente con nosotros. Te perdonará si nos ayudas.

Las cejas de Traian se dispararon hacia arriba.

—Nunca pensé que te escucharía decir que tienes un maestro. Los carpatianos somos libres. Vagamos por la tierra, nos elevamos por los cielos, nos metemos debajo del suelo, hacemos lo que queremos, pero nadie nos da órdenes. Sin embargo, tú has entregado tu libertad para convertirte en esclavo de un maestro. Para mí algo así no tiene sentido, Emilian.

Continuaba usando deliberadamente el nombre del vampiro para distraerlo, tal vez incluso para confundir su objetivo. Traian se movió de manera casi imperceptible un poco a la izquierda y quedó a pocos centímetros del vampiro menor.

—Tú eres esclavo del príncipe —lo acusó Emilian enseñándole los dientes que antes eran inmaculadamente blancos, pero ahora estaban marrones y manchados, y comenzaban a adquirir la forma de un cuchillo de sierra.

—El príncipe de nuestro pueblo no nos da órdenes, Emilian, lo sabes.

—¿Has olvidado que nos envió lejos de nuestra tierra natal, nos hizo desaparecer y se quedó las mujeres para él, y para aquellos a los que favorecía?

Emilian gruñía al hablar y su voz destilaba odio.

—¿Eso es lo que te ha contado tu maestro? —Traian se arriesgó a avanzar otro par de centímetros deslizándose tan suavemente hacia el agitado vampiro que de nuevo no lo advirtió—. ¿Tanto has olvidado? El príncipe nos permitió a cada uno que tomáramos nuestra propia decisión, tal como funciona nuestro pueblo. Elegiste irte de tu tierra igual que yo. No eches la culpa a nuestro príncipe de que no hayas sabido conservar tu honor.

Emilian tenía el ánimo encendido, enseñaba los dientes y sus ojos inyectados se habían vuelto de color rubí.

—Si prefieres acobardarte ante él, y arrastrarte como un perro cuando te lo ordena, más te va a engañar. Yo disfrutaré del poder, y de tener al mundo inclinado a mis pies.

Traian consiguió avanzar otro par de centímetros, y ya lo tenía a tiro.

—¿Y cuándo te arrastras como el perro en que te has convertido ante tu amo, llorando para que te dé una palmadita en la cabeza mientras estás doblegado a sus pies?

Entonces se movió a una velocidad vertiginosa y le lanzó un golpe desde muy cerca, lo que le permitió enterrar el puño en el pecho de su antiguo amigo. Hundió profundamente los dedos hasta alcanzar el corazón palpitante. Emilian lo atacó con las garras y los dientes, desesperado por liberarse de la despiadada mano del cazador.

Su sangre negra quemaba la piel de Traian. Pero consiguió arrancarle el corazón y lanzarlo a una cierta distancia de él. Emilian, a punto de desvanecerse, se quedó mirando su propio corazón, chilló y se estiró hacia él. Pero se quedó de rodillas, cayó boca abajo y estiró los brazos suplicantes hacia el órgano.

Traian dio unos cuantos pasos para alejarse de los árboles y llamar al relámpago. El suelo escupió tierra y rocas justo frente a él. Un géiser estalló violentamente. Una roca le golpeó el pecho y lo alejó del corazón de Emilian, que quedó junto al vampiro que yacía en el suelo.

Otro vampiro relativamente nuevo apareció frente él, saltó sobre sus hombros y le atacó los ojos con sus garras. Traian se disolvió, o intentó hacerlo; Emilian le había agarrado un tobillo y le había hundido las largas garras para evitar que cambiara de forma. Una risa jubilosa estalló en el cielo. El vampiro maestro una vez más se había asegurado de sacar una ventaja al cazador.

Traian se volvió y tiró hacia adelante en un mismo movimiento, se alejó rápidamente del vampiro y dio un fuerte puñetazo en la espalda de

Emilian, cuya columna se rompió produciendo un audible crujido. El vampiro chilló y lo soltó. Traian entonces saltó al claro y volvió a llamar al relámpago. El rayo chisporroteante dio justo en el corazón con una enorme precisión, y Emilian comenzó a convulsionarse con la boca muy abierta, por la que salieron un montón de larvas que abandonaban su cuerpo moribundo. El rayo saltó del suelo al cielo, y volvió a caer para incinerar por completo el cuerpo hasta que el viento se llevó sus cenizas.

El segundo vampiro menor atacó a Traian a una velocidad cegadora, se lanzó hacia él y en el último momento se transformó en el aire convirtiéndose en un pájaro gigante con la cabeza en forma de cuña, un aterrador pico en curva y garras del tamaño de las de un oso pardo. Traian alcanzó a esquivarlo aunque el pájaro pasó rozándolo y le cortó una fina rebanada de carne de la espalda.

El suelo se movió y él perdió el equilibrio, una señal de que el maestro estaba ayudando a su peón a distancia. Tenía que conseguir mejorar su situación, o el maestro vendría a completar el asesinato. Estaba perdiendo sangre y, justamente, ese era el cometido de los ataques de los vampiros menores… debilitarlo. Ningún vampiro maestro hubiera arriesgado su existencia si no supiera que tenía ventaja. Siempre usaban a los novatos, y a menos que no tuvieran marionetas a las que controlar, en general evitaban enfrentarse a los cazadores.

Alrededor de él, en un amplio círculo, el suelo se sacudía, se levantaba y estallaba un géiser tras otro. Entre los desechos que salían aparecía un vampiro tras otro, cuyos ojos rojos y feroces resplandecían en la oscuridad, y lo miraban fijamente. Al levantar la cabeza olían la sangre que salía de sus heridas, y retraían sus finos labios para enseñar sus dientes ennegrecidos y llenos de manchas.

—Únete a nosotros —susurraban con las manos extendidas hacia él.

Sus pies golpeaban el suelo marcando un ritmo peculiar cuyo sonido resonaba en la mente del cazador. Igual que el goteo de agua de la cueva y el repiqueteo de las ramas, el hipnótico sonido le invadía la mente. Los vampiros se balanceaban siguiendo el mismo ritmo. Al principio solo le parecieron imágenes borrosas, pero cuando consiguió enfocar sus ojos rojos, vio que se movían al unísono, hacia atrás y hacia adelante, igual que sus cuerpos.

—Únete a nosotros.— Esta vez la súplica sonaba más fuerte y se entrometía en su mente—. Únete a nosotros. Únete a nosotros.

El estribillo se convirtió en un cántico que resonaba por todo el bosque, y reverberaba desde las nubes turbias al suelo que no dejaba de temblar.

Traian movió la cabeza intentando sacar de su mente ese terrible zumbido. El tramposo estribillo se movía por su mente, e incluso su sangre parecía responderle moviéndose hacia aquello que lo llamaba. Entonces atisbó un movimiento por el rabillo del ojo, y su cerebro ordenó las piezas. Este maestro, que era lo bastante fuerte como para dar órdenes a otro poderoso vampiro maestro, le había sacado sangre. De este modo conseguía entrar en su mente, aprovechándose del vínculo sanguíneo. De este modo podía influir en sus movimientos, rastrearlo a voluntad y presionarlo para que diera el último paso y se olvidara de su honor.

Se obligó a reír.

—¿Crees que me vas a tratar como has hecho con tus peones? Soy un cazador con siglos de experiencia.

—Únete a mí o tendrás una muerte horrible, y a tu compañera le arrancaré la carne a tiras para alimentar a mis perros —se burló de él desde la seguridad de estar en una posición estratégica próxima.

El maestro mostraba cierta rabia, pues era consciente de que Traian no estaba cayendo en su hechizo como hubiera deseado. Tenía la confianza un poco en entredicho.

—Tienes bastantes perros a tus órdenes. Por más veces que los mandes contra mí, siempre fracasarás. Tarde o temprano se cansarán de tus continuas derrotas, y descubrirán que hablas mucho pero que no tienes verdadero poder.

Traian dio una fuerte palmada y enseguida estalló un trueno. Un relámpago incandescente cruzó el cielo y se lanzó contra la tierra formando un largo arco hasta dar contra los espectros del vampiro maestro con una enorme precisión. Los espectros se quemaron como si fueran muñecos de papel, y sus restos volaron por el aire junto a las cenizas de los demás desechos.

Entonces se tuvo que girar rápidamente para enfrentarse al vampiro menor que venía hacia él desde la oscuridad convertido en un felino de la jungla. Antes de que la criatura lo alcanzara, Traian también cambió, y adquirió la forma más pesada de un tigre. Sus colmillos y sus garras se agarraron al leopardo, que era más pequeño, cuando todavía estaba en el aire. Los dos cuerpos chocaron y se arañaron las barrigas intentando llegar a sus gargantas. Pero la fuerza del felino más grande hizo que el leopardo cayera hacia atrás y aterrizara sobre su espalda.

Los dos felinos rodaron. Sus gruñidos y rugidos sacudían el suelo donde caían. Ambos luchaban por clavarle al otro sus temibles colmillos. Cuando se levantaron una segunda vez apoyados en sus patas traseras, Traian le agarró la garganta con su enorme hocico y le enterró profundamente los dientes perforándole el cuello. Al mismo tiempo, le lanzó un gran puñetazo, ya en su verdadera forma, y su puño atravesó la armadura de pelo, músculos y nervios hasta llegar a su corazón.

El leopardo se quedó paralizado, arqueó la espalda e intentó transformarse, pero Traian, que era demasiado rápido y brutalmente fuerte, le arrancó el corazón y lo lanzó al aire para que lo atravesara un rayo. El vampiro siguió luchando transformado en un murciélago. Dejó un reguero de gotas de ácido negro intentando alcanzar el corazón antes de que lo hiciera el latigazo del relámpago.

Pero justo cuando el murciélago consiguió llegar al órgano, le dio de lleno la energía incandescente que rápidamente lo incineró todo. Traian se transformó de nuevo y se acuclilló en el suelo para meter aire en sus pulmones sin dejar de observar cautelosamente al maestro.

—Creo que estás perdiendo a tus perros. Tal vez deberías ser valiente y venir tú mismo por mí —lo desafió levantándose lentamente mientras se lavaba las manos con la luz blanca para limpiarse los restos del ácido.

Lo miraba lo más despreocupado posible, a pesar de todas las heridas y desgarrones que tenía por todo el cuerpo.

La rama de un árbol se quebró justo a su izquierda, y cayó hacia él como si fuera una lanza. Traian se movió a una velocidad vertiginosa, saltó a su derecha y se estiró muy dignamente.

—¿Eso es lo mejor que puedes hacer? Realmente estás perdiendo tu poder. Ven hacia mí para que recibas la justicia de nuestro pueblo.

La única respuesta fue un silencio malévolo.

Traian intentó una última táctica. Sabía que el vampiro podría desaparecer durante muchos años, y evitaría cualquier contacto con los cazadores para conseguir sobrevivir. Tenía una última oportunidad para hacerlo salir al exterior, y la iba a usar. Aún a riesgo de revelar su posición, lo emplazó a reunirse esa misma noche. Su llamada era pura y dominante. Y su voz era la de un carpatiano antiguo con plenos poderes que estaba ordenando al vampiro que se presentara ante él.

Usó su antiguo idioma para convocar al vampiro nombrándole lo que era. *Te kalma, te jama ñiŋ3kval, te apitäsz arwa-arvo.* No eres más que un cadáver andante infectado de larvas y sin honor. *Muonìak te avoisz te.* Te ordeno que te presentes ante mí.

Estalló un trueno y provocó un estruendo tan fuerte que sacudió el suelo y los árboles. Por encima de él, durante un instante, apareció contra el cielo la silueta de una criatura horrible, un monstruo malvado y siniestro que llevaba siglos comportándose de manera aberrante, simplemente por el placer que le producía observar el sufrimiento de los demás. Miró fijamente a Traian con los ojos cargados de odio, y lo desafío apretando sus dientes mellados. Simplemente el hecho de que no haber podido resistirse a la orden del antiguo cazador lo enfureció.

Traian permanecía inmóvil. El vampiro había cambiado a lo largo de los siglos que llevaba siendo un no muerto, pero algo en él le era familiar. ¿Podía ser? ¿Vadim Malinov? Un cazador de una de las familias carpatianas más fuertes. Era difícil asegurarlo, pero si era así podría ser un enemigo poderoso y peligroso, de los que no se rinden nunca. Su familia era famosa por sus conocimientos de estrategia. Su talento en la lucha era legendario.

En esos momentos el vampiro maestro detestaba más que a nadie en el mundo al cazador, al que llevaba semanas persiguiendo con un pequeño pelotón para matarlo. Pero aun así Traian siempre salía triunfante. El vampiro maestro echó la cabeza hacia atrás y aulló su intensa rabia.

Un sonido estalló en la cabeza de Traian y aumentó de volumen. Era una contraorden de muerte y destrucción. Todas las células de su cuerpo reaccionaron. Sus terminaciones nerviosas tintinearon. Estaba paralizado y completamente vulnerable a merced de un vampiro.

Soy tu maestro.

El sonido reverberó por sus músculos, tejidos y todos sus órganos.

¡No!

El susurro de Joie fue como un contrapunto suave y sensual a la orden envenenada.

Ha bebido tu sangre. Lo está usando como un arma contra ti. Acalla su voz. No tiene control sobre ti, ni tampoco sobre nosotros. No me importa lo fuerte que sea, o lo que sea. Nosotros somos más fuertes. Te puede rastrear a través de la sangre, pero no te puede dar órdenes.

Una parte de Traian reconoció que ella estaba allí con él, en su mente, investigando en los recuerdos de lo que le hicieron este vampiro, y su banda, los días en que estuvo cautivo en la cueva de hielo. Había tenido que sufrir la tortura de tener que soportar que el vampiro maestro se alimentara de su sangre, y que se burlaran de él todo el tiempo. Y siempre había habido una figura en la sombra aparentando ser absolutamente peligrosa y poderosa.

Estúpida mujer. Soy el dueño de su mente. El vampiro maestro que ahora estaba usando su vínculo sanguíneo para contener al debilitado cazador, no iba perder la ventaja que había conseguido. *Es mi marioneta, y pronto también lo serán todos los demás. No puede entrar en mi mente, pero yo lo puedo encontrar allá donde esté. Y a través de él puedo encontrarte a ti y a tu patética familia. Únete a mí. Algún día gobernaré tanto a los carpatianos como a los humanos. Si no lo haces te tendrás que arrodillar ante mí, y no mostraré clemencia ni contigo ni con los tuyos.*

Joie se rio deliberadamente y su sonido fue como un aliento de aire fresco que rompía el terror oscuro que sentía el corazón de Traian, y le ayudaba a despejar su mente.

Tú eres el imbécil. Solo hay uno para mí. Te destruiremos porque no eres más que una cáscara podrida y vacía. Y si me lo preguntas, te diría que me pareces un ser repugnante. La única manera con la que has conseguido que cayera en una trampa, aunque sea brevemente, ha sido a través de sus heridas. Es mucho más valiente y fuerte que los que son como tú, y por eso ha conseguido ordenarte que te mostraras abiertamente. En cambio tú no has logrado ni doblegarlo ni hacer que muera por tu culpa. Es preferible estar muerto que pasar un rato contigo.

Que así sea.

Traian sintió que la rabia del monstruo estallaba en su propia cabeza, en sus venas. Era como si su sangre hirviera, pero ya no estaba terriblemente paralizado. Dio una palmada, estiró los dedos y extendió los brazos hacia el vampiro que ya se había disuelto convertido en vapor. Un relámpago zigzagueó soltando chispas y lanzó un montón de rayos a través del cielo nocturno.

El furioso vampiro chilló una vez y un olor pútrido contaminó el aire. Evidentemente había sido golpeado por uno de los latigazos incandescentes de energía pura, y le había hecho varias heridas.

Matadla. Matadlos a todos, ordenó el vampiro maestro a sus secuaces.

Un trueno hizo añicos el cielo. La tierra se sacudió y se rebeló al estallar la tormenta. Un huracán salvaje azotó el bosque y el pueblo por culpa de la rabia que sentía el vampiro contra Traian. Cayeron árboles y ramas, algunas sobre los tejados de las casas del perímetro exterior de la población.

Están muy enfadados, dijo Joie casi sin aliento.

Esta vez había miedo en su voz. Sentía la rabia que subyacía bajo la tormenta, algo muy malévolo que quería destruir tanto a humanos como a carpatianos.

Traian continuó atravesando el cielo a toda prisa para llegar a la posada, haciendo todo lo que podía para acabar con la tormenta asesina. Todavía seguía perdiendo mucha sangre y su cuerpo estaba muy débil por los múltiples ataques, una técnica de guerra muy común de los vampiros cuando tenían que luchar contra cazadores experimentados. Aun así seguía luchando para contrarrestar los vientos malévolos y la violenta arremetida de la lluvia que inundaba el pueblo.

Valenteen, el vampiro que está en tu puerta es increíblemente peligroso, Joie. Es un vampiro maestro que los cazadores carpatianos llevan mucho tiempo buscando. Quien sea su maestro lo está dirigiendo, y eso es espeluznante y aterrador.

Creo que he hecho que se enfade, Traian. No debió de ser una buena idea decirle que pensaba que era muy desagradable.

Toda la posada se sacudió y los muros se movieron como si hubieran sufrido el efecto de un terremoto. La puerta del porche se combó y se volvió a astillar cuando algo chocó contra ella con una enorme fuerza.

Rápido, Traian, están entrando por la puerta.

El corazón de Joie latía tan fuerte que tenía miedo de que le estallara. Los susurros suaves e insidiosos llenaron la habitación. Les suplicaban con la voz muy suave que abrieran la puerta y los dejaran entrar. La pulsera de la muñeca de Jubal brilló intensamente, y saltaron las terroríficas y afiladas cuchillas curvas.

—¿Qué es eso? —preguntó Gary.

—Un arma para matar vampiros —respondió Jubal secamente—. Ponte detrás de mí, Gabrielle.

Gabrielle chilló y se puso las manos en los oídos. Dio varios pasos hacia la puerta, asintió con la cabeza y sus labios comenzaron a moverse.

Gary saltó a su lado, la arrastró hacia atrás y le puso una mano en la boca. Le habló pegado a su oído.

—Están intentando hacer que los invites a entrar. No debes escucharlos.

Oyeron que algo daba unos fuertes golpes secos por encima de sus cabezas. Alguien estaba dando golpes en el piso de arriba. Rápidamente se formó una grieta en forma de telaraña a lo largo del techo de la habitación. Cayeron trozos de yeso, y la lámpara se balanceó y calló contra el suelo. Jubal dio un salto hacia atrás cuando la pulsera salió de su muñeca y comenzó a girar junto a él.

—Están intentando entrar por arriba —gritó—. Gary, mantén a Gabrielle a tu lado. Si ocurre cualquier cosa sácala a un lugar seguro. Joie, yo me ocupo de los que vengan por arriba, tú controla a los que están detrás de la puerta.

Jubal y Joie se conocían perfectamente. Sabían lo que eran capaces de hacer, y cómo cubrirse mutuamente. Gary era un desconocido y prefirieron confiar el uno en el otro, a pesar de su gran experiencia.

—Entiendo —respondió Joie sin saber qué iba a hacer para evitar que los vampiros invadieran la habitación—. Necesito una escopeta —dijo con los ojos clavados en la puerta.

—¿Gary, tienes alguna? ¿Dónde está? —preguntó Gabrielle.

—Debajo de la cama —contestó este señalando con la barbilla, pero sin dejar de mirar la puerta.

Gabrielle cogió la escopeta y se la entregó a su hermana.

El techo se sacudió una segunda vez y cayeron más restos de escayola. La madera de la puerta se astilló y siguió rompiéndose hasta que reventó cediendo justo por el centro. Un enjambre de insectos arrastrados por el viento y la lluvia salvaje voló derecho hacia Jubal. Justo entonces una criatura con los ojos rojos y brillantes, y los dientes manchados, los miró fijamente por encima de sus cabezas como si hubiera conseguido un triunfo. Pero las cuchillas giratorias se elevaron rápidamente en el aire emitiendo un fuerte zumbido y el metal se calentó hasta ponerse al rojo vivo.

Una segunda densa nube de bichos venenosos atravesó el agujero de la puerta. Los insectos comenzaron a picar cualquier trozo de piel desnuda. Gabrielle chilló e intentó apartarlos dándoles palmadas cada vez que se aferraban a su piel o a su cabello. Gary le lanzó una manta por encima de la cabeza, con la que se cubrió la cara y los brazos para protegerse de las terribles picaduras.

Jubal maldijo, y se golpeó la cara y el cuello haciendo un esfuerzo frenético para alejar a los insectos de él; al mismo tiempo se negaba a apartar la vista del agujero del techo que cada vez era más grande. El vampiro seguía golpeando la madera y rompiendo las vigas. De pronto estiró un brazo a través del agujero intentando llegar a la cabeza de Jubal con sus enormes garras.

Gary arrastró a Gabrielle para alejarla de las garras que se balanceaban por encima de sus cabezas y miró directamente a los ojos del vampiro.

—No puedes entrar en esta habitación. No eres bienvenido.

El brazo de pronto comenzó a soltar humo. Unas pequeñas llamas lamieron su carne podrida. El vampiro chilló, lo retiró y se revolcó contra el suelo de la habitación que estaba encima de ellos antes de asomar la cabeza por el agujero para escupirles veneno. Las cuchillas giratorias que se habían elevado por el aire se lanzaron contra su cabeza. Le hicieron unos tajos en la cara y se la quemaron. El vampiro chilló terriblemente y desapareció de la vista.

Jubal cerró los ojos y dejó de pensar en nada salvo en la pulsera. Creó una imagen mental del arma giratoria dirigiéndose al corazón del vampiro. No era consciente de los insectos que formaban una nube a su alrededor, de los chillidos de Gabrielle, o de los cánticos de Gary. Lo único real para él en ese momento era el arma de los magos y el vampiro.

El olor a carne quemada y los horrorosos chillidos que acabaron de golpe le confirmaron que lo había conseguido. Entonces decidió llamar a la pulsera para que volviera a su muñeca. Pero enseguida entró por la puerta la venganza del vampiro... una horda de murciélagos. Los animales rápidamente le cubrieron el cuerpo hasta que consiguieron hacer que cayera al suelo para poder morderlo. Tenían toda la intención de devorarlo.

Gary tiró de Gabrielle para que entrara en el baño detrás de él.

—Métete aquí, tapa cualquier grieta —le ordenó y regresó a intentar retirar los murciélagos del cuerpo de Jubal.

Los golpeaba contra el suelo hasta dejarlos inconscientes, y después los incineraba con una pequeña antorcha que tenía encima de su cómoda. Pero tuvo que ignorar a los que usaban sus alas como patas y avanzaban amenazadoramente por el suelo.

Un vampiro apareció en la puerta. Joie le disparó con la escopeta y lo lanzó hacia atrás. Inmediatamente la escopeta se puso demasiado caliente como para tenerla en la mano y la dejó a un lado. Respiró hondo cuando vio a lo que se estaba enfrentando. El vampiro había vuelto, y aunque salían larvas del agujero sangrante de su herida, seguía manteniéndose en pie completamente impertérrito.

Joie entonces vio al verdadero enemigo a través del agujero de la puerta. Se mantuvo estoicamente frente al monstruo que estaba en el pasillo al otro lado de la puerta. Su sonrisa era una terrible parodia, igual que su reverencia. Observaba muy engreído la horda negra de insectos que atacaban a los ocupantes de la habitación, y los murciélagos que cubrían el cuerpo de su hermano como si fueran una manta llena de vida. Joie sabía que estaba observando algo mucho más repugnante que la criatura a la que le había clavado el cuchillo en la cueva. Le hizo una señal con sus dedos que parecían garras, y ella sintió una tremenda repulsión. Solo el dolor que le provocaban las maléficas picaduras de los insectos evitó que saliera de la habitación para ir al pasillo. No dudaba que ese vampiro podía matarla... y a todos los demás también.

Tenía que luchar para seguir siendo dueña de su mente, y no permitir que las suaves voces se entrometieran en ella y tomaran el mando.

—Eres Valenteen. —lo llamó por su nombre—. Un vampiro maestro sin igual. Dime por qué juraste obedecer al otro, al que se esconde detrás de tu fuerza. —La única arma que tenía era halagar el ego del vampiro... engañarlo con la esperanza de que Traian llegara antes de que Valenteen consiguiera volverla contra él—. Evidentemente eres mucho más poderoso. ¿Por qué tendrías que ser el esbirro de una criatura como esa? —Se obligó a mostrar interés y admiración en la voz—. Encuentro difícil creer que un hombre como tú necesite a alguien como él.

Los labios de Valenteen se levantaron y dejaron a la vista sus encías ennegrecidas.

—Dejo que piense que manda en mí. Me es útil para poder acabar con sus planes. Ambos perseguimos lo mismo. Si él lo consigue, se lo arrebataré.

Joie estaba siendo obligada a dar unos cortos pasos para avanzar hacia él. Hacía un gran esfuerzo para permanecer quieta. Estiró una mano hacia Jubal. Su hermano se arrastró hacia ella a pesar del peso de los murciélagos. Avanzó apoyándose en los codos y los dedos de los pies hasta que tocó la mano de Joie. Gary continuaba apartando los animales de su espalda y de sus piernas. Ella agarró su mano sin dudarlo.

—Es evidente que tú vas a conseguir lo que ambos buscáis. Es un tonto si piensa que te puede tratar con tan poco respeto. He estado por todo el mundo y nunca me he encontrado con un hombre tan poderoso como tú. —Joie intentó que su voz sonara seductora, pero no tenía demasiado talento como actriz—. Tendrías que ser el jefe de todos los demás. Todos se beneficiarían de tus conocimientos.

A pesar de la mano restrictiva de Jubal seguía sintiéndose impulsada a dar otro paso hacia adelante. Joie se sentía como una marioneta movida por unos hilos. No podía evitar que su cuerpo avanzara hacia la mano que le hacía señales, por más que Jubal intentara hacerla retroceder.

Gary levantó las manos de golpe para detenerla.

—Sal de aquí —le ordenó.

Valenteen lanzó una ráfaga de aire nauseabundo hacia la cara de Gary. Este se tambaleó, se llevó las manos a la garganta y cayó de rodillas. Enseguida los murciélagos comenzaron a subirle por las piernas y a clavarle malévolamente los dientes.

Ignorando a las demás personas que había en la habitación como si nada hubiera ocurrido, como si no se hubiera interrumpido su conversación con Joie, Valenteen asintió con la cabeza.

—Es verdad que tengo mucha experiencia como líder. Tal vez matarte no sea lo mejor. Tal vez si te llevara a mi lado podrías servirnos a los dos.

Jubal le soltó la mano, la agarró por la cintura y la levantó para apartarla del umbral de la puerta. Al mismo tiempo intentó enviar su arma giratoria contra el vampiro. Pero enseguida este cerró la mano y miró la garganta de Jubal. El hermano cayó al suelo de golpe completamente atragantado, tosiendo e intentando respirar. El arma regresó a Jubal. Evidentemente intentaba protegerlo de los insectos y los murciélagos, aunque no la estuviera guiando con sus pensamientos.

Gary hizo un valeroso esfuerzo para ponerse de pie mientras seguía luchando contra los murciélagos. Intentó agarrar a Joie, pero ella negó con la cabeza y salió deliberadamente hacia el pasillo.

—Ayuda a Jubal —le ordenó.

Mantenía su mirada fija en el vampiro intentando parecer fascinada. Traian estaba cerca. Estaba con ella, se movía en su mente y le daba fuerzas. El vampiro creía que seguía persuadiéndola para que le obedeciera, pero gracias a la ayuda de Traian, ella en realidad se estaba moviendo por su propia voluntad. No miró atrás para ver si Gary era capaz de acabar con los murciélagos, pero confiaba en que lo haría. Intuitivamente sabía que para todos lo mejor era que mantuviera la atención del vampiro centrada en ella.

El estómago se le revolvía ante la perspectiva de estar cerca de una criatura tan malvada. Ahora lo podía ver claramente, sin la ilusión que a menudo usaban con sus víctimas los no muertos. Le colgaba la carne de los huesos. Unos cuantos mechones de pelo salían de su cráneo. Sus largas y finas uñas tenían forma de gancho, y eran afiladas, retorcidas y negras. Sus ojos parecían rojos aunque tenían vetas amarillas. El agujero que le había hecho mostraba sus entrañas podridas. Salían de su cuerpo insectos negros y gusanos blancos y retorcidos. Irradiaba tanta maldad que emponzoñaba el aire a su alrededor. Joie sentía repugnancia. En vez de intentar evitar avanzar hacia él, ahora tenía que obligar a sus piernas temblorosas a que dieran un paso.

La cara del vampiro mostraba tanta impaciencia que le enseñó los dientes.

El corazón de Joie saltó acelerado a pesar de que necesitaba permanecer en calma.

—Unirme a un hombre tan poderoso, que con toda seguridad va a gobernar a aquellos que estén a su alrededor me parece una muy buena idea. Siempre he admirado la fuerza.

Intentaba calmarlo a pesar de que era evidente que lo hacía de mala gana.

A pocos centímetros de la mano extendida del vampiro, Joie se tropezó a propósito con un trozo de madera y cayó al suelo. Se protegió con la palma de una mano, giró el cuerpo ligeramente y consiguió unos preciosos segundos para deslizar la otra mano por la pierna, agarró el cuchillo que tenía en la bota y lo escondió apretando la parte plana contra su muñeca.

Valenteen se inclinó hacia ella soltando baba por la boca, la agarró del pelo y tiró de ella para que se pusiera de pie. Se arrastró contra su cuerpo e hizo que echara la cabeza hacia atrás para dejarle expuesto el cuello. Enseguida le enterró profundamente los colmillos, y devoró su sangre a grandes tragos.

Joie sintió un dolor atroz por la quemadura de ácido que le había hecho en la enorme herida del cuello. Su visión se hizo borrosa, el suelo se movió y sus piernas se volvieron de goma. Podía oír el sonido de su corazón, aunque no sentía sus latidos. No se quejó, ni luchó. Simplemente se entregó completamente dispuesta. Pero cuando el cuerpo del no muerto perdió cierta tensión, usó todas sus fuerzas para enterrarle el cuchillo profundamente en el pecho, directamente en el corazón.

Valenteen levantó la cabeza y chilló de una manera tan horrible que el sonido rompió los cristales de las ventanas. La agarró del pelo y la arrastró hacia él haciendo un gran esfuerzo por mantenerse en pie, a pesar de tener clavado el cuchillo en el corazón. Con su otro brazo la agarró de la barbilla para romperle el cuello.

Pero entonces la mano del vampiro resbaló por culpa de la sangre que manaba de la herida que le había hecho en el cuello. Joie sujetó con las dos manos el puño que se aferraba a su pelo para hacer que el vampiro apartara la mano de su cabeza. Se agachó todo lo que pudo, se dio la vuelta y se puso de pie rápidamente para romperle los huesos de la mano. El vampiro aulló y la tuvo que soltar, pero consiguió arañarla con sus garras untadas en veneno.

Justo entonces surgió Traian de la oscuridad con los ojos rojos y encendidos. Apartó al vampiro de ella y le retorció la cabeza con todas sus fuerzas. El mango del cuchillo había caído inutilizado en el suelo del porche, y la hoja estaba completamente carcomida por la sangre del no muerto. Traian disparó el puño y lo hundió profundamente en el pecho del no muerto siguiendo la senda del cuchillo. Valenteen hizo el mismo movimiento y lanzó la mano sana contra el amurallado pecho de Traian. Atravesó sus músculos y tejidos para llegar al corazón.

Valenteen y Traian permanecieron un largo rato cara a cara, con los pies enfrentados, ambos intentando llegar al corazón del otro. Traian ignoró el dolor de la garra que le rompía los músculos y tejidos y abría sus carnes. Solo tenía un propósito. Tenía que arrancarle el corazón y matarlo. Su compañera y sus hermanos no tendrían ninguna posibilidad de sobrevivir si no lo conseguía. Sus dedos se enterraron profundamente en el pecho del maestro. Un ácido, que le quemaba hasta los huesos, se derramó por su brazo. El vampiro lo arañó con la otra mano y se inclinó para intentar atravesarle el cuello con los colmillos manchados con la sangre de Joie.

Entonces Traian lo miró a los ojos, le arrancó el ennegrecido órgano reseco y lo tiró a un lado.

—Has perdido, Valenteen. Estás muerto.

—Todavía no —dijo este, e hizo rechinar los dientes junto al cuello de Traian.

Capítulo 12

Traian sintió un dolor intenso cuando los colmillos del vampiro se le clavaron en el cuello. Su puño continuaba escarbando en su pecho para llegar al corazón. Ningún vampiro maestro hubiera sido derribado tan fácilmente. Rápidamente el corazón podrido comenzó a moverse siguiendo las llamadas de su maestro que gruñía y rugía, y se escurrió por el suelo buscando a su dueño. Traian se tambaleó debido al gran peso del cuerpo que intentaba derribarlo. Los insectos abandonaron la habitación de golpe para ayudar a su amo. Los murciélagos ennegrecieron el pasillo cuando salieron a toda prisa de la habitación olvidándose de los dos hombres, a los que habían intentado dejar sin sangre, para ayudar a Valenteen.

Gary y Jubal se pusieron de pie medio ciegos por la sangre que les salía de cientos de mordeduras, y con el cuerpo inflamado por las picaduras de los insectos. Aun así, quisieron ayudar a Traian. Gabrielle salió corriendo del baño, agarró la escopeta cuando pasó junto a ella y le dio la vuelta como si fuera un bate de béisbol. Cuando Valenteen levantó la cabeza para escupir sangre en la cara de Traian, Gabrielle le golpeó con todas sus fuerzas la cara con la culata, e hizo que se cayera hacia atrás y se apartara del cazador.

—¡Apártate de él! —Gabrielle siguió al vampiro y le dio un segundo golpe igual de fuerte, con tanta adrenalina como en el primero. Al hacerlo pisó la sangre de Joie y se resbaló. Al instante estuvo de rodillas junto a su hermana apretándole las manos alrededor de su cuello herido para intentar cortar la pérdida de sangre—. ¡Jubal! Ayúdame.

La mano que buscaba a tientas el corazón de Traian salió vacía cuando el vampiro cayó hacia atrás. Traian se puso de rodillas rodeado de los frenéticos murciélagos que estaban ansiosos por beber la sangre del cazador. Jubal le sacó montones de murciélagos. Y Gary hizo lo mismo. Pero después de que Gabrielle gritara, Jubal se volvió para ver a su hermana pequeña que yacía sobre un charco de sangre alarmante.

Traian seguía arrodillado cubierto de insectos y murciélagos que lo mordían, y con un agujero en el pecho. Pero ignoró su situación bloqueando el dolor y la debilidad que le producía la pérdida de sangre. Levantó las manos hacia el agujero que había en el techo de la habitación. En respuesta las nubes se agitaron cargadas de energía, y unos rayos plateados rodearon cada una de las fuentes oscuras que no dejaban de dar vueltas. Un rayo zigzagueó en el cielo, giró hasta convertirse en una brillante esfera blanca, y se lanzó como si fuera un cometa.

Valenteen gritó, se abalanzó hacia el corazón y lo consiguió agarrar. Pero Gary le dio un fuerte pisotón con las botas en la muñeca, e impidió que lo recuperara. Entonces la esfera giratoria incandescente que había formado el relámpago se lanzó contra el corazón y lo incineró. Valenteen agarró el tobillo de Gary y le enterró las garras para llegar hasta los huesos y obligarlo a moverse.

—Apártate de él —le ordenó Traian con la voz ronca—. Si destruyo su cuerpo sus esbirros se irán también, pero tienes que apartarte.

Gary sacó un cuchillo con la hoja muy larga del interior de su holgada chaqueta, respiró hondo y lo enterró todo lo que pudo en la muñeca del vampiro hasta que consiguió que el filo le atravesara la carne y los huesos. La mano se separó del brazo y Gary pudo dar un salto hacia atrás. Valenteen chilló, y los murciélagos y los insectos prosiguieron con su frenético ataque colgándose de Traian para intentar derribarlo.

Con un tremendo esfuerzo Traian contactó con el relámpago una vez más, y le ordenó que lanzara un solo rayo a través del agujero de la habitación del piso de arriba, que diera directamente contra el cuerpo del vampiro maestro. Enseguida Valenteen comenzó a incinerarse. Al estallar soltó parásitos blancos que salieron de su cuerpo serpenteando, y vomitó un montón de ceniza. Abrió mucho la boca, enseñó los dientes, y sus ojos feroces prometieron venganza hasta que no pudo más. Solo le quedaba una mano, sus garras hicieron unas largas rayas en el suelo, pues seguía haciendo un último esfuerzo completamente malévolo para llegar hasta el cazador carpatiano. El relámpago zigzagueó y también le incineró la mano.

En el momento en que los últimos restos de Valenteen quedaron reducidos a cenizas, los murciélagos y los insectos se alejaron de Traian y se pusieron a revolotear sin rumbo fijo por el pasillo, como si al dejar de recibir las órdenes de su amo no supieran qué hacer.

Traian se lavó las manos y los brazos con la energía para quitarse el ácido que le quemaba la piel, e intentó ir hacia Joie tambaleándose. Ella estaba en el suelo del pasillo observándolo completamente sobrecogida. No podía hablar por culpa de la herida del cuello y la pérdida de sangre. Apenas estaba consciente, pero sabía que todos estaban allí. Movió un poco los dedos contra el muslo de Gabrielle como si quisiera darle confianza.

—Primero tenemos que atender tus heridas —dijo Gary a Traian—. Ella tendrá que ser trasladada, y tú no podrás hacerlo si no tienes fuerzas. Jubal, necesitaremos tierra. Hay una bolsa en mi armario. Tráela lo más rápido posible.

Jubal asintió y obligó a su cuerpo a moverse, a pesar de que estaba cubierto de picaduras y palpitaba de dolor. Abrió de golpe la puerta del armario y encontró la bolsa con la rica tierra carpatiana.

—No entiendo cómo pudieron entrar desde arriba —dijo Gabrielle sollozando y apretando con más fuerza la herida de Joie—. Haz algo Traian. No puedo detener la hemorragia.

—Quienquiera que estuviera en la habitación de encima de la mía debió dejar entrar al vampiro —explicó Gary. De manera muy casual se hizo un largo tajo en la muñeca y ofreció a Traian la sangre que comenzaba a brotar—. Bebe esto ahora. Más tarde necesitarás más. Sabes lo que tienes que hacer en el caso de que ella sobreviva.

—¿Qué? —preguntó Gabrielle. Respiró hondo y miró de un hombre al otro—. Dime qué tengo que hacer. No la dejes morir, Traian.

—Echa un puñado de tierra en ese cuenco y tráelo aquí —indicó Gary a Jubal.

Traian bebió sangre de la muñeca del hombre sin dejar de mirar a Joie, a pesar de que estaba metido en su mente.

Quédate conmigo, sivamet... mi amor. Te tienes que entregar a mis cuidados.

Joie intentó sonreír para tranquilizarlo. Estaba fría, muy fría, pero ya no sentía dolor. Sabía que se estaba alejando de ellos. Gabrielle, su amada hermana, intentaba cerrarle la herida frenéticamente; Jubal, totalmente decidido a actuar para salvarla; y Traian... Traian. No recordaba si le había dicho que lo amaba. Nunca pensó que pudiera encontrar un hombre al que amar. Lamentaba no haber pasado más tiempo con él.

Te quedarás conmigo. Esta vez era una orden.

Traian cerró la herida de la muñeca de Gary, y se lo agradeció con un pequeño movimiento de cabeza. Enterró la cara contra el cuello desgarrado de Joie y le cerró la herida usando su propia saliva curativa. Ella necesitaba sangre y tierra, pero más aún, necesitaba fuerzas para continuar con la conversión. Tenían muy poco tiempo.

—Tierra carpatiana —dijo Gary tomando el cuenco que tenía Jubal en la mano—. Necesitamos que la mezcles con tu saliva. Tengo que cerrar el agujero que tienes en el pecho.

Traian se miró el desaguisado que tenía en el tórax. Apenas era consciente de las heridas que tenía, pues había bloqueado cualquier sensación de dolor hasta asegurarse de que Joie estaba a salvo. Hizo que Gary mezclara la saliva curativa con la rica tierra mineral de su tierra natal. Este preparó la pasta rápidamente y se fijó en que Gabrielle estaba observando atentamente todos sus movimientos.

—Te tendrás que sentar para que pueda hacerlo —dijo Gary—. Te pondré esto en el pecho y después cubriré el cuello de Joie. Tendrás que meterte dentro de ella para curarla desde adentro e impedir que pierda más sangre antes de que la conviertas.

Estaba señalando asuntos obvios para los carpatianos y ayudando a que los hermanos de Joie pudieran comprender lo que estaba a punto de ocurrir.

Traian asintió muy lacónico.

—Rápido. Su espíritu se está alejando de mí.

Gary apretó con fuerza el tapón de barro que había puesto en el agujero del pecho de Traian bajo la atenta mirada de Gabrielle.

—Tiene un agente curativo en la saliva —le informó Gary mientras trabajaba—. Sus dientes pueden inyectar el anticoagulante necesario para contener la hemorragia, y su saliva cura las heridas. Combinado con la tierra natural, es un agente curativo mejor que ningún otro que podamos aplicarle.

—Joie no es carpatiana —dijo Gabrielle—. Corre un gran riesgo de sufrir una infección.

Su observación era más una pregunta que una afirmación.

—Traian tendrá que llevarla a su mundo. Está a mitad de camino —dijo Gary mientras taponaba la herida de Joie—. La está aguantando para que no se vaya, por eso os lo explico yo, y no él. No puede gastar energía hablando.

Miró a su alrededor. Estaban en un pasillo. Buena parte de la posada había sufrido grandes daños y la gente deambulaba estupefacta. Mirko Ostojic corrió por el pasillo hacia ellos con una escopeta en las manos. Detrás de él, Slavica, su esposa, y su hija Angelina, hicieron que los clientes se apartaran de la zona.

—Decidnos qué podemos hacer para ayudaros —dijo Mirko.

Gary le respondió:

—Di a tus huéspedes que una tormenta ha dañado esta parte de la posada, que el ruido lo produjo un trueno, y que un rayo dio contra el tejado y bajó al primer piso. Tienes que hacer que se mantengan alejados de aquí, Mirko. Los murciélagos que viven en los aleros de la zona llegaron asustados por el relámpago.

El posadero asintió y señaló a Jubal y a Joie.

—¿Llamo a un doctor?

Gary negó con la cabeza.

—Lo tenemos controlado. —Volvió su atención al cazador carpatiano cuando Mirko se alejó por el pasillo—. Cuidaré de tu cuerpo mientras haces todo lo que puedas para curar las heridas de Joie, Traian —dijo—. Mikhail ha enviado a Falcon.

—No —Traian movió la cabeza firmemente—. Dile a Falcon que se quede con el príncipe. Hay otro maestro en las proximidades esperando su oportunidad para matar a Mikhail. Por encima de cualquier cosa, Falcon debe protegerlo. Esto lo tenemos que hacer nosotros solos.

Gary suspiró.

—Que así sea. Jubal, ponte al otro lado del pasillo y mantén a todo el mundo lejos de nosotros. A no menos de seis metros.

Traian bloqueó todos los sonidos. Gary había exhibido un notable conocimiento de la manera cómo funcionaban, y no tenía más remedio que confiar en él. Aun así...

Jubal, saldré de mi cuerpo. No conozco a este hombre lo suficiente como para poner la vida de Joie en sus manos. Mantente atento.

Lo haré. Sálvala. Jubal miró a su hermana.

—Gabrielle, ven conmigo.

—Quiero ver lo que está haciendo —dijo esta—. Soy médico.

—Te necesito aquí —repitió Jubal firmemente.

Gabrielle apretó la fría mano de su hermana.

—Sálvala, Traian —susurró y de muy mala gana se puso de pie para ir con su hermano.

Jubal le tocó el hombro cariñosamente para darle confianza.

Dime si alguien viene hacia nosotros. Vigilaré a Gary por si acaso. No sé qué está a punto de ocurrir, pero Traian podría correr algún peligro y quiere que lo proteja.

Gabrielle asintió de la manera más breve posible. Era evidente que no quería apartar los ojos de su hermana, pero lo que decía Jubal tenía sentido. Le gustaba Gary, pero no lo conocía. Habían unido su suerte a la de Traian, y solo él parecía ser capaz de salvar la vida de Joie.

Traian se bloqueó ante todo, los desperfectos de la habitación, los pocos insectos que zumbaban a su alrededor, los murciélagos colgados del techo y los tres humanos que lo rodeaban. Solo quedó Joie y su cuerpo frío a punto de perder la vida. Tenía que reparar los daños que le habían hecho para darle la fuerza que necesitaba para la conversión. Salió de su propio cuerpo que en esos momentos era una simple cáscara herida que sangraba, y se convirtió en espíritu puro. Cuando dejó el cuerpo, este quedó completamente desprotegido. No le quedaba más remedio que confiar en el hermano de Joie, Jubal.

Cuando entró en el cuerpo de Joie bajo la forma de energía curativa blanca, agarró su espíritu de manera que no tuviera la posibilidad de marcharse antes de completar la complicada tarea de sanarla desde dentro.

Lo peor era el cuello, y lo primero que tenía que hacer era sellar la arteria. Tardó un buen rato, el precioso tiempo que no tenía. Era más difícil de lo que había pensado, evitar estar en el presente, consciente de que el tiempo pasaba y que el espíritu de Joie se podía alejar de él mientras trabajaba.

Morirá. Crees que has vencido pero os he matado a ambos.

La voz del tercer vampiro se entrometió en su mente. El no muerto había bebido su sangre en la cueva y podía entrar en su mente cuando quisiera. La voz, después de haberlo visto, casi lo convenció de que el maestro desconocido podía ser uno de los hermanos Malinov. Pero él ahora no tenía suficientes fuerzas para luchar contra el vampiro y, al mismo tiempo, salvar a Joie.

Inesperadamente Jubal se interpuso como si fuera un escudo entre la mente de Traian y la del vampiro.

Eres un cobarde que te escondes detrás de insectos, que supuestamente son menos poderosos que tú, y unos cuantos murciélagos. No has atrapado al cazador carpatiano, tu pequeño ejército lo agotó, pero al final fue derrotado, y tú has sido ahuyentado. No le puedes hacer nada, y lo sabes. Lo único que tienes son amenazas vacías.

Gracias al escudo que le estaba proporcionando Jubal, Traian pudo trabajar rápidamente. El vampiro enviaba oleadas de dudas y desconfianza para intentar levantar un muro entre el carpatiano y el humano. Cuando se dio cuenta de que no funcionaba estudió atentamente al humano.

Sangre de magos. Escupió la acusación. *Te has aferrado a su mente. Qué listo. No eres en absoluto tan fuerte como yo. Solo tengo que apoderarme de ti y él, y todos los que estén bajo su protección, serán míos.*

Jubal se rio.

No te creo. No eres más que un gusano. Es muy difícil tomarte en serio cuando no eres más que una voz que amenaza con crear el caos, cuando en realidad no vas a hacer nada.

—Estás jugando un juego muy peligroso —le advirtió Gary—. Si estás haciendo lo que creo que haces, Jubal.

Percibía la energía que se estaba desarrollando alrededor de Jubal, y veía lo concentrada que tenía la cara.

Jubal no lo miró. Mantuvo los ojos fijos en Traian. El carpatiano cada vez estaba más pálido. Realmente podía sentir la energía que estaba perdiendo el cazador, y estaba decidido a que el vampiro no lo percibiera. Mantuvo su actitud enormemente desdeñosa. No era tan difícil. Si era el vampiro que había estado al mando de los otros, no tenía suficiente valor como para enfrentarse personalmente. Se creía el cerebro y había enviado a su ejército, pero al ser derrotado se había escapado porque no era capaz de luchar a menos que tuviera una clara ventaja.

Me enfrentaré a ti, le ofreció el vampiro. *Sal al exterior solo, sin tus amigos, y veremos quién sobrevive a nuestro encuentro.*

Jubal se rio suavemente.

¿Y olvidas tu capacidad de meterte como un gusano en la mente del cazador cuando está demasiado ocupado como para ser molestado con tus amenazas vacías?

Una rabia negra invadió la mente de Traian y golpeó a Jubal. El humano seguía mirando fijamente al carpatiano. Si se ponía más blanco se iba a volver traslúcido. Jubal quería seguir el camino de la mente de Traian para ver lo que le estaba haciendo a Joie, pero el vampiro era fuerte y lo único que tenía para defender a Traian era el sarcasmo, hacer que el no muerto centrara su atención en él en vez de seguir atacando al cazador.

Te mataré a ti y a todos los que quieres. No eres nada.

Jubal emitió el equivalente mental de un suspiro.

Creo que ya empiezas a repetirte. Tendrías que decir algo nuevo. No sabes que no es el único cazador que hay en la zona ¿verdad? Creo que se están desplegando para encontrarte. Tarde o temprano alguno está destinado a encontrarse en tu camino. Van a formar un escuadrón y te rastrearán hasta acabar contigo.

Has señalado que hará falta más de uno.

Jubal soltó un suspiro de desdén.

A ellos les importa poco. Para ellos simplemente es un deber. Retiran todos los cadáveres podridos de la tierra cuando se los encuentran. No tienen nada que probar, ni a ti ni a nadie.

Traian parpadeó y tomó conciencia del mundo que lo rodeaba al regresar a su propio cuerpo. Estaba tan débil que casi se desmoronó encima de Joie.

—No tenemos demasiado tiempo. Debemos sacarla de este pasillo y llevarla al dormitorio donde la podré convertir. Necesitaré más sangre —indicó.

Se dio cuenta de que Jubal estaba escudando su mente, y que el vampiro había intentado impedir que curara la peor de las heridas de Joie.

—Ya puedes salir. Muchas gracias por lo que has hecho.

Esto no ha terminado aquí. Os volveré a encontrar, les prometió el vampiro... y entonces se marchó.

Enredarse con un vampiro maestro no era en absoluto una buena idea. Eran unas criaturas vengativas con mucha memoria, y este... Traian pensaba que ahora ya sabía quién era el maestro... no iba a olvidarse de Jubal mientras viviera. Iba a odiarlo hasta su último aliento, y nunca dejaría de tramar una venganza. Un vampiro podía vivir largo tiempo, y aunque el recuerdo desapareciera de la mente de Jubal, eso nunca iba a ocurrir en la del no muerto.

Traian levantó a Joie en sus brazos, soltó un pequeño suspiro y la llevó a la habitación destrozada.

—Gary, llama a Mikhail para que, cuando sepamos que el vampiro ha abandonado la región, envíe a un par de personas para que reparen los daños.

Depositó a Joie cuidadosamente en la cama y se puso en el suelo junto a ella con el cuerpo muy débil y tembloroso.

Gabrielle tragó con fuerza y se acercó a él.

—Tendrás que usar mi sangre.

Traian miró su cara pálida y rígida. Parecía muy decidida y también muy asustada. Traian le ofreció una media sonrisa. Era todo lo que podía hacer para tranquilizarla.

—Gary o Jubal pueden darme sangre.

Ella levantó la barbilla.

—Ambos ya lo han hecho, y están heridos. Usa la mía. —Le enseñó la muñeca y cerró los ojos—. No me puedo hacer un corte a mí misma, así que hazlo rápido. —Por primera vez Traian se sintió inseguro acerca de lo que debía hacer. Necesitaba la sangre. Joie no tenía demasiado tiempo, pero era su hermana, alguien sagrado para ella—. Hazlo —susurró Gabrielle sin abrir los ojos.

Traian levantó la mirada hacia Jubal. El hombre asintió. Entonces tomó amablemente la muñeca que le ofrecía, y murmuró algo suavemente para embelesarla y que no sintiera nada. Bebió lo que le ofrecía, y obtuvo un sustento vital para poder proporcionar suficiente sangre a Joie y que pudiera llevar a cabo la conversión. Mientras tanto mantenía el espíritu de Joie unido al suyo para impedir que se marchara. Ya no perdía sangre, pero su cuerpo humano estaba dejando de luchar para sobrevivir.

Cerró cariñosamente las dos heridas de la muñeca de Gabrielle y la despertó del hechizo. Gary le pasó un brazo por los hombros y dio un paso atrás para llevársela con él.

—Ahora solo la puede ayudar Traian.

Gabrielle tragó con fuerza.

—¿Qué puedes hacer?

—Haré que acceda por completo a mi mundo. Ya ha consentido ser carpatiana —dijo Traian.

Jubal se encontró con la mirada del carpatiano de frente.

—Hazlo. Haz lo que tengas que hacer. Pero no dejes que se muera.

Traian les miró las caras hinchadas y rojas por las picaduras de los insectos. Los hermanos de Joie eran valientes, pero ver a su hermana atravesando un proceso tan difícil podía ser demasiado fuerte incluso para ellos.

—Si algo sale mal, la seguiré y me ocuparé de ella, pero debes saber, Jubal, que las posibilidades de que un cazador mate a un vampiro que se ha escapado son muy escasas, pero vendrá por ti. Nunca te olvides de él, ni de cómo lo has sentido en tu mente. —Traian entonces miró a Gary—. Necesito velas, hierbas y tierra. Todo lo que la ayude a pasar por esto, y rápido.

Gary tiró de Gabrielle.

—Ven conmigo. Mirko debe tener la mayoría de las hierbas y las velas. Te necesito.

Salieron corriendo de la habitación.

Jubal observó todos los movimientos de Traian mientras ponía sus manos en las heridas y en las picaduras que tenía Joie. Una vez más abandonó su cuerpo y entró en el de ella. Jubal se mantuvo vigilante por si regresaba el vampiro, y se dispuso a ponerse como escudo entre el carpatiano y el no muerto. Podía ver cómo se marcaban sus arrugas y empalidecía visiblemente, como si sus fuerzas poco a poco lo fueran abandonando.

Esta vez fue mucho más corto. Traian se tambaleó un poco, tenía la cara marcada por el agotamiento, pero cogió a Joie en sus brazos y la acunó pegada a su pecho.

Gary y Gabrielle regresaron a la habitación corriendo. Gary puso un cuenco con la rica tierra oscura junto a la cama, y Gabrielle llenó un segundo cuenco con distintas hierbas.

Gary entregó las velas a Jubal.

—Distribúyelas por la habitación y enciéndelas. No tiene que haber nada de luz artificial, solo las velas. Gabrielle, entremezcla las hierbas en el cuenco. Necesitamos unir sus esencias.

Traian mecía a Joie cariñosamente, la mantenía muy pegada a él y susurraba muy suave en su mente. Había hecho todo lo que había podido para curar su cuerpo lo bastante como para que pudiera continuar con la conversión. Era el momento de ellos dos. La conversión fácilmente podría matarla si estaba demasiado débil.

Gary puso una mano en el hombro de Traian como si le estuviera leyendo los pensamientos.

—Ella es fuerte. Tiene una gran voluntad. Joie sorprendió a Valenteen. Estuvo maravillosa, increíble. Ni siquiera dudó. A ningún vampiro le había ocurrido nunca que una mujer se interpusiera entre él y los demás. Y con toda seguridad nunca pensó que estaba dispuesta a clavarle un cuchillo en el corazón.

—Usó mis recuerdos —explicó Traian mientras unía la saliva curativa con la tierra y taponaba las heridas de Joie con una mezcla nueva—. Lo halagó y lo mantuvo a raya con la esperanza de que yo llegara a tiempo. Y como yo no pude, hizo lo de siempre, se enfrentó valientemente al peligro acercándose lo suficiente como para tener la seguridad de que lo iba a destruir.

Gary cogió un puñado de la mezcla y puso un poco más en el pecho de Traian.

—A pesar de todo lo que sé, la atracción que ejercía para que fuéramos hacia él era tan poderosa que dudo que hubiéramos sobrevivido.

—Era un vampiro maestro que acompañaba a otro mucho más poderoso. —Traian levantó la cabeza para mirar a Gary—. Nunca he visto al otro claramente. Bebió mi sangre en la cueva, aunque siempre permaneció en la sombra. Lo vi durante un instante, y si es el guerrero que recuerdo de hace mucho años, es extremadamente peligroso. Mantén a Jubal alejado de él. Protege a los hermanos de Joie. No puedo acercarme a nuestro príncipe. Tendrás que transmitirle toda la información. Hasta que encontremos al vampiro, y dudo mucho que siga estando en este país, me tendré que mantener alejado de Mikhail. No podemos poner en peligro su vida.

—Él no lo verá de la misma manera —señaló Gary.

—Sabes que tengo razón. No debería arriesgar su vida metiéndose en batallas de la manera que hace. Su propósito es servir y dirigir a nuestro pueblo, no ser cazado por un vampiro. Tenemos muchos cazadores y solo un líder. Su hermano es fuerte y poderoso, pero ha sufrido grandes daños por las terribles torturas que ha tenido que soportar. No puede gobernarnos. Si los vampiros, o los humanos, consiguen matar a Mikhail, me temo que nuestra especie quedará mortalmente herida.

Traian acarició suavemente el cabello de Joie. No le gustaba tener que convertirla estando tan cerca de la muerte. Si no lo conseguía...

—No tienes elección —dijo Gary—. Moriría de todas maneras.

—Explícaselo. No deberían estar aquí —dijo Traian.

Traian no miró a Gary para saber si estaba de acuerdo o no. Cogió a Joie entre sus brazos.

Tienes que aceptar mi sangre, Joie. Te convertirás en un miembro de mi especie. No es una experiencia agradable.

Sintió que le acariciaba cariñosa y tiernamente la cara a pesar de que seguía inmóvil entre sus brazos. Una débil sonrisa apareció en su mente como si ella encontrara que su advertencia era divertida.

—Él va a beber su sangre, y después le dará de la suya —dijo Gary—. Su cuerpo humano morirá y, si todo funciona, se convertirá en una genuina carpatiana. El proceso puede ser brutal para su cuerpo. Una vez que se empieza no hay vuelta atrás —añadió suavemente a Gabrielle—. Lo mejor es que os vayáis. Puede ser algo doloroso de presenciar.

—Nos quedaremos —dijo Jubal—. El vampiro puede intentar volver a atacarlo, y si Joie lo supera, estaremos aquí para protegerla.

Gabrielle asintió.

—No vamos a interferir.

Traian giró su cuerpo ligeramente, pues no quería emplear más energía en enmascarar a los hermanos lo que estaba haciendo. Si decidían quedarse, tendrían que ver lo difícil que era la transición.

El tranquilizador aroma de las hierbas y las velas que se mezclaban en la habitación disipó el abominable hedor del vampiro. Gary comenzó a entonar un tranquilo cántico en el antiguo idioma del pueblo carpatiano. Los sonidos musicales llenaron la mente de Traian, y otras voces lejanas se unieron por el canal de comunicación común para interpretar el ancestral cántico curativo.

Te ofrezco mi vida, Joie.

Traian inclinó la cabeza y le clavó los dientes por encima del pecho, justo donde encontró su débil y lento pulso.

La sangre de Joie fluyó hacia él y se mezcló con su antigua sangre carpatiana.

Ven a mí. Entrégate a mí.

El espíritu de Joie estaba frágil, pero no intentaba luchar contra él. En cambio, su brillante luz, que se desvanecía lentamente, se movió muy débil hacia él.

Traian sintió que le entregaba su confianza. Calor. Cerró los ojos disfrutando de la sensación y rezó para que sobreviviera a la transición.

Con mucho cariño cerró la pequeña herida tras asegurarse de que había bebido suficiente sangre para el último intercambio.

Tienes que beber mi sangre para cumplimentar el tercer intercambio. Tienes el cuello herido y estás muy débil, pero te ayudaré.

Se hizo un tajo en la muñeca. Ella no era capaz de beber sangre por sí misma, por lo que tuvo que ponérsela en la boca y acariciar su garganta para obligarla a aceptar que le estaba regalando una vida. Al principio Joie no respondió, y unas cuantas gotas se derramaron por la comisura de su boca.

—Joie, por favor —dijo Gabrielle—. Por favor.

Evitó sollozar y escondió la cara contra la camisa de Gary.

Por nuestros hijos. Por mí. Por tu familia. Puedes hacerlo, la animó Traian. *Inténtalo por mí, Joie.*

No se trataba de que aceptara. Joie ya había puesto su vida al cuidado de Traian. Tenía que encontrar fuerzas para hacer ese último esfuerzo.

Eres una luchadora, Joie, y yo también. Lucharé para que sigas conmigo, pero ocurra lo que ocurra aquí, me iré contigo.

La boca de Joie se movió ligeramente sobre la muñeca. Traian le acarició la garganta con sus largos dedos. Entonces ella aceptó su sangre con absoluta fe, al igual que todo lo que concernía al cazador. Traian recibió una lección de humildad al ver lo que estaba haciendo.

Sivamet, mi amor, está bien. Esto es lo que tienes que hacer. Bebe más. Necesitas una buena cantidad para llevar a cabo el intercambio. Mantente aferrada a mí. No dejes que tu espíritu se vaya.

Gabrielle agarró el brazo de Gary con fuerza.

—¿La puede salvar?

Gary le pasó un brazo alrededor de sus hombros.

—Si es posible, lo hará. Los compañeros se entregan por completo el uno al otro. Si ella no lo consigue, él se irá tras ella.

—No sé lo que significa eso.

—Básicamente que se suicidará. No pueden vivir el uno sin el otro. Durante el ritual que establece el vínculo, las frases que pronuncia el hombre a la mujer los dejan unidos de una manera que posiblemente no podemos entender. Literalmente se convierten en sombras si no están juntos. Cuando le dice que la seguirá, lo hace en serio. Creen que si pasan de una vida a otra… estarán juntos en la siguiente vida.

Gabrielle miró a su hermano para tranquilizarse. Jubal tenía una expresión extraña. Levantó una mano pidiendo silencio. Su mirada permanecía fija en Traian.

¿Qué pasa?, preguntó Gabrielle.

Está aquí… el vampiro maestro. Está acechando en lo más profundo de la mente de Traian. Está esperando para atacar. Lo puedo sentir. Traian está demasiado concentrado en Joie. Tengo que permanecer vigilante, Gabby.

Traian estaba concentrado en mantener aferrado el espíritu de Joie. Ahora ella estaba a la deriva, después de entrar en un estado de seminconsciencia. Esperaba haberle dado suficiente sangre, pues le era casi imposible beber nada más. Se cerró la herida que tenía en el pecho, la apoyó cariñosamente en el edredón y observó la habitación parpadeando un poco.

—Tal vez deberíais salir de la habitación. A ella no le gustaría que la vierais de esta manera. Esto puede ser... brutal.

—Necesitas sangre y cuidar de ti mismo —señaló Gary—. Estás más débil de lo que piensas, Traian. Bebe mi sangre y dejadme que os ayude. Sé lo que puede pasar. Gabrielle y Jubal pueden esperar en sus habitaciones.

—Nos quedaremos aquí —dijo Jubal muy contundente—. Es nuestra hermana. Y Traian... —dudó, inseguro de nombrar al cazador y correr el riesgo de que el vampiro tomase conciencia de su presencia.

Sus ojos se encontraron. Traian asintió casi imperceptiblemente.

—Cuento con vosotros.

Jubal soltó el aliento.

—Puedes hacerlo.

—Lo sé.

Entonces respiró hondo. Había hecho todo lo que había podido para asegurarse de que Joie pudiera emprender la transición entre la vida humana y la carpatiana. El resto dependía de ella. Todo lo que podía hacer era observar y estar preparado para hacerla dormir cuando la transición se completara. Hubiera insistido en que su hermano y su hermana salieran de la habitación, pero no tenían el corazón débil. Habían estado con él en las cuevas, y ahora en la posada, luchando contra los vampiros. Parecía imposible que hubieran podido retrasar a Valenteen, y ayudado a derrotar al no muerto.

Gary se acercó a Traian.

—Tienes que alimentarte.

—Estás demasiado débil —dijo Traian.

—Entonces llamaré a Mirko. Muchas veces nos ayuda —dijo y salió corriendo para evitar discutir.

—¿Ya está? —preguntó Gabrielle mientras Gary salía de la habitación—. Le diste tu sangre, pero ahora apenas respira.

Traian apoyó la cabeza contra la pared. En ese momento su cuerpo parecía de plomo, desprovisto de toda energía.

—Me gustaría decir que esto ha sido todo, pero su cuerpo esencialmente morirá antes de que pueda renacer convertida en uno de nosotros. Esto se va a poner feo.

—Si se pone feo, Traian, Joie querrá que yo esté aquí para atender sus necesidades. Es muy meticulosa respecto a ciertas cosas. —Gabrielle levantó la barbilla dispuesta a defender su derecho de permanecer allí—. En cualquier caso, soy médico. He visto cosas muy desagradables.

—Debe de ser distinto cuando es alguien que quieres —dijo Traian, pero no discutió con ella.

Acababa de conocer a la familia de Joie. Siempre se apoyaban entre ellos, y también estaban decididos a hacerlo con él.

Mirko entró con Gary, se puso al lado de Traian sin dudarlo y extendió su muñeca.

—Te ofrezco mi sangre libremente —dijo sin vacilar.

—Lamento los problemas que has tenido —contestó Traian—. Te enviaremos ayuda.

—Todo irá bien —aseguró Mirko—. Bebe lo que te haga falta. —Frunció el ceño mientras observaba a Traian alimentarse—. Tienes una herida muy grande, cazador. Tienes que meterte bajo tierra. Incluso con mi sangre no tendrás suficientes fuerzas para curarte ese enorme tajo. Casi te abrió hasta el corazón.

Gabrielle observó cómo Traian se alimentaba con la sangre de Mirko. Le debería haber parecido repugnante, pero en cambio lo vio como algo fascinante. Encontraba que era una situación muy noble, un ser acudiendo en ayuda de otro. Mirko, como Gary, parecía que no sentía ningún miedo, y era muy práctico en relación a ofrecer su sangre, como si fuera algo que ocurriera cada día. A Traian no le había hecho falta hechizar a estos hombres, a diferencia de lo que había ocurrido con Gabrielle.

Traian cerró la herida de la muñeca de Mirko y asintió:

—Me meteré bajo tierra cuando lo pueda hacer mi compañera. Gracias de nuevo. Estoy en deuda contigo.

Mirko negó con la cabeza.

—Mikhail es un amigo. Evitaremos que nadie venga a esta parte de la posada.

Cuando salió colgó una manta en la puerta destrozada para que nadie pudiera ver lo que ocurría dentro de la habitación.

Traian seguía mirando a Joie. La primera oleada de dolor se le reflejó en la cara. Enseguida sufrió un gran estertor. Traian sintió el dolor que se había apoderado de ella, el fuego que quemaba el centro de su cuerpo con la fuerza de un soplete, y se expandía hacia afuera como una explosión.

Jubal se quedó con la boca abierta cuando un enorme dolor estalló en su cerebro.

—Quédate fuera —dijo Traian.

—Está observando. Esperando. Ocúpate de Joie. Puedo hacer esto —dijo Jubal.

Traian no los podía proteger a los dos. Jubal tenía que tomar sus propias decisiones. Decidió fundirse con Joie para mitigar el dolor, y hacer que su entrada en su mundo fuese lo más fácil posible.

El cuerpo de Joie se arqueó, convulsionó. Volvió la cabeza violentamente, indispuesta. Traian la cogió por los hombros para estabilizarla y agarró su espíritu con un poco más de fuerza para aliviarle el dolor. Al instante el vampiro atacó. Estaba esperando el momento perfecto en que el carpatiano estuviera más débil. Se introdujo en la mente desprotegida de Joie a través del lazo sanguíneo que tenía con el cazador.

¡Muérete!, le ordenó el vampiro maestro intentando coaccionarla al nivel más profundo posible.

Al sentir la coacción, el espíritu de Jubal reaccionó levantando un muro absolutamente firme. Le afectaba profundamente. Intentaba obligarlo a que cogiera la pistola que estaba en el suelo. Aun así se defendió, se negó a moverse y llenó su mente con el amor de su hermana y su implacable voluntad de mantenerla viva.

No le vas a hacer daño a ninguno de los dos.

Un trueno sacudió la posada. El vampiro se puso furioso y envió otro diluvio que inundó la habitación, pero salió de la mente de Traian, incapaz de asumir el dolor que los consumía mientras el cuerpo de Joie luchaba por librarse de las toxinas y por remodelar sus órganos.

Jubal se desplomó contra el muro y se deslizó hasta el suelo limpiándose el sudor de la cara. Había disputado una lucha mental y se había mantenido firme, pero había sido mucho más agotador que un enfrentamiento físico. No podía imaginar lo difícil que era para Traian salvar la vida de Joie. Las heridas del cazador eran mortales, pero además estaba curando el cuerpo de Joie lo mejor que podía, le había dado sangre, tenía que hacer un gran esfuerzo sujetando su espíritu y se hacía cargo de la mayor parte de su brutal dolor. Jubal movió la cabeza y se cubrió la cara con las manos un instante.

Gabrielle le dio un vaso de agua.

—Bebe esto; después tendremos que ayudar.

Traian estaba sorprendido con los hermanos de Joie. Ciertamente hubieran debido sentirse horrorizados y muertos de miedo al ver a Joie convulsionarse violentamente; a él le resultaba imposible controlar las implacables ráfagas de dolor que estaba sufriendo. Su hermano y su hermana funcionaban como un equipo, y parecían entender que él no podía hablarles ni darles instrucciones. Toda su atención estaba centrada en bloquear todo el dolor posible, y en ayudar a Joie en su conversión.

Gary mantenía la habitación limpia y hacía que se mantuviera perfumada con el aroma tranquilizador de las hierbas y de las velas. Todos entonaron los versos del antiguo cántico curativo. Gabrielle le limpió las gotas de sangre que le perlaban la frente, y después también las de Joie. El carpatiano consiguió hacerle una breve sonrisa de reconocimiento, pero siguió concentrado en su compañera, esforzándose en hacer que su dolor fuera soportable mientras su cuerpo aceptaba por completo la conversión.

En el momento en que percibió que el cuerpo de Joie había superado la transformación, hizo que se durmiera, pues ya era seguro hacerlo. Agotado, levantó la vista hacia su familia agradecido de que el sol estuviera a punto de salir y el vampiro tuviera que meterse bajo tierra. Traian dudaba de que tuviera fuerzas para emprender nuevos combates. Necesitaba hundirse en la tierra para curarse y disfrutar del sueño rejuvenecedor de los de su especie.

—Tengo que llevármela unos días. No podremos contactar con vosotros, pero está viva y sanará rápidamente.

Evitó hacer ninguna referencia a que estarían enterrados. La familia de Joie ya había visto bastante, no tenían por qué saber los detalles del lugar dónde la llevaba, ni cómo iba a pasar los siguientes días.

Gabrielle se inclinó hacia él y le dio un beso en la cabeza.

—Cuídala. Dependemos de ti. No lamento que te haya encontrado, sobre todo después de ver cómo la has cuidado.

Traian notó que estaba parpadeando para contener las lágrimas.

—Gracias, Gabrielle. En cuanto sea posible os la traigo.

—Me quedaré aquí con ellos —ofreció Gary.

Traian negó con la cabeza.

—Avisa a Mikhail. No quiero enviarle información por si el vampiro que bebió mi sangre es capaz de encontrar alguna manera de usarme para hacerle daño. Hazle saber que en la cueva hay algo muy valioso para los vampiros, y también numerosas trampas. Lo comprenderá todo cuando le digas que es una cueva que fue usada por los magos.

Frunció el ceño y por primera vez se sintió inseguro. Si decía que el maestro era Malinov y se equivocaba, asestaría un terrible golpe a la reputación de su familia. Necesitaba más tiempo para pensar en ello.

Gary asintió.

—Jubal y Gabrielle pueden venir conmigo si lo desean.

Traian se levantó con Joie en los brazos.

—Entonces tenéis que salir esta noche. Las reglas que siempre hemos aplicado a los vampiros parecen estar cambiando rápidamente. —Miró a Jubal a los ojos—. Estarás seguro bajo la protección de Mikhail. Quedaos con él hasta que Joie y yo nos recuperemos.

Salió al balcón, a la noche a la que pertenecía, donde se sentía cómodo. El viento sopló en su cara, despeinó su pelo y le trajo información de las criaturas que lo rodeaban.

Se elevó hacia el cielo con Joie en los brazos, y se dirigió a una pequeña cueva que recordaba de sus años de juventud, un lugar curativo con fuentes termales calientes y piscinas de agua glaciar. Mucho más abajo, su tierra natal se extendía ante él después de haber pasado una gran cantidad de años sin verla. La visión le trajo recuerdos de sus padres y de sus amigos de juventud. Estaba en casa, y llevaba a su compañera en los brazos.

Ella nunca va a estar a salvo. Tú siempre estarás ligado a mí. Compartiré tu vida, y podré matarte cuando lo decida. También la mataré a ella.

La voz cargada de odio había invadido su mente.

Traian no dudó. Envió el sonido ensordecer del estallido de un trueno por el canal mental que había establecido el vampiro, e hizo que reventara un relámpago cuyo rayo atravesó el cielo como una lanza dirigiéndose a su presa. Enseguida cambió su propia posición para estar completamente preparado para una guerra en el cielo.

La represalia fue que una explosión de dolor estalló en su cabeza. Pero se sobrepuso completamente seguro de que se había anotado un tanto.

Pagarás por esto.

Soy un guerrero antiguo. No te temo a ti ni a ninguno de tu especie. Si quieres perseguirme a mí o a lo que es mío, agradezco la oportunidad de poder llevar a cabo tu sentencia de muerte.

Ni tú ni los de tu especie nunca me encontraréis. Desapareceré hasta que tú y los tuyos me olvidéis. Entonces regresaré para matarte a ti y a todos los que has querido. Prometió el vampiro.

Traian se volvió a mover convencido de que se iba a vengar. No había dejado que pensara que lo hubiera impresionado, o que le tuviera algún respeto, a pesar de que el vampiro estaba acostumbrado a que sus esbirros lo admiraran.

Una tormenta de piedras calientes cayó del cielo. Traian protegió a Joie y la cubrió con su cuerpo como si fuera una manta. Las piedras cayeron sin hacerles daño. El ataque había sido un intento bastante tibio. El vampiro estaba huyendo y simplemente quería asustarlo. Traian abrazó a Joie hasta que quedó prácticamente pegada a él.

—Llevo mucho tiempo siendo un guerrero y apenas recuerdo otro tipo de existencia. Ni siquiera un vampiro maestro puede cambiar el camino que he elegido. Si viniera a buscarnos, Joie, no voy a escapar. No te arrebatará de mí, ni me arrebatará de ti.

Hizo esa promesa en voz alta bajo las estrellas. Después la llevó a las cuevas curativas para meterse profundamente bajo tierra.

Capítulo *13*

Joie se despertó rápidamente. En un primer momento no entendía nada, pero enseguida tomó conciencia de todo lo que había ocurrido. Oía cómo caía agua de manera constante, así como los latidos de la tierra. A pesar de que todavía le dolía el cuerpo y tenía el cuello desgarrado, se sentía diferente, completamente viva. Volvió la cabeza y contempló al hombre que la sujetaba.

Traian estaba tumbado junto a ella rodeándola con sus brazos. Tenía una mano en su vientre desnudo y los dedos muy extendidos. Su larga cabellera negra caía como una cascada alrededor de su cara. Sus ojos, que estaban completamente abiertos, eran oscuros y estaban enmarcados por unas largas pestañas. Eran tan hermosos que deseó meterse en el profundo pozo de amor que veía en ellos.

Estaban tumbados en un profundo agujero hecho en el suelo húmedo de una cueva. El techo resplandecía cuajado de cristales, y brillaba agua en una piscina natural que estaba cerca de ellos. Lo sabía y lo veía, aunque hubiera debido de ser imposible puesto que estaban enterrados bajo tierra.

—Abre la tierra que tenemos por encima —le ordenó Joie intentando no permitir que su corazón se desbocase demasiado y sufriera un ataque cardíaco.

—Los carpatianos no tenemos ataques cardíacos —dijo él con la voz alegre, pero obedientemente abrió la tierra que tenían por encima para que ella pudiera ver las gemas del techo de la cueva que estaban ocupando.

—Estaba viendo lo mismo que tú has visto en otro momento —supuso ella. Su voz era diferente, más ronca, y no sonaba como lo hacía antes—. Las gemas. La piscina.

—Sí. —Le dio un mordisquito en un hombro—. Estamos en una cueva donde solía venir a nadar cuando era joven.

Joie miró a su alrededor, estiró un brazo y tocó la tierra húmeda.

—Qué maravilla que no sea una maniática de la limpieza. No parecen unas camas demasiado adecuadas para alguien que estás herido ¿no?

Estaba intentando con todas sus fuerzas que su voz no pareciera nerviosa, y echaba mano del humor como solía hacer cuando se sentía insegura.

—La tierra nos cura. —Le besó el cuello y su lengua revoloteó por las heridas—. Podemos limpiarnos cualquier resto de suciedad fácilmente. Nuestras heridas antes estaban taponadas con tierra y ahora están completamente limpias. Les voy a volver a poner tierra antes de que nos volvamos a dormir.

—Qué agradable. ¿Hay gusanos en esta cama de tierra? ¿Te mencioné alguna vez a los gusanos en alguna de nuestras conversaciones?

—No creo que lo hicieras.

—Hay una razón para que no lo hiciera.

Habían entrelazado los dedos, y que le pusiera la mano en el vientre era algo muy calmante de una manera que no comprendía, pero le dolían las entrañas.

—¿Alguien me golpeó con un bate de béisbol?

—No. Lo que ocurre es que la conversión es muy difícil.

Joie no quería recordar el horror de ese dolor aparentemente infinito. La completa pérdida de control. La sensación de desamparo, o la manera cómo la miraba Traian. Especialmente la manera cómo la miraba. Rogándole que lo perdonara. Parecía culpable y estaba aterrorizado de perderla. Recordó las lágrimas, rojas como sangre, que se habían derramado por su cara.

—Sí, muy difícil. —Le tocó la cara suavemente y le ofreció una leve sonrisa—. Para los dos.

Traian le cogió los dedos y se los metió en su cálida boca.

—Me asusté. Ahora lo admito. —Acomodó la barbilla sobre su cabeza—. Sentir todo el dolor que estabas sufriendo fue casi más de lo que podía soportar. Salvaste a todos los que estaban en la posada con tu sacri-ficio, lo sabes, ¿verdad?

—Funcionamos todos a la vez —dijo Joie—. Sabía que vendrías. Solo tenía que ganar tiempo.

—Tuvisteis muchísima suerte. Cuesta mucho derrotar a cualquier vampiro, pero un maestro ha vivido siglo tras siglo haciéndose cada vez más fuerte y poderoso. Usan esbirros y marionetas para evitar exponerse en combates peligrosos. Sacrifican a los peones menores y escapan cuan-do los cazadores llegan a la zona. Solo luchan cuando tienen la victoria asegurada. Valenteen tenía la reputación de ser un cazador feroz. Fue de gran ayuda la sangre de los magos que corre por vuestras venas. Tuvo muchos problemas para atravesar las barreras de vuestras mentes con el fin de poder controlaros. Gary está protegido por Gregori, por eso no es tan vulnerable como la mayoría de los humanos.

—¿Realmente crees que somos descendientes de magos? —le pregun-tó Joie pasándole de nuevo los dedos por los labios.

—No creo que haya muchas dudas. La genética es muy fuerte en tu hermano, y como dices que compartís toda la sangre, todos vosotros sois descendientes de magos. Creo que eso es lo que te permitió resistir a Va-lenteen de la manera que lo hiciste.

—No puedo recordar demasiado a partir de que me caí al suelo. Jubal y Gabrielle están bien, ¿verdad? Recuerdo vagamente la mano de Gabrielle sujetando la mía, y una vez sentí que mi hermano estaba muy cerca. Dime que los dos están perfectamente. Se tuvieron que sentir ate-rrorizados cuando ese horrible vampiro me destrozó el cuello.

Traian sintió que Joie se estremecía, por lo que apretó su cuerpo con-tra el suyo.

—Son increíbles. —Todavía le costaba creerse que ninguno de los dos lo hubiera culpado de nada. Y Gabrielle había sido muy generosa con lo que le dijo cuando se separaron—. Ambos están bien. Gary los ha llevado con nuestro príncipe. Están bajo la protección de Mikhail y su compañe-ra. Me gustan mucho tus hermanos.

Joie cubrió la mano que se apretaba contra su estómago.

—Pareces un poco sorprendido. No hay demasiados humanos que te gusten ¿verdad?

—Realmente nunca he pensado en ello. Vivimos en un mundo con humanos y los protegemos, pero para mantener nuestra especie a salvo, siempre guardamos las distancias. Ha sido mi primer contacto próximo con humanos que realmente sabían quién, y qué, soy. He visto que tu familia me acepta y me tolera, así como a mi gente, a pesar de los peligros que me acompañan. Siento un afecto genuino y una gran admiración por Jubal y Gabrielle, lo que de alguna manera me ha sorprendido.

—¿Y Gary? ¿Está bien?

—Perfectamente. Es un hombre extraordinario y obviamente tiene la confianza de nuestro príncipe.

Traian le restregó la nariz con la yema de un dedo y después trazó su boca.

Joie sonrió y le mordisqueó cariñosamente la mano. Él la tocaba continuamente, como si necesitara el consuelo del contacto físico.

—Lo mejor es que sientes un afecto profundo por mis hermanos —le advirtió con una sonrisa irónica—. Es la única cosa segura que se puede hacer con esos dos. Y con mis padres también, debería añadir. Te van a volver loco, así que lo mejor es que los quieras, o es posible que te los cargues. Estoy deseando que conozcas a papá y a mamá.

Se rio a carcajadas al pensarlo.

—¿Por qué haces eso? —preguntó Traian muy suspicaz—. Te ríes de una manera muy malévola cada vez que mencionas que me vas a presentar a tus padres.

—No te preocupes, te protegeré de ellos. Jubal, Gabrielle y yo siempre vamos de visita a casa juntos. Juntos, en equipo, tenemos más posibilidades.

—Soy carpatiano —señaló Traian.

—Como si eso importara. Pero sigues pensando que lo harás. —Su mano revoloteó por su cuello que todavía estaba en carne viva y adolorido por el ataque—. ¿Cómo es que no me he despertado preciosa y perfecta? —Joie lo miró—. He tenido visiones en las que me estaba remodelando.

—Estás preciosa y perfecta. —Parecía confundido—. Te he despertado pronto para darte más sangre, pero vas a volver a meterte bajo tierra hasta que estés completamente curada. —Se tocó el pecho—. Ambos lo haremos.

Joie volvió la cabeza para mirarlo más atentamente y se quedó sin aliento.

—Oh, Traian, déjame ver. —Se puso de rodillas a pesar de que la mano de él se lo intentó impedir—. Estás muy malherido.

Su mirada expresó mucha preocupación. Movió las manos por su pecho con mucha ansiedad, y le dio unas largas caricias. Traian contuvo el aliento conmovido por el maremoto de emociones que se apoderaron de su cuerpo.

—No tendrá consecuencias, pero gracias por la preocupación.

—Tiene grandes consecuencias —lo contradijo—. ¿Cómo preparas esa cosa curativa? ¿Te la puedo hacer yo? ¿Funcionaría?

Traian le sonrió y la rodeó con sus brazos.

—Eres carpatiana. Cualquier cosa que yo pueda hacer, tú también puedes hacerla. Probablemente más cosas, pero si realmente quieres intentarlo, limpiemos la herida.

—A tu manera, no. Me encanta sentir el agua sobre la piel. ¿Está el agua de ese manantial demasiado caliente como para que nos bañemos?

Joie señaló la piscina a pesar de que no la tenía a la vista, pero sabía exactamente dónde estaba situada en el mapa que tenía en la cabeza.

—Si quieres bañarte en esa piscina, *sivamet*, mi amor, nos meteremos en el agua caliente. —Pasó sus brazos alrededor de ella y flotaron hasta la superficie—. Deberíamos dormir durante las horas diurnas, pero en realidad, pocos de nosotros añoramos el día. Hemos nacido para la noche y para nosotros es hermosa. Las cosas que podemos hacer compensan que seamos vulnerables durante las horas diurnas.

Mantuvo los brazos alrededor de su cintura para estabilizarla y que pudiera meter los pies en la piscina caliente. Joie no tenía ni idea de lo débil que estaba en realidad. Traian había salido temprano para alimentarse, antes de despertarla para suministrarle más sangre. Sabía que estaba muerta de hambre, aunque se negaba categóricamente a reconocerlo. Necesitaba aferrarse a sus costumbres humanas un poco más, y aceptar poco a poco una manera de vivir completamente diferente.

Joie era tremendamente valiente, y si su familia, y Gary, eran verdaderos ejemplos de lo valerosos que pueden ser los humanos, entonces se había perdido poder conocer a muy buena gente. Le avergonzaba un poco pensar que ni siquiera había intentado conocer a los humanos que lo rodeaban. Nunca había confiado en nadie, pero cuando habían necesitado ayuda, cuatro personas generosas habían acudido a socorrerlo. Joie confiaba plenamente en ellos, y si hubiera sido al contrario, honestamente no sabía si le hubiera ofrecido tanta confianza.

Le restregó la barbilla por encima del pelo disfrutando de la sensación de su sedosa cabellera rozándose contra su mandíbula. Dulcemente comenzó a lavarle el cuerpo. Movió las manos más abajo de la espalda y le acariciaron la curva de las caderas. Joie estaba sin aliento. Sus manos comenzaron a acariciarlo, muy vacilantes al principio, y le lavó las heridas y las marcas de las picaduras de los insectos y los murciélagos. Puso la boca contra la terrible herida en carne viva, que apenas se había curado, que le había hecho Valenteen en el pecho.

El tacto de sus labios moviéndose sobre la piel más próxima al corazón, inesperadamente lo conmovió... lo estremeció. Su cuerpo reaccionó y sintió un dolor sorprendente e intenso. Cerró los ojos para disfrutar de sus caricias. Su sangre corrió acalorada por las venas, se le alargaron los dientes, y un enorme deseo palpitó en su mente.

Joie levantó la cabeza y se miraron a los ojos.

—Sí —susurró como si fuera una sirena que lo llamaba—. Siempre sí.

Traian se tenía que contener para no perder la cabeza. Ambos estaban limpios de los tapones de tierra, y de cualquier resto de la rica arcilla que sanaba y rejuvenecía a los de su especie. La levantó en los brazos y volvieron flotando a la cama de tierra. Como concesión a su lado humano, puso una sencilla sábana sobre el lecho cuando la depositó en el agujero. La retiraría después de alimentarla y hacerla dormir.

—Todavía no —susurró ella—. Me he prometido que lo primero que aprendería como carpatiana sería a curar las heridas de mi marido... de mi compañero —corrigió.

Antes de que pudiera detenerla, ella ya estaba inclinada sobre él pasándole la lengua por los bordes de su piel destrozada.

Traian cerró los ojos. Tenía que detenerla, darle sangre y hacer que durmiera, pero su seductora boca era una tentación demasiado grande. Su lengua era relajante y le estaba proporcionando una suave caricia que lo tomó por sorpresa. Joie comenzó a entonar el cántico curativo en su cabeza, y aunque pronunciaba la letra muy suave y vacilante, se la había aprendido bien. A Traian le ardían los ojos, tenía un nudo en la garganta, e incluso, el pecho apretado. No se le había ocurrido que ella intentaría atender sus heridas, y menos aún, antes de hacer nada más. Otra mujer hubiera preferido otras muchas cosas.

—Tontito —susurró—. Claro que te voy a cuidar. Tengo que cuidar de ti.

Él no abrió los ojos, pues temía que ella pudiera ver que estaban llenos de lágrimas.

—Pensaba que eras del tipo de mujer que hace lo que quiere.

—Es cierto, pero las mujeres suelen cambiar de opinión todo el tiempo. Ahora mismo necesito hacer esto. —Se rio y su aliento le calentó la piel—. Te sorprenderías por las cosas que necesito hacer.

Su boca estaba comenzando a moverse peligrosamente mucho más abajo.

—Oh, no, no lo hagas —objetó—. Primero te tienes que curar. Voy a darte sangre y te haré dormir.

Ella se volvió a reír y sopló aire cálido en la cabeza de su miembro erecto.

—¿De verdad? —Su boca lo lamía como si fuera un helado, y después giraba, danzaba y le hacía cosas excesivas—. Vuelvo a ser una mujer que hace lo que quiere. Quiero un montón de cosas ahora mismo. Y quiero que me desees lo suficiente como para que dejes de preocuparte si puedo hacer el amor, o no, contigo, dada mi delicada condición física. Y quiero sentirte dentro de mí. Solo tú lo harás. Traian. Me he enamorado desesperadamente de ti, de modo que, maldita sea, tienes unas cuantas responsabilidades.

Traian no pudo respirar cuando ella persuasivamente se metió en la boca su grueso miembro. Apretó los dientes.

—¿Responsabilidades? Creía que mi principal responsabilidad era ocuparme de tu salud.

Ella lo volvió a lamer, y se sentó a horcajadas sobre sus caderas.

—Estaría mucho más sanas si te ocuparas de este pequeño asunto. Estoy ardiendo. Cada célula de mi cuerpo te desea. Me dormiré después. Te lo prometo.

Colocó su cuerpo sobre el de Traian. No se lo podía negar, y menos cuando lo miraba apasionada, seductora y sexy. La cogió por las caderas, la levantó para tener un ángulo mejor y lentamente dejó que su cuerpo fuera descendiendo sobre él mientras la penetraba. Se tenía que abrir camino a través de sus pétalos exquisitos, ardorosos, y oh, tan apretados, que se abrían dificultosamente a medida que la iba penetrando.

Joie soltó el aliento rápidamente. Traian acompasó su respiración con la de ella, que estiró una mano para entrelazar los dedos. Entonces comenzó a cabalgarlo lentamente mirándolo a los ojos. Sus pechos se bamboleaban incitantemente con cada movimiento y le provocó un calor abrasador.

—Me pareces tan hermosa —le susurró.

Y lo era. Llenaba su corazón con su belleza, con su valor. Entregándose a él por completo.

Traian le pasó una mano por el pelo e inclinó la cabeza hacia el pulso que latía justo encima de su pecho. Por sus venas corría un fuego que llegaba hasta su mismo corazón. La vagina de Joie absorbía su miembro una y otra vez y ella se deslizaba lentamente haciendo que aumentara enormemente su excitación. Movió las manos desde su cintura hasta sus pechos firmes y suaves que tanto atraían su atención. Se entretuvo con ellos un momento. Se prodigó primero con uno, y después con el otro, y enseguida le clavó los colmillos en el pulso.

Joie movió la cabeza hacia atrás cuando se apoderó de ella un intenso placer/dolor, como si fuera una tormenta de fuego. Su vagina se apretó aún más, y casi le estrangula el miembro. Aunque continuó restregando su miembro de acero contra su sensible manojo de terminaciones nerviosas, comenzó a alimentarse de su sangre, llevando a cabo un ritual inmemorial que unía a los compañeros. Ella chilló y jadeó con la voz rota por el sorprendente placer que sentía. Sus manos acunaron la cabeza de Traian mientras cabalgaba sobre él un poco más lento, para así disfrutar mejor las sensaciones que le provocaba en las profundidades de su cuerpo.

Él deslizó la lengua sobre la pequeña mancha color fresa que le había dejado en la curva de su pecho, y levantó la mirada hacia sus ojos.

—Te necesito ahora, Joie —dijo y le pasó una mano por la nuca, y atrajo su cabeza hacia su pecho.

Al hacerlo apretó con fuerza su grueso miembro contra su punto más sensible. Joie sintió un escalofrío, pero no se resistió, ni apartó los ojos de los suyos al acercar la cara a su cuerpo. El cuerpo de Traian temblaba expectante.

—Siente los dientes —le indicó con la voz baja y ronca—. ¿Puedes sentir la necesidad de alimentarte que palpita dentro de ti, que late en tus venas? ¿El hambre oscura que se extiende como un fuego incontrolado? —Joie asintió—. Enséñamelo. Quiero verlo. —Ella abrió la boca para mostrarle cómo le crecían los dientes. Su duro miembro erecto se sacudió muy excitado... y expectante—. Llevo siglos esperando este momento —susurró y sus dedos atravesaron su sedosa cabellera oscura y cerró el puño con fuerza agarrando un mechón.

Joie lamió su ancho pecho, justo en el punto donde le latía el pulso. Ella sintió la respuesta en sus propias venas. El oscuro deseo que palpitaba abrasándola. Un hambre enorme. No alcanzaba a distinguir la diferencia entre su apetito sexual y la necesidad de estar conectados a través de su sangre pura y antigua. Lo único que importaba era la lujuria que veía en los ojos de Traian. La manera cómo su miembro se tensaba dentro de ella manteniéndolos conectados. La manera en que se movía eróticamente dentro de su mente y el intenso deseo que inflamaba todas sus terminaciones nerviosas.

Joie le clavó los dientes profundamente. Traian arqueó el cuerpo. Sus caderas empujaron con fuerza y la atravesaron varias ráfagas de placer puro. Los pequeños latigazos de un relámpago chisporrotearon por sus venas y llegaron rápidamente a su corazón. Sintió que la esencia de Traian fluía por ella, y la llenaba de la misma manera que su cuerpo y su mente. Nunca iba a estar sola, y siempre iba a estar conectada con él. Creía que nunca iba a tener bastante de él. Ni de su mente, y con toda seguridad, ni de su cuerpo. Bebió la sangre como si estuviera muerta de hambre y se aferrara a la vida que le estaba ofreciendo.

Suficiente. Cierra la herida con la lengua.

Enseguida hizo lo que le indicó. Traian la atrapó en sus brazos, rodó sobre ella y la dejó clavada debajo de él. Le levantó las piernas por encima de los hombros haciendo un solo movimiento muy suave, llevó las manos a sus caderas y asumió el control de la situación. La penetró una y otra vez, y ella se fue excitando cada vez más hasta que pronunció su nombre entre jadeos.

Traian sentía cómo apretaba la vagina provocándole una intensa sensación. Lo ordeñó hasta que no pudo seguir conteniéndose y se vació dentro de ella entregándole todo su ser. Ella chilló al sentir que una serie de ráfagas de placer le iba a provocar un enorme orgasmo. Le siguieron una serie de réplicas cuando quedaron tranquilamente abrazados. Traian pasó un buen rato besándola hasta que tuvo que separarse de su cuerpo de muy mala gana.

—La verdad es que tienes que dormir, Joie. He sido demasiado egoísta.

Ella se rio suavemente.

—Si la que empezó fui yo.

Traian la rodeó con su cuerpo de manera muy protectora. Ella apoyó la cabeza en uno de sus hombros mientras su aliento le calentaba el cuello.

—Debo decir que me alegra que lo hicieras.

—Solo conseguimos matar a dos de los vampiros maestros, Traian —dijo Joie moviendo la cabeza en su hombro un poco somnolienta—. Eran tres, y el otro bebió tu sangre. ¿Podría ser un problema importante? ¿Podremos ir por él?

—Se ha marchado hace mucho, Joie. Tal vez no lo veamos durante un siglo. Esperemos que no. Me temo que si regresa el odio que siente por tu hermano será superior al que tiene por el príncipe.

—Entonces tendremos que mantenernos cerca de Jubal, aunque nunca sepa lo que estamos haciendo —dijo y se le cerraron los ojos.

Traian la rodeó con un brazo.

—Los tres estáis muy unidos, y no creo que eso sea un problema. Aunque como el vampiro maestro bebió mi sangre, es posible que me use para espiar a los míos. Pretendo mantenerme alejado del príncipe por seguridad.

—Tal vez si vamos a ver a mis padres, eso haga que rastrear al vampiro que se ha escapado sea algo mucho más interesante.

Traian se rio suavemente y le besó la coronilla.

—Estoy deseando ir a tu casa.

—A mi madre no le gustará que no celebremos una boda tradicional.

—Le tendremos que dar cinco o seis nietecitos para compensarla.

Traian contuvo el aliento.

Ella giró la cabeza y lo miró.

—¿Eso es posible?

—Si estás dispuesta podríamos intentarlo.

Una pequeña sonrisa iluminó sus ojos. Se inclinó hacia él y lo volvió a besar antes de acomodarse para ponerse a dormir.

—Creo que será la única manera de apaciguar a mi madre. Cuenta conmigo para eso.

—Duérmete, *avio päläfertiilam*... mi compañera —susurró Traian sobrecogido de amor. Joie era valiente y se enfrentaría junto a él a cualquier cosa que les trajera el futuro—. Soy un hombre afortunado.

Le dio la orden para que se durmiera profundamente al estilo de los de su especie, para que ambos se curaran adecuadamente.

Sueño oscuro

Prólogo

Era una noche negra. La luna y las estrellas estaban ocultas por unas siniestras nubes que se arremolinaban en el cielo, y unos finos hilos de obsidiana negra giraban furiosos, a pesar de que no había viento. Los animales pequeños se acurrucaban en sus guaridas bajo las rocas, y los troncos caídos, olisqueando el estado de ánimo de la tierra.

En el bosque flotaba una neblina misteriosa que se agarraba a los troncos de los árboles, haciendo que pareciera que surgían de ella. Eran unas largas y enormes bandas blancas y brillantes. Relucientes prismas giratorios de colores opacos. Por el cielo se deslizó un enorme búho que subía y bajaba por encima del follaje, trazaba círculos sobre una enorme casa de piedra construida al borde de unos altos acantilados. Después aparecieron un segundo y un tercer búho que volaron silenciosamente en círculo sobre los árboles y la laberíntica casa. Un lobo solitario bastante grande, con un desgreñado pelaje negro y ojos brillantes, se abrió paso entre los árboles y entró en un claro.

Una figura salió de la oscuridad y se deslizó por el balcón de la casa de piedra observando el cielo nocturno. Abrió ampliamente los brazos haciendo un gesto de bienvenida. Enseguida comenzó a soplar una brisa suave y agradable. Los insectos comenzaron a entonar su coro nocturno. Las ramas se balancearon como si estuvieran bailando. Esa misteriosa noche la niebla se espesó, se volvió más brillante y adquirió muchas formas. Los búhos descendieron, uno aterrizó en el suelo y dos en la barandilla del balcón. Rápidamente cambiaron de forma. Sus plumas se transformaron en piel y sus alas se expandieron hasta convertirse en brazos. El lobo se contorsionó mientras saltaba hacia el porche, y enseguida se transformó en el aire, de modo que cuando aterrizó ya era un hombre completo.

—Bienvenidos.

La voz era hermosa y melódica, el arma de un hechicero.

Vladimir Dubrinsky, príncipe de los carpatianos, observaba con pesar cómo se materializaban sus parientes que habían llegado transformados en niebla, en aves rapaces o en lobos, y se convertían en guerreros fuertes y apuestos… Todos eran luchadores. Hombres leales. Auténticos. Abnegados. Así eran sus voluntarios. Así eran los hombres que enviaba a la muerte. Los estaba sentenciando a siglos de insoportable soledad, y de una implacable desolación. Vivirían sus largas vidas hasta que no las pudieran soportar un momento más. Estarían lejos de su tierra, de su gente, del suelo tranquilizador y reconfortante de su país natal. No tendrían esperanza, y en los siglos venideros, solo su honor les serviría de ayuda.

Vladimir sentía el corazón tan pesado que pensó que se le podía romper en dos. Un calor se apoderó de su frío cuerpo, y sintió que se movía por su mente. Era Samantha. Su compañera. Por supuesto que ella compartiría ese momento, su hora más oscura. Tenía que enviar a esos jóvenes a un destino horrible.

Los jóvenes se reunieron a su alrededor muy silenciosos. Sus rostros hermosos, sensuales y fuertes, estaban muy serios. Sus ojos imperturbables, que se mantenían firmes, eran los de unos hombres en los que se podía confiar. Eran hombres leales y sinceros que ya habían visto cientos de batallas. Sus mejores hombres. Vladimir sentía un desgarro físico en su cuerpo, una feroz quemadura en el corazón y en el alma. Profundo. Despiadado. Esos hombres merecían mucho más que la terrible vida que les iba a dar. Respiró hondo y soltó el aire lentamente. Tenía el gran y terrible don de la premonición. Había visto la desesperada situación de su pueblo. No tenía ninguna opción real, y solo podía confiar en la misericordia de Dios, ya que él no se podía permitir tenerla.

—Os lo agradezco mucho a todos. No os he dado ninguna orden. Habéis venido voluntariamente para ofreceros como guardianes de nuestro pueblo. Cada uno de vosotros ha elegido abandonar sus opciones en la vida para dedicarse a velar por la seguridad de nuestro pueblo, así como de las demás especies del mundo. Me abrumáis con vuestra generosidad, y por eso tengo el honor de llamaros mis hermanos, mi familia.

Se produjo un silencio absoluto. Al príncipe le pesaba la tristeza como si cargara piedras en el corazón, y si hubiera podido compartir lo que tenía en la mente, los guerreros hubieran podido comprobar su tremendo dolor. El viento se movió suavemente entre el grupo y se les alborotó el cabello como si hubiera sido tocado por la mano de un padre, que suave y amorosamente les estaba acariciando un hombro o un brazo.

Cuando volvió a hablar su voz sonó dolorosamente hermosa.

—He visto el hundimiento de nuestro pueblo. Cada vez tendremos menos mujeres. No sabemos por qué nuestras parejas no tienen niñas, ni por qué conciben menos hijos que nunca, y muy pocos sobreviven. Se ha hecho mucho más difícil mantener a nuestros hijos con vida, niños o niñas. La escasez de mujeres ha llegado a un punto crítico. Nuestros hombres se vuelven vampiros, y el mal se extiende por la Tierra antes de que nuestros cazadores puedan controlarlo. Antiguamente en tierras lejanas a la nuestra, los licántropos y la raza jaguar fueron lo suficientemente fuertes como para tener a estos monstruos bajo control, pero han disminuido en número y no pueden detener su avance. Nuestro mundo está cambiando y tenemos nuevos problemas a los que enfrentarnos.

Dejó de hablar y una vez más observó sus caras. La lealtad y el honor formaban parte de su sangre. Los conocía a todos por su nombre, y sabía las fortalezas y debilidades de cada uno. Tenían que haber sido el futuro de su especie, pero los estaba enviando a recorrer en solitario un camino inexorablemente duro.

—Todos debéis saber lo que estoy a punto de contaros. Tenéis que sopesar vuestra decisión una vez más antes de que se os asigne una zona que proteger. Donde vayáis no habrá ninguna de nuestras mujeres. Vuestras vidas consistirán en cazar y destruir a los vampiros que encontréis en el lugar adonde os envíe. No tendréis a ninguno de vuestros congéneres para que os ayude, salvo aquellos que envíe con vosotros. No tendréis la curativa tierra carpatiana para que os reconforte cuando os hieran en las batallas. Cada muerte os acercará al límite del peor destino posible. El demonio que lleváis en vuestro interior estará rabioso y luchará contra vosotros para hacerse con el control de vuestras vidas. Estaréis obligados a aguantar todo lo que podáis, y después, antes de que sea demasiado tarde y se apodere de vosotros el demonio, tendréis que acabar con vuestra existencia. Muchas plagas y grandes dificultades asolarán estas tierras, las guerras serán inevitables. He visto mi propia muerte y la de nuestras mujeres y niños. Muertes tanto de mortales como de inmortales.

Esto produjo la primera conmoción entre los hombres, una protesta muda más bien mental, una objeción colectiva que atravesó sus conciencias conectadas. Vladimir levantó una mano.

—Habrá mucha tristeza antes de que termine nuestro tiempo. Aquellos que vengan después de nosotros no tendrán esperanza, y ni siquiera podrán conocer lo que ha sido nuestro mundo, o lo que significa nuestra compañera para nosotros. Tendrán una existencia mucho más difícil. Nuestra obligación es hacer todo lo que podamos para que tanto los mortales, como los inmortales, estén lo más seguros posible.

Observó sus caras y se fijó en dos que eran muy parecidos.

Lucian y Gabriel. Gemelos. Hijos de su segundo al mando. Ya estaban trabajando incansablemente para eliminar todo lo malo de su mundo.

—Sé que sois voluntarios. El peligro que corre nuestra tierra y nuestra gente es tan grande como el que sufre el mundo exterior. Os tengo que pedir que permanezcáis aquí, donde tendréis que luchar hermano contra hermano, amigo contra amigo. Si vosotros no defendéis a nuestra gente, sucumbiremos. Tenéis que quedaros aquí, en estos territorios, para que cuidéis de nuestra tierra hasta que creáis que se os necesita en algún otro lugar.

Ninguno de los gemelos quiso discutir con el príncipe. Su palabra era ley, y como muestra del respeto y el amor que le tenía su pueblo, se le obedecía sin objeciones. Lucian y Gabriel intercambiaron una larga mirada. Si hablaban mentalmente a través de su canal privado, no compartirían sus pensamientos con nadie más. Simplemente asintieron al unísono aceptando la decisión de su príncipe.

El príncipe se volvió y clavó su mirada inquisitoria en los jóvenes intentando llegar a los corazones y las mentes de sus guerreros.

—En las junglas y selvas de unas tierras lejanas, el gran pueblo jaguar ha comenzado a declinar. Los jaguar son una especie poderosa con muchos dones y grandes talentos psíquicos, pero son criaturas solitarias. Los hombres encuentran a sus mujeres, se emparejan con ellas, pero después las dejan con los jóvenes para arreglárselas solos. Los hombres jaguar son muy reservados. Se niegan a salir de sus junglas y a mezclarse con humanos. Prefieren que los supersticiosos los veneren como deidades. Sus mujeres, naturalmente, se vuelven hacia aquellos que las quieren y las cuidan, hacia quienes las ven como los tesoros que son. Desde hace algún tiempo ellas se han estado emparejando con humanos y viviendo como ellos. Sus linajes genéticos se han ido debilitando; y cada vez existen menos jaguares en su verdadera forma. Dentro de cien años, tal vez doscientos, esta raza dejará de existir. Han perdido a sus mujeres porque no saben lo que es valioso e importante. Nosotros hemos perdido a las nuestras por culpa de la propia naturaleza.

Sus ojos oscuros se fijaron en un guerrero alto y guapo cuyo padre había luchado siglos junto a él, y había muerto a manos de un vampiro muy antiguo.

El guerrero era alto y serio, tenía los hombros anchos y el cabello negro ondulado. Un cazador genuino e implacable que iba a ser otro más de los muchos a los que estaba sentenciando esa noche a una existencia penosa. Este luchador, que ya había sido probado numerosas veces en distintas batallas, era muy leal, y llevaba a cabo sus obligaciones de manera inquebrantable. Iba a ser uno de los pocos que sería enviado en solitario, mientras que los demás irían en grupos, o en parejas, para ayudarse unos a otros. Vlad suspiró con fuerza y se obligó a continuar dando órdenes. Se inclinó respetuosamente hacia el guerrero al que se estaba dirigiendo, pero habló lo suficientemente alto como para que los demás lo pudieran escuchar.

—Irás a ese territorio y librarás al mundo de los monstruos en que han elegido convertirse algunos de nuestros hombres. Tendrás que evitar cualquier confrontación con los jaguar. Su especie, como debe hacer la nuestra, tiene que encontrar alguna manera de aferrarse al mundo, o se extinguirán como han hecho tantos otros antes que nosotros. No os enfrentaréis en disputas. Hay que dejarlos con sus propias estrategias. Evita también a los hombres lobo todo lo que puedas. Están luchando para sobrevivir en un mundo cambiante, igual que nosotros. Te doy mis bendiciones, el cariño y el agradecimiento de nuestro pueblo, y que Dios te acompañe durante la noche en tu nuevo territorio. Tienes que aceptarlo, hacerlo tuyo y convertirlo en tu hogar.

»Después de que yo me vaya mi hijo asumirá mi cargo. Será joven e inexperto, y le resultará muy difícil gobernar a nuestro pueblo en estos tiempos problemáticos. No le contaré que os he enviado al mundo para que seáis nuestros guardianes. No puede confiar en aquellos que son mucho mayores que él. Deberá tener una fe absoluta en su capacidad para guiar a nuestro pueblo por sí mismo. Recordad quiénes sois y lo que sois: guardianes de nuestro pueblo. Permaneceréis en la última línea de defensa para evitar que se derrame sangre inocente. —Vladimir miró a los jóvenes guerreros directamente a los ojos—. ¿Aceptáis esta tarea por vuestra propia voluntad? Tenéis que decidir. Nadie pensará mal de quien quiera quedarse. La guerra aquí también será larga y difícil.

Los ojos del guerrero miraban fijamente al príncipe. Lentamente asintió aceptando su destino. En ese momento su vida iba a cambiar para siempre. Tendría que vivir en una tierra extranjera y nunca podría encontrar el amor o una familia. Sin emociones o colores, sin una luz que ilumine la constante oscuridad. Nunca conocería a su compañera, y estaría obligado a pasar toda su existencia cazando y destruyendo a los no muertos.

Capítulo *1*

En nuestros días

Las calles estaban sucias. Olían a basura y a putrefacción. La lúgubre llovizna no conseguía disipar el desagradable olor. La basura se acumulaba en las entradas de los desmoronados edificios en ruinas. En todos los callejones se sucedían unos destartalados refugios de cartón y hojalata, y en cualquier lugar concebible había pequeños cubículos habitados por cuerpos que no tenían ningún otro lugar donde meterse. Entre los cubos de basura y los canalones corrían ratas, que también merodeaban por los sótanos y los muros. Falcon se movió entre las sombras muy silencioso y vigilante, completamente consciente de la vida que bullía en las zonas más vulnerables de la ciudad. Allí era donde vivían los desechos de la humanidad, los vagabundos, los borrachos y los depredadores que asediaban a los desamparados y a los incautos. Sabía que lo estaban observando mientras se abría paso por la calle deslizándose de sombra en sombra. Pero no podían divisarlo, pues su fluido cuerpo se camuflaba como si fuese parte de la noche. Era una escena que había vivido montones de veces en cientos de lugares. Estaba cansado de lo predecible que es la naturaleza humana.

Falcon se dirigía a su tierra natal. Durante demasiados siglos había estado completamente solo, aunque se había hecho más poderoso y fuerte. Su bestia interior también era ahora más fuerte y poderosa. Continuamente rugía para liberarse, y siempre le exigía sangre. Quería que matara. Quería tener esa sensación un momento, aunque fuera una sola vez. Por eso quería volver a casa, sentir que su tierra penetraba por sus poros, reconocer al príncipe de su pueblo y hacerle saber que había cumplido con su palabra de honor. Que los sacrificios que había hecho habían servido para algo. Había escuchado rumores de que había nuevas esperanzas para su pueblo.

Falcon aceptaba que era demasiado tarde para él, pero quería saber, antes de que su vida terminara, que había esperanzas para los carpatianos y que su vida había servido para algo. Quería ver con sus propios ojos a la compañera del príncipe, una mujer humana que se había podido convertir en carpatiana. Ya había visto demasiadas muertes y demasiada maldad. Antes de terminar su existencia necesitaba poder contemplar algo puro y bueno, y ver la razón por la que había luchado durante tantos siglos.

Sus ojos brillaron y se pudo ver que tenían una extraña llama roja que resplandecía en la noche. Mientras atravesaba esas calles asquerosas, no estaba seguro de si iba a poder regresar a su tierra natal, pero estaba decidido a intentarlo. Había esperado tanto tiempo que ya estaba al borde de la locura. Le quedaba poco tiempo, la oscuridad ya casi había consumido su alma. Podía sentir el peligro a cada paso que daba. Y no procedía de las calles sucias ni los edificios sombríos, sino de las profundidades de su propio cuerpo.

Oyó un sonido que parecía el de unos pasos suaves. Siguió avanzando mientras rezaba por la salvación de su propia alma. Necesitaba su alimento y en ese momento estaba muy vulnerable. La bestia rugía ansiosa, comenzaba a sacar las garras, y los colmillos ya le estaban creciendo expectantes. Se cuidaba de cazar solo a los culpables, no quería que la sangre inocente hiciese que fuera incapaz de dar la espalda a la oscura llamada de su alma. El sonido lo volvió a alertar, pero esta vez eran muchas pisadas muy suaves y un cuchicheo de voces. Una conspiración de niños. Llegaron corriendo hasta él desde un viejo edificio de dos pisos. Eran como un enjambre que se dirigía hacia él como una plaga de abejas. Pedían dinero y comida.

Los niños lo rodearon. Eran media docena, y de todos los tamaños. Sus manos pequeñas se metían por debajo de su abrigo e ingeniosamente llegaban a sus bolsillos, y mientras se libraba de ellas a palmadas, le suplicaban e imploraban. Los más jóvenes. Niños. Entre los de su especie apenas podían mantener vivos a sus retoños más allá del primer año. Pocos lo hacían, y sin embargo estos niños tan valiosos no tenían a nadie que los quisiera. Tres eran niñas y tenían unos enormes ojos tristes. Llevaban la ropa harapienta y sus pequeñas caras amoratadas estaban muy sucias. Podía oír el miedo que sentían sus corazones palpitantes mientras mendigaban comida, dinero o cualquier tontería. Todos esperaban que les respondiera con golpes y desprecios. Estaban preparados para esquivar cualquier señal de violencia.

Falcon acarició una cabeza amablemente y murmuró unas palabras de pesar. No tenía necesidad de las riquezas que había acumulado durante su larga vida. Ese podría haber sido el lugar para dejarlas, aunque no llevaba nada en ese momento. Dormía bajo el suelo y cazaba presas vivas. No tenía necesidad de dinero en el lugar al que iba. Parecía que los niños hablaban todos a la vez, y sus voces estaban asaltando sus oídos cuando un pitido casi imperceptible los detuvo de golpe. Se produjo un silencio instantáneo. Los niños se pusieron a dar vueltas y simplemente se mezclaron con las sombras, y se metieron por los recovecos de los desvencijados edificios en ruinas como si nunca hubieran existido.

El silbido sonaba muy bajo y muy suave, aunque se oía perfectamente a pesar de la lluvia y la oscuridad. El viento lo traía derecho a sus oídos. Era un sonido intrigante. Parecía un tono afinado exactamente para él. Para los niños tal vez era una advertencia, pero para él era una tentación, algo que seducía sus sentidos. Ese suave silbido lo atraía. Lo intrigaba. Captaba su atención como no lo había hecho nada en los últimos cientos de años. Casi podía ver sus notas bailando en el aire humedecido por la lluvia. El sonido se deslizó a través de sus barreras y llegó a su interior como si hubiera sido una flecha que le hubieran lanzado directamente al corazón.

Se entrometió otro sonido. Esta vez eran pisadas de botas. Enseguida aparecieron unos gamberros de las calles. Eran matones que se creían los dueños del lugar, y hacían que cualquiera que entrara en su territorio tuviera que pagar un alto precio. Observaron el corte de su ropa, las hechuras de su camisa de seda bajo la capa ricamente forrada, y cayeron en su trampa tal como sabía que harían. Siempre era lo mismo. En cada territorio. En cada ciudad. En cada década. Siempre había bandas que se unían para dedicarse a la delincuencia atribuyéndose el derecho de tomar lo que no les pertenecía. Los incisivos de su boca de nuevo comenzaron a alargarse.

Su corazón latía más rápido de lo normal, un fenómeno que lo tenía intrigado. Normalmente siempre palpitaba igual, era duro y firme. Lo controlaba fácilmente y sin problemas, igual que hacía con todos los órganos de su cuerpo, pero que ahora se le acelerara el corazón era anormal, y agradecía cualquier cosa que fuera diferente. Los hombres que lo estaban rodeando no iban a morir en sus manos esa noche. Escaparían del gran depredador y su alma permanecería intacta por dos cosas: ese suave silbido y que se le hubiera acelerado el corazón.

Una figura extraña e informe apareció en el portal que tenía enfrente.

—Corra, señor.

La voz era baja y ronca, y la advertencia muy clara. La forma extraña y tosca inmediatamente desapareció camuflándose en alguna grieta oscura.

Falcon dejó de caminar. Todo su cuerpo se quedó absolutamente quieto. No había visto colores desde hacía casi doscientos años, pero de pronto estaba contemplando un horrible resto de pintura roja que se había desconchado de los restos del edificio. Era imposible y no podía ser real. Tal vez, además de su alma, también estaba perdiendo la cabeza. Nadie le había contado nunca que justo antes de perder el alma se pudiera volver a ver en colores. Los no muertos hubieran alardeado de algo así. Dio un paso para dirigirse al edificio donde había desaparecido la persona que poseía esa voz.

Ya era demasiado tarde. Los ladrones se habían desplegado formando una especie de semicírculo en torno a él. Eran bastante grandes y muchos de ellos llevaban armas para intimidarlo. Vio el brillo de un cuchillo y una porra de mango largo. Querían asustarlo para que les entregara la cartera. Terminaría así. Había sido testigo de la misma situación demasiadas veces como para no saber lo que iba a pasar. En cualquier otro momento se hubiera convertido en una bestia que se hubiera arremolinado en torno a ellos, y se hubiera alimentado de su sangre hasta saciar su enorme hambre. Pero esa noche era diferente. Estaba casi desorientado. En vez de verlo todo gris, podía ver los colores vivos, las camisas azules y moradas, y una que era de un color naranja horrible.

Todo parecía más intenso. Su oído estaba más agudo de lo normal. Las deslumbrantes gotas de lluvia eran como hilos de plata brillante. Falcon inhaló el aire de la noche, y analizó sus aromas hasta que encontró el que buscaba. Esa sutil figura informe no era la de un hombre, sino la de una mujer. Y esa mujer ya había cambiado su vida para siempre.

De pronto los hombres se acercaron y el líder le gritó.

—Lánzame tu cartera.

No intentó fingir ni hubo preliminares. Iban a ir directamente al grano. Su negocio era robar y asesinar. Falcon levantó la cabeza lentamente hasta que su feroz mirada se encontró con los ojos arrogantes del líder. La sonrisa del hombre fue disminuyendo y enseguida se apagó. Vio al demonio que se despertaba reflejado en las llamas rojas que revoloteaban en el interior de aquellos ojos, los suyos.

Inesperadamente la figura informe apareció delante de él, le cogió una mano y tiró para que se moviera.

—Corre, idiota, corre ahora —dijo tirando de su mano intentando arrastrarlo hacia los edificios oscuros.

Urgencia. Miedo. La mujer sentía miedo por él, por su seguridad. Su corazón dio un vuelco.

La voz era melódica, y estaba afinada para aferrarse a su corazón. Un gran deseo golpeó su cuerpo y su alma. Profundo, fuerte y urgente. Rugió por su torrente sanguíneo con la fuerza de un tren de mercancías. No podía ver su cara ni su cuerpo, no tenía ni idea de cuál sería su aspecto, o siquiera su edad, pero su alma la llamaba a gritos.

—Tú de nuevo. —El líder de la banda callejera apartó su atención del extraño y la dirigió hacia la mujer—. ¡Te dije que te alejaras de aquí!

Su voz era dura e intimidante.

Dio un paso amenazante hacia ella.

Lo último que se esperaba Falcon era que la mujer atacara.

—Corre —le volvió a susurrar ella y se lanzó hacia el líder.

Se abalanzó contra él desde abajo como una fiera, desestabilizó sus piernas y el hombre cayó de espaldas. Entonces le dio una gran patada y le arrebató el cuchillo con la punta de las botas. El hombre aulló de dolor cuando le golpeó la muñeca, y el cuchillo saltó dando vueltas. Volvió a dar una patada al cuchillo y lo lanzó a través de la acera hasta la alcantarilla.

Entonces la mujer se marchó corriendo a toda velocidad por un callejón oscuro, y desapareció entre las sombras. Sus pisadas eran muy suaves, e incluso, casi inaudibles para los agudos oídos de Falcon. No quería perderla de vista, pero los demás hombres se le estaban acercando. El líder maldijo en voz alta, prometió que le iba a arrancar el corazón y ordenó a gritos a sus amigos que mataran al turista.

Falcon esperó en silencio a que se acercaran desde varias direcciones mientras agitaban sus bates y tuberías. Pero enseguida se movió a una velocidad sobrenatural, agarró una tubería de plomo que arrancó de las manos de uno de ellos, que se quedó atónito, y la dobló concienzudamente hasta formar un círculo sin que le costara ningún esfuerzo y sin tardar más de un segundo. Entonces la colocó en el cuello del que la había esgrimido contra él, como si fuera una gargantilla. Lo empujó sin hacer un gran esfuerzo y lo lanzó por el aire contra la pared de un edificio que estaba a unos tres metros. El círculo de atacantes se volvió más cauteloso, pues ya temían acercarse a él. Incluso el líder se había quedado en silencio, y todavía se agarraba su mano herida.

Falcon estaba distraído, tenía la mente puesta en la misteriosa mujer que había arriesgado su vida para salvarlo. No tenía tiempo para luchar y se estaba muriendo de hambre. Dejó que la bestia lo dominara, lo consumiera y se levantara llenando su mente de una neblina roja. Las llamas de las profundidades de sus ojos parpadearon hambrientas. Volvió la cabeza lentamente, sonrió y enseñó sus colmillos. Oyó los gritos frenéticos como si estuvieran a una gran distancia y sintió la fragilidad de los brazos de la primera presa que atrapó. Era prácticamente imposible hacer un gesto con la mano pidiendo silencio y mantener al grupo controlado. Los corazones latían a gran velocidad, y palpitaban tan fuerte que era bastante posible que sufrieran un infarto. Sin embargo, no sentía la suficiente misericordia como para tomarse el tiempo que hacía falta para proteger sus mentes.

Inclinó la cabeza y bebió con ganas. Fue como si tomara una droga rápida y adictiva. La sangre cargada de adrenalina le proporcionó una especie de falsa euforia. Percibió que corría peligro, que la oscuridad lo estaba rodeando, pero no parecía encontrar la disciplina para detenerse.

Un pequeño sonido lo alertó, y le mostró lo lejos que estaba llegando en realidad. Debió haber percibido su presencia de inmediato. Ella había venido a buscarlo y a ayudarlo. La miró y sus ojos negros se movieron por su cara cargados de deseo. Ardiendo por su urgente necesidad. Las llamas rojas parpadearon. Tenían estampada la necesidad de poseerla.

—¿Qué eres? —La suave voz de la mujer lo devolvió a la realidad de lo que estaba haciendo. La mujer estaba con la boca abierta completamente sorprendida. Se había quedado a solo unos metros de él y lo observaba con sus grandes ojos que parecían embrujados.— ¿Qué eres? —le volvió a preguntar y esta vez su tono asustado quedó profundamente registrado en su corazón.

Falcon levantó la cabeza y un hilo de sangre se deslizó por el cuello de su presa. Se vio a sí mismo a través de sus ojos. Los colmillos, el cabello alborotado y los ojos llenos de llamas rojas, que si no las hubiera tenido, hubieran estado vacíos. Para ella debía de ser una especie de bestia, un monstruo. Extendió una mano con una gran necesidad de tocarla, de reconfortarla, de agradecerle que lo hubiera detenido antes de que fuera demasiado tarde.

Sara Marten dio un paso atrás negando con la cabeza y con los ojos clavados en la sangre que corría por el cuello de Nordov y manchaba su absurda camisa naranja. Rápidamente se dio la vuelta y se puso a correr para salvar la vida. Corría como si la persiguiera un demonio. Y lo era. Ella lo sabía. Lo tenía profundamente inscrito en su alma. No era la primera vez que se encontraba con un monstruo así. La anterior se las había arreglado para eludirlo, pero ahora era muy diferente. Se sentía inexplicablemente atraída por ese hombre. Había vuelto para asegurarse de que se había librado de la banda nocturna. Necesitaba ver que estaba a salvo. Algo dentro de ella le pedía que lo salvara.

Sara corrió hacia un sombrío portal y se metió en un edificio de apartamentos abandonado. Los muros estaban desmoronados y el tejado hundido. Conocía cada agujero y cada vía de escape. Le iba a hacer falta. Esos ojos negros estaban vacíos, desprovistos de cualquier sentimiento hasta que la... cosa... la miró. Reconoció que quería poseerla en cuanto la vio. Deseo. Sus ojos habían recobrado la vida. Ardían con una intensidad que nunca había visto antes. Ardían por ella como si la estuvieran marcando para él. Como si fuera su presa.

Los niños iban a estar seguros ahora que estaban escondidos en las profundidades de las alcantarillas. Sara tenía que salvarse si quería seguir sirviéndoles de ayuda. Saltó sobre un montón de escombros y se asomó por una estrecha abertura que la llevaba a un hueco de escalera. Subió los escalones de dos en dos hasta llegar al siguiente piso. Había un agujero en la pared que le permitía tomar un atajo a través de dos apartamentos, empujó una puerta rota y salió a un balcón donde agarró los peldaños más bajos de una escalera y la hizo bajar.

Rápidamente subió por ella con la facilidad de alguien que tiene mucha práctica. Había previsto un centenar de rutas de escape antes siquiera de haber comenzado a trabajar en las calles. Había repasado corriendo cada ruta de huída para ahorrar segundos, un minuto, y había descubierto atajos a través de los edificios y callejones. Así había llegado a conocer los secretos de los pasadizos del submundo marginal. Ahora ya estaba en el tejado y seguía corriendo velozmente sin siquiera detenerse antes de lanzarse al del siguiente edificio. Atravesó este último, rodeó un montón de basura descompuesta y saltó a un tercer tejado.

Aterrizó de pie y enseguida corrió hacia las escaleras. Pero no se molestó en usarlas, pues se deslizó por uno de los postes hasta el primer piso donde se asomó por una ventana rota. Un hombre apoltronado en un sofá roto la miró desde su niebla inducida por las drogas y se quedó observándola. Sara le hizo una señal con la mano mientras saltaba por encima de sus piernas estiradas. Se vio obligada a evitar tener que pisar a otros dos cuerpos que yacían despatarrados en el suelo. Pasó dificultosamente entre ellos y cuando cruzó la puerta corrió por el pasillo hasta el apartamento de enfrente. La puerta estaba colgando de sus bisagras. Lo cruzó rápidamente evitando a los ocupantes y se dirigió a la ventana.

Sara tuvo que reducir la velocidad para subirse a la ventana y atravesar el cristal roto. Su ropa se enganchó en los restos astillados y durante un momento tuvo que luchar para liberarse mientras su corazón latía con fuerza y sus pulmones se quejaban necesitados de aire. Se vio obligada a emplear unos preciosos segundos en tirar de su chaqueta para desengancharla. Y se le clavaron unas astillas en la mano que le desgarraron la piel. Pero corrió hacia el exterior donde caía una suave llovizna. Respiró hondo, se calmó y dejó que la lluvia corriera por su cara para limpiar las pequeñas gotas de sudor que tenía en la piel.

De pronto se quedó muy quieta con todos los músculos paralizados y congelados. Un terrible estertor recorrió su columna. Él se estaba moviendo. Rastreándola. Sintió cómo se movía a toda prisa y sin descanso. No había dejado ningún rastro en los edificios, había ido muy rápido y en silencio, pero él no disminuía la velocidad en ninguno de los giros y vueltas. Le estaba siguiendo el rastro sin dudar en ningún momento. Ella lo sabía. De algún modo estaba siguiendo sus huellas, a pesar de estar en un lugar desconocido: el destartalado complejo de edificios en ruinas con todos sus pequeños agujeros y atajos. Infalible, decidido y completamente seguro de que la iba a encontrar.

Sara sintió sabor a miedo. Siempre se las arreglaba para escapar. Tenía cerebro y cualidades; conocía la zona y él no. Se limpió la frente con la manga de su chaqueta muy desalentada, y de pronto se preguntó si la podría oler entre tanta descomposición y ruinas. La idea era horrible. Había visto lo que podían hacer los de su especie. Había visto los cuerpos desgarrados y desangrados, blancos y paralizados, con las caras convertidas en máscaras de horror.

Sara apartó sus recuerdos decidida a no asustarse ni a sentir pánico. Eso la llevaría al desastre. Se recompuso y se movió rápidamente haciendo un gran esfuerzo por no hacer ruido con sus pisadas y por mantener su respiración tranquila y controlada. Corrió a toda prisa por un estrecho pasillo que separaba dos edificios, se asomó por una esquina y se deslizó a través de un agujero que se había abierto en una valla metálica. Su chaqueta era voluminosa y desperdició unos preciosos segundos en abrirse paso por la estrecha abertura. Su perseguidor era más grande. Nunca podría pasar por ese pequeño agujero; tendría que rodear todo el complejo.

Corrió por la calle a grandes zancadas ayudándose con los brazos. Su corazón palpitaba salvajemente de manera muy audible. Dolor. No entendía por qué se sentía cada vez más afligida, pero no podía hacer nada.

Las calles estrechas y sucias se ampliaron hasta que llegó al borde de la sociedad normal. Todavía estaba en la zona antigua de la ciudad. No bajó el ritmo, sino que atajó a través de varios aparcamientos, rodeó tiendas y avanzó muy decidida hasta la parte alta de la ciudad. Los edificios modernos se levantaban amenazadoramente altos y se estrechaban contra el cielo nocturno. Le ardían los pulmones, por lo que se vio obligada disminuir la velocidad, pero siguió andando a paso rápido. Ahora estaba a salvo. Las luces de la ciudad comenzaban a aparecer y le dio la bienvenida a su brillo. A medida que se acercaba a las zonas residenciales aumentaba el tráfico. Continuó corriendo casi todo el resto del camino.

Entonces la terrible tensión comenzó a abandonar su cuerpo de modo que pudo pensar y repasar los detalles de lo que había visto. Su cara, no; la mantuvo escondida. Todo lo que recordaba de él parecía confuso y vago. Excepto sus ojos. Esos ojos negros llenos de llamas. Era muy peligroso y la había mirado. La había marcado. De alguna manera la deseaba. A medida que avanzaba a toda prisa por las calles, iba oyendo sus propias pisadas. Marcaban un ritmo que se acompasaba con los latidos de su corazón, que estaba completamente aterrorizado. De algún lugar le llegó una especie de llamada, un anhelo salvaje, una promesa dolorosa, turbulenta y primitiva que parecía seguir los frenéticos latidos de su corazón. No procedía de fuera de ella, sino de su interior; pero no salía de su cabeza, surgía de su propia alma.

Sara obligó a su cuerpo a seguir avanzando, atravesó aparcamientos y calles, y recorrió los barrios conocidos hasta que llegó a su casa. Era una pequeña casa de campo alejada de las demás. Estaba rodeada de enormes arbustos y grandes árboles que le permitían tener bastante privacidad a pesar de estar en una ciudad muy poblada. Abrió la puerta con las manos temblorosas y entró tambaleándose.

Dejó caer la chaqueta empapada en el suelo del recibidor. Había cosido varias almohadas bastante voluminosas al forro de la chaqueta de modo que era imposible definir su aspecto. Tenía el pelo pegado a la cabeza y escondido bajo su sombrero deformado. Sin pensarlo dejó las horquillas sobre la encimera y corrió al baño. Estaba temblando descontroladamente; y sus piernas ya casi no podían sostenerla.

Se quitó la ropa húmeda y sudada, y se volvió hacia el chorro de agua caliente. Se sentó en la ducha y se abrazó a sí misma intentando acabar con los recuerdos que le bloqueaban la mente desde hacía tantos años. La primera vez que se encontró con el monstruo era una adolescente. Lo había mirado, y él la había visto. Había sido ella la que había hecho que el monstruo se acercara a su familia. Era responsable de eso, nunca había sido capaz de perdonárselo, y siempre había cargado con el terrible peso de su culpa.

Sintió que le corrían lágrimas por la cara que se mezclaban con el agua que se derramaba por su cuerpo. Era un error acobardarse en la ducha como una niña. Sabía que no era bueno. Alguien tenía que enfrentarse a los monstruos del mundo y hacer algo con ellos. Era un lujo sentarse a llorar, compadecerse de sí misma y regodearse en su miedo. Le debía mucho más que eso a su familia, mucho más. En esos momentos se había escondido como la niña que era. A pesar de haber oído los gritos, los ruegos y haber visto la sangre corriendo por debajo de la puerta, no había salido para enfrentarse al monstruo. Había intentado ocultarse apretándose las manos contra los oídos, pero en ningún momento consiguió bloquear del todo los sonidos. Los iba a tener que oír durante toda la eternidad.

Lentamente se obligó a recuperar el control de sus músculos para hacer que funcionaran una vez más y sostuvieran su peso para poder ponerse de pie de mala gana. Se limpió el miedo del cuerpo junto con el sudor que tenía por haber corrido. Le parecía como si llevara corriendo la mayor parte de su vida. Vivía entre las sombras y conocía bien la oscuridad. Se puso champú en su abundante cabellera, y se pasó las manos para desenredarla. El agua caliente la estaba ayudando a reponerse de su debilidad. Esperó hasta que pudo volver a respirar normalmente, y salió de la ducha con una mullida toalla enrollada alrededor del cuerpo.

Se observó a sí misma en el espejo. Tenía unos ojos enormes. De un azul tan oscuro que casi eran violetas, parecía como si le hubieran pegado en la cara dos pensamientos de color muy intenso. Su mano palpitaba y la miró sorprendida. Tenía la piel raspada hasta la muñeca. Se la cubrió con la toalla y caminó descalza hasta la habitación. Se puso unos pantalones atados con un cordón a la cintura y una camiseta sin mangas, y se dirigió a la cocina para prepararse una taza de té.

El ancestral ritual hizo que entrara en su mundo algo parecido a la paz que lo arreglaba todo. Estaba viva. Respiraba. Todavía existían los niños que la necesitaban desesperadamente y los planes que llevaba tanto tiempo haciendo. Estaba tramitando el papeleo y casi a punto de cumplir su sueño. Había monstruos en todas partes, en todos los países, en todas las ciudades y en todos los estratos sociales. Ella vivía entre los ricos, donde también los había encontrado. Y cuando se relacionaba con los pobres, también estaban allí. Ahora lo sabía. Podía vivir sabiéndolo, pero estaba decidida a salvar a todas las víctimas que pudiera.

Se pasó una mano por su corta cabellera de color castaño, y se separó las puntas para que se secara. Con la taza de té en la mano deambuló hasta el pequeño porche y se sentó en la mecedora, un lujo al que no podía renunciar. El sonido de la lluvia era reconfortante y agradecía la brisa en la cara. Bebió el té cautelosamente y dejó que la quietud la ayudara a sobreponerse del miedo atroz que sentía. Después de repasar sus recuerdos fue cerrando firmemente las puertas que los mantenían encerrados una a una. Había aprendido que lo mejor era dejar ciertas cosas a un lado, que había recuerdos que no necesitaba revivir nunca más.

Observó distraídamente la llovizna. Las gotas caían suave y melódicamente sobre las hojas de los arbustos, y brillaban plateadas en el aire de la noche. El sonido del agua siempre la había tranquilizado. Le encantaban los océanos, los lagos, los ríos y cualquier lugar donde hubiera mucha agua. La lluvia suavizaba los ruidos de las calles, amortiguaba los sonidos desagradables del tráfico y creaba la ilusión de estar lejos del corazón de la ciudad. Ilusiones como esa la mantenían cuerda.

Suspiró, puso su taza de té en el borde del porche y se levantó para pasearse por el estrecho espacio. Ya no iba a dormir esa noche; sabía que iba a sentarse en la mecedora envuelta en una manta para observar cómo se desvanecía la noche. Su familia estaba demasiado cerca a pesar de que había clausurado cuidadosamente sus recuerdos. Eran fantasmas que rondaban en su mundo. Les iba a dar esa noche y después iba a dejar que desaparecieran.

Miró fijamente la noche y observó las sombras oscuras de los árboles. Las imágenes que captaba en esos espacios grises siempre la intrigaban. Cuando las sombras se disolvían, ¿qué había allí? Se fijó en una sombra en movimiento y de pronto se quedó quieta. Había alguien... no, algo, gris como la oscuridad, observándola entre esas sombras. Inmóvil. Completamente quieto. Entonces vio sus ojos. No parpadeaban. Implacables. Negros y con llamas rojas brillantes. Los ojos la miraban fijamente y la estaban marcando.

Sara se dio la vuelta y corrió hacia la puerta con el corazón casi paralizado. La cosa se movió a una velocidad increíble y aterrizó en el porche antes de que ni siquiera hubiera tocado la puerta. La distancia que los separaba era de casi doce metros, pero fue tan rápido que consiguió agarrarla con sus fuertes manos. Sintió que se quedaba sin aire cuando su cuerpo impactó contra el suyo. Sin dudarlo le lanzó un puñetazo a la garganta, y tiró con fuerza para dar un paso atrás y darle una patada en la rótula. Lo malo fue que no acertó. Su puño pasó junto a su cabeza sin hacerle daño, y el hombre la arrastró hacia él y fácilmente le agarró con fuerza las dos muñecas con una sola de sus enormes manos. Olía a algo salvaje y peligroso, y su cuerpo era tan duro como el tronco de un árbol.

Su atacante abrió la puerta de la casa, de su santuario, de un golpe, la arrastró hacia adentro, y volvió a cerrarla de una patada para evitar que lo descubrieran. Sara continuó luchando ferozmente. Daba patadas y se revolvía, a pesar de que la había dejado casi indefensa. Era más fuerte que nadie que hubiera conocido. Y, además, tenía la desesperante sensación de que él apenas percibía que estaba forcejeando. Estaba perdiendo sus fuerzas rápidamente. Cada vez que respiraba sollozaba. Era muy doloroso luchar contra él; y ella sentía que tenía el cuerpo golpeado y amoratado. El hombre hizo un sonido de impaciencia y simplemente la llevó hasta el suelo. Aplastó su cuerpo con el suyo, y gracias a su enorme fuerza la dejó inmovilizada mirando fijamente la cara de un demonio... o de un ángel.

Capítulo 2

Sara permaneció absolutamente quieta debajo de él observándole la cara. El tiempo se detuvo durante un largo rato. El terror fue disminuyendo poco a poco y fue reemplazado por una misteriosa sensación de sorpresa.

—Te conozco —susurró sorprendida.

Giró la muñeca muy suave, casi distraídamente, pidiendo que la liberara. Falcon permitió que se soltara y ella le tocó la cara vacilante con dos dedos, como si le estuviera dando una cuidadosa pincelada de artista. Siguió moviendo los dedos por la cara como si estuviera ciega y tuviera grabado en el alma, más que en la vista, el recuerdo que tenía de él.

Se le llenaron los ojos de lágrimas, que se enredaron entre sus largas pestañas. Se le cortó la respiración. Sus temblorosas manos se deslizaron hasta la espesa cabellera oscura. La acarició de manera amorosa y tierna. De pronto agarró sus sedosos cabellos con fuerza y se quedó con un mechón en las manos.

—Te conozco. Lo sé —dijo bastante asombrada.

Lo conocía, cada ángulo y cada facción de su rostro. Esos ojos negros embrujados y su abundante cabello negro azulado que le caía hasta los hombros. Él había sido su único compañero desde que tenía quince años. Dormían juntos todas las noches y la acompañaba todos los días. Su rostro, sus palabras. Conocía su alma tan íntimamente como la suya propia. *Lo conocía. Ángel oscuro. Su sueño oscuro.* Conocía sus hermosas palabras mágicas que le habían mostrado un alma desnuda y vulnerable, y dolorosamente solitaria.

Falcon estaba completamente cautivado, atrapado por el amor intensamente puro que veía en sus ojos. Ella brillaba con tanta alegría que ni siquiera intentó escondérsela. Su cuerpo había pasado de estar forcejeando salvajemente a una completa quietud. Pero ahora había una diferencia sutil. Se mostraba completamente femenina, suave y tentadora. Cada caricia que le daba en la cara con los dedos hacía que su alma se llenara de calor.

Pero igual de rápido, la cara de Sara se volvió confusa y asustada. Culpable. Pero además de su miedo atroz, Falcon pudo percibir su gran determinación. Percibió la agresividad que se estaba desarrollando en su cuerpo, por lo que le agarró las manos antes de que se hiciera daño a sí misma. Se inclinó hacia ella y atrapó su mirada.

—Tranquilízate; saldremos de esto. Sé que te asusto, y te pido disculpas por eso. —Bajó la voz deliberadamente y la transformó en un suave y rico tapiz de notas diseñado para tranquilizar, sosegar y embrujar—. No puedes ganar una lucha de fuerza física contra mí, no malgastes tu energía. —Bajó más la cabeza hacia ella y durante un instante apoyó su frente contra la suya—. Oye el sonido de los latidos de mi corazón, y deja que el tuyo siga el ritmo del mío.

Su voz era de una belleza sin parangón y Sara se dio cuenta de que quería sucumbir a su oscuro poder. La agarraba de manera extraordinariamente suave, incluso tierna; la sujetaba con un cuidado exquisito. Cuando tomó conciencia de su enorme fuerza, combinada con su dulzura, sintió que unas extrañas llamas corrieron por su piel. Había quedado atrapada para siempre en las insondables profundidades de sus ojos. No veía el fin, solo una caída libre que no podía evitar. Su corazón comenzó a seguir al suyo, y se fue calmando hasta que consiguió latir al mismo ritmo.

Sara tenía una voluntad de hierro, perfeccionada en los fuegos de su trauma, pero aun así no podía liberarse de esa mirada oscura e hipnótica, a pesar de que una parte de ella reconocía que estaba siendo hechizada de una manera nada natural por la magia negra. Su cuerpo tembló ligeramente cuando el hombre levantó la cabeza y le llevó la mano a la altura de los ojos para inspeccionar la piel desgarrada.

—Déjame curarte esto —dijo él suavemente. Su acento daba a su voz un toque sensual que ella parecía sentir hasta por debajo de los dedos de sus pies—. Sé que te has hecho esta herida mientras huías.

Había olido el olor de su sangre en el aire de la noche. Lo había llamado, le había hecho señas a través de la oscuridad como el más brillante de los faros.

Los ojos negros de Falcon ardían mientras la miraba y llevaba lentamente la mano herida al calor de su boca. En cuanto sintió su aliento sobre la piel, Sara abrió los ojos completamente asombrada. Calidez. Calor. Nunca había experimentado la intensa intimidad sensual que le produjo, y lo único que había hecho había sido respirar pegado a su piel. Después lamió el dorso de la mano para sanarla y proporcionarle alivio. Terciopelo negro húmedo y sensual. Todo el cuerpo de Sara se tensó y se volvió líquido por su culpa. Se le cortó la respiración. Para su absoluto asombro desapareció el escozor cuando el áspero terciopelo de su lengua rozó cada una de sus heridas dejándole una especie de hormigueo. Los ojos negros de Falcon se pasearon intensa y ardientemente por su cara. Intimidad.

—¿Mejor? —le preguntó cordialmente.

Sara lo miró indefensa un momento, aunque le pareció una eternidad. Estaba completamente perdida en sus ojos. Se obligó a meter aire en sus pulmones y asintió lentamente.

—Por favor, deja que me levante.

Falcon movió su cuerpo de mala gana, la liberó de su peso, aunque no le soltó la muñeca para poder ponerla de pie de un suave y sencillo tirón, mientras él se levantaba ágilmente. Sara había planeado cada movimiento en su cabeza de manera clara y concisa. Su mano libre se deslizó hasta el cuchillo que tenía escondido en la chaqueta mojada que estaba junto a ella. Cuando Falcon la levantó, le hizo una llave, atrapó sus piernas entre las suyas con un movimiento de tijera, y rodó para hacer que cayera debajo de ella. Pero él siguió rodando y se volvió a poner encima. Cuando intentó clavarle el cuchillo en el corazón, todas las células de su cuerpo chillaron en protesta y sus músculos se negaron a obedecer. Cerró los ojos muy decidida. No podía mirar su amado rostro mientras pretendía acabar con él. Pero lo iba a hacer.

Falcon le sujetó las manos impidiendo que se moviera. Permanecieron unidos completamente quietos al tiempo que él le clavaba los muslos contra el suelo con una pierna. Sara estaba en una posición mucho más precaria, y esta vez el cuchillo se encontraba entre ellos.

—Abre los ojos —le ordenó suavemente.

La voz de Falcon derretía su cuerpo y lo dejaba blando y suave como la miel. Quiso gritar como protesta. Su voz iba a juego con su cara de ángel, pero ocultaba un demonio interno. Sara movió la cabeza muy tozuda.

—No te quiero ver así.

—¿Cómo me ves? —le preguntó Falcon con curiosidad—. ¿Cómo conoces mi cara?

La conocía. Su corazón. Su alma. Pero desconocía su cara o su cuerpo. Ni siquiera su mente. Le había hecho la cortesía de no invadir sus pensamientos, pero si insistía en querer matarlo, no le iba a quedar otra elección.

—Eres un monstruo sin igual. He visto a los de tu especie, y no quiero que me engañe la cara que has decidido ponerte. Es una ilusión igual que todo lo relacionado contigo. —Mantuvo los ojos fuertemente apretados. No podría soportar volver a perderse de nuevo en su oscura mirada. Ya no podría aguantar mirar la cara que había amado desde hacía tanto tiempo—. Si me vas a matar, hazlo; acabemos con esto —dijo con la voz resignada.

—¿Por qué crees que quiero hacerte daño? —Falcon movió los dedos suavemente por su mano—. Suelta el cuchillo, *piccola*. No quiero que te hagas daño en ningún sentido. No puedes luchar contra mí; no tienes posibilidades de hacerlo. Lo que hay entre nosotros es inevitable. Suelta el arma, tranquilízate y resolvamos esto.

Sara abrió los dedos lentamente. De todos modos no quería usar el cuchillo. Ya sabía que nunca se lo clavaría en el corazón. Su mente tal vez lo deseaba, pero su corazón nunca le iba a permitir hacer una atrocidad así. Sin embargo, esa negativa no tenía sentido. Se había preparado cuidadosamente para ese preciso momento, *pero el monstruo tenía la cara de su ángel oscuro.* ¿Cómo podría haberse preparado para una situación tan improbable?

—¿Cómo te llamas?

Falcon le quitó el cuchillo de sus dedos temblorosos, rompió la hoja fácilmente apretándola con el dedo pulgar, y lo lanzó por la habitación. Enseguida su mano de deslizó por la de ella para aliviar la tensión con una suave caricia.

—Sara. Sara Marten —respondió y se irguió para mirar su hermoso rostro.

Era la cara de un hombre perfectamente esculpida por el tiempo, el honor y la integridad. Una máscara de una belleza artística insuperable.

—Yo me llamo Falcon.

Sara abrió los ojos de golpe ante esa revelación. Reconocía su nombre. *Soy Falcon y nunca te conoceré, pero te he dejado este regalo para ti, un regalo del corazón.* Movió la cabeza muy nerviosa.

—No puede ser. —Sus ojos brillantes por las lágrimas volvieron a buscar su cara—. No puede ser —repitió—. ¿Estoy perdiendo la cabeza?

Era posible, y tal vez incluso inevitable. No había considerado esa posibilidad.

Falcon le enmarcó la cara con las manos.

—Crees que soy el no muerto. El vampiro. Has visto a esa criatura.

Lo declaró como un hecho cierto. Evidentemente lo había hecho. De otro modo jamás lo hubiera atacado. Falcon sintió de pronto un vuelco en el corazón, y su miedo se convirtió en terror. En todos sus siglos de existencia, nunca antes había sentido una emoción así. Ella había estado sola y sin protección, y se había encontrado con la más malvada de todas las criaturas, *Nosferatu*.

Ella asintió lentamente y lo observó con atención.

—He escapado muchas veces de él. Y una vez casi consigo matarlo.

Sara percibió que el gran cuerpo de Falcon temblaba al escuchar sus palabras.

—¿Intentaste algo así? Los vampiros son una de las criaturas más peligrosas que hay en la faz de la Tierra —la reprendió—. Creo que deberías contarme toda la historia.

Sara lo miró parpadeando.

—Quiero levantarme.

Se sentía muy vulnerable tumbada en suelo debajo de él. Y era una gran desventaja tener que observar su amado rostro.

Falcon suspiró suavemente.

—Sara. —A ella se le doblaban los dedos de los pies simplemente por la manera en que decía su nombre. Aspiraba cada sílaba. Le susurraba con una mezcla de exasperada indulgencia y un toque de advertencia. Su voz sonaba sedosa, aromática y sexy. Todo lo que ella no tenía—. No quiero volver a tener que sujetarte. Te asusto y no quiero seguir viendo ese miedo en tus hermosos ojos cuando me miras.

Quería ver esa mirada amorosa y tierna, esa indefensa admiración que habían derramado sus ojos cuando reconoció su cara por primera vez.

—Por favor, quiero saber qué está pasando. No voy a hacer nada —dijo Sara deseando no parecer demasiado arrepentida.

Estaba tumbada en el suelo de su casa inmovilizada por un completo desconocido, un extraño al que había visto beber sangre humana. De un ser humano despreciable, pero aun así... sangre humana. ¿Cómo le podría explicar eso?

Falcon se levantó. Su cuerpo era poesía en movimiento. Sara admiró sus movimientos gráciles y suaves, y cómo sus músculos ondulaban relajadamente. Se volvió a poner de pie detrás de él, tan cerca que casi podía sentir el calor de su cuerpo. El aire vibraba con su energía. Había aflojado los dedos, pero seguía agarrándole la muñeca como una pulsera, y no le daba la posibilidad de escaparse de él.

Sara se apartó delicadamente. Necesitaba un pequeño espacio propio. Para pensar. Para respirar. Para ser ella misma y no parte de un sueño oscuro. Su sueño oscuro.

—Cuéntame cómo te encontraste con el vampiro —le preguntó muy tranquilo, pero su voz tenía un tono amenazante que le provocó un escalofrío en la columna.

Sara no quería enfrentarse a esos recuerdos.

—No sé si te lo puedo contar —dijo sinceramente y ladeó la cabeza para mirar sus ojos.

Enseguida la cautivó su mirada y volvió a sentir esa curiosa sensación de estar cayendo al vacío. Comodidad. Seguridad. Protección frente a los chillones fantasmas de su pasado.

Falcon apretó ligeramente los dedos alrededor de la muñeca, casi como si fuera una caricia, y deslizó el pulgar tiernamente por su sensible piel. La atrajo con la misma gracia que a menudo acompañaba a sus movimientos. Se movía lentamente, como si tuviera miedo de asustarla. Como si supiera que no le gustaba lo que le estaba preguntando.

—No quiero inmiscuirme, pero si te resulta más fácil, puedo leer los recuerdos que tengas en la mente sin tener que hablar de ello en voz alta.

Solo se oía el sonido de la lluvia en el tejado. Las lágrimas de su mente. Los gritos de su madre, su padre y su hermano resonando en sus oídos. Sara se puso rígida. Estaba conmocionada y tenía la cara pálida e inexpresiva. Sus ojos estaban más grandes que nunca. Parecían dos grandes joyas resplandecientes de color violeta muertas de miedo. Sara tragó dos veces, apartó muy resuelta la mirada y observó su amplio pecho.

—Mis padres eran profesores de la universidad. En verano siempre iban a algún lugar de nombre exótico y fantástico a excavar. Yo tenía quince años; parecía muy romántico. —Su voz sonaba grave y completamente monótona—. Les rogué que me dejaran ir con ellos hasta que decidieron llevarme con mi hermano Robert.

Culpa. Tristeza. Agobio.

Sara permaneció en silencio un largo rato. Tanto que pensó que no iba a ser capaz de continuar. No apartaba la mirada de su pecho. Recitaba las palabras como si hubiera memorizado una clásica historia de terror de un libro de texto.

—Me gustó ir, por supuesto. Era todo lo que deseaba, y más. Mi hermano y yo podíamos explorar a nuestro antojo e ir a todas partes. Y a pesar de que nuestros padres nos habían prohibido meternos en los túneles, estábamos decididos a encontrar nuestro propio tesoro.

Robert soñaba con cálices de oro. Pero a ella la llamaba otra cosa. La llamaba y atraía, le golpeaba el corazón hasta obsesionarla.

Falcon percibió que su cuerpo temblaba e instintivamente la atrajo hacia él para que su calor acabara con su frío. Le tocó la nuca y sus dedos aliviaron la tensión de sus músculos.

—No tienes que seguir, Sara, si es demasiado angustioso para ti.

Ella negó con la cabeza.

—Encontré la caja, ya ves. Sabía que estaba allí. Una hermosa caja tallada a mano, forrada con una piel cuidadosamente curtida. Dentro había un diario.

Sara levantó la cara y lo miró fijamente a los ojos. Para juzgar su reacción.

Los ojos negros de Falcon se pasearon posesivamente por su cara. La devoraba. *Compañera*. La palabra giraba en el aire entre ellos. De su mente a la de ella. Ardía en sus mentes para toda la eternidad.

—Era tuyo ¿verdad? —lo acusó suavemente. Continuó mirándolo hasta que un leve rubor subió por su cuello y sonrojó sus mejillas—. Pero no puede ser. Esa caja y ese diario tenían por lo menos mil quinientos años de antigüedad. O más. Fue revisado y autentificado. Si era tuyo, y escribiste el diario, entonces tienes que tener... —Dejó de hablar y movió la cabeza—. No puede ser. —Se restregó la sien pues le palpitaba—. No puede ser —volvió a susurrar.

—Oye los latidos de mi corazón, Sara. Oye cómo respiro, y meto y saco aire en los pulmones. Tu cuerpo reconoce al mío. Eres mi auténtica compañera.

Para mi amada compañera, mi corazón y mi alma. Este es mi regalo para ti.

Sara cerró los ojos un momento. ¿Cuántas veces había leído esas palabras?

No se iba a desmayar. Se tambaleó un poco mientras los dedos de Falcon se aferraban a su muñeca como una pulsera que los mantenía unidos.

—¿Me estás diciendo que escribiste el diario?

La estrechó aún más hasta que el cuerpo de Sara quedó apoyado contra el suyo. Ella no parecía darse cuenta de que la estaba levantando.

—Cuéntame lo del vampiro.

Ella negó con un movimiento de la cabeza pero obedeció.

—Estaba allí la noche siguiente en que encontré la caja. Mientras traducía el diario, los rollos y las cartas, sentí que estaba allí. No podía verlo, pero sabía que estaba cerca de mí como si fuera una presencia absolutamente malvada. Pensé que era la maldición. Los trabajadores habían murmurado lo de las maldiciones y todos los hombres que habían muerto excavando cosas que era mejor dejar intactas. La noche anterior habían encontrado a un hombre muerto sin nada de sangre en el túnel. Escuché que los trabajadores contaron a mi padre que hacía mucho tiempo que pasaba eso. Ocurría cuando se sacaban cosas de las excavaciones. Durante la noche. Y esa noche yo sabía que estaba allí. Corrí a la habitación de mi padre, pero estaba vacía, de modo que fui a buscarlo a los túneles para explicarle lo que pasaba. Entonces lo vi. Estaba asesinando a otro trabajador. Miró hacia arriba y me vio. —Sara contuvo un sollozo y se apretó los dedos contra la sien con más fuerza—. Lo sentí en mi cabeza. Me decía que fuera hacia él. Su voz era terrible y cavernosa. Sabía que quería darme caza. No supe por qué, pero era consciente de que no había terminado. Corrí. Tuve suerte; los trabajadores comenzaban a salir de los túneles y escapé en medio de la confusión. Mi padre nos llevó a la ciudad. Estuvimos allí dos días antes de que nos encontrara. Llegó por la noche. Yo estaba en el armario de la colada todavía intentando traducir el diario con una linterna. Lo sentí. Lo sentí y supe que venía por mí. Me escondí. En vez de avisar a mi padre me metí entre una pila de mantas. Entonces oí los gritos de mis padres y de mi hermano, pero intenté no hacerlo poniéndome las manos en los oídos. Me susurraba que fuera con él. Pensé que si lo hacía no los mataría. Pero no me podía mover. No me pude mover ni siquiera cuando vi que corría sangre por debajo de la puerta. Con la luz nocturna parecía negra y no roja.

Los brazos de Falcon la estrecharon con fuerza. Sentía la tristeza que irradiaba, una culpa demasiado terrible como para poder cargar con ella. Tenía lágrimas enquistadas en el corazón y en la mente. Siendo niña había sido testigo del brutal asesinato de su familia por parte de un monstruo insuperable. Falcon acarició su espesa cabellera negra con los labios.

—No soy un vampiro, Sara. Soy un cazador, un destructor de no muertos. He pasado muchas vidas lejos de mi tierra y mi gente persiguiendo a criaturas como esa. No soy el vampiro que destruyó a tu familia.

—¿Cómo voy a saber lo que eres o no? Te vi bebiendo sangre humana.

Se apartó de él con un movimiento rápido, nervioso y completamente femenino.

—No lo maté —respondió sencillamente—. Los vampiros matan a sus presas. Yo no.

Sara se pasó una mano temblorosa por las cortas puntas de su sedosa cabellera. Se sentía completamente vacía. Cruzó muy inquieta la habitación y se dirigió a la habitación pequeña para servirse otra taza de té.

Falcon llenaba la casa con su presencia. Era difícil evitar contemplarlo. Vio cómo se movía por la casa y tocaba sus cosas de manera muy reverente. Se movía muy silencioso, casi como si flotara a unos centímetros del suelo. Se dio cuenta del momento en que lo descubrió. Sara fue a su habitación, apoyó una cadera contra el umbral de la puerta y se quedó mirándolo mientras se bebía el té que calentaba su cuerpo y la ayudaba a dejar de temblar.

—¿Te gusta?

De pronto su voz sonó tímida.

Falcon miraba fijamente la pequeña mesa que tenía junto a la cama donde un hermoso busto, que representaba su propia cara, lo observaba. Todos los detalles y cada facción eran perfectos. Los ojos oscuros y los grandes párpados. La larga cabellera. La mandíbula firme y la nariz patricia. Más que el hecho de que hubiera captado cada detalle, le llamaba la atención cómo lo veía. Noble. Antiguo. Con la mirada del amor.

—¿Lo hiciste tú?

Apenas podía hablar, pues un extraño nudo bloqueaba su garganta. «Mi ángel oscuro, compañero de Sara.» La inscripción estaba realizada con una fina caligrafía y cada letra estaba hecha con una pincelada artística que parecía una caricia de amor, y cada curva era tan hermosa como el busto.

—Sí. —Continuó observándolo atentamente encantada con su reacción—. Lo hice de memoria. Cuando toco cosas, especialmente si son antiguas, algunas veces conecto con situaciones o asuntos del pasado que están ligados a ese objeto. Suena extraño. —Se encogió de hombros—. No puedo explicar cómo ocurre, pero es así. Cuando toqué el diario supe que yo era la destinataria. No era para cualquier persona, o cualquier otra mujer. Estaba escrito para mí. Cuando traduje las palabras de esa lengua antigua, vi una cara. Había un pequeño escritorio de madera donde estaba sentado un hombre que escribía. Se volvió y me miró con tanta soledad en los ojos que supe que tenía que encontrarlo. Era difícil soportar su dolor, ese terrible vacío negro. Veo esa misma soledad en tus ojos. La cara que vi era la tuya. Tus ojos. Comprendo el vacío.

—Entonces sabes que eres mi otra mitad —dijo con la voz grave, pues se había quedado ronco.

Falcon intentaba mantener las emociones con las que no estaba familiarizado bajo control.

Entonces sus ojos se encontraron con los de Sara, que estaba al otro lado de la habitación. Una de sus manos descansaba encima del busto y sus dedos habían encontrado el agujero exacto de una de las ondas de su cabello, que ella había acariciado cientos de veces.

Una vez más Sara tuvo la curiosa sensación de estar cayendo en las profundidades de sus ojos. Tocaba sus cosas personales con una gran intimidad. Habían pasado casi quince años desde que había estado verdaderamente cerca de otra persona. Había vivido siempre perseguida, y no podía olvidar ese hecho. Cualquier persona cercana a ella podía estar en peligro. Vivía sola, cambiaba a menudo de casa, viajaba con frecuencia y continuamente alteraba sus patrones de comportamiento. Pero el monstruo la había seguido. Dos veces, cuando leyó que un asesino en serie estaba asediando la ciudad en la que estaba, había estado cazando activamente a la bestia, decidida a librarse de su enemigo, pero nunca había conseguido encontrar su guarida.

Nunca pudo hablar con nadie de su encuentro. En general se creía que un loco había asesinado a su familia. Y los trabajadores locales estaban convencidos de que era una maldición. Sara había heredado la hacienda de sus padres, una considerable fortuna, y tenido la suerte de poder viajar mucho, siempre un paso por delante de su perseguidor.

—Sara.

Falcon dijo su nombre dulcemente haciendo que regresara a él.

Ahora la lluvia chocaba contra el tejado. El viento golpeaba las ventanas y silbaba con fuerza como si avisara de algo. Sara se llevó la taza de té a los labios y bebió mientras seguía mirándolo a los ojos. Puso la taza con mucho cuidado en el platillo y los depositó en la mesa.

—¿Cómo es que has podido existir desde hace tanto tiempo?

Falcon se dio cuenta de que ella estaba manteniendo cierta distancia. Se fijó en su piel pálida y en que le temblaba la boca. Tenía una boca hermosa, pero estaba a punto de quebrarse, y él no se atrevía a pensar en eso, ni en sus curvas lujuriosas. La necesitaba desesperadamente, y estaba decidido a dejar a un lado a la bestia asesina que rugía para proporcionarle consuelo, paz y protección.

—Nuestra especie ha existido desde el comienzo de los tiempos, aunque estamos al borde de la extinción. Tenemos grandes capacidades. Somos capaces de controlar tormentas, de cambiar de forma, de planear como búhos con grandes alas y de correr con nuestros hermanos los lobos. Nuestra longevidad es tanto un don como una maldición. No es fácil ver cómo fallecen los mortales y el paso de los tiempos. Es terrible vivir sin esperanza en un interminable vacío negro.

Sara escuchó sus palabras e hizo todo lo que pudo para asimilar lo que le decía. Planear como búhos con grandes alas. Le hubiera encantado volar muy alto y liberarse del peso de su culpa. Se volvió a restregar la sien y frunció el ceño muy concentrada.

—¿Por qué bebes sangre si no eres un vampiro?

—Te duele la cabeza —le dijo como si fuera lo que más le preocupaba—. Déjame ayudarte.

Sara parpadeó, Falcon se acercó a ella y el calor de su cuerpo inmediatamente inundó su piel fría. Pudo sentir el arco eléctrico que saltó de su cuerpo al de ella. La química que se producía entre ellos era tan fuerte que la aterrorizaba. Pensó apartarse, pero él ya la había alcanzado. Enmarcó su cara con las manos y la acarició dulcemente. Sara sintió que el corazón le daba un vuelco. Parecía como si hubiera dado una vuelta de campana. Estaba sin aliento. Entonces Falcon le restregó la sien con las yemas de los dedos.

Sus dedos la aliviaban, aunque la inundaban de un calor que se arremolinaba pícaramente haciendo que sintiera mariposas en la boca del estómago. Percibió su quietud, y que su respiración pasaba de su cuerpo al de ella. Se mantuvo en un suspense agónico mientras las manos de Falcon se movían por su cara y el dedo pulgar acariciaba su carnoso labio inferior. Entonces sintió que había entrado en su mente, y estaba obligándola a compartir su cerebro, sus pensamientos, el horror de sus recuerdos, su culpa... Sara soltó un pequeño grito de protesta y se apartó bruscamente de él, pues no quería que viera las manchas que le estropeaban el alma.

—Sara, no —dijo Falcon suavemente mientras sus manos se negaban a renunciar a ella—. Yo soy la oscuridad, y tú eres la luz. No has hecho nada malo. No podías haber salvado a tu familia; los hubiera asesinado delante de ti.

—Tenía que haber muerto con ellos en lugar de esconderme cobardemente en el armario.

Confesó de golpe la verdad de su terrible pecado.

—No te hubiera matado —dijo suavemente con una voz muy grave que se movió por su piel como una aterciopelada caricia—. Quédate quieta un momento y deja que te quite el dolor de cabeza.

Ella se quedó muy tranquila, con mucha curiosidad sobre lo que estaba ocurriendo aunque temiendo por su cordura. Lo había visto beber sangre con los colmillos clavados en un cuello humano, las llamas del infierno ardiendo en las profundidades de sus ojos, aunque cuando la tocaba, sentía que le pertenecía. Quería pertenecerle. Cada célula de su cuerpo lo llamaba. Lo necesitaba. *Amado ángel oscuro*. ¿Era el ángel de la muerte que había venido a buscarla? Estaba lista para partir con él, iría, pero quería completar sus planes. Dejar algo bueno detrás, algo decente y correcto.

Escuchó unas palabras, un cántico en una lengua antigua en los confines de su mente. Una letra hermosa y cantarina tan antigua como el tiempo. Palabras de energía y paz. Dentro de su cabeza, no fuera de ella. Su voz era dulce y sentimental como las primeras horas de la mañana, y de algún modo el cántico curativo hizo que su dolor de cabeza se disolviera como una nube pasajera.

Sara se levantó para tocarle la cara, su amado rostro tan conocido.

—Mucho me temo que no eres real —confesó.

Falcon. Compañero de Sara.

El corazón de Falcon dio un vuelco y se derritió por completo. La acercó hacia su cuerpo muy cariñosamente para no asustarla. Temblaba por el deseo que sentía por ella. Le enmarcó la cara con las manos y la mantuvo quieta mientras lentamente inclinaba su oscura cabeza hacia ella. Sara se había perdido en las insondables profundidades de sus ojos. El deseo era ardiente. La necesidad muy intensa. Y la soledad muy dolorosa.

Sara cerró los ojos justo antes de que la boca de Falcon tomara posesión de la suya. La tierra tembló bajo sus pies. El corazón le latió asustado. Estaba perdida para el resto de la eternidad en un abrazo oscuro.

Capítulo *3*

Falcon se aferró a ella hasta dejar la huella de sus músculos impresa en su blando cuerpo. Movió su boca sobre la de Sara, que parecía hecha de seda caliente, y un torrente de lava fundida inundó su sangre. Todo el universo se estremeció y se transformó mientras su compañera se entregaba por completo a ese buscado beso. Su cuerpo parecía derretirse, y se volvió suave y maleable. En un instante ya le pertenecía.

La boca de Falcon era adictiva, pero Sara también planteó sus exigencias y pasó un brazo alrededor de su cuello para acercarlo. Quería sentirlo, que su cuerpo fuerte y duro se apretara con fuerza contra ella. Era algo real, no un sueño que desaparece. No se cansaba de su boca caliente y ansiosa que la deseaba tanto. Ella no creía ser una persona sensual, pero con él no tenía inhibiciones. Rozaba su cuerpo incansablemente contra el de Falcon deseando que la tocara, necesitando que lo hiciera.

Sara sintió un extraño rugido en los oídos. No reconocía sus pensamientos, solo sentía su cuerpo duro pegado al suyo, y el intenso placer que le producía su boca que tomaba posesión de la suya con mucha urgencia. Estaba completamente entregada a las sensaciones de calor y a la hoguera que se había producido entre ellos. Las ráfagas de fuego líquido que corrían por sus venas llenaban de humedad la zona baja de su cuerpo.

Falcon volvió a apretarla contra él sin dejar de besarle la boca. Sus lenguas se batían a duelo, una mano le agarró un pecho y su dedo pulgar le acarició un pezón por encima de la fina tela de su camiseta. Sara jadeó al sentir un placer tan exquisito. No esperaba tener compañía, y no llevaba nada debajo de su pequeña camiseta sin mangas. Con el otro pulgar Falcon tiró de uno de sus tirantes, algo muy sencillo, pero endiabladamente sexy.

Cuando se cansó de besarle la boca, le fue dejando una estela de fuego por el cuello. Su lengua se entretuvo dando vueltas en el lugar donde le latía el pulso. Sara soltó un chillido de deseo que se mezcló con un gemido de placer de Falcon. Sus dientes arañaron su vena hacia adelante y hacia atrás de manera dulce y erótica. Esto incendió el cuerpo de ella e hizo que cada una de sus células pidiera que la poseyera. Después de mordisquearla le alivió el dolor con la lengua. Sus brazos eran como fuertes bandas que la apretaban tanto que alcanzaba a sentir la dura erección, una exigencia urgente, que se apretaba con fuerza contra ella.

Un estertor sacudió el cuerpo de Falcon. Algo oscuro y peligroso apareció en su cabeza. Sus necesidades lo estaban abrumando, y se encontraba a punto de perder su implacable autocontrol. La bestia rugía pidiéndole que poseyera a su compañera. El aroma de Sara acababa con cualquier apariencia de civilización, y por un momento se había convertido en un animal oscuramente primitivo con todos sus instintos completamente despiertos.

Sara percibió cómo cambiaba al instante, y se dio cuenta del peligro cuando sus colmillos le tocaron la piel. La sensación era erótica, y la necesidad que tenía de que la poseyera era casi tan grande como la de él. *Confraternizando con el enemigo.* Las palabras llegaron de ninguna parte. Con un pequeño grito recriminatorio, Sara se apartó de sus brazos. Había visto cómo bebía sangre mientras hundía sus colmillos en un cuello humano. No importaba que Falcon le resultara conocido; no era humano y era muy, muy peligroso.

Falcon dejó que se alejara. La observó atentamente mientras él mismo hacía un gran esfuerzo para recuperar el control. Sus colmillos se retiraron, pero tenía el cuerpo duro y tremendamente dolorido.

—Si hubiera planeado hacerte daño, Sara, ¿para qué esperar? Eres el ser humano que está más seguro de este planeta, pues yo daría la vida por protegerte.

Soy Falcon y nunca te he conocido, pero he dejado para ti este regalo que nace de mi corazón.

Sara cerró los ojos con fuerza y se apretó una mano contra su boca temblorosa. Lo podía saborear y sentir; lo quería. ¿Cómo podía estar traicionando a su familia? Los fantasmas de su mente se quejaron en voz alta condenándola. Pero esa condena no impedía que su cuerpo temblara de deseo, o dejara de sentir el calor que había convertido su sangre en lava fundida.

—Te sentí —lo acusó mientras su cuerpo no dejaba de temblar como resultado de su beso letal más que por miedo a sus colmillos mortíferos. Casi había deseado que la mordiera. Durante un instante su corazón se había quedado quieto como si hubiese estado esperando toda una eternidad algo que solo él le podía dar—. Estuviste a punto de beberte mi sangre.

—Pero yo no soy humano, Sara —respondió suave y dulcemente. Sus ojos oscuros guardaban miles de secretos. Tenía la cabeza levantada y no se avergonzaba de sus oscuros deseos. Era un ser poderoso y fuerte, un hombre honorable—. Para mí beber sangre es algo natural, y tú eres mi otra mitad. Lamento haberte asustado. Lo hubieras encontrado muy erótico y en absoluto desagradable, y, además, no hubieras sufrido ningún daño.

Sara no tenía miedo de él. Tenía miedo de sí misma. Temía que quererlo tanto hiciera que los llantos de su familia desaparecieran de su mente y nunca encontrara una manera de hacer justicia a su asesino. Temía que el monstruo encontrara una manera de destruir a Falcon si se entregaba a sus deseos. Temía encontrarse con algo de lo que no tuviera conocimiento. Y temía que eso fuera increíblemente erótico y pecaminoso.

Para mi amada compañera, mi corazón y mi alma. Este es mi regalo.

Sus hermosas palabras habían cautivado su corazón para siempre. Su alma gritaba pidiendo estar unida a él. No le importaba haber visto esas llamas rojas de locura en sus ojos. A pesar del peligro, sus palabras los unían con miles de pequeños filamentos.

—¿Cómo llegaste a Rumanía? Eres estadounidense, ¿verdad?

Ella estaba muy nerviosa y Falcon quería encontrar un tema prudente que relajara la tensión sexual que había entre ellos. Necesitada aliviar las demandas urgentes de su cuerpo tanto como Sara quería tener su propio espacio. Había entrado en su mente y podía oír los ecos de su familia solicitando justicia.

Sara se hubiera quedado escuchando su voz para siempre. Se tocó la boca y se sorprendió al ver que todavía le hormigueaba después del beso. Falcon tenía una boca absolutamente perfecta, y sus besos eran letales. Cerró los ojos un instante y saboreó su sabor con la lengua. Sabía lo que él estaba haciendo. La estaba distrayendo de la abrumadora tensión sexual y de sus miedos perfectamente justificados. Le agradecía que lo hiciera.

—Soy de Estados Unidos —admitió—. Nací en San Francisco, pero nos mudamos muchas veces. Pasé mucho tiempo en Boston. ¿Has estado allí?

Tenía que hacer un gran esfuerzo para llevar el aire a sus pulmones, y cuando respiraba, el aroma de Falcon entraba en las profundidades de su cuerpo.

—No he viajado a Estados Unidos, pero espero que lo hagamos en el futuro. Podemos ir a mi tierra natal para ver a mi príncipe y a su compañera antes de viajar a tu país.

Falcon tomó la iniciativa de ralentizar deliberadamente su corazón y sus pulmones para retomar el control de sus cuerpos, que estaban enrabietados por la necesidad de liberarse.

—¿Un príncipe? ¿Quieres que te acompañe a reunirte con tu príncipe?

A pesar de todo, Sara descubrió que estaba sonriendo. No se podía imaginar reuniéndose con un príncipe. Toda la noche le parecía salida de una fantasía, un sueño oscuro en el que estaba atrapada.

—Nuestro príncipe es Mikhail Dubrinsky. Conocí a su padre, Vladimir, antes que a él, pero no he tenido el privilegio de reunirme con Mikhail desde hace muchos años. —No menos de mil años—. Cuéntame cómo llegaste hasta aquí, Sara —dijo y cambió de tema suavemente.

El príncipe no era un tema completamente seguro. Si Sara pensaba demasiado en lo que él era, inmediatamente sacaría la correcta conclusión de que Mikhail, el príncipe de su pueblo, también era de la especie de Falcon. Humanos, aunque no del todo. Lo último que quería era que ella se obsesionara con ese asunto.

—Vi en la televisión un reportaje sobre los niños abandonados en los orfanatos de Rumanía. Era desgarrador. Tengo un enorme fondo fiduciario con mucho más dinero del que nunca podré gastar. Entonces supe que tenía que venir y ayudarlos si podía. No podía sacarme de la cabeza la imagen de esos pobres bebés. Fue bastante complicado sobreponerme a este país para establecerme aquí. Encontré esta casa y comencé a establecer relaciones. —Siguió con un dedo el camino de unas gotas de lluvia que se deslizaban por la ventana. Había algo en la manera en que lo hacía que hizo que el cuerpo de Falcon se tensara casi al borde del dolor. Sara no tenía conciencia de lo intensamente atractiva que era. Su voz sonaba muy suave esa noche, era como una melodía melancólica acompañada por el sonido de los truenos. Cada palabra que surgía de su hermosa boca, o la manera cómo se movía su cuerpo, o sus dedos trazando el camino de las gotas de lluvia, lo dejaba embelesado y no podía pensar en nada más. Le dolía el cuerpo, su alma chillaba y su demonio interno luchaba por controlar la situación—. Trabajé un tiempo en los orfanatos. Parecía una tarea infinita, pues no había bastantes suministros médicos ni suficiente personal para cuidar y reconfortar a los bebés. Algunos estaban tan enfermos que era imposible ayudarlos. Me di cuenta de que tenía pocas esperanzas de poder ayudarlos de verdad. Estaba intentando establecer relaciones para acelerar los procesos de adopción cuando conocí a una mujer que igual que yo también había visto el programa de televisión y había venido a echar una mano. Ella me presentó a un hombre que me descubrió los niños de las alcantarillas.

Sara se levantó su brillante cabellera negra y dejó caer sus ondas y rizos en punta por encima de la cabeza. Cada mechón reflejaba la luz y Falcon anhelaba poder tocar esos rizos tan sedosos. Sentía un terrible latido en la cabeza y un martilleo implacable en el cuerpo.

—Los niños a los que silbaste para advertirles del peligro.

Falcon intentaba no pensar en lo seductora que se veía cuando estaba desarreglada. Era lo único que podía hacer para no lanzar sus manos a su cuerpo suave y volver a buscar su boca. Ella se paseaba incansablemente por la habitación y sus lujuriosas curvas atraían la mirada de él como un imán. Su pequeño top era color marfil y bajo la tela de seda se veían sus apetitosos pezones oscuros. Lo dejaban sin aliento y completamente duro, caliente e incómodo, con una necesidad de poseerla que bordeaba la desesperación.

—Bueno, evidentemente esos eran algunos. Son unos excelentes carteristas. —Sara le sonrió un instante antes de volver a mirar fijamente la lluvia torrencial detrás de la ventana—. Intentaba hacer que volvieran antes de que oscureciese. Las calles son aún más peligrosas por la noche, pero si no traen una cierta cantidad de dinero se pueden ver en un terrible problema. —Suspiró suavemente—. Tienen una pequeña ciudad subterránea. Es una vida peligrosa; los mayores mandan a los más pequeños y tienen que unirse en bandas para estar seguros. No es fácil ganarse su confianza o siquiera ayudarlos. Cualquier cosa que les des puede hacer que los maten. Pueden matar por una camisa en buen estado. —Se dio la vuelta y lo miró por encima del hombro—. No me puedo quedar en ningún sitio demasiado tiempo, y por eso siempre he sabido que en realidad no puedo ayudar a los niños de la manera en que lo necesitan.

Se había aferrado a ella una enorme sensación de tristeza. Pero no quería que él se compadeciera de ella. Aceptaba su vida con una tranquila dignidad. Había hecho sus elecciones y vivía con ellas. Estaba delante de una ventana que la enmarcaba como si fuera parte de un cuadro. Afuera la lluvia caía suavemente. Falcon quería rodearla con sus brazos y abrazarla para toda la eternidad.

—Háblame de los niños.

Falcon se había deslizado silenciosamente hasta la estrecha mesa donde Sara tenía una fila de velas aromáticas. Él podía ver fácilmente en la oscuridad, pero ella necesitaba la luz artificial de las lámparas. Si necesitaban iluminación, Falcon prefería el brillo de las velas que de alguna manera difuminaban los bordes de las sombras y fusionaban la luz con la oscuridad. Podría contar a Sara todo lo necesario bajo su tenue claridad y hablar sobre su futuro y lo que iba a significar para cada uno.

—Encontré siete niños que tenían talentos interesantes. No es fácil ni cómodo ser distinto y me di cuenta de que mi propia diferencia era lo que atraía hacia mí a ese terrible monstruo. Sabía que cuando tocara a esos niños, podría atraerlo hacia ellos. Sé que no puedo salvar a todos los huérfanos, pero estoy decidida a hacerlo con estos siete. He organizado un sistema para dar dinero a la mujer que ayuda a los niños de las alcantarillas, pero quiero tener un hogar para los siete que son míos. Sé que no voy a poder estar siempre con ellos hasta que encuentre una manera de librarme del monstruo que me persigue, pero por lo menos podré tenerlos instalados en un hogar y ofrecerles dinero, educación y a alguien de confianza que atienda sus necesidades.

—El vampiro solo estaría interesado en las niñas con talentos psíquicos. Los varones le serían prescindibles; de hecho, los vería como rivales. Lo mejor para su seguridad es que se trasladen cuanto antes. Podemos ir a las montañas de mi país y montar allí un hogar para los niños. Serán queridos y protegidos por mucha gente de mi pueblo.

Falcon hablaba tranquilamente, de manera directa y franca, deseando que aceptara lo que le decía sin ahondar en ello demasiado. Estaba sorprendido de que ella ya supiera cosas acerca de los vampiros y que estuviera tan tranquila en relación a lo que estaba pasando entre ellos. No se sentía tranquilo. Todo su ser parecía estar fundiéndose.

El corazón de Sara latió asustado por la manera casual en que Falcon reconoció que sus conclusiones eran correctas. El vampiro podría ir tras los niños y ella los había puesto directamente, aunque de forma involuntaria, en su camino.

Observó cómo Falcon miraba las velas fijamente. Cuando hacía girar los dedos de su mano derecha toda la fila de velas cobraba vida. Sara se rio suavemente.

—Magia. Eres un auténtico mago ¿verdad?

Su amado brujo, su ángel oscuro de los sueños.

Se volvió para mirarla y sus ojos negros se pasearon por su cara. Entonces se acercó incapaz de evitar tocarla. Sus manos le enmarcaron la cara.

—Tú sí que eres mágica, Sara —dijo con una voz que sonó como un susurro seductor en la noche—. Todo lo tuyo es pura magia.

Su valentía y su compasión. Y su decidida determinación. Su inesperada sonrisa a pesar de lo que tenía en su contra. *Un monstruo sin igual.* Y peor aún, Falcon comenzaba a sospechar que su enemigo era uno de los vampiros más temidos, uno verdaderamente antiguo.

—Ya te he hablado de mí. Cuéntame cosas sobre ti; cómo puedes ser tan viejo y cómo escribiste el diario.

Más que nada quería conocer la historia del diario. Su libro. Estaba escrito para ella, sus palabras habían pasado desde el alma de Falcon a la suya y la habían llenado de amor, anhelos y deseos. Quería olvidar la realidad, inclinarse hacia él y tomar posesión de su boca perfecta.

Pero necesitaba saber cómo sus palabras habían cruzado la barrera del tiempo y la habían encontrado. ¿Por qué se había sentido atraída por la oscuridad de esos túneles antiguos? ¿Cómo había sabido exactamente dónde encontrar la caja tallada a mano? ¿Qué pasaba con su persona para que atrajera a criaturas como él? *¿Qué había atraído a una de ellas hasta su familia?*

—Sara —exhaló su nombre en el aire de la habitación como un susurro aterciopelado y tentador.

La lluvia caía muy suave en el tejado y su compañera estaba a pocos centímetros de él, tentándolo con sus curvas lujuriosas, su hermoso rostro y sus enormes ojos color violeta.

Apartó las manos de su cara de mala gana. Se limitó a observar su boca a pesar de que necesitaba desesperadamente volverla a sentir.

—Estamos muy cerca de los montes Cárpatos. Adonde iremos, todavía es una región muy salvaje, pero lo mejor es establecer allí el hogar que planeas hacer para los niños. Pocos vampiros se atreven a desafiar al príncipe de nuestro pueblo en nuestras propias tierras.

Quería que aceptara lo que le decía. Que supiera que tenía la intención de estar con ella y que la iba a ayudar con lo que le hiciera falta para que fuera feliz. Si quería una casa llena de niños huérfanos, iba a estar a su lado y a querer y a proteger a los niños que estuvieran con ella.

Sara dio varios pasos hacia atrás. Miedo. No tanto de ese hombre que exudaba peligro y energía, que llenaba su casa con su presencia inundando su alma de paz y su mente de confusión. Tenía miedo de sí misma. De su reacción ante él..., de la necesidad terrible y dolorosa que tenía de estar con él. Le estaba ofreciendo una vida y esperanzas. Pero ella no había concebido ninguna de las dos cosas para sí misma. Ni una vez en los últimos quince años. Apretó su cuerpo contra la pared casi paralizada de miedo.

Falcon permaneció inmóvil y se dio cuenta de que ella estaba luchando contra la atracción que sentía por él, la feroz química que se producía entre ellos. La llamada mutua de sus almas. La bestia de Falcon era fuerte, un ser horroroso al que le costaba mucho controlar. Necesitaba su ancla, su compañera. Por el bien de ambos estaba obligado a llevar a cabo el ritual. Ella era una mujer fuerte que tenía que encontrar su propia manera de llegar a él. Falcon quería permitirle esa libertad, aunque tenían muy poco tiempo. Sabía que la bestia se estaba haciendo fuerte, y sus nuevas y abrumadoras emociones hacían que tuviera más cosas que mantener bajo control.

Sara sonrió de pronto y mostró una inesperada alegría en la mirada.

—Tenemos esta extraña cosa entre nosotros. No lo puedo explicar. Siento tu lucha interna. Tienes que decirme algo, pero te cuesta mucho hacerlo. Lo divertido es que no expresas nada con la cara, y tampoco puedo leer tu lenguaje corporal. Pero hay algo importante que no me estás diciendo, y eso te preocupa mucho. No soy tímida. Creo en los vampiros, a falta de una palabra mejor para denominar a estas criaturas. No sé lo que eres, pero creo que no eres humano. No tengo claro si eres uno de ellos; me temo que estoy cegada por alguna fantasía que he creado contigo.

Los ojos oscuros de Falcon se pusieron negros de deseo. Durante un momento solo la podía mirar fijamente y su deseo era tan fuerte que no podía pensar con claridad. Rugía a través de su cuerpo como un tren de mercancías que sacudía los cimientos de su capacidad de controlar.

—Yo estoy a punto de transformarme. Los machos de nuestra raza son depredadores. Con el paso de los años perdemos cualquier capacidad de sentir, e incluso de ver los colores. No tenemos emociones. Mientras transcurren los siglos solo nos podemos aferrar a nuestro honor y a los recuerdos de lo que sentíamos. Aquellos de nosotros que tenemos que cazar a los vampiros y hacer justicia, nos vemos obligados a acabar con sus vidas. Esto añade una mayor carga a nuestra existencia. Cada vez que matamos hacemos que se extienda la oscuridad de nuestras almas hasta que nos agotamos. He existido durante casi dos mil años, y mi tiempo ya ha pasado hace mucho. Estoy dirigiéndome a mi tierra natal para terminar con mi existencia antes de convertirme en un ser como esos a los que he estado cazando implacablemente.

Le contó la verdad de manera descarnada y sin embellecerla en absoluto.

Sara se tocó la boca sin dejar de mirarle la cara.

—Tú sientes. Es imposible que fingieras ese beso —dijo mostrando una gran sorpresa con la voz.

Falcon sintió que su cuerpo se relajaba y desaparecía su tensión gracias al tono que ella había empleado.

—Cuando encontramos a nuestra compañera, ella nos devuelve la capacidad de sentir emociones. Tú eres mi compañera, Sara. Percibo todas mis emociones. Veo en colores. Mi cuerpo necesita el tuyo y mi alma está desesperada por la tuya. Eres mi ancla, el único ser que puede contener mi oscuridad.

Sara había leído el diario; las cosas que le contaba no eran conceptos nuevos para ella. Ella era la luz para su oscuridad. Su otra mitad. Había sido una hermosa fantasía, un sueño. Ahora ella se estaba enfrentando a una realidad abrumadora. Ese hombre que estaba frente a ella, y se mostraba tan vulnerable, era un poderoso depredador que estaba a punto de convertirse en un ser como los que cazaba.

Pero creía en él. Sentía la oscuridad que se aferraba a su alma. Y percibía al depredador con las garras abiertas y los colmillos expectantes. Había llegado a atisbar los fuegos del infierno en sus ojos. Sus ojos de color violeta se encontraron con los suyos sin acobardarse.

—Bien, Sara —dijo muy suavemente—. ¿Me vas a salvar?

La lluvia caía sobre el tejado de su hogar y el sonido era como un ritmo sensual que atravesaba su cuerpo y se acompasaba con el tamborileo de su corazón. No podía apartar la mirada de él.

—Dime cómo puedo salvarte, Falcon.

Todo lo que le había contado era verdad. Lo sentía, lo *sabía* instintivamente.

—Si no nos unimos con las palabras rituales no tendré esperanzas. Una vez que presente a mi verdadera compañera, quedaremos unidos para el resto de la eternidad. Es parecido a la ceremonia de matrimonio de los humanos, aunque más fuerte.

Ella conocía las antiguas palabras. Él se las había dicho, se las había susurrado miles de veces en medio de la noche. Hermosas palabras.

Te reclamo como mi compañera. Te ofrezco mi vida. Te doy mi protección, mi lealtad, mi corazón, mi alma y mi cuerpo. Pongo bajo mi cuidado todo lo que es tuyo. Amaré tu vida, tu felicidad y tu bienestar, que todo el tiempo estarán por encima de mis necesidades. Eres mi compañera, estarás unida a mí durante toda la eternidad, y siempre te protegeré.

Había pasado mucho tiempo intentando traducirlo, dándole a cada palabra su perfecta belleza y el mismo significado original. Las palabras habían pasado del corazón de Falcon al de ella.

—¿Y se nos considerará casados?

—Tú eres mi compañera; nunca tendré otra. Estaremos unidos, Sara, verdaderamente unidos. Tendremos que tener nuestras mentes conectadas y hacer que nuestros cuerpos se unan a menudo. No podré estar sin ti, y tú no podrás estar sin mí.

Ella reconoció que no la estaba coaccionando. No intentaba influir en ella, aunque había sentido muy profundamente el impacto de lo que le había dicho. Levantó la barbilla intentando ver en su alma.

—¿Si no nos unimos realmente te convertirás en un ser como el monstruo que asesinó a mi familia?

—He luchado contra la oscuridad cada día de mi vida —admitió suavemente. Un rayo zigzagueante iluminó el cielo nocturno y por un momento le permitió ver la cara de Falcon con un fuerte relieve. Podía adivinar la lucha que se dibujaba claramente en su rostro, en cierta crueldad que se veía en su boca sensual, en sus arrugas y en sus facciones, así como en el oscuro vacío de sus ojos. Entonces volvió la oscuridad que solo rompía el brillo de las velas. Enseguida volvió a verse guapo, con el mismo rostro que tenía en sus sueños. Su propio ángel oscuro—. No me quedará más elección que terminar con mi vida. Esa era mi intención cuando me dirigía a mi tierra natal. Ya estaba muerto, pero tú insuflaste vida a mi alma destrozada. Y ahora que estás frente a mí, como si fueras un milagro, te lo vuelvo a preguntar. ¿Estás dispuesta a salvar mi vida y mi alma, Sara? Una vez que pronunciemos las palabras no habrá vuelta atrás, no se pueden retirar. Tienes que saberlo. No las podré retirar. Y no te dejaré marchar. Sé que no soy tan fuerte. ¿Eres lo suficientemente fuerte como para compartir tu vida conmigo?

Ella quería decir que no, que no lo conocía, que era un extraño que había ido tras ella justo después de beber la sangre de un hombre. Pero lo conocía. También sus pensamientos más íntimos. Había leído cada palabra de su diario. Falcon estaba tan solo, tan completamente solo, y ella entendía perfectamente lo que significaba eso. Nunca podría apartarse de él. Había estado para ella todas esas noches largas y vacías. Todas aquellas noches interminables en que los fantasmas de su familia protestaban pidiendo venganza y justicia. Había estado con ella. Sus palabras. Su cara.

Sara le puso una mano en un brazo y sus dedos se aferraron a él.

—Tienes que saber que no abandonaré a los niños. Y hay que contar con mi enemigo. Vendrá. Siempre me encuentra. Nunca me quedo demasiado tiempo en ningún sitio.

—Soy cazador de no muertos, Sara —le recordó, pero esas palabras significaban poco para él. Solo era consciente de su tacto, de su olor y de la manera cómo lo miraba. Su consentimiento. Lo esperaba. Todo su ser lo esperaba. Incluso el viento y la lluvia parecían vacilar—. Sara —dijo suavemente aunque mostrando en su voz su dolorosa necesidad y su terrible deseo de poseerla.

Ella cerró los ojos deseando soñar, pero oyó que su propia voz rompía el silencio de la habitación.

—Sí quiero.

Falcon sintió una explosión de euforia. La atrajo hacia él y enterró la cara en la suavidad del cuello de Sara. Su cuerpo temblaba muy aliviado gracias a que ella se había comprometido con él. Apenas se podía creer la enormidad de su descubrimiento. Ahora iba a estar unido a su compañera los últimos días de su existencia. Besó su boca dulce y temblorosa, y levantó la cabeza para mirarle los ojos.

—Te reclamo como mi compañera. Te ofrezco mi vida. Te doy mi protección, mi lealtad, mi corazón, mi alma y mi cuerpo. Pongo bajo mi cuidado todo lo que es tuyo. Amaré tu vida, tu felicidad y tu bienestar, que todo el tiempo estarán por encima de mis necesidades. Eres mi compañera, estarás unida a mí durante toda la eternidad, y siempre te protegeré.

Volvió a enterrar la cara en su piel suave y aspiró su aroma. Debajo de su boca el pulso de Sara lo atraía, su energía vital lo llamaba tentadoramente. Demasiado tentadoramente.

Sara enseguida sintió la diferencia y su cuerpo sufrió una extraña sacudida. Su alma y su corazón adoloridos, que habían estado tan vacíos, de pronto estaban llenos y completos. La sensación la llenó de euforia; aunque al mismo tiempo también estaba aterrorizada. No podía ser cosa de su imaginación. Sabía que era diferente.

Antes de que pudiera sentir miedo por las consecuencias de su compromiso, sintió sus labios suaves y aterciopelados sobre la piel. Su tacto hizo que no pudiera pensar en nada, por lo que se entregó de buena gana a sus atenciones. Los brazos de Falcon la acercaron aún más a su corazón, a la protección de su cuerpo. Sus dientes la rozaron ligeramente de manera tan erótica que sintió un escalofrío en la columna. La lengua de Falcon revoloteó lentamente como si fuera un pequeño fuego que entró embravecido en su torrente sanguíneo. Sara levantó los brazos por su propia voluntad y acunó su cabeza. No era una muchacha joven temerosa de su propia sexualidad; era una mujer adulta que llevaba mucho tiempo esperando a su amante. Quería sentir su boca y sus manos. Quería todo lo que estuviera dispuesto a darle.

Las manos de Falcon se movieron por su cuerpo y apartaron la fina barrera de la camiseta para abarcar toda su piel. Era más suave que nada que hubiera imaginado. Le susurró una orden poderosa, hundió los colmillos en su cuello, y unos latigazos como relámpagos restallaron desde su cuerpo al de Sara. Calor incandescente. Fuego azul. Ella era dulce y picante, un sabor del cielo. La quería, deseaba cada centímetro de su ser. Quería enterrarse profundamente en ella, encontrar su lugar seguro, su refugio. Se había alimentado bien, lo que era algo bueno, pues si no nunca hubiera encontrado suficiente voluntad como para refrenar su impulso. Tuvo que hacer un gran esfuerzo para controlarse y no dejarse llevar salvajemente. Bebió solo la sangre necesaria para hacer el intercambio. Podía entrar en su mente para darle confianza. Y eso iba a ser absolutamente necesario para su comodidad y su seguridad.

Entonces se hizo un corte en su propio pecho, apretó la boca de Sara sobre su sangre antigua y poderosa, y le pidió cariñosamente que obedeciera. Ella se movió sensualmente contra él y lo fue acercando al límite de su autocontrol. La quería y la necesitaba, y en el momento en que supo que ya había tomado suficiente sangre para hacer el intercambio le ordenó entre susurros que dejara de beber. Cerró la herida con mucho cuidado y rápidamente tomó posesión de su boca. Movió su lengua sobre la de ella y ambas se batieron a duelo y danzaron. Cuando ella salió de su embrujo, solo sentía la fuerza de sus brazos, el calor de su cuerpo y la seducción de su boca.

Inesperadamente aumentó la intensidad de la tormenta que golpeaba con fuerza contra los alféizares. Los rayos chocaban con tanta fuerza que el suelo se sacudió. La pequeña casa de campo de Sara temblaba y los muros se estremecían inquietantemente. El estruendo ensordecedor de los truenos llenaba todos los espacios de la casa. Sara se apartó bruscamente de sus brazos, se apretó las manos contra los oídos y observó horrorizada la furia de la tormenta. Se quedó con la boca abierta cuando otro relámpago chisporroteó por el cielo lanzando rayos de energía. Un trueno estalló justo encima de sus cabezas y un grito aterrado surgió de su garganta.

Capítulo 4

Antes de que otro sonido pudiera escapar de su garganta, la mano de Falcon cubrió su boca cariñosamente como señal de alarma. No le hacía falta que se lo advirtiera; ya lo sabía. Su enemigo la había vuelto a encontrar.

—Tienes que salir de aquí —susurró ella con la boca pegada a la palma de su mano.

Falcon bajó la cabeza hasta que su boca le tocó la oreja.

—Soy cazador de no muertos, Sara. No escapo de ellos.

Todavía tenía su sabor en la boca y en su mente. Ahora ya era parte inseparable de él.

Sara inclinó la cabeza hacia atrás para mirarlo y frunció el ceño al sentir que el viento ululaba con suficiente fuerza como para provocar pequeños tornados en la calle y en el patio. Estaba lanzando al aire papeles, hojas y ramas pequeñas en un estallido de rabia.

—¿Eres lo bastante bueno matando a esas cosas? —preguntó un poco incrédula y bastante desafiante—. Necesito saber la verdad.

Por primera vez, que pudiera recordar, Falcon sintió algo parecido a la risa. Fue algo inesperado justo cuando estaban esperando la llegada del vampiro, pero el tono de duda de su voz hizo que le dieran ganas de reír.

—Está enviando sus amenazas por delante. Lo has enfadado. Tienes un escudo incorporado, algo muy raro. No te puede encontrar cuando hace sus exploraciones, y por eso busca en tu conciencia, espera a que un ataque de miedo le muestre que sabes quién es. Así te rastrea. Le voy a responder para que se haga cargo de que estás bajo mi protección.

—¡No! —Sara le cogió el brazo muy tensa—. Esta podría ser nuestra oportunidad. Si no sabe de tu existencia seguro que vendrá a buscarme. Le podremos tender una trampa.

—No necesito usarte como cebo.

La voz de Falcon sonaba muy tranquila, pero Sara percibió una emoción sin nombre que le provocó un escalofrío. Falcon siempre era amable con ella, su tono era suave y bajo y la tocaba con ternura. Pero había algo en su interior que era terriblemente peligroso y muy oscuro.

Sara se dio cuenta de que estaba temblando y se agarró a él con fuerza temiendo que si se adentraba en la feroz tormenta lo pudiera perder.

—Es lo mejor. Vendrá a buscarme; siempre lo hace.

Su vínculo con Falcon ya era tan fuerte que no soportaba la idea de que le pudiera ocurrir algo terrible. Tenía que protegerlo del ser terrible que destruyó a su familia.

—Esta noche no. Esta noche iré tras él.

Falcon la apartó dulcemente. Podía ver claramente sus miedos y su feroz necesidad de asegurarse de que no le iba a pasar nada. No sabía exactamente lo que él era, ni las miles de batallas que había tenido contra esos auténticos monstruos: antiguos varones carpatianos que habían esperado demasiado tiempo, o que habían decidido entregar sus almas por el fugaz placer inmediato de matar. Sus hermanos.

Sara le agarró un brazo.

—No, no salgas de aquí —dijo con la voz entrecortada—. No quiero estar sola esta noche. Sé que está aquí y por primera vez no estoy sola.

Falcon se inclinó hacia ella para atrapar su suave boca. De inmediato tuvo la sensación de que se fundían, la promesa de un calor sedoso y un éxtasis que nunca se había atrevido a soñar.

—Estás preocupada por mi seguridad y buscas argumentos para que me quede contigo —le dijo suavemente casi pegado a sus labios—. Vivo contigo ahora; podemos compartir nuestros pensamientos. Esta es mi vida, Sara; y esto es lo que hago. No tengo más elección que ir. Soy un carpatiano que el príncipe de mi pueblo envió al mundo para proteger a la gente de estas criaturas. Soy un cazador. Es el único honor que me queda.

En su voz resonaba una dolorosa soledad. Ella llevaba quince años sola. Ni imaginaba lo que podía ser estar tanto tiempo solo como le había ocurrido a él. Tener que observar el paso interminable del tiempo y los cambios del mundo sin esperanzas ni refugio. Sentenciado a tener que destruir a los de su propia especie, tal vez incluso a sus amigos. Honor. Usaba a menudo esa palabra en el diario. Sara vio su implacable determinación y la intensidad que bullía bajo su apariencia tranquila. Nada que pudiera decir lo iba a detener.

Entonces suspiró y asintió:

—Creo que tienes muchas más cosas que honrar aparte de tus habilidades como cazador, pero te comprendo. Hay cosas que tengo que hacer que no siempre me apetecen, aunque sé que no podría vivir conmigo misma si no las hiciera. —Deslizó un brazo por su cuello y se apretó contra su cuerpo. Durante un instante dejó de sentirse sola en este mundo. Él era sólido y seguro—. No dejes que te haga daño. Se las arregla para acabar con la gente que quiero.

Falcon la sujetó con fuerza y sus brazos acunaron el cuerpo de Sara mientras cada célula del suyo la necesitaba. Era una locura salir de caza cuando estaba a punto de transformarse y aún no había completado el ritual, pero no tenía elección. El viento golpeaba la ventana y las ramas de los árboles se sacudían contra la casa con una especie de furia.

—Volveré pronto, Sara —le aseguró con la voz suave.

—Déjame ir contigo —dijo ella de pronto—. Ya me he enfrentado a él otras veces.

Falcon sonrió. Su alma sonrió. Ella le parecía increíblemente hermosa. Dispuesta a enfrentarse al monstruo a su lado. Se volvió a inclinar y la besó. Le había hecho una promesa. Una promesa de vida y felicidad. Y entonces se marchó, abrió la puerta de un tirón aprovechando que todavía podía hacerlo. Su honor aún era lo suficientemente sólido como para imponerse a las necesidades de su cuerpo. Simplemente se disolvió como una niebla, se mezcló con la lluvia para camuflarse, salió al aire nocturno y se alejó de la protección y la tentación que le ofrecían el cuerpo y el corazón de Sara.

Ella salió al porche detrás de él todavía parpadeando sin saber exactamente por dónde se había marchado, ya que todo había ocurrido muy de prisa.

—¡Falcon!

Su nombre surgió como un grito que salió de golpe de su alma. El viento se ensañó con su cabello y la lluvia le empapó la ropa hasta que la seda se hizo prácticamente transparente. Había vuelto a quedarse completamente sola.

Nunca más volverás a estar sola, Sara. Viviré dentro de ti y siempre estarás conmigo. Háblame; usa tu mente y te escucharé.

Contuvo el aliento. Era imposible. Sintió un enorme alivio y se tuvo que sujetar a la columna del porche para apoyarse. No se preguntó cómo podía estar escuchando en la mente esa voz clara, perfecta y sexy, sino que lo aceptó. Lo necesitaba desesperadamente. Se metió el puño en la boca para dejar que pedirle que volviera con ella, olvidando un instante que podía leer sus pensamientos.

Falcon se rio ligeramente y su voz sonó como una lenta caricia.

Eres una mujer sorprendente, Sara. Es increíble que fueses capaz de traducir las cartas que te escribí. Las escribí en varios idiomas. Griego y hebreo. El idioma antiguo. ¿Cómo conseguiste llevar a cabo esa proeza?

Falcon estaba viajando rápidamente por el cielo nocturno, examinándolo todo atentamente, observando cualquier perturbación que le indicara la llegada del no muerto. Algunas veces los espacios vacíos revelaban dónde estaba la guarida del vampiro. Otras veces era una ráfaga de energía, o un inesperado éxodo de murciélagos de una cueva. El detalle más pequeño podía proporcionar pistas a alguien que supiera dónde mirar.

Sara permaneció en silencio un momento dando vueltas a la pregunta en la mente. Había estado obsesionada en traducir los extraños documentos cuidadosamente envueltos en papel encerado. Traducir ese texto había sido una necesidad. Palabras sagradas. Recordaba la sensación que tenía cada vez que tocaba esas hojas enrolladas. Su corazón latía más deprisa y su cuerpo volvía a sentirse vivo. Sus dedos habían alisado esas fibras más veces de las que quería contar. Hasta que entendió lo que esas palabras significaban para ella. Y entonces vio su cara. Sus ojos, la forma de su mandíbula y la larga caída de su cabello. Y la dolorosa soledad en que vivía. Solo lo supo cuando encontró la traducción correcta.

Mis padres me enseñaron griego, hebreo y la mayoría de las lenguas antiguas, pero nunca antes había visto algunas de las letras y símbolos. Fui a varios museos y a varias universidades, pero nunca quise enseñar el diario a nadie. Pensaba que estaba dirigido a mí.

Sabía que las palabras eran íntimas y estaban exclusivamente destinadas a sus ojos. Percibió la poesía del texto antes incluso de haberlo traducido. Sintió que los ojos se le llenaban de lágrimas. Falcon. Ahora sabía su nombre, había mirado sus ojos y era consciente de que la necesitaba. Como a nadie más. Solo a ella.

Estudié el diario durante varios meses, traduje lo que pude, pero sabía que no era correcto traducirlo palabra por palabra. Sin embargo, de pronto simplemente lo entendí. Me di cuenta cuando ya estaba bien traducido. No puedo explicar cómo, pero lo supe en el momento en que di con la clave.

Falcon sintió que su corazón se retorcía de curiosidad. Ella podía inundar su alma de calor y lo abrumaba tanto con sus intensos sentimientos que dejaba de ser un poderoso depredador, sino un hombre dispuesto a hacer cualquier cosa por su compañera. Le estaba dando una lección de humildad con su generosidad, aceptando lo que él era. Había escrito esas palabras y había expresado unas emociones que hacía ya mucho tiempo que no sentía. Escribir el diario había sido una obsesión que no podía ignorar. Nunca había pretendido que nadie lo leyera, pero había sido incapaz de destruirlo.

Faltaban un par de horas para que amaneciera y el vampiro todavía podía ser letal. Muy probablemente estaba buscando escondrijos, rutas de escape y recopilando información. Falcon había tenido éxito cazando y luchando contra los vampiros desde hacía siglos, pero cada vez estaba más preocupado. Y debía haber encontrado algún rastro aunque no veía ninguna de las señales que indicaban que el no muerto había pasado por la ciudad. Pocas criaturas podrían lograr una hazaña así; solo un enemigo muy antiguo y poderoso podía tener tal habilidad.

Eres mi corazón y mi alma, Sara. Las palabras que te dejé son ciertas, y solo mi compañera hubiera conseguido descubrir la clave que descifrara el código para traducir el idioma antiguo. En su voz resonaba una admiración y un amor tan intensos que ella se llenó de calor. *Me tengo que concentrar en la cacería. Este no es un vampiro novato, sino uno poderoso y fuerte. Precisa de toda mi atención. Si me necesitas usa tu mente y te oiré.*

Sara cruzó los brazos por delante de los pechos y se volvió a meter en el porche para observar la cortina de lluvia que caía formando hilos plateados. Por su tono de voz había intuido, más que oído, que Falcon estaba preocupado.

Si me necesitas volveré contigo.

Sara lo decía en serio. Lo quería con cada célula de su cuerpo. Le parecía mal dejar que Falcon fuera solo a luchar contra el vampiro.

El corazón del carpatiano se aligeró. Ella correría en su ayuda si la llamaba. Su vínculo ya era fuerte y aumentaba a cada instante que pasaba. Ella representaba el milagro que se concedía a su especie. *Era su compañera.*

Estaba atravesando el cielo con cuidado, usando la tormenta para ocultarse. Era un experto en disimular su presencia con mucha facilidad. Había comenzado a supervisar las zonas en donde más probablemente se podría esconder el no muerto. Tendrían que ser los edificios y sótanos más antiguos de la ciudad. Si estuviera fuera de la ciudad tendría que estar en una cueva, o en cualquier agujero del suelo donde el viejo vampiro se pudiera proteger.

Falcon no encontraba el rastro de su enemigo, y cada vez estaba más inquieto. El vampiro ya habría atacado a Sara si hubiera sabido exactamente dónde estaba. Evidentemente había dado rienda suelta a su rabia porque no la había encontrado, y había intentado asustarla traicionando su presencia. Eso dejaba otra vía abierta hacia él. Tendría que encontrar a alguna víctima del vampiro y rastrearlo desde allí. Sería un proceso laboriosamente lento y se vería obligado a dejar a Sara sola algún tiempo. Volvió con ella.

Si te sientes intranquila llámame enseguida. Si pasa cualquier cosa, me llamas.

Sintió que ella sonreía.

Llevo la mitad de mi vida siendo consciente de mi enemigo. Sé cuándo está cerca y he conseguido escapar de él una y otra vez. Cuida de ti mismo, Falcon, y no te preocupes por mí.

Sara llevaba bastante tiempo sola, y era una mujer independiente y autosuficiente. Estaba mucho más preocupada por Falcon que por ella misma.

La lluvia seguía cayendo con fuerza y el viento formaba pesadas cortinas de agua. Falcon no sentía frío cuando estaba bajo la forma que había adoptado. Pero si hubiera estado con su cuerpo natural fácilmente hubiera podido regular su temperatura. La tormenta le impedía buscar a su enemigo usando el olfato, pero conocía los sistemas del vampiro. Encontró una víctima indiscutible.

Vio un cuerpo en un callejón, no demasiado lejos de donde habían estado los niños de las alcantarillas de Sara que habían escapado de él. Su inquietud aumentó. El vampiro evidentemente era experto en encontrar a Sara. Ella seguía un patrón de conducta, y el no muerto sacaba provecho de ello. Una vez que descubría el país y la ciudad donde ella se había establecido, iba a los lugares donde era posible que acudiera. Los refugios de los marginales, de los sin techo, de los niños no deseados y de las mujeres maltratadas. Era posible que Sara trabajara en estos lugares, haciendo lo que pudiera, antes de volver a trasladarse. El dinero significaba poco para ella; era solo un medio para seguir moviéndose y hacer lo posible para ayudar a los demás. Vivía frugalmente y gastaba poco en su persona. Igual que Falcon, había estudiado a los vampiros para conocer sus métodos; el no muerto lo había hecho con Sara. Sin embargo, ella seguía escapándose. La mayoría de los vampiros no destacaban por su paciencia, pero este llevaba quince años siguiéndola implacablemente.

Era un milagro que hubiera conseguido evitar que la capturara, un tributo a su naturaleza valiente e ingeniosa. El cuerpo de Falcon brilló y se materializó bajo la deprimente lluvia junto al hombre muerto. La víctima del vampiro había fallecido violentamente. Falcon estudió el cadáver y tuvo mucho cuidado de no tocar nada. Quería oler al no muerto y poder sentirlo. La víctima era un joven gamberro callejero. Había un cuchillo con sangre en el suelo. Observó que la hoja ya se estaba carcomiendo. El chico había sido torturado. Muy posiblemente para que le diera información sobre Sara. El vampiro querría saber si la habían visto en la zona y por eso se vio rodeado de restos de violencia.

No podía dejar que quedaran pruebas para la policía. Suspiró suavemente y comenzó a llamar a la energía del cielo que tenía por encima. Varios rayos y relámpagos bailaron provocando un gran brillo que mostró el callejón con un fuerte relieve. Chisporrotearon y crujieron unos latigazos incandescentes. Falcon dirigió toda esa energía al cuerpo y al cuchillo. El cuerpo se incineró rápidamente hasta quedar convertido en finas cenizas, y el cuchillo se limpió antes de fundirse.

Falcon quedó rodeado por el resplandor de la energía del relámpago que ardía como una llamarada naranja desde el suelo hasta las inquietantes nubes oscuras, donde se dividía en puntas brillantes de calor blanco azulado. De pronto levantó la cabeza, miró a su alrededor y se dio cuenta de que la energía que vibraba en el aire no era solo suya. Dio un salto hacia atrás para apartarse de las cenizas, pues de repente los restos ennegrecidos cobraron vida. Apareció una figura horrorosa con una cabeza informe y unos agujeros despiadados por ojos.

Falcon se volvió una fracción de segundo demasiado tarde y se encontró con un verdadero ataque. Una garra estuvo a punto de atravesarle un ojo y le arañó la sien. Y unas uñas afiladas como cuchillas le hicieron cuatro largos tajos en el pecho. Sintió un dolor atroz. Un aliento caliente y fétido estalló en su cara y olió a carne putrefacta, pero la criatura era como un borrón que desapareció en cuanto él, instintivamente, le lanzó un golpe contra el corazón.

Su puño rozó un pelaje espeso, pero enseguida se encontró en un espacio vacío. Esto hizo que rápidamente despertara la bestia interior de Falcon, muy caliente y poderosa. Su fuerza lo estremeció. Tenía una niebla roja delante de los ojos y en su mente reinaba el caos. Entonces giró rápidamente y despegó hacia el cielo evitando a duras penas los enormes rayos de energía que ennegrecían el callejón y chocaban contra las paredes de los edificios que ya estaban en ruinas. El sonido era ensordecedor. A la bestia le encantaba la violencia. Falcon luchaba contra sí mismo igual que el vampiro, y combatía contra un hambre que nunca podía ser aplacado.

¿Falcon?

La voz de Sara fue como una corriente de aire fresco que alejó la llamada del asesino.

Dime dónde estás. Siento que corres peligro.

La sincera preocupación que reflejaba su voz le permitió controlar al demonio rabioso y consiguió apartarlo, a pesar de sus violentos deseos.

Falcon golpeó fuerte y duro. Calculó los riesgos y voló hacia la extraña figura hecha de cenizas con el puño extendido. Las cenizas se dispersaron y formaron un remolino que se elevó muy alto, como si hubiera sido una torre hecha con un carbón grotesco. Durante un instante una forma resplandeció en el aire. El vampiro intentó lanzar una barrera entre ellos. Falcon se dirigió a la endeble estructura y la volvió a rozar alcanzando a sentir su carne, pero la criatura consiguió volver a disolverse. El vampiro se marchó y despareció tan rápido como cuando se presentó.

No quedaron rastros del monstruo, ni siquiera el inevitable vacío. Falcon buscó minuciosamente por la zona para encontrar el más mínimo resto. Mientras más buscaba más se convencía de que Sara había estado siendo perseguida por un gran vampiro verdaderamente antiguo que había conseguido eludir a todos sus cazadores a lo largo de los siglos.

Entonces se movió cautelosamente por el cielo. El vampiro no lo iba a volver a atacar. Ya lo había intentado y ahora había perdido el factor sorpresa. El enemigo sabía que se estaba enfrentando a un cazador experimentado muy versado en batallas. Seguramente estaría escondido bajo tierra evitando cualquier contacto, con la esperanza de que él no lo encontrara.

El ruido seco de un trueno resonó en el cielo. Una advertencia. Una promesa oscura. El vampiro estaba reivindicando su posición a pesar del hecho de que sabía que había un cazador en la zona. No iba a desistir de Sara. Ella era su presa.

Sara le esperaba en el pequeño porche y cuando lo vio estiró sus ansiosos brazos hacia él. Lo observó muy temerosa evaluando los daños. Falcon quería cogerla en sus brazos y estrecharla contra su corazón. Nunca nadie le había dado la bienvenida, ni se había preocupado por él con esa expresión en la cara. Ansiosa. Amorosa. Era incluso más hermosa de lo que recordaba. Tenía la ropa empapada de agua de lluvia y su corto cabello despeinado y en punta. Sus ojos eran enormes. Se podría hundir fácilmente en sus ojos y fundirse en su acogedora calidez.

—Vamos a la casa —dijo Sara mientras le tocaba la sien con sus delicados dedos y recorría su cuerpo con las manos con mucha necesidad de sentirlo. Le dio un pequeño empujón para que entrara y dejara atrás el cielo nocturno y la lluvia—. Cuéntame —lo apremió.

Falcon miró alrededor de la limpia y pequeña habitación. Era tranquilizadora y hogareña. Reconfortante. El fuerte contraste entre su existencia fea y estéril y ese momento era tan extremo que casi resultaba chocante. La sonrisa de Sara, su tacto, la preocupación que mostraban sus ojos... no hubiera cambiado eso por ningún tesoro que se hubiera encontrado en los siglos que llevaba en la Tierra.

—¿Qué te pasó, Falcon? Y no me refiero a las heridas.

El miedo que sentía por él en lo más profundo de su alma, justo antes de que comenzaran a comunicarse, era sobrecogedor.

Falcon se pasó una mano por su larga cabellera. Tenía que contarle la verdad. Su demonio interno estaba más fuerte que nunca. Había esperado demasiado tiempo, había luchado en demasiadas batallas y había cometido demasiados asesinatos.

—Sara —dijo suavemente—. Tenemos poco donde elegir, pero hay que hacerlo rápidamente. No tenemos tiempo para esperar hasta que comprendas del todo lo que está ocurriendo. Quiero que permanezcas en silencio y escuches lo que te tengo que decir. Después habría que tomar decisiones.

Sara asintió muy seria observando su cara. Podía ver claramente que Falcon se sentía en un aprieto. Sabía que temía por su seguridad. Pero ella quería alisar las arrugas que se marcaban profundamente en su cara. Tenía una mancha de sangre en la sien, y un estrecho surco que acentuaba el profundo agotamiento que se veía alrededor de su boca. Su camisa estaba ensangrentada y tenía cuatro grandes heridas. Cada célula del cuerpo de Sara gritaba para que lo abrazara y lo reconfortara, sin embargo se sentó muy rígida a la espera de lo que le iba a decir.

—He hecho que nos unamos en la vida o en la muerte. Si me ocurre algo te resultará muy difícil continuar sin mí. Tenemos que ir a los montes Cárpatos donde está mi gente. Este enemigo es muy antiguo y poderoso. Está convencido de que eres suya y nada va a impedir que te siga persiguiendo. Creo que estás en peligro tanto de día como de noche.

Sara asintió. No iba a discutir con él. El vampiro había sido implacable persiguiéndola. Ella había tenido suerte en sus escapadas y siempre había estado dispuesta a huir a la menor señal de que él se encontraba cerca. Estaba segura de que si el vampiro la hubiera acechado sigilosamente y en silencio ya la tendría, pero no parecía dar crédito a su capacidad de ignorar sus llamadas.

—Usa criaturas que vienen durante el día antes que él —dijo Sara y se miró las manos—. Quemé a una de ellas —admitió en voz baja avergonzada de sí misma.

Falcon sintió su sentimiento de culpa como un golpe. Le cogió las manos, las giró y dio un beso en el centro de cada una de sus palmas.

—Los espectros que crea el vampiro ya están muertos. Son criaturas sin alma que viven de comer carne y de la sangre contaminada del vampiro. Has tenido suerte de poder escapar de ellos. Matarlos es un acto de misericordia. Créeme, Sara, no pueden ser salvados.

—Explícame qué opciones tenemos, Falcon. Ya casi ha amanecido y me siento muy nerviosa por ti. Tus heridas son serias. Necesitas ser atendido.

Apenas soportaba mirarlo. Estaba manchado de sangre y tan exhausto que parecía languidecer. Falcon se alisó los mechones rebeldes de su larga cabellera negra.

—Mis heridas en realidad no son tan serias —dijo descartando el problema y se encogió casualmente de hombros—. Cuando estoy enterrado, la tierra me ayuda a curarme. Pero mientras esté bajo tierra, estarás sola y vulnerable. Durante algunas horas del día estaré muy débil y no podré acudir en tu ayuda. Por lo menos físicamente. Preferiría que permanecieras a mi lado todo el tiempo para saber que estás segura.

Ella abrió los ojos como platos.

—¿Quieres que esté contigo bajo tierra? ¿Cómo sería posible algo así?

Había cosas que habían quedado inacabadas y ella tendría que hacerlas en las horas diurnas. Horas de trabajo. El mundo no se acomodaba tan rápidamente a las costumbres del pueblo de Falcon.

—Tendrás que volverte igual que yo —dijo suave y secamente—. Podrás tener todos los dones de mi gente, y también su debilidad. Serás vulnerable durante las horas del día, y necesitarás sangre para mantenerte viva.

Ella se quedó en silencio un momento dando vueltas a lo que le había dicho.

—Imagino que si fuera como tú no me parecería aborrecible. ¿Tendré necesidad de tomar sangre?

Él se encogió de hombros.

—Es una realidad en nuestras vidas. Pero no matamos; mantenemos a nuestra presa tranquila e inconsciente. Yo te la proporcionaré y no será de una manera que puedas encontrar incómoda.

Sara asintió aceptándolo, aunque su mente daba vueltas a la palabra «presa». Había vivido bajo las sombras del mundo carpatiano desde hacía quince años. Sus palabras no la sorprendían. Llevó a Falcon a su pequeño cuarto de baño donde tenía un botiquín de primeros auxilios. Él aceptó ir para satisfacer su necesidad de ocuparse de él. Y, además, le gustaba sentir cómo lo tocaba.

—No puedo tomar una decisión como esa en una noche, Falcon —dijo y puso un trapo limpio bajo el chorro del agua caliente—. Tengo cosas que terminar y necesito pensar en ello.

En realidad no necesitaba pensar mucho ni demasiado tiempo. Amaba cada fibra de su ser. En el corto tiempo en que él había estado cazando a su enemigo, ya había aprendido lo que era estar sin él.

Sara se apoyó en Falcon y le besó la garganta.

—¿Qué más?

Sus amplios pechos calientes y tentadores se restregaron contra su brazo. Con mucha dulzura limpió la sangre de las heridas de su sien. Las heridas del pecho eran más profundas. Parecía como si un animal le hubiera clavado las garras en el pecho desgarrando su camisa y le hubiera dejado cuatro largos tajos en la piel.

—Esta noche he estado a punto de perder el control. Necesito completar el ritual para unirnos y que seas mi ancla, Sara. Lo sentiste; percibiste el peligro que estaba corriendo y me llamaste para que volviera a tu lado. Cuando el ritual se completa, ya no existe ese peligro.

Hizo esa confesión en voz baja y con un tono ronco que hacía evidente la abrumadora necesidad que tenía de estar con ella. No podía pensar correctamente cuando estaba tan cerca de él; el rugido de su cabeza le impedía atender a nada más que a las necesidades de su cuerpo.

Sara le cogió la cara.

—¿Esto es? ¿Esta es la gran confesión? —Su sonrisa era tranquila, hermosa e iluminaba sus ojos violeta profundo—. Te quiero más que a nada en la Tierra.

Inclinó la cabeza, tomó posesión de su boca y apretó su cuerpo contra el suyo. Su camiseta de seda empapada por la lluvia era casi inexistente y sus pechos se aplastaron contra él ardiendo de deseo. Una tentación. Atracción. Lo besó con ganas demostrándole emocionada que lo aceptaba. Su boca llena de pasión se plegó a sus demandas. Fresca. Sencilla. Real.

Sara levantó la cabeza y su mirada ardió al ver los ojos de Falcon.

—He sido tuya los últimos quince años. No me asusta que me quieras, Falcon. En realidad nunca te he temido.

Abrió su camisa rota y dejó expuesto su pecho y sus cuatro largas heridas.

—Tienes que comprender el tipo de compromiso que estás estableciendo, Sara —le advirtió. La necesitaba. La quería. La deseaba. Pero no iba a perder su honor con la persona más importante de su vida—. Una vez que se completa el ritual, si no estás conmigo bajo tierra mientras duermo, te enfrentarás a terribles luchas para mantener tu cordura. No deseo que pases por eso.

Capítulo 5

Sara parpadeó y atrajo su atención a sus largas pestañas. Su mirada era firme.

—Yo tampoco, Falcon —su voz era seductora e incitante—, pero prefiero tener que luchar un poco antes que perderte. Soy fuerte. Créeme. —Bajó la cabeza y le dio un beso en el hombro y otro en su garganta—. No tomarás nada que no esté dispuesta a darte.

¿Cómo podía contárselo, explicarle que él había sido su única salvación en todas esas noches interminables en que se odiaba a sí misma y detestaba estar viva cuando su familia estaba muerta? ¿Cómo podía contarle que la había salvado de la locura, no una, sino muchas veces? Todos esos largos años en que llevaba sus palabras, pegadas a su corazón y a su alma. Sabía que le pertenecía. Lo sabía a pesar de lo que era él. No le importaba que fuera diferente y que tuviera una manera distinta de sobrevivir. Solo le importaba que fuera real, que viviera y que estuviera delante de ella con el alma en los ojos. Sara le sonrió de manera dulce y provocativa, y simplemente se quitó la camiseta por la cabeza para que pudiera verle el cuerpo, las curvas amplias y lujuriosas, y los pezones oscuros. Dejó caer la camiseta empapada sobre una pila de ropa encima de la camisa de Falcon. Inclinó la barbilla intentando mostrarse valiente, pero él se dio cuenta de que temblaba ligeramente. Nunca había hecho algo tan extraño en su vida.

Falcon le agarró la nuca y apretó los dedos posesivamente para acercarla a él. Ya se había olvidado de las heridas y del cansancio. En ese momento había olvidado todo salvo lo que le estaba ofreciendo Sara. Se había comprometido a cuidar de su vida y de su cuerpo. Generosamente. Incondicionalmente.

Falcon pensaba que era la persona más sexy que había conocido en todos sus años de existencia. Ella lo miraba con sus ojos enormes, que eran tan vulnerables que hacía que se derritiera por dentro. Resoplaba cuando sacaba el aire de los pulmones. Su cuerpo estaba tan caliente, duro y tenso que temió hacerse añicos si se movía. Sin embargo, no podía detenerse. Sus manos se movieron por su cuenta desde la garganta a los pechos. Su piel era increíblemente suave, más aún de lo que parecía. Era sorprendente lo que le hacía sentir y la intensidad con que lo hacía. Ahora era Sara quien llenaba todos sus vacíos, lo que nunca había querido o necesitado, lo que nunca había importado a nadie. Le pasó las yemas de los dedos por la curva del pecho con un toque de artista, exploró la línea de las costillas, el pliegue de la cintura y regresó a palpar su lujurioso ofrecimiento.

Su negra mirada la quemaba posesivamente, abrasaba su piel y encendía unas llamas que le lamían las puntas de los pechos, la garganta, las caderas y la entrepierna. De pronto Falcon inclinó la cabeza y se metió uno de los pechos en la cálida caverna de su boca.

Sara chilló, le agarró la cabeza y enredó los dedos en su espesa cabellera sedosa mientras su cuerpo se estremecía de placer. Sentía los fuertes y eróticos tirones que hacía con la boca en el mismo núcleo de su cuerpo. Este se apretó intensamente hasta el punto de sentir dolor, y se revolvió muy tenso y necesitado de placer.

Falcon rozó con la mano la elegante línea de su espalda.

¿Estás segura, Sara? ¿Estás segura de que quieres la intimidad completa de nuestro ritual de unión?

Le envió mentalmente la imagen que tenía en la cabeza: su boca sobre su cuello, justo encima del punto donde latía el pulso, necesitándola físicamente con mucha intensidad. Enseguida la estrechó aún más y devoró su piel y sus lujuriosas curvas, completamente distintas a los duros ángulos de su propio cuerpo.

Si Sara hubiera querido retroceder, ahora ya sería demasiado tarde. Estaba perdida en el arco eléctrico y el relámpago deslumbrante que bailaba en su torrente sanguíneo. Las imágenes y el intenso placer oscuramente erótico que le mostraba la mente de Falcon incrementaban la tormenta de fuego que se desarrollaba en su cuerpo. Nunca había experimentado nada tan elemental, tan absolutamente puro y primitivo. Necesitaba estar más cerca de él, piel contra piel. El deseo era absorbente, tan caliente como el propio sol, como una inmensa tormenta de fuego que hizo que todo desapareciera, salvo él. Solo sensaciones. Solo su feroz posesión. Acunó su cabeza y arqueó el torso para que entrara más profundamente en su boca. Su cuerpo se estaba convirtiendo en un líquido caliente.

Sara le rodeó la cintura con una pierna, apretó su punto más caliente contra la dura columna de sus muslos, se restregó con fuerza y se movió incansablemente buscando alivio. Sus manos tiraron de su ropa para intentar sacársela. Mientras tanto la boca de Falcon le seguía dejando llamas en el cuello, los pechos e incluso las costillas. Le rozó la curva de las caderas y le bajó el pijama de seda por los muslos hasta que la tela quedó apilada en el suelo. Le cogió una pierna y volvió a hacer que le rodeara las caderas hasta que quedó abierta. Entonces se apretó con fuerza contra él completamente húmeda y caliente.

El cazador buscó su boca y le dio una larga serie de besos. Cada uno la encendía más que el anterior. Sus manos tomaron posesión de sus pechos, su vientre, y se deslizaron hasta su trasero y el interior de sus muslos.

Ella estaba caliente y húmeda. Ardía de deseo por él. Su aroma lo llamaba. El cuerpo de Falcon estaba en llamas. Sara no se inhibía y le hacía saber que lo deseaba. Eso era un poderoso afrodisíaco. Movía su cuerpo contra él, se restregaba con fuerza y se abría para que la explorara. Quiso quitarle la ropa para estar más cerca de su cuerpo. Le besó el pecho y probó el sabor de su piel con la lengua. Pero él se quitó la ropa con la mente usando el sistema fácil de su especie. Entonces las manos de Sara pudieron tocar su miembro duro y tenso que palpitaba de deseo. En el momento en que los dedos de ella lo acariciaron, sintió como si unas pequeñas bombas incendiarias explotaran en su torrente sanguíneo.

Ella conocía íntimamente los pensamientos y los sueños de su compañero. Conocía su mente, lo que le gustaba, lo que necesitaba y lo que quería. Y él la conocía a ella. Todas las cosas que le gustaban. Unieron su calor y su fuego, y a pesar de su enorme fuerza y su desesperado deseo de poseerla, la tocó con ternura explorando su cuerpo de una manera tan reverente que casi hizo que se le llenaran los ojos de lágrimas. La boca de Falcon estaba en todas partes, caliente y salvaje, juguetona, seductora, prometiéndole sensaciones que ella ni siquiera podía concebir.

Sara se aferró a él y le rodeó la cabeza. Tenía los ojos y las pestañas llenos de lágrimas que brillaban como diamantes.

—He estado tan sola, Falcon. Nunca te vayas. No sé si eres real o no. ¿Cómo puede ser real algo tan bello como tú?

Él levantó la cabeza y sus ojos negros se pasearon por su cara.

—Eres mi alma, Sara, mi existencia. Sé lo que es estar solo. He vivido siglos sin hogar ni familia. Sin estar completo y sin disfrutar de la mejor parte de mí mismo. Nunca querré apartarme de ti. —Cogió la cara de Sara con ambas manos—. Mírame, Sara. Eres mi mundo. No quiero estar en la Tierra sin ti. Créeme.

Inclinó la cabeza, la besó y ambos sintieron que el suelo se movía.

Sara no se dio ni cuenta de cómo terminaron en la cama. Era vagamente consciente de que estaba siendo aplastada contra la pared en un tango salvaje de besos embriagadores, de piel caliente y manos exploradoras, de estar moviéndose por el espacio hasta que su cuerpo desnudo aplastó el edredón. Tenía la piel tan sensible que jadeaba apremiada por aliviar las necesidades de su cuerpo.

La boca de Falcon trazó un camino de fuego por la curva de sus pechos y por su vientre. Le separó los muslos con las manos y se aferró a ellos. La primera caricia con la lengua hizo que su cuerpo estallara en mil pedazos.

Sara chilló y sus manos se agarraron a su larga y espesa cabellera. Su cuerpo se retorcía y se estremecía por los estertores que le provocaba con su lengua.

—Falcon.

Dijo su nombre como si susurrara una súplica.

—Quiero que estés preparada para mí, Sara —contestó él soltando su aliento caliente contra ella y enseguida su lengua volvió a catarla una y otra vez, acariciándola muy juguetona hasta que ella volvió a gritar mientras arqueaba las indefensas caderas contra él.

Falcon la cubrió con su cuerpo quedando piel contra piel. Sus fuertes músculos se apretaron contra el cuerpo más blando de ella y quedaron perfectamente acoplados. Él se preocupaba por ella, a pesar de que por dentro se sentía cada vez más salvaje. La miró directamente a la cara cuando comenzó a penetrarla. Estaba caliente y sedosa. Su apretada vagina le dio la bienvenida. La sensación no se parecía a nada que hubiera imaginado. Un placer puro se había apoderado de cada una de sus células, y de sus nervios. Su cuerpo tenía la sensibilidad exacerbada y respondía intensamente cada vez que apretaba los músculos o lo tocaba. Hasta el aliento de Sara le producía placer.

Se hundió profundamente hasta que ella volvió a jadear y su cuerpo se revolvió con fuerza bajo el suyo. Incluso le clavó las uñas en la espalda. Estaba tremendamente caliente y acogedora. Cuando comenzó a moverse empujando hacia adelante, observó su cara y cómo perdía el control. Se sentía cada vez más salvaje y disfrutaba de su capacidad de proporcionarle placer. Empujó con más fuerza y más profundamente una y otra vez, obligándola a levantar las caderas para aferrarse a él, caricia a caricia. Los pechos de Sara adquirieron un leve brillo que lo tentaba y seducía como si fueran una lujuriosa invitación.

Falcon inclinó su cabeza y su cabellera oscura se deslizó sobre la piel de ella. Esto hizo que se estremeciera de placer y enseguida chilló al verse sorprendida por un inesperado orgasmo rápido e intenso.

Sara percibió el momento en que su boca le tocó la piel. Le abrasó la piel. Sabía lo que Falcon iba a hacer y su cuerpo se tensó expectante. Le gustaba cuando se mostraba salvaje y fuera de control. La lengua de él encontró un pezón que lamió dulcemente. Tenía la boca caliente y ansiosa. Ella pronunció su nombre entre jadeos mientras lo atraía hacia ella y arqueaba su cuerpo para ofrecerle los pechos, mientras sus caderas seguían moviéndose al mismo ritmo que las de él.

Falcon deslizó la boca por la curva de los pechos, justo encima del corazón, y sus dientes la rasparon y mordisquearon suavemente mientras hacía girar la lengua. Ella pensó que iba a explotar en mil pedazos. Tenía el cuerpo completamente caliente, tenso y adolorido.

—Falcon. —Susurró su nombre como si fuera un ruego que podía satisfacer todos sus deseos.

Las manos de Falcon se aferraron a sus caderas y se hundió profundamente en su cuerpo y en su mente. Sus dientes se clavaron en su piel, e hicieron que en su cuerpo estallara un relámpago al rojo vivo que la abrasó por completo. La devoró. Sara le acunó la cabeza. Los estertores de placer la sacudían una y otra vez. Llegó a pensar que podía morir por ello. Interminable. Más y más, una y otra vez.

Falcon lamió ligeramente los delatores agujeritos. Temblaba, y su mente estaba en una nube de pasión y deseo. Le susurró suavemente que levantara la cabeza hacia su pecho. Sara llevó la boca a su piel. El cuerpo de Falcon se tensó sintiendo un placer difícil de soportar. Al ver que estaba completamente embelesada, se dejó llevar y la convenció de que tenía que beber suficiente sangre como para llevar a cabo un verdadero intercambio. Tenía el cuerpo duro, caliente y adolorido por la necesidad de aliviarse, y de alcanzar el éxtasis y la plenitud total. Se cerró la herida del pecho y la besó en la boca para despertarla de su vehemente pasión.

Entonces se movió salvajemente dentro de ella, completamente fuera de control, hasta que ambos se acercaron justo al borde del precipicio. Sara se aferró a él y levantó su suave cuerpo alborozado para recibirlo. Entonces Falcon levantó la cabeza y la miró deseando ver en sus ojos cómo lo amaba y lo aceptaba, y la intensa necesidad que tenía de estar con él. Solo él. Ningún otro. Y lo vio, igual que la primera vez que lo reconoció. Estaba en las profundidades de su alma y brillaba a través de los ojos para que lo viera. Sara le pertenecía. Y él le pertenecía a ella.

Los atravesó una ráfaga de fuego. Una fina capa de sudor brillante cubría sus cuerpos. Las manos de él se encontraron con las de Sara y se movieron juntas muy rápidas y firmes, e increíblemente tiernas. Sara sintió que Falcon se hinchaba dentro de ella, miró el brillo de sus ojos y su propio cuerpo se tensó; sus músculos se apretaron y se llenaron de vida. Quiso decir su nombre, pero se le atascó la garganta hasta que consiguió soltar el aire de los pulmones, y ambos pudieron entregarse al clímax.

Permanecieron un largo rato abrazados entrelazando sus cuerpos, piel contra piel. Con un muslo de Falcon sobre una pierna, y el otro entre ellas. La seguía explorando con la boca y las manos. Sara lo acunó con lágrimas en los ojos sin poderse creer que estuviera en sus brazos y en su cuerpo como si fueran una sola persona. Nunca más iba a estar sola. Falcon llenaba su corazón y su mente igual que su cuerpo.

—Encajamos —murmuró él suavemente—. Encajamos perfectamente.

—¿Sabías que iba a ser así? ¿Tan maravilloso?

Entonces él se movió, salió de la cama y la levantó en sus brazos para llevarla a la ducha. Mientras el agua caía sobre ellos, lamió su garganta y siguió el camino de varias gotas hasta llegar a las costillas. Sara contraatacó saboreando su piel y bebiendo las gotas de agua que corrían por su vientre duro y plano. La boca de Sara estaba tan dura y apretada que le dieron ganas de volver a poseerla otra vez. Y muchas más. Decidió poseerla allí mismo, en la ducha. Y después lo hicieron en el pequeño tocador, donde descubrió que la visión de su trasero era demasiado perfecta como para ignorarla. Ella estaba tan receptiva, caliente y necesitada como él. Falcon no quería que esa noche terminara nunca.

Por la mañana temprano comenzó a filtrarse luz por las cortinas cerradas. Estaban juntos en la cama hablando abrazados. Sus manos y bocas se acariciaban en medio de las frases. Sara no recordaba que nunca se hubiera reído tanto; Falcon ni siquiera había imaginado que supiera reírse. Finalmente se levantó de mala gana y se inclinó sobre ella para besarla.

—Tienes que ir si quieres hacerlo, Sara. Quiero que estés a los montes Cárpatos antes de que anochezca. Subiré e iré directamente a buscarte.

Sara salió de la cama y se quedó frente al busto que había hecho tantos años antes. No quería dejar a Falcon. Quería quedarse acurrucada junto a él el resto de su vida.

Falcon no necesitaba leer su mente para saber lo que pensaba; su cara era transparente para él. Por alguna razón sus dudas le hacía más fácil permitirle llevar a cabo sus planes. Necesitaba dormir; necesitaba enterrarse bajo tierra y curarse por completo. Pero sobre todo necesitaba estar con Sara.

—Tengo miedo de que si me voy tal vez nunca tenga a los niños. Los funcionarios están molestos porque quiero a los siete y no hay registros sobre ellos —dijo Sara doblando los dedos muy nerviosa.

—Mikhail podrá hacer que nos saltemos los trámites burocráticos. Tiene muchos negocios en esta zona y es una persona muy conocida. —Llevó los dedos de Sara a la calidez de su boca para tranquilizarla—. No he estado en mi tierra natal desde hace mucho tiempo, pero soy muy consciente de todo lo que está pasando. Él podrá ayudarnos.

—¿Cómo sabes tanto si has estado tan lejos?

Sara no estaba dispuesta a confiar en un completo desconocido en un asunto tan importante como los niños.

Falcon sonrió y enredó los dedos en el pelo de ella.

—Los carpatianos hablan mentalmente a través de un canal común. Escucho a los cazadores cuando cruzan la tierra u ocurre algo traumático. Escuché cuando nuestro príncipe casi pierde a su compañera. No solo una vez, sino en dos ocasiones. Y también cuando perdió a su hermano, pero después regresó. Mikhail te ayudará. Cuando llegues allí, por la noche te recibirá y quedarás bajo su protección. Me levantaré lo antes posible e iré directamente a buscarte. Nos ayudará a encontrar un buen sitio para establecer nuestro hogar. Será cerca de donde viva él. Estaremos protegidos por todos los carpatianos. He señalado los senderos que debes seguir por la montaña. —Falcon inclinó su cabeza hacia sus tentadores pechos y su lengua lamió un pezón duro y sonrosado—. Tienes que tener mucho cuidado, Sara. No puedes pensar que estás segura por más que sea de día. Los no muertos están encerrados bajo tierra, pero son capaces de controlar a sus secuaces. Este vampiro es muy antiguo y poderoso.

Sara tenía el cuerpo encendido, y en un segundo unas llamas líquidas atravesaron su torrente sanguíneo.

—Tendré muchísimo cuidado, Falcon. He visto lo que hace. No voy a hacer ninguna tontería. No tienes que preocuparte. Después de que contacte con mis amigos y llame a mi abogado, iré directamente a las montañas. Encontraré a tu gente —le aseguró. Al pensarlo su corazón latió demasiado rápido y supo que él lo oiría. Su propio oído era ahora más agudo que antes, y pensar en comida la hacía sentir ligeramente mareada. Ya estaba cambiando, y la idea de estar separada de Falcon la aterraba. Levantó la barbilla muy decidida y le lanzó una sonrisa para darle confianza—. Una vez que organice todo me pondré en camino.

Sus dedos se deslizaban continuamente por el busto de él y seguían amorosamente las muescas que representaban las ondas de su cabellera.

Falcon sintió que su corazón daba un vuelco cuando la observó. Sabía que la escultura había sido su consuelo desde hacía muchos años. Se acercó a ella y la tocó de manera posesiva y tierna todo lo amorosamente que pudo.

—No estarás sola, Sara. Estaré atento a tu llamada, incluso en mi hora más vulnerable. Si tu mente te hace una jugarreta y te dice que he muerto, llámame y te contestaré.

Sara amoldó su cuerpo contra el suyo, se aferró a él y lo estrechó con fuerza para sentir que era real, fuerte y muy sólido.

—A veces pienso que como he estado soñando contigo tanto tiempo, ahora estoy alucinando, te he inventado, y en cualquier momento desaparecerás —le confesó con la voz suave.

Los brazos de Falcon la apretaron hasta que casi la aplasta contra él, aunque no dejaba de abrazarla de una manera muy tierna.

—Nunca me he atrevido a soñar, o siquiera a tener esperanzas. He aceptado mi existencia estéril. Era la mejor manera de sobrevivir y poder hacer mi trabajo con honor. Nunca voy a dejarte, Sara.

No le contó que estaba aterrorizado ante la idea de tener que enterrarse mientras ella tendría que enfrentarse a los peligros de la superficie. Era una mujer fuerte que había sobrevivido a un largo duelo a muerte contra un vampiro completamente sola. Temía que no iba a poder insistir en que hiciera las cosas como él decía por su propia comodidad.

Sara había entrado en su mente, podía leer sus pensamientos y la intensidad del miedo que sentía por su seguridad. Pero la atravesó una oleada de amor. Levantó la cara hacia él y buscó su boca ansiosa deseando prolongar el tiempo que iban a estar juntos. La boca de Falcon era caliente y dominante, y estaba tan hambrienta como la suya. Y era igual de exigente. La reclamaba ferozmente. Falcon le besó la barbilla y la garganta y volvió a su boca para devorarla como si nunca fuera a tener suficiente. Pero ahora la besaba con una cierta crispación, con dolor. Con necesidad.

Sara levantó una pierna por encima de la suya y la deslizó alrededor de su cintura. Se apretó y se restregó contra la dura columna de su muslo de manera que él entendiera que le estaba haciendo una invitación, una petición personal muy caliente y húmeda que palpitaba con mucho apremio.

Falcon simplemente la levantó en sus brazos y ella le pasó ambas piernas alrededor de la cintura. Apoyó las manos en sus hombros, echó la cabeza hacia atrás y bajó su cuerpo para comenzar a hundirse en su erección. Él apretó su miembro contra su entrada húmeda, y ella jadeó y chilló mientras la iba llenado centímetro a centímetro. Sara volvió a echar su cabeza hacia atrás y cerró los ojos cuando empezó a cabalgar sobre él y se perdió por completo en la oscura pasión del cazador. Se tomaron un buen tiempo para representar un largo y lento tango ferozmente caliente, que continuó mientras se atrevieron a seguirlo. Iban perfectamente al unísono, se leían las mentes mutuamente, se movían, se amoldaban y se entregaban el uno al otro por completo. Cuando se cansaron, se apoyaron contra la pared abrazados mientras sus corazones latían al mismo ritmo y se les llenaban los ojos de lágrimas. La cabeza de Sara estaba sobre su hombro, y la de Falcon se apoyaba en la de ella.

—No puedes permitir que te ocurra nada, Sara —le advirtió—. Ahora me tengo que ir. No puedo esperar mucho más. Sabes que no puedo estar sin ti. ¿Recuerdas todo lo que te he dicho?

—Todo —dijo Sara y se aferró a él con más fuerza—. Sé que es una locura, Falcon, pero te amo. De verdad. Siempre has estado conmigo cuando te he necesitado. Te amo.

Falcon la besó un largo rato de manera muy tierna. Increíblemente tierna.

—Eres mi amor, mi vida —susurró suavemente y enseguida se marchó.

Sara se quedó un poco más apoyada contra la pared apretándose los labios con los dedos. Entonces se puso en acción.

Actuó rápidamente, cogió algo de ropa, la metió en la mochila e hizo varias llamadas para pedir a sus amigos que cuidaran de los niños hasta que ella pudiera regresar. Tenía la intención de volver a buscarlos en cuanto organizara el enorme papeleo y preparara un hogar para ellos. En una hora iba a estar de camino a los montes Cárpatos.

Necesitaba la protección de las gafas de sol, a pesar de que el día era deprimentemente gris y había nubes amenazadoras en el cielo. Mientras conducía le picó la piel del brazo izquierdo en cuanto los rayos del sol atravesaron la espesa capa de nubes y llegaron hasta ella. Intentó no pensar en Falcon, que estaba profundamente oculto bajo tierra. Tenía el cuerpo maravillosamente dolorido. Podía sentir cómo la tocaba y poseía, y solo de pensarlo se volvió a poner caliente y cargada de deseo. No podía evitar que su mente buscara continuamente la suya, pero cada vez que fracasaba se le contraía dolorosamente el corazón, y le costaba un enorme esfuerzo controlar su tremenda tristeza. Cada célula de su cuerpo le pedía que volviera, lo encontrara y se asegurara de que estaba a salvo.

Inclinó la cabeza y continuó conduciendo hora tras hora, atravesó varias ciudades y después pueblos más pequeños hasta que al final llegó a una zona escasamente poblada. Se detuvo un par de veces para descansar y estirar sus piernas acalambradas, pero continuó conduciendo hasta subir a la región que Falcon le había señalado cuidadosamente. Iba tan concentrada en encontrar el camino que la llevaría al territorio salvaje, que casi choca contra otro vehículo que la adelantó con un gran estruendo. Era una camioneta mucho más pesada y larga con una autocaravana, que pasó a su lado a una velocidad vertiginosa. Se vio obligada a girar bruscamente fuera del estrecho camino para evitar que le diera un golpe. El vehículo iba tan rápido que casi no alcanzó a ver las caritas que la miraron desde la ventana de la autocaravana, y por poco se perdió el sonido de sus llantos que se desvaneció en el bosque.

Se quedó congelada, con la mente confundida por el impacto y el cuerpo prácticamente paralizado. Los niños. Sus pequeños, los niños a los que había prometido ofrecerles seguridad y un hogar. Estaban en manos de una marioneta, de un monstruo maligno. Un muerto andante. El vampiro se había apoderado de un humano y lo había sometido y programado para retener a los niños como cebo. Debía haberlo sabido e imaginar que podría descubrirlos. Decidió darles caza y se lanzó por el estrecho camino lleno de baches aferrada con fuerza al volante, y haciendo que su camioneta estuviera a punto de hacerse pedazos.

Dos horas después estaba completamente perdida y sin esperanzas. El monstruo maligno evidentemente era consciente de que ella lo estaba siguiendo y por eso se había dirigido hacia donde ningún vehículo fuera capaz de llegar. Corría haciendo giros vertiginosos y se abrió camino a través de la vegetación. Sara intentaba seguirlo llevando su vehículo a una enorme velocidad, y tenía que hacer giros continuamente y hacer que las ruedas saltaran sobre los enormes agujeros de la carretera. Una vez se le cruzó un árbol directamente en su camino y tuvo que meterse en el bosque para rodearlo. Estaba segura de que el monstruo había tirado el árbol para bloquearla y retrasarla. Los árboles estaban tan cerca que rayaban la pintura de ambos lados del vehículo. No se podía creer que hubiera podido perder a la otra camioneta; no había demasiados caminos en los que meterse. Dos veces intentó mirar el mapa que llevaba a su lado en el asiento, pero con tanto bote le era imposible enfocar. Unas ramas le rompieron el limpiaparabrisas, y otras más pequeñas iban chocando contra el vehículo produciendo un sonido inquietante.

Con un gran dolor de brazos y el corazón latiendo acelerado, consiguió maniobrar para devolver la camioneta al sendero que pasaba por ser una carretera. Era muy estrecho y transcurría a lo largo de un gran barranco rocoso que parecía una gran fractura de la tierra. En algunos lugares las rocas eran negras y estaban llenas de marcas. Parecía como si allí hubiera tenido lugar una guerra. Las ramas continuamente golpeaban la camioneta que avanzaba a toda prisa a través de los árboles por la sinuosa carretera. Tenía que haberse detenido para consultar el mapa que le había dado Falcon.

Pensar en él inmediatamente le provocó una gran tristeza. Temía haberlo perdido, pero intentó apartar la falsa emoción agradeciendo que él la hubiera preparado para tal posibilidad. Se puso a llorar y casi se atraganta; las lágrimas emborronaban su visión, pero enseguida se las limpió y se agarró al volante muy decidida, a pesar de que la camioneta casi se sale del camino por culpa de un bache especialmente profundo.

Esto no podía estar ocurriendo. Los niños, sus niños, en manos de la malvada marioneta del vampiro. Un monstruo carnívoro. Sara quería seguir conduciendo todo lo rápido que pudiera. Le aterrorizaba pensar que si se detenía no fuera capaz de alcanzarlo. Era muy consciente de que ya estaba anocheciendo y que cuando el monstruo entregara los niños al vampiro iba a tener muy pocas posibilidades de poder salvarlos.

Suspiró suavemente, y de mala gana detuvo poco a poco la camioneta a un lado del camino. Un escarpado acantilado se levantaba a su izquierda. Le requirió una enorme disciplina obligarse a detener el vehículo y desplegar el mapa. Tenía que mirar los lugares en que el monstruo se podía haber salido del camino para escapar de ella. Se dio cuenta de que estaba casi ahogada de pena. Empujó la puerta y con el vehículo en marcha se bajó para respirar el frío aire puro.

Falcon. Dijo su nombre suspirando. Necesitándolo. Se limpió a toda prisa las lágrimas, cogió el mapa que estaba en el asiento y se quedó mirando fijamente el sendero que estaba claramente señalado. ¿Dónde había dado la vuelta ese monstruo? ¿Cómo lo había perdido? Había conducido todo lo de prisa que se había atrevido y aún así había perdido de vista a los niños.

Se sentía afligida y con una gran sensación de frustración. Extendió el mapa sobre el capó de la camioneta y observó las señales esperando una inspiración, o alguna pequeña señal. Sus uñas dejaron una marca de frustración sobre el capó de metal. Todo lo que sentía a su alrededor era el viento que azotaba los árboles y pasaba por encima de los acantilados cruzando el espacio vacío. Pero su sexto sentido le advertía que no estaba sola.

Entonces volvió la cabeza. La criatura avanzaba pesadamente hacia ella con la expresión vacía, un horroroso recuerdo de que ya no era un ser humano. No daba muestras de tener raciocinio ni de querer suplicar nada. Había sido programada por un maestro de la astucia y la maldad. Sara soltó el aliento lenta y cuidadosamente, concentrándose en el ataque. Cuando la cosa se le acercó más, ella se acuclilló apoyándose en las puntas de los pies, con la mente limpia y en calma. Tenía los ojos fijos en ella y apretaba y aflojaba los dedos mientras avanzaba arrastrando los pies. No iba a dejar que le pusiera las manos encima. Se concentró en esa cosa que se le acercaba, aunque tenía la mente muy clara, pues sabía que así tenía que ser.

Esperó sin moverse hasta que tuvo a la criatura prácticamente encima. Aprovechando su velocidad hizo un giro para impulsar su pierna con fuerza y el borde de su pie dio contra la rótula del monstruo en una explosión de violencia. Enseguida dio un salto hacia un lado fuera del alcance de sus garras. La criatura aulló con fuerza, escupió al aire y por un lado de la boca soltó una baba espesa. Sus ojos inertes la estaban mirando fijamente cuando su pierna se quebró con un sonoro crujido. Pero aun así siguió avanzando hacia ella, tambaleándose y arrastrando la pierna inútil.

Sara sabía que el monstruo tenía la rótula quebrada, pero continuaba caminando hacia ella incansablemente. Ya se había enfrentado a algo parecido y sabía que seguiría buscándola aunque tuviera que arrastrarse por el suelo. Se movió hacia un lado y lo rodeó por la izquierda intentando pasar junto a él. Le preocupaba no oír a los niños, y era raro que ninguno estuviera llorando o pidiendo ayuda a gritos. Con su oído tan agudo estaba segura de que hubiera podido oír sus lloriqueos en la camioneta del monstruo maligno. Sin embargo, solo había un silencio inquietante.

Sara mantuvo la posición moviendo las piernas para mantenerlas ágiles. El monstruo le lanzó un puñetazo con su largo brazo, pero su puño enorme y contundente no alcanzó a golpearle la cara porque se agachó, le lanzó una patada contra la ingle y después otra justo debajo de la barbilla. El monstruo soltó un aullido horroroso y su cuerpo se sacudió por el ataque. Durante un momento solo se balanceaba hacia atrás completamente impactado. A ella no le quedaba más remedio que alejarse de su alcance.

Era muy frustrante. No importaba las veces que consiguiera darle una patada o un golpe, la criatura se negaba a caerse. Aullaba, lanzaba baba por la boca, pero siempre mantenía los ojos planos y vacíos, mirándola fijamente. Era como una máquina incansable que nunca paraba. Como último recurso, Sara intentó atraerlo hacia el borde del barranco con la esperanza de poder empujarlo al vacío, pero el monstruo de pronto se detuvo respirando con dificultad, se volvió inesperadamente y se alejó de ella tambaleándose entre los enormes árboles y arbustos.

Entonces se subió rápidamente a la camioneta con el corazón acelerado. Un gran estruendo hizo que volviera la cabeza. Para su horror, el vehículo más pesado del monstruo avanzaba aplastando los arbustos, e incluso los árboles más pequeños. Rugió por el bosque como un elefante al ataque mientras se dirigía directamente hacia ella. El pie de Sara dio una patada al acelerador más por un acto reflejo que por una decisión racional.

La camioneta se movió a ambos lados y derrapó, pues tenía los neumáticos enterrados en el barro. Casi se le para el corazón al ver que el otro vehículo, que era mucho más grande, continuaba avanzando derecho hacia ella. Vio la cara del conductor que se acercaba amenazadoramente. Era como una máscara con los ojos muertos y vacíos. El monstruo parecía estar babeando. Entonces oyó los gritos aterrorizados de los niños, que estaban solos en medio de la locura de un mundo que no podían comprender. Por lo menos estaban vivos. Antes había temido que su silencio significara que el monstruo los hubiera asesinado.

La camioneta del monstruo chocó contra la suya. La puerta cedió sobre ella, y el vehículo quedó más cerca del escarpado barranco. Sara sabía que estaba a punto de caer por el rocoso acantilado. Mientras la pequeña camioneta se deslizaba, oyó un chirrido metálico y sus sensibles oídos fueron atacados por el llanto de los niños. Una extraña calma la invadió al percibir lo inevitable. No soltaba los dedos del volante aunque no podía conducir, ni evitar que la camioneta se deslizara metro a metro, centímetro a centímetro, hacia el borde del acantilado.

Cuando dos ruedas rozaron el borde del barranco, la camioneta se ladeó peligrosamente, y después cayó dando vueltas por el aire, se golpeó contra las rocas, resbaló y rodó. El cinturón de seguridad se apretó a ella con fuerza y se incrustó en su carne provocándole un dolor que le nubló la mente.

Falcon. Su nombre apareció en su mente como un suave suspiro de arrepentimiento. Un ruego para que la perdonara.

Falcon despertó inquieto de su sueño con el corazón acelerado y el pecho casi aplastado por el sofoco. Estaba lejos de Sara y era incapaz de ayudarla todavía. Podía desatar una tormenta monstruosa para proteger sus ojos y así poder levantarse más temprano, pero aun así no llegaría a tiempo. *Sara.* Su vida. Su corazón y su alma. Se aterrorizó. El miedo se apoderó de él como un peso apabullante. *Sara.* Su valiente Sara con su gran capacidad para amar.

Sara ya estaba en los montes Cárpatos, aunque atrapada en una trampa que le había puesto un vampiro. Falcon no tenía elección. Todos los que tuvieran sangre carpatiana lo escucharían, y eso incluiría a los no muertos. Era un juego muy arriesgado. Él era un carpatiano muy antiguo que se suponía que estaba muerto. Nunca había declarado su lealtad al nuevo príncipe y tal vez no creerían lo que les tenía que decir, pero era la única oportunidad que podría tener Sara.

Falcon se cargó de fuerza y lanzó su llamada.

Escuchadme, hermanos. Mi compañera está siendo atacada en las montañas próximas a vosotros. Tenéis que ir en su ayuda rápidamente, pues estoy muy lejos de ella. Está siendo cazada por un antiguo enemigo que ha enviado a una de sus marionetas para que la atrape. Levantaos e id en su ayuda. Aviso a quienes me estén escuchando que soy Falcon, un carpatiano de un linaje muy antiguo. Estaré vigilando para protegerla.

Capítulo 6

En la mente de Sara se arremolinaba un miedo intenso, y también en la de Falcon. El cazador salió rápidamente del suelo y se lanzó al aire. La luz atacó sus sensibles ojos y le quemó la piel, pero no le importaba. Nada le importaba excepto que Sara estaba en peligro. Estuvo conectado con la mente de su compañera un instante; pero en el siguiente microsegundo solo percibió vacío. Durante lo que le pareció una eternidad sintió terror e impotencia, se le agarrotó el estómago y le pareció que un tornillo le apretaba el corazón. Después de haber conocido a Sara, consideraba insoportable, e impensable, el vacío en que había consistido su mundo, una verdadera blasfemia. Falcon obligó a su mente a trabajar y se metió a fondo en ese vacío para buscar su propia alma. Su vida. Su amor.

Sara. Sara, respóndeme. Despierta ahora. Tienes que despertar. Estoy yendo a buscarte, pero tienes que despertar. Abre los ojos por mí. Mantenía la voz tranquila, pero sentía una fuerte compulsión y una urgencia salvaje. *Sara, tienes que despertar.*

Su voz sonaba lejana a pesar de que surgía de su adolorida cabeza. Oyó su propio gemido como si fuera un sonido extraño. Estaba en carne viva y llena de heridas. No quería obedecer lo que se le ordenaba, pero la voz tenía un tono al que no se podía resistir. Sin embargo, le hizo tomar conciencia de su situación, lo que le provocó un gran dolor. Su corazón había comenzado a latir completamente aterrorizado.

No tenía ni idea de cuánto tiempo había estado inconsciente en la camioneta accidentada, pero sentía que un trozo de metal le apretaba una de las piernas, y que se le habían clavado muchos cristales. Estaba atrapada entre metales retorcidos y rodeada de cristales hechos añicos. Le caía sangre por la cara. No quiso moverse hasta que oyó un movimiento cerca de ella. Cerró los ojos con fuerza deseando perder la conciencia.

Falcon sintió un gran alivio y se emocionó. Durante un momento se quedó absolutamente quieto y casi se cae del cielo al ser prácticamente incapaz de sostener la imagen que le permitía mantenerse en el aire. Su mente estaba completamente fusionada con la de Sara, enterrada dentro de la de ella, adorándola. Cuando la examinó casi se queda bloqueado por la felicidad. Estaba viva. ¡Todavía estaba viva! Tuvo que hacer un gran esfuerzo para controlar la reacción de su cuerpo tras el enorme terror que había sentido al pensar que la había perdido, y el increíble alivio que le supuso saber que estaba viva. Con gran disciplina disminuyó su ritmo cardíaco y detuvo sus terribles temblores. Estaba viva, pero atrapada y herida.

Sara, piccola, *haz lo que te pido, abre los ojos.*

Con la voz tranquila y ocultando sus miedos con un tono muy puro, Falcon no le dejó otra opción. Él sentía el dolor que se había apoderado de su cuerpo y su sensación de claustrofobia. Estaba desorientada; la cabeza le palpitaba de dolor. Entonces Falcon volvió a sentir un enorme miedo, aunque se lo ocultó. La sensación de terror era desconocida para él. Se le agarró al corazón y a las profundidades del alma. Estaba avanzando rápidamente atravesando el cielo a la máxima velocidad posible, sin importarle que su energía fuera molesta y que todos los ancianos de la zona supieran que se dirigía a toda prisa a las montañas. Ella estaba sola, herida, atrapada y siendo cazada.

Los ojos de Sara obedecieron a su cariñosa orden. Miró a su alrededor y vio los cristales rotos, la chatarra retorcida y que el techo de la camioneta había desaparecido. No estaba segura de que realmente estuviera dentro del vehículo. Ya no tenía aspecto de camioneta. Le parecía que estaba atrapada en un acordeón aplastado. El sol ya se ponía en las montañas y se estaba extendiendo la oscuridad en ese rocoso lugar.

Oyó un ruido, el roce de algo contra lo que quedaba de la camioneta, y entonces vio la cara de una mujer. Como lo veía todo borroso, tardó un rato, después de parpadear varias veces, en enfocarla. Recordó cómo había llegado allí, y le aterrorizó pensar en el tiempo que habría pasado y lo cerca que podría estar el monstruo maligno. Intentó moverse para mirar más allá de ella. Cuando lo hizo, su cuerpo chilló en protesta y una lluvia de cristales de seguridad cayó a su alrededor. Había perdido las gafas oscuras y se le habían quemado los ojos, por lo que no dejaba de lagrimear.

—Quédate quieta —dijo la mujer con una voz dulce y tranquilizadora—. Soy médico y tengo que evaluar la severidad de tus heridas.

La extraña frunció el ceño y cogió su muñeca muy tranquila.

Sara se sentía muy desorientada y la boca le sabía a sangre. Tenía que hacer un gran esfuerzo para levantar la cabeza.

—No te puedes quedar aquí. Alguien me persigue. De verdad, déjame; estaré bien. Estoy un poco magullada, nada más, pero aquí no estás segura. —Sentía la lengua pesada y espesa y la sorprendió oír su voz, pues era fina y débil, como si saliera de muy lejos—. No estás segura —le repitió decidida a que la oyera.

La mujer la estaba observando atentamente, casi como si supiera lo que estaba pensando. Le sonrió para darle confianza.

—Me llamo Shea, Shea Dubrinsky. Lo que sea que te esté cazando se verá en problemas. Mi marido está cerca y nos ayudará si es necesario. Voy a pasarte las manos por el cuerpo para revisar tus heridas. Si pudieras ver la camioneta sabrías que has sobrevivido milagrosamente.

Sara estaba desesperada. Shea Dubrinsky era una mujer hermosa de piel pálida y cabello color vino tinto. Tenía aspecto de irlandesa. Estaba tranquila a pesar de las circunstancias. Después de un rato se fijó en su nombre.

—¿Dubrinsky? ¿Tu marido es Mikhail? He venido a buscar a Mikhail Dubrinsky.

Algo revoloteó en los ojos de Shea Dubrinsky, que estaban protegidos por unas gafas de cristal ahumado. Su compasión, pero algo más, hizo que Sara se pusiera a temblar. Las manos de la doctora se movían por su cuerpo de manera muy impersonal pero minuciosa y dulce. Sara sabía que esa mujer, esa doctora, era una de ellos. De los otros. Inmediatamente Shea Dubrinsky se empezó a comunicar con alguien de la misma manera como hacía ella con Falcon. Eso le asustó casi tanto como el encuentro con el monstruo. No podía distinguir la diferencia entre un amigo y un enemigo. *Falcon.* Contactó con él. Lo necesitaba. Quería que estuviera con ella. El accidente la tenía conmocionada y le costaba pensar con claridad. El dolor de cabeza era espantoso y su cuerpo temblaba sin que lo consiguiera controlar. Era una situación humillante para alguien de su fortaleza. *Es una de ellos.*

Estoy aquí. No tengas miedo. Nadie te puede hacer daño. Mírala directamente y yo observaré lo que ves.

La voz de Falcon le transmitió mucha confianza y la reconfortó. Enseguida sintió que la rodearon sus fuertes brazos y la estrecharon contra él. La sensación era completamente real y le proporcionaba seguridad.

Habla con otra persona. Dice que su nombre es Dubrinsky, y que su marido está cerca. Sé que habla con él. Le ha pedido que venga, dijo Sara completamente convencida.

La mujer la miraba de manera tranquila y profesional, pero Sara percibía lo que en realidad estaba ocurriendo: sabía que Shea Dubrinsky se estaba comunicando con otra persona, a pesar de que no se veía a nadie más.

Sara se quedó con la boca abierta cuando las manos de la mujer le tocaron las zonas más adoloridas, pero enseguida intentó sonreírle.

—Estoy verdaderamente bien, el cinturón de seguridad me salvó, aunque me duele tremendamente. Me lo tienes que sacar.

Se estaba desesperando un poco, pues no encontraba señales del monstruo. Intentó moverse y chilló cuando todos los músculos de su cuerpo protestaron. Su cabeza palpitaba tanto que le dolían hasta los dientes.

—Quédate completamente quieta un momento —dijo Shea muy dulce y persuasiva. Sara reconoció que de algún modo la estaba coaccionando para hacer que obedeciera. Falcon estaba con ella compartiendo su mente de modo que ya no la temía. Creía en él. Sabía que vendría y que nada le impediría llegar a su lado—. Mikhail Dubrinsky es el hermano de mi marido. ¿Por qué lo buscas? —dijo Shea casualmente como si no le importara la respuesta, y de nuevo la volvió a «coaccionar» para que dijera la verdad.

Sara intentó levantar la mano para quitarse los cristales del pelo. Le dolía tanto la cabeza que estaba mareada.

—Por alguna razón a mí no se me puede coaccionar. Si vas a hacerlo, tienes que emplear mucha más fuerza —dijo luchando por mantener los ojos abiertos.

¡Sara! Concéntrate en ella. ¡Mantente concentrada!, le ordenó Falcon inflexiblemente. *He llamado a mi pueblo para pedir a la gente que te encuentre. Mikhail tiene hermanos, pero debes estar alerta. Puedo ver a través de tus ojos, pero tienes que mantenerte despierta.*

Shea le sonrió un poco arrepentida.

—Ya estás familiarizada con nosotros —dijo suavemente—. Si es así, quiero que te quedes muy quieta mientras te atiendo. El sol se está poniendo rápidamente. Si estás siendo acosada por la marioneta de un no muerto, el vampiro estará cerca esperando a que se ponga el sol. Por favor, mantente muy quieta mientras hago esto —dijo Shea observando la cara de Sara para ver su reacción.

Algo se movió detrás de Shea y esta volvió la cabeza con una sonrisa.

—Jacques hemos encontrado a la mujer que buscábamos. Tiene un compañero. Nos está mirando a través de sus ojos. Es una de nosotros, aunque no del todo. —Por cortesía hablaba en voz alta. Su voz estaba cargada de amor y de una gran intimidad que mostraba su absoluto compromiso. Se volvió hacia Sara—. Intentaré hacer que estés más cómoda. Jacques te sacará de la camioneta para que podamos salir de aquí e ir a un sitio seguro.

Trasmitía mucha confianza con su tono amable.

Sara quería dejar de sentir el terrible dolor de cabeza. No podía mover las piernas; la chatarra la tenía tan inmovilizada como si estuviera en una tumba. La presencia de Falcon en su mente era lo único que evitaba que se entregara al vacío negro que ya le estaba dando la bienvenida. Tenía que hacer un gran esfuerzo para mantenerse alerta y observar cada movimiento de Shea. El desconocido, Jacques, no había aparecido en su línea de visión, pero ella no sentía que fuera una amenaza inmediata.

Shea Dubrinsky era cortés y segura. No tenía aristas y parecía completamente profesional, a pesar de la extraña manera en que la estaba curando. Sentía que esa mujer se había metido dentro de su cuerpo. Era como si una cálida energía estuviera fluyendo a través de su ser, y aliviaba sus terribles dolores sanándola desde dentro. Le sorprendió que el terrible dolor de cabeza finalmente estuviera disminuyendo, y enseguida le desaparecieron las náuseas.

Shea se inclinó hacia delante para desabrochar el cinturón de seguridad que le apretaba el pecho.

—Tu cuerpo ha sufrido un trauma —dijo—. Tienes unas magulladuras enormes, pero has tenido mucha suerte. Una vez que estemos en un lugar seguro, podré hacer que te sientas mucho más cómoda.

Entonces Shea se apartó para permitir que su compañero tuviera acceso a la camioneta accidentada.

Sara se encontró observando a un hombre con una cara especialmente hermosa. Cuando se quitó las gafas, vio que sus ojos eran tan antiguos como el tiempo, y que ya habían visto demasiado. Y también habían sufrido demasiado. Le puso las gafas y proporcionó un gran alivio a sus ojos irritados. Shea acarició las manos de Jacques con el gesto más íntimo que Sara hubiera observado nunca. Sentía la tranquilidad de Falcon, y que estaba reuniendo las fuerzas que iba a necesitar.

—Mantente muy quieta —le advirtió Jacques suavemente con una voz que reflejaba la conocida pureza que parecía ser parte de los carpatianos.

—Tiene a los niños. Ve a buscarlo. Si fueras como Falcon tendrías que ir por él y traer a los niños de vuelta.

Falcon, estoy bien. Tienes que encontrar a los niños y salvarlos del vampiro.

Estaba comenzando a entrar en pánico, pero como su dolor había disminuido, ya podía pensar con mayor claridad.

Jacques agarró el volante del vehículo, y tiró con la suficiente fuerza para apartarlo de Sara y dejarle más espacio para respirar.

—El monstruo no se unirá al vampiro. Mikhail se ha levantado e impedirá que la marioneta se junte con su amo. —La suave voz de Jacques mostraba una absoluta confianza—. Tu compañero debe estar de camino, tal vez ya esté cerca de nosotros. Todos han escuchado su aviso, aunque no sabemos quién es.

Era una declaración, aunque ella percibió dudas en sus palabras.

Sara observó cómo sus manos apartaban la chatarra aplastada de sus piernas y conseguía volver a moverse. Sintió un alivio tan grande que sus ojos se llenaron de lágrimas, y movió la cabeza para que no la viera el inquisitivo desconocido. Enseguida un calor inundó su mente.

Estoy contigo, Sara. Siento tus heridas y el miedo que tienes por los niños, pero este hombre no te miente. Es el hermano del príncipe. He sabido que es un hombre que ha tenido que soportar mucho dolor, y diversas adversidades. Unos fanáticos lo enterraron vivo. Mikhail conseguirá rescatar a los niños sin problemas.

Ve tú; no hagas que me preocupe. ¡Asegúrate de que los niños estén a salvo!

No conocía al príncipe, pero confiaba en Falcon. Era quien mejor podía salvar a los niños del vampiro. Ahora estaba segura de que estaba cerca. Su presencia era mucho más fuerte y no le costaba ningún esfuerzo comunicarse con él.

—Voy a ayudarte para que salgas de ahí —le avisó Jacques.

Sara estaba desesperada por liberarse de los restos de la camioneta, pero ahora, ante de la perspectiva de poder moverse finalmente, no parecía la mejor de las ideas.

—Creo que me voy a quedar sentada aquí el resto de mi vida, si no te importa —dijo.

Para su sorpresa, Jacques le sonrió, y durante un instante le enseñó sus blancos dientes y sus ojos marchitos se iluminaron. Era lo último que esperaba de él. Le devolvió la sonrisa de manera instintiva.

—No te asustas muy fácilmente, ¿verdad? —le preguntó muy suave.

No mostraba señales de que la luz del día le dañara los ojos, pero ella veía que aunque los tenía rojos y llorosos, lo soportaba estoicamente.

Sara levantó una mano temblorosa al nivel de su vista y observó cómo temblaba. Ambos se rieron juntos.

—Soy Sara Marten. Gracias por venir a rescatarme.

—No podíamos hacer otra cosa después de que tu compañero llenara el cielo con su declaración. —Los dientes blancos volvieron a brillar y esta vez le recordaron a los de los lobos—. Soy Jacques Dubrinsky; Shea es mi compañera.

Sara sabía que la estaba observando atentamente para ver el efecto que ejercían en ella sus palabras. Y también sabía que Falcon estaba mirando a Jacques a través de sus ojos, analizando cada matiz para evaluarlo. Y Jacques Dubrinsky también era consciente de eso.

—Voy a levantarte para sacarte de aquí, Sara —le dijo amablemente—. Déjame hacer mi trabajo. Nunca he dejado caer a Shea, de modo que no tienes de qué preocuparte —le dijo en broma.

Sara volvió la cabeza para mirar a la otra mujer y le levantó una ceja.

—No creo que eso me dé demasiada confianza. Ella es mucho más pequeña que yo.

Shea le ofreció una rápida sonrisa cómplice que iluminó toda su cara.

—Oh, creo que lo hará bien, Sara.

Jacques no le dio más tiempo para pensar. La sacó del vehículo accidentado y la llevó fácilmente a un lugar plano cubierto de hierba alta. Una vez allí, su compañera se inclinó hacia ella solícitamente. El movimiento hizo que a Sara se le cortara la respiración y le doliera todo el cuerpo. Shea le retiró la hierba del cabello y de la ropa.

—Es normal que tiembles un poco. Dile a tu compañero que te vamos a llevar a casa de Mikhail. Allí estarás segura, pues Raven y yo podremos cuidarte mientras Jacques se une a los hombres que están buscando a los niños perdidos.

Quiero que el hombre se quede cerca de ti mientras llego.

Sara percibió la ironía que subyacía en la voz de Falcon y se rio ligeramente. La idea de que cualquier hombre estuviera cerca de Sara lo desconcertaba, pero necesitaba saber que estaba protegida.

Sintió un alivio enorme al saber que Falcon ya estaba cerca, y que estaba buscando a los niños. Ahora que podía volver a respirar, inexplicablemente quería llorar.

Shea se arrodilló a su lado, le cogió la mano y la miró a los ojos.

—Es una reacción natural, Sara —dijo suavemente—. Todo está bien ahora, y va a ir a mejor. —Sin ninguna vergüenza estaba usando su voz como instrumento para tranquilizarla—. No estás sola; te podemos ayudar de verdad.

—Falcon dice que el vampiro es muy antiguo y poderoso —les advirtió Sara.

Estaba haciendo un gran esfuerzo para parecer tranquila y controlar los temblores de su cuerpo. Era humillante sentirse tan débil delante de desconocidos.

Jacques movió la cabeza alertado, y cambió el brillo de sus ojos negros, así como todo su comportamiento. En un instante adquirió un aspecto amenazador.

—¿Será capaz de viajar, Shea?

Shea se estaba estirando lentamente. Su hermoso rostro expresaba cautela. Los nervios del estómago de Sara dieron lugar a un enorme terror.

—Está aquí, ¿verdad? ¿El monstruo? —Se mordió el labio e hizo un esfuerzo supremo para ponerse en pie—. Si está cerca de nosotros también lo estarán los niños. No se los ha podido entregar al vampiro.

Para su horror solo consiguió ponerse de rodillas y enseguida la oscuridad comenzó a apoderarse de ella alarmantemente.

—El monstruo está intentando ir a ver a su amo —corrigió Jacques—. El vampiro probablemente ha llamado al monstruo para que se una a él. El no muerto está enviando el aviso de que desafiará a cualquiera que se atreva a interferir en sus planes.

Shea deslizó un brazo alrededor de Sara para evitar que se cayera.

—No intentes moverte todavía, Sara. No estás preparada para estar de pie. —La mujer se volvió hacia su compañero—. Podemos moverla, Jacques. Creo que lo mejor es que nos demos prisa.

Saben algo que yo desconozco. Sara se restregó la adolorida cabeza frustrada por no haber sido capaz de ver, o escuchar, las señales que anunciaban el peligro. *Algo va mal.*

Enseguida sintió el consuelo de Falcon, cuyos fuertes brazos la llenaron de calor a pesar de estar a varios kilómetros de distancia.

El vampiro está encerrado en su guarida, pero ha enviado a sus esbirros para que te encuentren. Jacques quiere llevarte a un lugar seguro.

¿Realmente quieres que vaya con él? Me siento tan indefensa, Falcon. No creo que pueda seguir adelante sola.

Sí, Sara, es lo mejor. Estaré contigo todo el tiempo.

El cielo se oscureció no porque el sol ya se estuviera poniendo, sino porque se había levantado un viento que soplaba muy fuerte y había revuelto la tierra, el polvo y los desechos naturales formando una enorme masa que se elevaba en el aire. También aparecieron varios enjambres cuyo ruido rivalizaba con el del viento.

Los niños tendrán miedo.

Sara se estiró buscando consuelo.

Falcon quería estar junto a ella para abrazarla y protegerla de las luchas que con toda seguridad se iban a producir. Le envió calor y amor.

Los encontraremos, Sara. Debes permanecer alerta para que pueda vigilarte mientras estemos separados.

Por alguna razón las palabras de Falcon la humillaron. Quería estar a su lado. Necesitaba hacerlo.

Jacques Dubrinsky se agachó hacia Sara.

—Comprendo cómo te sientes. Me desagrada estar alejado de Shea. Ella es una investigadora muy importante para nuestro pueblo. —Miró a su compañera mientras levantaba a Sara en sus brazos con mucha facilidad. Su expresión era tierna, una mezcla de orgullo y respeto—. Ella es muy decidida y se concentra mucho en lo que está haciendo. Yo lo encuentro un poco incómodo —dijo riéndose, arrepentido por haberle confesado eso tan inocentemente.

—¡Espera! —Sara sabía que su voz sonaba como si tuviera un ataque de pánico—. Hay una mochila en la camioneta. No la puedo dejar aquí. No puedo.

El diario de Falcon estaba en la caja de madera. La llevaba a todas partes y no estaba dispuesta a abandonarla.

Shea dudó como si fuera a discutir, pero servicialmente fue a rebuscar entre los restos de la camioneta hasta que apareció triunfalmente con la mochila. Sara estiró los brazos y Shea se la pasó.

Jacques levantó una ceja.

—¿Ahora estás lista? Cierra los ojos si te molesta viajar demasiado rápido.

Antes de que pudiera protestar se lanzó al cielo tan rápidamente que Sara lo vio todo borroso, pero se alegró de alejarse del vehículo accidentado, del viento atroz y de los enjambres que oscurecían el cielo. Hubiera debido tener miedo, pero había algo muy tranquilizador en Jacques y Shea Dubrinsky. Sólido. De fiar.

Vio rápidamente la imagen de una gran casa rodeada de balcones con muchos recovecos. No tuvo tiempo de fijarse en nada más antes de que Jacques la hiciera entrar rápidamente. El interior era lujoso, lleno de maderas pulidas y amplios espacios abiertos. Todo combinaba... las obras de arte, los jarrones, los tapices exquisitos y los muebles. Sara llegó a un gran salón donde la tumbaron en uno de los mullidos divanes. Las pesadas cortinas estaban corridas y bloqueaban toda la luz del exterior. La habitación solo se iluminaba con velas, lo que era un alivio para los ojos sensibles al sol.

Enseguida se quitó las gafas de sol de Jacques con las manos temblorosas.

—Gracias. Ha sido muy considerado por tu parte que me las hayas prestado.

Él le sonrió, brillaron sus blancos dientes, y sus ojos oscuros se encendieron.

—Soy un hombre muy atento.

Shea refunfuñó y puso los ojos en blanco.

—También piensa que es encantador.

Otra mujer más baja y con una larga cabellera negra entró en la habitación. Pasó muy tranquila y afectuosamente un delgado brazo por la cintura de Jacques.

—Tienes que ser Sara. Shea y Jacques me avisaron antes de que te estaban trayendo a mi casa. Bienvenida. He preparado té. Es de hierbas. Shea cree que tu estómago lo tolerará. —Le señaló una hermosa taza de té sobre un platillo al final de la mesa—. Soy Raven, la compañera de Mikhail. Shea me dijo que lo estabas buscando.

Sara miró la taza de té, se volvió a apoyar en los cojines y cerró los ojos. Quería acurrucarse y ponerse a dormir. Beber té y charlar le parecía un exceso.

¡Sara! La voz de Falcon sonó más fuerte que nunca. *Te tienes que mantener concentrada hasta que llegue a tu lado para protegerte. No conozco a esta gente. Creo que no pretenden hacerte daño, pero no te puedo proteger si te hiciera falta, a menos que te mantengas alerta.*

Sara hizo un esfuerzo por concentrarse.

—Hay un vampiro que lleva quince años persiguiéndome. Mató a toda mi familia y ha secuestrado a unos niños con la intención de hacerme daño. Todos vosotros corréis peligro.

Jacques levantó las cejas de golpe.

—¿Llevas quince años escapando de un vampiro? —le preguntó con cierto escepticismo.

Sara volvió la cabeza para mirar a Shea.

—No es tan encantador cuando llevas un rato con él, ¿verdad?

Shea y Raven rompieron a reír.

—Te llegará a parecer un encanto —le aseguró Shea.

—¿Qué? —Jacques consiguió parecer inocente—. Es una gran hazaña para cualquiera llevar quince años escapando de un vampiro, y más para un humano. Es perfectamente razonable que se haya podido equivocar. Y sí, soy encantador.

Raven lo miró negando con la cabeza.

—No estés tan seguro de eso, Jacques. Tengo la autoridad suficiente para decir que a menudo dan ganas de darte una buena patada. Y los humanos son capaces de hacer cosas extraordinarias. —Retiró varios trozos de cristal de la ropa de Sara—. Debió de ser algo terrorífico para ti.

—Al principio —aceptó Sara muy cansada—, pero después se convirtió en una forma de vida. Correr y mantenerme siempre un paso por delante de él. No sé por qué tiene tanta fijación conmigo.

Shea y Raven encendieron unas velas aromáticas que soltaron un olor tranquilizante que penetró por la piel de Sara, llegó a sus pulmones, y alivió los dolores de su cuerpo.

—Sara —dijo Shea suavemente—, tienes un golpe en la cabeza y varias costillas rotas. Ya te las he recolocado, pero tengo que hacer algo para que sanes rápidamente.

Sara suspiró suavemente. Solo quería dormir.

—Si el vampiro descubre que estoy aquí vendrá y todos estaréis en peligro. Es mucho más seguro que siga moviéndome.

—Mikhail encontrará al vampiro —dijo Jacques con absoluta confianza.

Deja que las mujeres te curen, Sara. He escuchado muchas cosas sobre ellas. Shea era una doctora humana antes de que Jacques la reclamara como su compañera.

Sara frunció el ceño mientras miraba a Shea.

—Falcon ha sabido de ti. Dices que eras médico.

—Todavía soy médico —aseguró Shea amablemente—. Gracias por tu advertencia y que te preocupes por nosotros. Habla bien de ti, pero te aseguro que no permitirá que el vampiro nos haga daño aquí. Deja que me ocupe de ti mientras llega tu compañero. —Movió las manos muy cariñosamente por el cuerpo de Sara provocándole un cálido hormigueo—. Curarte como carpatiana o como médico humano realmente no es tan diferente. Pero es más rápido porque te curo desde dentro. No te dolerá, solo sentirás calor.

Raven siguió sacando cristales de la ropa de Sara.

—¿Cómo conociste a Falcon? No lo conocemos —dijo con la voz dulce y amigable deseando tranquilizarla y hacerle entender que en su casa se podía sentir segura.

Quería conseguir cualquier información para transmitírsela a su propio compañero.

Sara se inclinó sobre los cojines agarrando con fuerza la correa de su mochila. Oía el horroroso viento que ululaba, se quejaba y susurraba cosas. En el viento sonaba una voz. No podía distinguir lo que decía, pero conocía el sonido. La lluvia azotaba el techo y las ventanas, y golpeaba los muros como si estuviera pidiendo entrar. Unas sombras tenebrosas se movieron detrás de la ventana… lo bastante oscuras y malvadas como para traspasar los anchos cortinajes. La tela no podía impedir que las sombras llegaran a la habitación. Saltaron unas chispas que golpearon algo que no pudieron ver. El ruido del viento y los quejidos asaltaron con fuerza sus oídos.

—Jacques.

Shea dijo su nombre como si fuera un talismán.

Cogió la gran mano de su compañero y lo miró con los ojos chisporroteantes de amor.

Él la estrechó y le dio un cariñoso beso en la palma de la mano.

—Los dispositivos de seguridad lo retendrán.

Cambió de postura y se movió para poner su cuerpo entre la ventana y el mullido diván donde estaba sentada Sara. El movimiento fue muy sutil, pero ella lo advirtió claramente.

El sonido de la lluvia cambió y se convirtió en un granizo muy pesado que golpeaba las ventanas y apedreaba la estructura de la casa. Raven se dio la vuelta para mirar la gran chimenea de piedra. Cientos de pequeños cuerpos negros cayeron por ella y aterrizaron en el suelo produciendo un feo sonido, pero las brillantes llamas llenas de vida los quemaban en cuanto tocaban las piedras. Se llenó todo de un pestilente humo negro. Un insecto especialmente grande corrió derecho hacia Sara con sus malévolos ojos redondos fijos en ella.

Capítulo 7

Falcon convertido en búho observaba desde lo alto la zona que tenía debajo. Alcanzaba a ver la camioneta del monstruo a través de la espesa vegetación. Estaba inclinada formando un ángulo, con una rueda colgando precariamente sobre el precipicio. Un segundo búho se deslizaba sigilosamente entre las nubes sin preocuparle el terrible viento y el azote de la lluvia. Él, que tenía la mente en calma, sintió una explosión de placer, de triunfo y un gran sentimiento de orgullo por su pueblo. Conocía esa manera tranquila y confiada de volar, la recordaba bien. Mikhail, el hijo de Vladimir Dubrinsky, tenía el mismo estilo de su padre.

Falcon subió más alto para dar vueltas en dirección al otro búho. Hacía mucho tiempo que no hablaba con otro carpatiano. A pesar de que estaban a punto de entrar en combate, sentía una alegría indescriptible. La compartió con Sara, su compañera, su otra mitad. Ella merecía que supiera lo que había hecho por él; le había permitido ser capaz de sentir emociones. Falcon bajó a tierra y rápidamente volvió a su propio cuerpo.

Mikhail tenía el mismo aspecto que su padre. Y era igual de poderoso. Falcon le hizo una reverencia muy elegante. Estiró una mano y le agarró el antebrazo a la manera de los antiguos guerreros.

—Os ofrezco mi lealtad, príncipe. Os hubiera reconocido en cualquier sitio. Os parecéis mucho a vuestro padre.

Los penetrantes ojos negros de Mikhail se alegraron.

—Te conozco. Yo entonces era joven. Nos perdiste de pronto, como tantos de nuestros más grandes guerreros. Eres Falcon. Pensábamos que tu linaje se había perdido tras tu desaparición. ¿Cómo es que estás vivo y nunca lo hemos sabido?

Lo agarró con fuerza y le devolvió el saludo inmemorial de los guerreros de su especie. Su voz era cálida, incluso delicada, a pesar de que había aprovechado la ocasión para reprenderlo suavemente.

—Vuestro padre anticipó en aquellos tiempos que el futuro de nuestro pueblo era sombrío. —Falcon se volvió hacia la camioneta que se balanceaba precariamente y comenzó a dirigirse hacia el vehículo perfectamente sincronizado con Mikhail. Se movían juntos casi como si fueran bailarines, fluidos y elegantes, llenos de energía y coordinación—. Una noche nos convocó a muchos de nosotros, y nos solicitó que aceptáramos voluntariamente viajar a tierras extranjeras. Vlad no nos lo ordenó. Era muy respetado, y aquellos de nosotros que decidimos hacerlo nunca pensamos en negarnos. Sabía que ibais a ser príncipe. Sabía que tendríais que enfrentaros a la extinción de nuestra especie. Era necesario que creyerais en vuestras propias capacidades, y que todo nuestro pueblo creyera en su príncipe y no dependiera de aquellos de nosotros que éramos más viejos. No nos podíamos permitir tener un pueblo dividido —dijo Falcon muy amable y directo.

Los ojos negros de Mikhail se fijaron en la cara granítica de Falcon, en sus hombros anchos y su manera relajada de moverse.

—Tal vez hubiera agradecido tener consejeros.

Una breve sonrisa apareció en la boca esculpida de Falcon, que se reflejó en la calidez de las profundidades de sus ojos.

—Tal vez nuestro pueblo necesite perspectivas frescas y novedosas sin complicarse con lo que hubo en el pasado.

—Tal vez —murmuró Mikhail suavemente.

El monstruo se había bajado de la camioneta y se estaba moviendo alrededor del vehículo como si lo estuviera examinando. No vio a los dos carpatianos ni percibió su presencia en ningún sentido. De pronto apoyó su espalda contra la camioneta, enterró los pies en el suelo rocoso y se dispuso a empujarla.

El cielo se llenó de insectos negros, que hicieron que el aire crujiera, y cayeron al suelo con una furia similar a la de una tempestad. En el interior de la camioneta los niños comenzaron a chillar al ver que el metal chirriaba. El vehículo estaba siendo lenta pero inevitablemente desplazado hacia el borde del acantilado.

Falcon saltó a una velocidad sobrenatural, cogió al monstruo por los hombros e hizo que se diera la vuelta apartándolo de la camioneta. Confiaba en que Mikhail impidiera que los niños cayeran. Los insectos arremetieron contra él. Lo atacaron, lo mordieron y lo picaron. Eran miles y se metían por los ojos, la nariz y los oídos. Falcon se vio obligado a disolverse en vapor. Rápidamente levantó un escudo alrededor de sí mismo y reapareció detrás del monstruo.

La criatura se dio la vuelta torpemente arrastrando una pierna para enfrentarse a Falcon. Sus ojos resplandecían con un color rojo demoníaco. Hacía unos ruidos extraños, una mezcla entre gruñidos y rugidos. Lanzó un golpe a Falcon con sus uñas afiladas como hojas de afeitar, pero falló por centímetros. Falcon permanecía fuera de su alcance observándolo atentamente. El monstruo era un muñeco sin cerebro controlado por su amo. El vampiro debía haber sabido que él era un carpatiano antiguo que fácilmente podía destruir una creación como esa, por lo que era poco sensato que la criatura intentara luchar contra él, aunque eso era lo que parecía querer hacer. La macabra marioneta lo agarró y llevó torpemente las manos a su cuello.

Falcon fácilmente se liberó, le rompió los huesos y le aplastó la cabeza. El sonido que produjo se oyó claramente, a pesar de la intensidad del viento y el crujido que producían los insectos cuando chocaban contra el suelo. El monstruo pareció brillar un momento y sus ojos resplandecieron en la oscuridad con un brillo naranja espeluznante. Además se le desprendió la piel como si fuera una serpiente en vez de un hombre.

—Saca a esos niños de ahí —gritó Falcon muy serio dando la espalda a la criatura. La luz que salía del interior del monstruo se volvió más brillante adquiriendo una luminiscencia muy especial—. Es una trampa.

Mikhail estaba llevando a los niños a un lugar seguro. Eran tres niñas y cuatro niños. Dio un gran salto cuando la camioneta se balanceó precariamente y después cayó por el precipicio. Había protegido las mentes de los niños, pues sabía que llevaban la mayor parte del día aterrorizados. El mayor era un niño que no debía de tener más de ocho años. Mikhail percibió que cada uno era especial de algún modo y todos tenían habilidades psíquicas.

Los insectos que caían del cielo alrededor de ellos formaron una grotesca aglomeración de cuerpos que revoloteaban en el suelo. Aunque Mikhail había levantado una barrera y había protegido sus mentes, los niños miraban a los bichos completamente horrorizados. Entonces oyó la advertencia de Falcon, e inmediatamente cambio de forma convirtiéndose en una enorme criatura alada, en un legendario dragón. Usando la mente para controlarlos, hizo que se subieran en su espalda. Los niños se aferraron a él temblorosos, y aunque aceptaban lo que estaba ocurriendo, verdaderamente no lo entendían. Mikhail se elevó en el aire y lanzó al suelo una larga llamarada roja y naranja que incineró a las horrorosas cucarachas y los saltamontes que tenía a su alcance.

Transportaré a los niños a un lugar seguro.

¡Salid ahora!

Falcon estaba preocupado por el príncipe y los niños. El monstruo estaba girando muy deprisa para formar un extraño remolino similar a un pequeño tornado. El viento soplaba furioso y lanzaba insectos en todas las direcciones, e incluso hacía que saltaran hacia el cielo. El brillo que producía era tan intenso que hacía daño a sus sensibles ojos.

En los largos siglos que llevo luchando contra los no muertos y sus esbirros, este es un fenómeno nuevo.

También para mí. Mikhail estaba volando rápidamente en medio del crepúsculo luchando contra el fortísimo viento y las enormes masas de insectos que lo atacaban desde todas las direcciones. *El no muerto es verdaderamente poderoso si es capaz de crear este caos sin siquiera haber salido de su guarida. Sin lugar a dudas es un vampiro muy antiguo.*

He enviado un mensaje a vuestro hermano para que esté preparado para luchar contra él, pues estoy seguro de que es tan antiguo y experimentado como yo. Espero que escuche a Sara.

Mikhail suspiró transformado en dragón. También lo esperaba. Inmediatamente entró en la mente de Jacques y le transmitió lo que había ocurrido y sus conclusiones.

Falcon se alejó sigilosamente del monstruo intentando poner distancia entre ellos.

El no muerto puso esta trampa para que nos alejáramos de Sara usando a los niños y al monstruo. Irá por ella. Cada vez que Falcon cambiaba de dirección, la grotesca criatura se daba la vuelta perfectamente sincronizada con él, y seguía sus fluidos movimientos como si fueran bailarines. *Salgamos de aquí, Mikhail. No me esperéis. Esta cosa se ha pegado a mí como si fuera una sombra. Un hechizo letal muy difícil de deshacer. Es una bomba. Id por Sara.*

No me gustaría que una criatura tan despreciable te hiciera daño.

Había una nota de humor en la suave voz de Mikhail, y también de preocupación.

Soy un carpatiano antiguo. Este vampiro no me va a derrotar. Solo me preocupa vuestra seguridad y la de los niños. Y que tardemos en llegar junto a Sara.

Era la verdad. Por más que nunca antes hubiera visto algo así, tenía absoluta confianza en sus capacidades. Enseguida comenzó a luchar para liberarse de las ataduras que se habían incrustado en sus células. Era una sombra profunda, como si el monstruo hubiera conseguido incrustar sus moléculas en las suyas. El carpatiano intentó varios métodos, pero no conseguía encontrar en qué parte de su cuerpo estaban insertadas las ataduras. El monstruo estaba al rojo vivo, se expandía como un hongo y emitía un extraño murmullo. El tiempo seguía corriendo.

Falcon se pasó las manos por los brazos y por el pecho. Enseguida sintió que un calor extraño surgía de su pecho. Por supuesto. ¡En las cuatro largas heridas que le había dejado el vampiro en el pecho! El no muerto había dejado un hechizo en su pecho, y el monstruo lo reconoció y se aprovechó de ello. Entonces transmitió inmediatamente la información al príncipe y se dispuso a librarse de la monstruosa bomba de relojería.

El murmullo se volvió más fuerte y subió el tono cuando los insectos comenzaron a repiquetear con mayor intensidad. Volaban frenéticamente en todas las direcciones y formaban enjambres que intentaban abrirse camino a través de la barrera que había levantado Falcon alrededor de sí mismo. No tenía tiempo para pensar en insectos venenosos; tenía que tener toda su atención puesta en liberarse de la sombra que tenía oculta en su cuerpo. La huella del vampiro estaba profundamente impresa bajo su piel.

Falcon se deslizó rápidamente hacia el barranco y atrajo al monstruo para que saliera del bosque. Mientras daba vueltas de un lado a otro acompañado en cada paso por la marioneta del vampiro, examinaba su propio cuerpo de pies a cabeza. Había olvidado esas pequeñas cicatrices en su piel que le habían dejado las heridas que ya se había curado. Tan pequeñas, pero tan mortíferas. Se concentró en raspar las señales casi invisibles por debajo de la piel. Tuvo que hacer un gran esfuerzo con la mente, pues no podía dejar de avanzar para llevar al macabro monstruo hasta el borde del acantilado. Se lanzó flotando sobre el espacio vacío y atrajo a la impía criatura, que dio un último paso y cayó en picado contra las rocas de abajo. Cuando la explosión se produjera, iba a ser contenida por el barranco. Tenía que limpiarse las cicatrices rápidamente, pues sabía que si el monstruo estaba ligado a él, aunque fuera por esos lazos prácticamente invisibles, la explosión lo iba a matar.

El monstruo estaba unido a él en el aire. Entonces Falcon comenzó a descender lentamente para dejar a la horrorosa criatura donde no pudiera hacer daño. Mientras tanto seguía revisando cada huella que tuviera en las heridas del pecho. La luz incandescente que daba vueltas de pronto tembló y se deslizó como si hubiera quedado colgando de unos pocos hilos muy finos. El zumbido ahora era frenético e inclemente. Parecía una especie de chillido incesante que le hacía difícil pensar.

Rechazó el ruido aumentando de velocidad, pues sabía que estaba a punto de lanzar al monstruo al vacío para acabar con él. El vampiro estaba esperando a que se pusiera el sol y era consciente de que tenía a Falcon alejado de Sara como si fuera su prisionero. Entonces, cuando él acabó con la última de las señales que le había dejado el vampiro, el monstruo palpitó con una luz roja y naranja que produjo un resplandor incandescente. En ese mismo instante la marioneta comenzó a caer y Falcon se alejó elevándose rápidamente hacia las nubes negras.

Entonces se disolvió, se convirtió en una neblina y se apresuró en alejarse del estallido de la bomba. La explosión fue monumental. Su fuerza hizo que saltaran trozos de insectos en todas direcciones, excavó un cráter a un lado del barranco e incendió la maleza. Pero Falcon inmediatamente apagó las llamas con la lluvia que soltaron unas cargadas nubes a las que había llevado al borde del barranco. Enseguida se dirigió hacia la casa de Mikhail tras obtener la dirección de la propia mente del príncipe.

Cuando Falcon contactó con Mikhail lo encontró hablando con un humano, a quien estaba haciendo algunas advertencias para que protegiera a los niños. Sabía que no tenía que preocuparse por ellos. Mikhail nunca los dejaría en una situación peligrosa.

Sara, estoy a una cierta distancia pero pronto estaré contigo.

¡Falcon!

Sara se puso recta a pesar de estar mareada. Observó horrorizada las horribles cucarachas que corrían por el suelo hacia ella. La miraban fijamente como si la estuvieran marcando. Y ella sabía lo que eso significaba. Igual que Falcon podía usar sus ojos para ver qué ocurría alrededor de ella, el vampiro usaba a las cucarachas. A pesar de que tenían los caparazones quemados y emitían un olor fétido, se movían infaliblemente hacia ella sin dejar de mirarla.

Sabe dónde estoy. Matará a toda esta gente.

Estaba aterrorizada, pero no podía vivir con más culpas. Si ese monstruo la quería tan desesperadamente, tal vez la solución era simplemente salir por la puerta y reunirse con él.

¡No! La voz de Falcon sonó fuerte y autoritaria. *Haz lo que te digo. Advierte a ese hombre que tu enemigo es muy antiguo, y lo más probable es que fuera uno de los guerreros que envió el padre de Mikhail, convertido ahora en vampiro. Todavía no se ha puesto el sol, de modo que tenemos unos minutos. El hombre tiene que usar tácticas dilatorias hasta que lleguemos a ayudarlo.*

Jacques simplemente estaba dedicándose a pisar a los enormes insectos en llamas y los aplastaba para apagar el fuego. Sara se aclaró la garganta y lo miró con los ojos tristes.

—Lo siento mucho. No pretendía atraer a este enemigo hasta vosotros. Es muy antiguo, dice Falcon, y lo más probable es que sea uno de los guerreros que el padre de Mikhail envió lejos de su tierra.

Raven alisó hacia atrás el cabello de Sara con sus cariñosos dedos.

Jacques se agachó y se quedó al mismo nivel de Sara. Su expresión se mantenía tan tranquila como siempre.

—Cuéntame lo que sepas, Sara. Nos ayudará a luchar contra él.

Sara movió la cabeza y tuvo que contener un gemido, pues le dolía de una manera atroz.

—Falcon dice que esperes a que lleguen él y Mikhail antes de entrar en combate.

—Cúrala, Shea —ordenó Jacques amablemente—. El sol todavía no se ha puesto y el vampiro está profundamente enterrado bajo tierra. Sabe dónde está ella, y vendrá hacia aquí, pero los mecanismos de seguridad lo ralentizarán. Tenemos tiempo. Mikhail ya está de camino, y también su compañero. El enemigo es antiguo y muy poderoso.

Los niños, Falcon. ¿Qué pasa con los niños?

A Sara le costaba pensar por culpa de los grotescos restos de los insectos que manchaban el inmaculado suelo de madera brillante.

Los niños están a salvo, Sara. No te preocupes por ellos. Mikhail los ha llevado a una casa segura. Un hombre, un humano amigo suyo y de nuestro pueblo, está cuidando de ellos. Estarán seguros mientras estemos cazando a tu enemigo.

Sara respiró hondo. ¿Los demás habían visto lo mismo que ella? El vampiro había traspasado los sistemas de seguridad, la había encontrado y la observaba a través de los ojos de sus esbirros. Además, los niños que quería adoptar estaban en compañía de un perfecto desconocido.

¿Quién es ese hombre? ¿Qué sabes de él, Falcon? Tal vez deberías ir tú mismo a buscarlos. Deben estar asustados.

Mikhail confía en ese hombre. Su nombre es Gary Jansen. Es un amigo de nuestro pueblo. Cuidará de ellos hasta que hayamos acabado con el vampiro. No nos podemos permitir que los encuentre una segunda vez. Mikhail no dejará que se asusten. Puede hacer que acepten al humano y su nueva situación.

Sara levantó la barbilla intentando ignorar su terrible dolor de cabeza.

—¿Conocéis a un hombre llamado Gary? Mikhail le ha llevado a los niños —dijo consciente de que hablaba muy ansiosa, pero no lo podía evitar.

Shea se rio suavemente.

—Gary es un genio, un hombre muy comprometido con su trabajo. Ha venido de Estados Unidos para ayudarme en un importante proyecto en el que estoy trabajando. —Mientras hablaba hizo una señal en silencio a su compañero para que levantara a Sara y la llevara a una de las estancias subterráneas que había debajo de la casa—. Me hubiera gustado haber visto su cara cuando Mikhail se presentó en la posada acompañado de varios niños asustados. Gary es un buen hombre, completamente volcado en ayudarnos a descubrir por qué nuestros niños no sobreviven, por qué nacen tan pocas niñas, pero no lo imagino cuidando a los pequeños.

—Disfrutas pensando en ello. —Jacques se rio en voz baja haciendo un sonido agradable en contraste con los aterradores sonidos de afuera de la casa—. Tengo ganas de contarle al humano que estás encantada con su nuevo papel.

—Pero se ocupará de ellos.

Sara necesitaba consuelo mientras Jacques la levantaba en sus brazos. Raven asintió empáticamente.

—Oh, sí, no hay de qué preocuparse. Gary nunca abandonará a los niños, y todos los carpatianos están dispuestos a protegerlo si le hiciera falta. Tus niños están muy seguros, Sara. —Mientras se movían por la casa señaló un cuadro con un gran marco que había en la pared—. Es mi hija, Savannah. Gary le salvó la vida.

Sara observó el cuadro mientras pasaban junto a él. La joven era hermosa, parecía de la misma edad de Raven y tenía un aire vagamente familiar.

—¿Es tu hija? Parece de tu edad.

—Savannah tiene un compañero —dijo Raven tocando el marco con un gesto amoroso—. Cuando son pequeños nuestro hijos parecen niños, y durante sus primeros años sus cuerpos crecen de manera muy parecida a los humanos. Pero cuando alcanzan la madurez sexual el envejecimiento se ralentiza. Por esa razón tenemos problemas para reproducirnos. Es raro que nuestras mujeres consigan ovular antes de cien años después de haber tenido a su bebé. Ocurre, pero es extraño. Shea cree que es una forma de controlar la población. Igual que la mayoría de las especies, la nuestra ha desarrollado este sistema. Como los carpatianos viven tanto tiempo, la naturaleza, o Dios si lo prefieres, ha establecido este mecanismo de control. Savannah regresará a casa muy pronto. Debían haber vuelto inmediatamente después de su unión, pero Gregori, su compañero, ha tenido noticias de su familia perdida, y han preferido verlos a ellos primero. —La voz de Raven sonaba levemente emocionada—. Necesitamos a Gregori aquí. Es el lugarteniente de Mikhail y es un hombre poderoso. Y evidentemente echo de menos a Savannah.

Sara se dio cuenta de pronto de que iban muy rápido a través de un pasadizo. La charla con Raven la había distraído de su dolor de cabeza y del peligro, pero sobre todo del hecho de que iban bajando y estaban bajo tierra. Sintió un vuelco en el corazón e instantáneamente llamó a Falcon. Mente con mente. Corazón con corazón.

Solo podemos tener un hijo cada cien años.

Dijo lo primero que pensó, pero enseguida sintió vergüenza por haberle comunicado un sueño secreto, y lo lamentó. Anhelaba tener una casa llena de niños. Con amor y risas. Con todas las cosas que había perdido. Todas las cosas que había aceptado, hacía mucho tiempo, que nunca podría tener.

Tendremos siete hijos, Sara. Siete niños abandonados, hambrientos y asustados. Nos necesitarán para resolver sus problemas, para que los amemos y los ayudemos con sus inesperados dones. Esas tres niñas, si lo desean, podrán ser compañeras de carpatianos que las quieran. Pero todos tendrán que recibir educación. Tendremos muchos niños a los que amar los próximos años. Cualquiera que sea tu sueño, también es el mío. Tendremos un hogar y lo llenaremos de niños, amor y risas.

Estaba cerca y se dirigía a estar con ella. Sara se aferró a su calor y a sus palabras.

Este es mi regalo para ti.

Un sueño oscuro al que se quería aferrar. Un sueño por alcanzar.

—¿Dónde me lleváis?

La ansiedad de Sara era embarazosa, pero no conseguía controlarla. Falcon tenía que ser capaz de encontrarla.

Oyó su consoladora risa suave.

No hay ningún lugar donde no pueda encontrarte. Estoy en ti, igual que tú estás en mí, Sara.

—Lo que sientes es normal, Sara —dijo Raven suavemente—. Las parejas no se pueden separar y sentirse cómodas.

—Y tú estás conmocionada —le recordó Shea—. Te llevamos a un lugar seguro —le volvió a asegurar tranquila y pacientemente.

El pasadizo bajaba profundamente bajo tierra. Jacques pasó a través de lo que parecía un puerta directamente incrustada en la roca sólida que daba a una estancia grande y hermosa. Para su grata sorpresa parecía un dormitorio. La cama era grande y tentadora. Se acurrucó en cuanto Jacques la dejó en ella y cerró los ojos deseando dormirse. Pensaba que unos minutos de descanso harían que se sintiera mejor. El edredón era mullido y reconfortante. Tenía un estampado extraño. Sara comenzó a trazar los símbolos que tenía inscritos una y otra vez.

Las velas cobraron vida, parpadearon y bailaron, arrojaron sombras en los muros y llenaron la habitación de un aroma maravilloso. Apenas era consciente de que las manos curativas de Shea continuaban trabajando con la precisión de un cirujano. Solo podía pensar en Falcon. No le quedaba más que esperarlo bajo tierra con la esperanza de que todos se mantuvieran a salvo hasta su llegada.

Capítulo 8

El ataque llegó inmediatamente después de la puesta del sol. Del cielo llovió fuego y unos rayos rojos y naranjas cayeron derechos hacia la casa y sus terrenos. Se abrieron en el suelo unos surcos enormes y se movieron rápidamente hacia la propiedad. Junto a las enormes puertas y columnas que rodeaban la mansión aparecieron unos tentáculos. Y también surgieron de la tierra unos bulbos que lanzaban un ácido hacia la verja de hierro forjado. Cayeron miles de insectos de las nubes y de los árboles, que ya estaban saturados de bichos. Un ejército de ratas con los ojos brillantes y redondos corrió por la valla. Eran tantas que hacían que el suelo se viera negro.

Bajo tierra, Jacques levantó la cabeza muy atento. Su compañera estaba concentrada en las artes curativas. Miró a Raven a los ojos por encima de la cabeza de Sara.

—El viejo vampiro ha enviado a su ejército antes de venir él. La casa está siendo atacada.

—¿La contendrán las salvaguardas? —preguntó Raven con su usual tranquilidad.

Ya estaba llamando a Mikhail. Estaban separados por varios kilómetros, aunque inmediatamente sintió su calor.

—Con toda seguridad las salvaguardas contendrán a los esbirros. Este viejo vampiro está intentando debilitarlas para poder atravesarlas más fácilmente. Sabe que Mikhail y el compañero de Sara están de camino. Quiere tener una victoria rápida y fácil antes de que lleguen. —Jacques estaba tranquilo y tenía los ojos normales y fríos. Se había despojado de cualquier emoción para prepararse para la batalla. Tenía los brazos alrededor de la cintura de Shea, y apretaba su cuerpo contra ella de manera muy protectora. Bajó la cabeza para besarle el cuello y hacerle una breve caricia antes de marcharse.

Raven le cogió un brazo para evitar que saliera de la habitación.

—Mikhail y Falcon dicen que es muy peligroso. Realmente es antiguo, Jacques. Espera a que vengan, por favor.

Jacques le miró la mano.

—Todos son peligrosos, hermanita. Haré lo que pueda para protegeros a las tres.

Le quitó cariñosamente las manos de la muñeca y le dio una torpe palmadita para darle confianza. Un gesto que no concordaba con su elegancia.

Raven le sonrió.

—Te quiero, Jacques. Y también Mikhail. No te lo hemos dicho lo suficiente.

—No es necesario decirlo con palabras, Raven. Shea me lo ha enseñado a lo largo de los años. Tenemos un vínculo muy fuerte. Tengo mucho por lo que vivir y tengo esperanzas en el futuro. Finalmente he convencido a mi compañera que vale la pena correr el riesgo de tener un hijo.

Raven levantó la cara con los ojos brillantes por las lágrimas.

—Shea no me ha dicho nada. Sé que siempre ha querido tener un bebé. De verdad que me alegro por los dos.

Shea regresó a su cuerpo, se tambaleó por el intenso esfuerzo que estaba haciendo para curar a Sara y se apoyó en Jacques, que la abrazó cariñosamente y enterró su cara en su melena de color vino tinto.

—¿Sara se va a curar? —le preguntó suavemente muy orgulloso mostrando un profundo respeto por su compañera.

Shea se aferró a él y giró la cara para que la besara.

—Sara se va a curar. Solo necesita a su compañero. —Miró los ojos de Jacques—. Igual que yo.

—Ni tú ni Raven parece que tengáis mucha fe en mis capacidades. ¡Estoy estupefacto! —La cara de pena de Jacques hizo que ambas mujeres se rieran a pesar de la seriedad de la situación—. Por un lado mi hermano intenta imponerme sus maneras principescas y me ordena que no me enfrente al enemigo hasta que regrese Su Majestad. Y por otro, mi propia compañera, tan inteligente, parece no darse cuenta de que soy un guerrero sin igual. Y, además, mi encantadora nuera me está retrasando deliberadamente. ¿Qué pensarías de esto, Sara? —le preguntó arqueando una ceja.

Sara se sentó lentamente y se pasó una mano por su despeinado cabello en punta. Ya no le dolía la cabeza y sentía que sus costillas estaban bien. Incluso le habían desaparecido los dolores de las magulladuras.

—No conozco tu estatus de guerrero sin igual, pero tu compañera es milagrosa.

Tenía la sensación de que Raven y Shea pasaban mucho tiempo riéndose cuando estaban juntas. Ninguna se sintió mínimamente intimidada por Jacques, a pesar de lo serio que se había puesto.

—Eso es indiscutible —aceptó él.

Shea sonrió a Sara, que tenía la cara pálida.

—Tiene que decirlo. Lo mejor es alabar a su propia compañera.

—Y por eso Raven y tú me difamáis con respecto a mis cualidades como guerrero.

Jacques volvió a besar a su compañera. Gracias a su fino oído conseguía oír que la propiedad estaba siendo atacada.

Sara también lo oía. Se retorció los dedos con mucha ansiedad.

—Está de camino. Sé que es él.

—No le tengas miedo, Sara. —Shea se apresuró a consolarla—. Mi compañero ha luchado contra muchos no muertos y lo seguirá haciendo mucho tiempo más después de que este desaparezca. —Volvió la mirada hacia su marido—. Raven se ocupará de mí mientras retrasas a este monstruo. Cuando vuelvas, seguro que no te habrá hecho ningún daño.

—Te escucho, pequeña pelirroja, y no puedo hacer más que obedecer —dijo con la voz tan suave que parecía una caricia íntima.

Inmediatamente se disolvió, se convirtió en vapor y salió flotando de la habitación.

Sara tuvo que hacer un esfuerzo para mantener la boca cerrada y disimular su absoluto asombro. Raven pasó un brazo por la cintura de Shea y se rio suavemente.

—Cuesta un poco acostumbrarse a los carpatianos. Te lo digo por experiencia.

—Tengo que alimentarme —dijo Shea con la mirada fija en Sara—. ¿Te asusta?

—No lo sé —contestó esta honestamente. Sin ninguna razón la zona de la curva de sus pechos comenzó a palpitar y de pronto se ruborizó—. Supongo que me tengo que acostumbrar. Falcon y yo estamos esperando que termine con los trámites burocráticos de los niños antes de... —buscó la palabra precisa— terminar las cosas. —Levantó la cabeza—. Estoy muy comprometida con él —dijo, aunque le pareció una manera muy débil de explicar la intensidad de sus emociones.

—Estoy sorprendida de que te diera tiempo. Debe de estar extraordinariamente seguro de sus capacidades para protegerte —dijo Raven—. Aliméntate, Shea. Te lo ofrezco libremente para que vuelvas a estar llena de fuerza. —Extendió muy relajada su muñeca hacia ella—. Los hombres carpatianos suelen pasar momentos difíciles cuando acaban de recuperar sus emociones. Tienen que enfrentarse a sus celos y sus miedos, y a la sobrecogedora necesidad de proteger a su compañera o al terror de perderla. Se vuelven dominantes y posesivos, y generalmente son un fastidio.

Raven se rio muy suave. Evidentemente estaba compartiendo la conversación con su compañero.

Sara sintió que su corazón se aceleraba al observar con horror, aunque fascinada, cómo Shea aceptaba alimentarse con la sangre de Raven. Aunque era extraño, no llegaba a ver la sangre. Le pareció casi conmovedor ver el desinteresado acto que unía a las dos mujeres. Sara sentía una gran admiración por los dones curativos de Shea. Y había sido una lección de humildad lo bien que la habían aceptado en el círculo de su familia cercana. Inmediatamente estuvieron dispuestos a ayudarla, y a poner sus vidas en peligro por estar con ella.

—¿Realmente estáis pensando en tener un hijo? —preguntó Raven mientras Shea cerraba los pequeños agujeros de la muñeca con la lengua—. Jacques dice que finalmente te ha convencido —dijo Raven con la voz un poco vacilante.

Sara observó las sombras que cruzaban los hermosos rasgos de Shea.

Ella siempre había querido tener hijos y percibía que la respuesta de Shea también podía ser importante para sus propios sueños.

Shea respiró hondo y soltó el aire lentamente.

—Jacques quiere tener un hijo desesperadamente, Raven. He intentado pensar como doctora, pues los riesgos son altos, pero es difícil cuando todo mi ser quiere un hijo y mi compañero siente lo mismo. Fue un milagro que Savannah sobreviviera; ya lo sabes y también lo difícil que fue. Hizo falta que tanto Gregori como yo lucháramos un año para salvarle la vida, y además estabas tú y Mikhail. He mejorado la fórmula para los bebés, ya que no los podemos alimentar con lo que antes los nutría perfectamente. No sé por qué la naturaleza se ha vuelto en contra de nuestra especie, pero tenemos que luchar por cada niño que traemos al mundo. Sin embargo, y a pesar de saberlo, no dejo de querer tener hijos. Ahora sé que si me pasa algo, Jacques va a cumplir con mi deseo y criará a nuestro hijo, o hija, hasta que tenga una familia. Elegiré pronto el momento. Espero que tengamos éxito y, a pesar de todo, pueda quedarme embarazada y hacer que nuestro hijo viva.

Sara se levantó con cuidado, un poco cautelosa, y con el ceño fruncido. Escuchaba el chisporroteo del fuego al mezclarse con agua, a los insectos y otros seres aterradores que desconocía por completo. Oía perfectamente, e incluso visualizaba, la lucha que se estaba produciendo afuera, el ejército del mal intentando romper las salvaguardas que protegían a los que se encontraban en el interior de la casa. Sin embargo, se sentía segura. Estaba muy profundamente bajo tierra y sentía una gran afinidad con esas mujeres. Sabía que Falcon estaba de camino. Vendría a buscarla y nada lo iba a detener.

Parecía una locura, aunque perfectamente natural, estar en esa habitación hablando íntimamente con Raven y con Shea, mientras justo por encima de ellas el viejo vampiro buscaba la manera de entrar.

—¿Y yo tendré problemas para tener hijos una vez que me convierta en lo mismo que Falcon? —preguntó Sara.

No se le había ocurrido que tal vez no podría tener hijos una vez que se hiciese carpatiana.

Shea y Raven extendieron a la vez las manos hacia ella. Fue un gesto de camaradería, compasión y solidaridad.

—Estamos investigando mucho para obtener respuestas. Savannah sobrevivió y otros dos varones, pero no ha habido más niñas. Tenemos mucho que investigar y he desarrollado varias teorías. Gary ha venido desde Estados Unidos para ayudarme, y Oregon vendrá en pocas semanas. Creo que podemos encontrar una manera de mantener vivos a nuestros bebés. Incluso creo que pronto encontraré la razón por la cual tenemos tan pocas niñas, pero incluso no estoy segura de que una vez que sepamos la causa podamos remediar la situación. Creo que las carpatianas que han sido humanas tienen grandes posibilidades de tener niñas. Y eso es un regalo valiosísimo para nuestra raza en extinción.

Sara se paseó por la habitación con una repentina necesidad de estar con Falcon. Mientras más tiempo estaba alejada de él, peor se sentía. Lo necesitaba. Se ponía nerviosa, se le hacía un nudo en el estómago y se quedaba sin aliento. Lo había aceptado, y era una necesidad que conocía mucho antes de saber la realidad de su compañero. Había ido a todas partes con su diario y tenía sus palabras impresas en la mente y en el corazón. Entonces lo necesitaba; pero ahora era como si una parte de ella estuviera muerta sin él.

—Llama a su mente —le aconsejó Raven dulcemente—. Siempre está para ti. No te preocupes, Sara, nosotras también estaremos contigo. Nuestra vida es maravillosa, llena de amor y capacidades sorprendentes. Vale la pena dejar lo que has tenido por un compañero.

Sara se pasó una mano por el pelo y lo despeinó aún más.

—Yo no he tenido una vida buena. Falcon me ha permitido volver a atreverme a soñar. En una familia. En un hogar. En pertenecer a alguien. No tengo miedo. —De pronto se rio—. Bueno... tal vez esté nerviosa. Un poco nerviosa.

—Falcon debe ser un hombre increíble —dijo Shea.

No tan increíble.

Jacques nunca dejaba de estar en contacto con la mente de Shea. A lo largo de los años había conseguido volver a aprender muchas cosas que se le habían borrado de la mente, pero necesitaba estar anclado a su compañera todo el tiempo. Antes se hubiera puesto celoso e inquieto; pero ahora parecía que hablaba en broma.

Shea se rio de él. Suavemente. Íntimamente. Le envió unas imágenes eróticas en la que se la veía entrelazando su cuerpo con el suyo. Era suficiente. Ella era su compañera. Su mundo.

Sara observó las expresiones que adoptaron los delicados rasgos de Shea y supo exactamente lo que estaba pasando entre ella y su compañero. Eso hizo que ella se sintiera como si realmente fuera parte de algo, que de nuevo formaba parte de una familia. Raven tenía razón. En el momento en que contactó con Falcon, este apareció en su mente y la rodeó de amor, calidez y confianza. Cruzó los brazos alrededor de su propio cuerpo para aferrarse a él, sentirlo en su mente, escuchar sus suaves susurros, sus promesas y su absoluta confianza en sus capacidades. En un instante había conseguido sentir todo eso.

—Sara. —Raven hizo que volviera la atención a las mujeres. Estaba decidida a que se mantuvieran centradas en sí mismas más que en el inminente combate—. ¿De quién son esos niños que el vampiro ha hecho tanto esfuerzo por conseguir?

Sara de pronto sonrió y se le iluminó la cara.

—Imagino que ahora son míos. Cuando los encontré vivían en las alcantarillas. Se unieron en una banda porque eran diferentes a los demás. Todos tienen capacidades psíquicas. Tres niñas y cuatro niños. No todos tienen los mismos talentos, pero aun así saben, por muy jóvenes que sean, que se necesitan entre ellos. Tengo una gran empatía con ellos porque también crecí sintiéndome diferente. Quería darles un hogar donde pudieran sentirse normales.

—¿Tres niñas pequeñas? —Shea y Raven intercambiaron una larga mirada muy alegre. Shea movió la cabeza sorprendida—. Eres verdaderamente un tesoro. Nos has devuelto a un antiguo guerrero. Podemos aprender mucho de él. Tienes a siete niños pequeños con talentos psíquicos y eres la compañera de un carpatiano. Cuéntame cómo has aceptado nuestro mundo tan fácilmente.

Sara se encogió de hombros.

—Por culpa del vampiro. Lo vi asesinando en los túneles de una excavación en la que estaban mis padres. Dos días después asesinó a toda mi familia. —Levantó la barbilla un poco como si se preparara para que la condenaran, pero ambas mujeres la miraron tristes y compasivas—. Me persiguió durante años. Siempre he estado moviéndome para mantenerme un paso por adelante de él. Los vampiros han formado parte de mi vida desde hace mucho tiempo. Pero no comprendía la diferencia entre vampiros y carpatianos.

—¿Y Falcon? —señaló Raven.

Sara percibió que de pronto el exterior de la casa se había quedado en silencio, como si el viento estuviera conteniendo el aliento. Las criaturas de la noche se habían calmado. Sintió un escalofrío y su cuerpo comenzó a temblar. Se había puesto el sol. El vampiro se había levantado y lanzado precipitadamente al cielo para llegar a la propiedad antes de que Falcon y Mikhail pudieran regresar.

Sara consideró positivo que continuaran en calma, a pesar de que ambas mujeres también supieron que el vampiro se había levantado. Simplemente se cogieron de la mano. Respiró hondo deseando seguir su ejemplo de tranquilidad.

—Falcon ha sido mi salvación desde los quince años. Pero no sabía que era un ser real. Encontré algo que le pertenecía. —*Este es mi regalo para ti. Sara, compañera de Falcon.* Se aferraba con fuerza a esas palabras—. Lo vi claramente, su cara, su pelo y todas sus expresiones. Sentí como si pudiera ver su corazón. Sabía que le pertenecía, aunque era un hombre de un pasado antiguo y yo había nacido demasiado tarde.

Falcon sintió su tristeza mientras cruzaba el aire con mucha fuerza a través de la noche que se levantaba. Contactó con ella y llenó su mente con la intensa pureza de su amor por ella.

No has nacido demasiado tarde, mi amor. Acepta lo que tienes y lo que se nos ha entregado. Un gran regalo, un tesoro de incalculable valor. Estoy contigo ahora y lo estaré siempre.

Te amo intensamente con todo mi corazón.

Entonces tienes que saber que no permitiré que este monstruo nos separe. He soportado siglos de soledad, y cuando tú no estabas mi vida no era nada. No te va a separar de mí. Pertenezco a un linaje antiguo y estoy muy bien dotado. Nuestro enemigo es verdaderamente poderoso, pero será derrotado.

El corazón de Sara dejó de palpitar frenéticamente y se ralentizó para acompasarse con los latidos firmes de Falcon, quien deliberadamente respiraba para ella, para ambos. Era como una sombra que se aferraba a su cabeza, tanto por su propia tranquilidad mental como por la de ella. Falcon era muy consciente de que el vampiro se estaba dirigiendo rápidamente a la casa a buscar a Sara. El viento de la noche arrastraba un hedor asqueroso. Las criaturas nocturnas le susurraban y corrían para ponerse a cubierto para evitar el peligro. Falcon no tenía manera de comunicarse con Mikhail y con Jacques sin que el vampiro pudiera escucharlo. Podía emplear el canal común que usaba su gente, pero con toda seguridad el vampiro lo escucharía. Mikhail y Jacques compartían un vínculo de sangre y tenían su propio canal privado de comunicación, que el vampiro no podía interceptar. Algo así hubiera hecho mucho más fácil planear la lucha contra este vampiro antiguo.

Sintió un chisporroteo en el aire cuando el vampiro lanzó su primer ataque real. Las vibraciones violentas formaron ondas a través del cielo, rebotaron contra los picos de las montañas e hicieron que estallaran varios relámpagos en las agitadas nubes negras. La forma de ave que estaba usando podría no soportar un golpe de energía tan grande, por lo que dio una voltereta en el aire, bajó a tierra y se transformó en vapor. Pero el viento cambió abruptamente y un enorme vendaval lanzó la lluvia en dirección opuesta al lugar adonde quería ir; cayó a tierra, aterrizó bajo la forma de un lobo y comenzó a correr a cuatro patas hacia la mansión del príncipe donde lo esperaba su compañera.

A pesar de los kilómetros que los separaban, Mikhail tuvo el mismo problema. Ya no era ni seguro ni rápido viajar por el aire. Aterrizó y también se convirtió en un enorme lobo peludo que podía correr a toda velocidad, y saltar fácilmente los troncos que se encontrara en su camino.

Jacques inspeccionó el aire cargado de langostas y cucarachas, las flechas de fuego y las nubes negras que se arremolinaban y lanzaban relámpagos zigzagueantes. Unos tentáculos habían aparecido dentro de la verja, lo que era un pequeño inconveniente que anunciaba el primer agujero en las salvaguardas. Estaba tranquilo y se dedicaba a aplastarlos y a proteger la estructura del fuego y los insectos. Se dispuso a levantar pequeñas y ligeras barreras que construía rápidamente, y que el vampiro tardaría en destruir. En esos momentos los minutos contaban. Cada segundo que consiguiera retrasar al viejo vampiro, aumentaba las posibilidades de Mikhail y Falcon de alcanzarlo.

He estado en muchas batallas, aunque es la primera vez que me en-
cuentro con un vampiro tan decidido a atravesar unas salvaguardas tan
evidentes. Jacques envió la información a su hermano. *Sabe que es la casa*
del príncipe, y que las mujeres están protegidas por más de un hombre.
Aun así insiste en atacar. Creo que tenemos que esconder a las mujeres
más profundamente bajo tierra y que te deberías mantener apartado has-
ta que el enemigo sea derrotado.

¿Y qué pasa con la mujer humana?

El consejo no hizo que Mikhail disminuyera la velocidad. El lobo
seguía corriendo a toda velocidad sin siquiera resoplar, como si fuera una
máquina perfecta de la naturaleza.

La protegeré hasta que llegue su compañero. Derrotaremos juntos a
este vampiro. Mikhail, tú tienes una responsabilidad con nuestro pueblo.
Si Gregori estuviera aquí...

Gregori no está aquí, lo interrumpió Mikhail muy irónico. *Está fuera*
con mi hija faltando a su obligación de proteger a su príncipe.

Su voz sonaba risueña.

Jacques estaba exasperado.

El no muerto es diferente a cualquier cosa contra la que nos hayamos
enfrentado. No se ha acobardado ante nada de lo que he lanzado. Su ata-
que no ha flaqueado en ningún momento.

Parece que este antiguo enemigo está muy seguro de sus capacidades.

La voz de Mikhail ahora parecía ligeramente amenazadora y podía
llegar a convertirse en un arma de destrucción masiva. Jacques reconoció
inmediatamente su tono rotundo. Mikhail iba corriendo tan deprisa por
el bosque que sus patas apenas rozaban el suelo. Sintió la presencia cercana de un segundo lobo. Olió el penetrante olor salvaje de un lobo macho.
Un animal enorme apareció de golpe entre la espesa maleza y se cruzó
delante de él para que se detuviera.

Mikhail se vio obligado a corregir su velocidad para evitar chocarse
contra él. El pesado lobo se contorsionó y se sacudió hasta adquirir la
forma de un hombre. Mikhail también lo hizo.

Falcon observó que el príncipe tenía los ojos pensativos y cautelosos.

—Creo que sería prudente que intercambiáramos sangre. La capacidad
de comunicarnos en privado nos puede ser útil en nuestra próxima batalla.

Mikhail asintió, pues estaba de acuerdo y cogió la muñeca que Falcon le ofreció mostrando su compromiso con el príncipe. A partir de ese momento Mikhail siempre iba a saber dónde estaba Falcon, y lo que estaba haciendo. Bebió la suficiente sangre para hacer el intercambio y tranquilamente le ofreció su propio brazo.

Hacía muchos siglos que Falcon no bebía la sangre de un carpatiano antiguo, y cuando lo hizo corrió por su cuerpo como una bola de fuego que le proporcionó una ráfaga de fuerza y energía. Amablemente le cerró los agujeritos e inspeccionó al hijo de Vladimir.

—Sabéis que no os podéis poner en peligro. Se me ha ocurrido que tal vez seáis el objetivo principal. Si sois asesinado por esta criatura, nuestro pueblo se sumirá en el caos. El vampiro podría aprovechar su oportunidad para conseguir el control absoluto del mundo. Lo mejor es que luchéis en la última línea de la defensa. Vuestro hermano y yo destruiremos al vampiro.

Mikhail suspiró.

—He tenido esta conversación con Jacques y no me importa repetirla. He luchado en incontables batallas y mi compañera está en peligro, así como la gente de nuestra especie. Todos son mis amigos y están bajo mi protección.

Su forma ya comenzaba a cambiar.

—Entonces no me dejáis más elección que ofreceros mi protección, ya que vuestro lugarteniente no está presente —dijo con la voz un poco crispada.

Enseguida su cuerpo se contorsionó, saltó al aire y se dobló cuando sus manos y sus pies se convirtieron en garras.

—Gregori está en Estados Unidos reuniéndose con su compañera.

Fue suficiente, una reprimenda y una advertencia.

Falcon no estaba intimidado. Era un viejo carpatiano de un linaje antiguo y sagrado que tenía inculcado el sentido de la lealtad y el deber. Tenía obligaciones ante su príncipe; el honor le exigía proteger al coste que fuera a ese hombre para que no sufriera ningún daño.

Volvieron a correr fluidamente muy rápido, saltaron los obstáculos y atravesaron disparados la maleza del monte bajo. Iban en silencio y muy serios. Llovían insectos y la neblina se había espesado hasta convertirse en un banco de niebla que caía pesado y amenazante sobre el suelo. Los lobos confiaban en su agudo sentido del olfato para cuando les fuera casi imposible poder ver.

Saltaron precipitadamente a un claro al borde del bosque y aparecieron de repente montones de tentáculos. Eran unos retorcidos apéndices que se arrastraban en busca de su presa. Los dos lobos saltaron directamente al aire para evitar los tentáculos que querían agarrarlos, bailaron alrededor de unas enormes espinas y tuvieron que detenerse de golpe delante de unas enormes puertas dobles de hierro forjado.

Falcon dobló delante de Mikhail para interponerse entre el príncipe y un hombre alto y elegante que apareció ante ellos. Pero enseguida su cabeza adquirió la forma de una cuña, sus ojos se pusieron rojos y le salieron escamas. Abrió la boca todo lo que pudo y enseñó una fila de dientes afilados como cuchillos. La criatura rugió y lanzó una feroz llama que atravesó la espesa niebla y fue derecha hacia ellos.

Jacques salió a toda prisa de la casa, corrió hasta la puerta y saltó por encima para aterrizar en el lugar donde había estado el no muerto. Gracias a su velocidad sobrenatural, el vampiro se dio la vuelta y quedó fuera de su alcance. Pero lanzó al aire de la noche una horrible mezcla emponzoñada de sonido y veneno. Un vapor que al principio era verde, pero que después se volvió negro, giró alrededor de su cuerpo sólido. De pronto se produjo un estallido y todo se llenó de un olor pestilente. El vapor se disolvió en cientos de gotas de agua que gracias al viento formaron una nube perversa.

Los cazadores se tuvieron que abrir camino a través del espeso fango. Falcon murmuró algo suavemente y sus manos dibujaron un intrincado patrón. De pronto el aire se llenó de una extraña blancura fosforescente. El rastro que había dejado el no muerto era fácilmente visible, pues dejaba manchas oscuras en el blanco resplandeciente. Falcon se metió entre las nubes. Una tarea bastante difícil, ya que el aire era espeso y pestilente. Las manchas de diseminaron en el cielo en forma de pequeños puntos que se desperdigaban en todas las direcciones dejando una estela. Eran como cometas oscuros que atravesaban el cielo nocturno.

El vampiro solo podía ir en una dirección, pero las manchas se dispersaban por todas partes, hacia todos los puntos cardinales, hacia el pueblo, por encima del bosque, a lo largo de las crestas de las montañas, y hacia arriba, donde formaban una especie de torre repugnante desde la cual caían a tierra como si fueran una lluvia ácida.

En el suelo las ratas y los insectos se retiraron, los muros de espinas se movieron y se cayeron, y los tentáculos desparecieron por debajo de la tierra. Cerca de la esquina de la verja una enorme rata llevaba un buen rato mirando la casa malevolentemente. El roedor enseñó los dientes, escupió hacia la verja, se volvió y escapó. El hierro forjado chisporroteó y soltó humo. La saliva había corroído el metal y había dejado un pequeño agujero negro.

Mikhail hizo una llamada a todos los carpatianos del lugar para que vigilaran a la gente de la aldea. Iban a intentar cortar la fuente de sustento del vampiro. Si toda la región estaba alertada, podrían encontrar rápidamente la guarida del no muerto. Hizo una señal a los otros dos cazadores para que regresaran a la casa. Cazar al vampiro cuando no tenían un rastro claro no iba a servir para nada. Se tenían que reagrupar y preparar un plan de ataque.

—Es un auténtico vampiro antiguo —dijo Jacques mientras recuperaba su verdadera forma en el porche de la casa del príncipe—. Es más poderoso que ninguno con el que me haya cruzado.

—Vuestro padre envió a muchos guerreros. Algunos están vivos, otros prefirieron esperar el amanecer, y los demás se convirtieron en vampiros —afirmó Falcon—. Y no hay duda de que este ha aprendido mucho a lo largo de los años. Pero ha tenido quince años para atrapar a Sara, y aun así, siempre se ha escapado. Una humana, una niña. Puede ser derrotado y lo será. —Miró hacia las puertas metálicas—. Ha dejado su señal venenosa. Me fijé cuando entré. Y Jacques, gracias por encontrar a Sara tan rápido y ponerla en lugar seguro. Estoy en deuda contigo.

—Tenemos mucho que aprender el uno del otro —dijo Mikhail— y la desagradable tarea de acabar con el mal, pero Sara debe poder permanecer bajo tierra. Está en una de las cámaras subterráneas. Para que esté protegida lo mejor es que la conviertas inmediatamente.

Los ojos oscuros de Falcon se encontraron con los del príncipe.

—¿Sabéis si eso se puede hacer con seguridad? En mis tiempos nadie intentó nunca hacer algo así, salvo algún no muerto. Los resultados eran aterradores.

Mikhail asintió.

—Si es tu verdadera compañera debe de tener habilidades psíquicas. Se podrá convertir sin peligro, pero sufriendo un enorme dolor. Sabrás instintivamente lo que tienes que hacer por ella. Le tendrás que suministrar sangre. Tienes que usar la mía, pues no tienes tiempo para ir a cazar una presa.

—Y la mía —se ofreció Jacques generosamente—. Tendremos que estar conectados para la batalla que tenemos que librar.

Capítulo 9

Sara esperaba a Falcon en la amplia y hermosa cámara. Había velas por todas partes, y las luces brillantes de las llamas saltaban proyectando sombras en los muros. Estaba sola sentada en el borde de la cama. Las otras mujeres habían sido requeridas por sus compañeros. Dio un salto cuando él apareció. Solo llevaba una camisa de hombre de seda con largas colas que le llegaban casi hasta las rodillas. Un único botón la mantenía cerrada por encima de sus generosos pechos. Era lo más hermoso que él había visto en todos sus siglos de existencia. Cerró la puerta tranquilamente y se apoyó contra ella disfrutando de lo que veía. Estaba viva. Y era real.

Sara lo observaba con el corazón en los ojos.

—Parece que para siempre.

Su voz suave lo atravesó con la fuerza de un huracán, se le aceleró el pulso y se le nublaron los sentidos. Lo estaba esperando con la misma expresión de bienvenida en el rostro. Real. Era real y solo para él.

Extendió una mano hacia ella ansiando tocarla para comprobar que estaba bien y viva, que la curandera había obrado el milagro.

—Nunca más quiero pasar por un terror así. Enclaustrado bajo tierra incapaz de ayudarte.

Sara se acercó a él sin dudarlo. Le tocó la cara con los dedos temblorosos y trazó todos sus amados rasgos, la curva de la boca, las cejas oscuras y la mandíbula con una barba incipiente.

—Pero conseguiste ayudarme. Enviaste a otros para que vinieran por mí, y siempre estuviste conmigo. No estaba sola. Y, además, sabía que ibas a salvar a los niños —dijo con tanto amor en la voz que le robó el corazón.

Falcon inclinó la cabeza para tomar posesión de su tentadora boca. Era como un satén suave y un sueño oscuro del futuro. Estuvo un largo rato besándola una y otra vez disfrutando de la manera cómo se fusionaba para formar parte de él.

¿Estás preparada para ser como yo? ¿Ser carpatiana y seguir a mi lado todo el tiempo?

No lo podía decir en voz alta, pero se lo susurraba íntimamente en la mente. Tenía el corazón paralizado y estaba sin aliento. Esperar. Simplemente tenía que esperar su respuesta.

Eres mi mundo. No creo que pueda soportar estar sin ti.

Le contestó con el sistema que usaba su especie con el fin de tranquilizarlo.

—¿Es lo que quieres, Sara? ¿Soy lo que quieres? Tienes que estar completamente segura... y no es algo fácil. La conversión es dolorosa.

Falcon se aferró a ella posesivamente, pero le había dicho la verdad.

—Estar sin ti es más doloroso. —Sara le pasó los brazos alrededor del cuello. Apretó el cuerpo contra él. Sus suaves pechos se aplastaron contra su tórax amoldándose a su forma—. Quiero esto, Falcon. No tengo dudas. Puede que esté nerviosa, pero no tengo miedo. Quiero pasar mi vida contigo.

Su boca se encontró con la de Falcon, le dio unos besitos en las comisuras y le mordisqueó el labio inferior. Tenía el cuerpo caliente e inquieto y se moría de deseo. Lo besó con fuego, calor y pasión llenándolo de promesas. Estaba completamente entregada, sin reserva alguna.

Falcon bullía por dentro. Durante un instante se produjo una fusión completa, su interior se ablandó y su cuerpo se puso duro. Ella lo abría por dentro como nunca había hecho nada. Nadie nunca había penetrado hasta la armadura que rodeaba su corazón. Había estado frío. Muerto. Pero ahora estaba salvajemente vivo. Su corazón latía enloquecido por el amor que veía en sus ojos, el tacto de sus dedos, la generosa bienvenida de su cuerpo y la absoluta confianza que ella le ofrecía, a pesar de que toda la vida había tenido que ser desconfiada.

El beso fue posesivo y exigente. Sentía el cuerpo caliente y ansioso. Acarició suavemente su cintura y deslizó las manos hasta cubrirle los pechos. Su boca era fuego puro, salvaje y caliente, a pesar de la ternura con que acariciaba. Le abrió el único botón que cerraba la camisa y se quedó sin aliento. Dio un paso atrás para contemplar sus pechos lujuriosos y tentadores.

—Eres tan hermosa, Sara. Por completo. Te amo más que a nada en el mundo. Espero que lo sepas. Espero que leas mi mente y comprendas que eres mi vida.

Trazó con los dedos un camino desde el valle que le separaba los pechos hasta el ombligo. Su cuerpo reaccionó con un intenso deseo de liberarse. Y lo iba a permitir.

Sara observó sonriente cómo cambiaban sus ojos y su cuerpo. No sintió miedo ante una reacción tan salvaje. Lo deseaba. Deseaba que enloqueciera por ella. Le desabotonó la camisa y se la sacó por los hombros. Se inclinó hacia adelante y le dejó una fila de besos sobre sus fuertes pectorales, y deslizó la lengua alrededor de uno de sus pezones. Miró hacia arriba sonriente mientras restregaba la mano sobre el bulto de los pantalones, y liberaba hábilmente el miembro de sus apretados confines. Lo rodeó con la mano y simplemente lo sostuvo un momento disfrutando de la libertad de poder explorar su cuerpo. Después enganchó los pulgares en la cinturilla de los pantalones para bajárselos.

—Creo que eres muy guapo, Falcon —reconoció—. Y sé que te quiero.

Falcon le pasó un brazo por la cintura para atraerla hacia él y besarla de una manera agresiva, exigente y un poco primitiva. Sara le devolvía beso por beso. Él movía las manos por todo su cuerpo; igual que ella. Deslizó la palma de la mano por el estómago deseando sentir vida, su propio hijo que se desarrollaría ahí dentro. Quería todo al mismo tiempo: ella, un hijo, una familia, todo lo que nunca había tenido. Todo lo que había creído que nunca iba a tener. Finalmente, hundió los dedos en la mata de rizos de su entrepierna y, mientras seguía devorándole la boca, sintió su acogedora calidez.

—Sé que debería ir más lentamente —consiguió decir.

—No hace falta —respondió Sara sintiendo la misma sensación de urgencia salvaje.

Lo necesitaba. Lo quería. Deseaba que se enterrara profundamente en ella y se fusionaran las dos mitades en una sola.

Las sombras que arrojaban las velas parpadeantes bailaban en los muros y proyectaban un ligero brillo en la cara de Sara. Falcon levantó la cabeza y lentamente, y con mucho cuidado, le introdujo un par de dedos en la vagina. Quería ver la sensación de placer que mostraban sus ojos. Ella no le escondía nada, ni sus pensamientos, ni sus deseos, ni su pasión. Sara jadeó. Su tenso cuerpo se aferraba a sus dedos con gran necesidad de satisfacerse. Se movió contra su mano y cabalgó lenta y eróticamente. Echó la cabeza hacia atrás para dejar expuesta la garganta, así como los pechos, que brillaban tentadores bajo la luz de las velas.

La penetró más profundamente y ella enseguida le respondió con una ráfaga de calor húmedo. Enseguida se inclinó lentamente hacia su cuello, lo lamió con toda calma y le dio unos mordisquitos. No le estaba escondiendo nada, tenía la mente dentro de la de ella, compartían el éxtasis perfecto que estaban viviendo en ese momento, la reacción de su cuerpo y el frenesí de su cálida pasión. En el momento en que los dedos entraron profundamente en su canal femenino, le hundió los colmillos en la garganta. Un gran relámpago incandescente los atravesó, pero el dolor que sintieron dio pie a un fuego erótico. Ella estaba caliente y cariñosa, e igual de salvaje que él. Falcon tuvo que tener mucho cuidado para mantener su apetito controlado, y bebió solo la sangre necesaria para hacer un intercambio. Retiró la boca de su garganta después de lamerla para aliviarle el dolor; la levantó con el brazo que tenía alrededor de la cintura y la llevó a la cama. Todo el tiempo iba deslizando sus dedos hacia dentro y hacia afuera, y su boca se fundía con la de ella. Estaban sintiendo un placer enorme que se extendía por los dos como un fuego salvaje.

Ella pensaba que iba a encontrar desagradable que bebiera su sangre, pero era algo erótico y maravilloso, casi como si Falcon le hubiera quitado un velo de la mente y la hubiera atrapado en una pasión oscura. Como compartía la mente, sabía que no era sí. También había compartido el intenso placer que Falcon había sentido al hacerlo, y eso le daba valor.

—No es suficiente, Falcon. Quiero más, quiero que entres en mi cuerpo, quiero que estemos juntos —le dijo casi sin aliento pegada a sus labios mientras deslizaba las manos por su cuerpo trazando cada músculo, y animaba a sus caderas para que se pegaran a las de ella.

Falcon le beso la garganta, los pechos, hizo que su lengua revoloteara por sus pezones, sus costillas y alrededor de su ombligo. Sara jadeaba y levantaba el cuerpo. Mientras él la iba catando, ella se agarraba con fuerza a su pelo. La tremenda intensidad del placer que sentía hacía que temblara. Falcon podía transportarla a otros mundos, lugares llenos de belleza, emoción y éxtasis físico.

Entonces se situó sobre ella. Era un hombre guapo y oscuro con una larga y salvaje cabellera negra, y unos ojos cautivadores. Se quedó en equilibrio unos segundos y rápidamente empujó hacia adelante e hizo que quedaran unidos, tal como estaban destinados a estar. La penetró profundamente y su cuerpo se apoderó de ella. Cuando comenzó a moverse le hizo sentir ráfagas de calor y fuego. Ella levantó su cuerpo con unas ganas enormes de tocarlo, de sentirlo profundamente. Estaba aferrada a él con todas sus fuerzas para poder lanzarse a alcanzar la escurridiza perfección del clímax.

Sara jadeó cuando Falcon comenzó a moverse con más fuerza. La feroz fricción apretó todos los músculos de su cuerpo y llevó a todas sus células a un éxtasis salvaje. Él hacía que sus mentes estuvieran tan fusionadas como sus cuerpos. Ella sentía su placer, y Falcon el de ella. Cuerpo, mente y corazón fusionados en un baile intemporal de alegría y amor. Se elevaron vertiginosamente, explotaron y se fragmentaron. Su feroz liberación sacudió la tierra. Estaban aferrados el uno al otro, y sus corazones palpitantes compartían su alegría.

Falcon la cogió con fuerza, enterró la cara en su cuello, le susurró unas estimulantes palabras de amor y desenredó sus cuerpos de muy mala gana.

Se quedaron juntos en la cama… esperando. El corazón de Sara palpitaba con fuerza y tenía la respiración acelerada, pero intentaba fingir valientemente que todo era perfectamente normal. Que todo su mundo no estaba a punto de cambiar para el resto de la eternidad.

Falcon la cogió con sus fuertes brazos deseando darle confianza, aunque con tanta necesidad como ella de estar juntos.

—¿Sabes por qué escribí el diario? —Le besó la sien e inhaló su aroma—. Mil años atrás surgieron de mí esas palabras cuando ya no podía sentir nada y no veía más que imágenes grises. Las emociones y las palabras me quemaban el alma. Sentí que necesitaba plasmarlo para poder recordar siempre la intensidad de mis sentimientos hacia mi compañera. Para ti, Sara, pues incluso entonces, mil años antes de que nacieras, sentí tu presencia en mi alma. No eras más que un pequeño parpadeo al que tenía que iluminar el camino. —La besó dulce y tiernamente—. Imagino que esto no tiene mucho sentido. Pero te sentí dentro de mí y tuve que contarte lo mucho que me importabas.

—Esas palabras me salvaron la vida, Falcon. No hubiera sobrevivido sin tu diario.

Sara se inclinó hacia él. Iba a sobrevivir a esto también. Era fuerte y lo veía muy claro.

—Tiemblo solo de pensar en el problema que le deben estar dando los niños a ese pobre extraño al que le han pedido ayuda —bromeó Falcon deseando verla reír.

Sara le mordisqueó la garganta.

—¿Cuánto tardaremos en tener a los niños en una casa de verdad? ¿En nuestro hogar?

—Creo que lo arreglaremos muy rápidamente —le aseguró Falcon mientras deslizaba los dedos por su cabello fuerte y sedoso. Le encantaba la sensación que le provocaba su cabellera negra—. Lo más maravilloso de nuestro pueblo es que la gente siempre está dispuesta a compartir lo que tiene. Tengo guardadas joyas y oro. Voy a entregárselas a Mikhail para que ayude a nuestra gente en lo que sea necesario, pero le podemos pedir una casa.

—Una casa grande. Siete niños necesitan una gran casa.

—Y muchos empleados. Vamos a tener que encontrar a alguien en quien confiemos para que atienda a los niños durante el día —señaló Falcon—. Estoy seguro de que Raven y Shea deben conocer a la persona más indicada para hacerlo. Los niños tienen necesidades muy especiales. Tendremos que ayudarlos…

Sara volvió la cabeza y lo miró frunciendo el ceño.

—Te refieres a manipularlos.

Falcon se encogió de hombros sin perturbarse por el enfado de Sara.

—Es nuestra manera de vivir en este mundo. Tenemos que proteger a aquellos que nos proporcionan sustento, o vivirían aterrorizados. Si los funcionarios no quieren entregarnos a esos niños fácilmente, podrán ser persuadidos de otra manera. Será necesario hacerlo para que los niños no sientan miedo, puedan acostumbrarse a su entorno y acepten mejor una nueva forma de vida. Es un don muy útil, Sara, y dependemos de él para evitar que nuestra especie sea descubierta.

—Los niños quieren vivir conmigo. Lo hemos discutido en muchas ocasiones. Me los hubiera llevado a mi casa inmediatamente, pero sabía que el vampiro finalmente vendría. Estaba intentando establecer una casa segura para ellos, un refugio donde pudiera verlos sin ponerlos en peligro. Pero los funcionarios siempre me pusieron impedimentos, principalmente para cobrar más dinero. Pero los niños sabían que lo estaba intentando. Creían en mí y no tenían miedo de tener una nueva vida.

—No podrás estar con ellos durante el día, Sara. Tenemos que asegurarnos de que confíen en los humanos de los que dependeremos para que los cuiden durante esas horas.

Justo entonces una oleada de fuego atravesó el cuerpo de Sara. Se puso una mano en el estómago, volvió la cabeza y observó su mirada ensombrecida. Falcon le cogió las manos.

Se inclinó para disculparse con un beso que mostraba que estaba triste.

—Compartiré tu dolor si puedo —le susurró pegado a su piel mientras su cuerpo temblaba junto a ella.

Sara cogió su mano y entrelazó los dedos. Ardía peligrosamente por dentro.

—Está bien, Falcon. Sabíamos que iba a ser así. —Quería darle confianza a pesar de que se le estaba tensando cada músculo y su cuerpo temblaba de dolor—. Puedo hacerlo. Quiero hacerlo.

No permitió que nada más entrara en su mente. No quería tener miedo. No quería aterrorizarse. No tenía lugar, solo cabía que creía firmemente en él, en ellos dos. En su decisión. Una convulsión levantó su cuerpo y rápidamente cayó de golpe. Sara intentó alejarse de él, y se arrastró para intentar apartarlo.

Falcon la agarró manteniendo su mente firmemente atrincherada en la de ella.

Juntos, piccola. *Estamos juntos en esto.*

Sentía el dolor que atravesaba el cuerpo de Sara. Respiró hondo y acompasadamente para hacerlo por ambos y poder protegerla de la mejor manera posible. Quería y necesitaba quitarle el dolor, sin embargo, a pesar de su gran fuerza y todos sus poderes, no podía aliviar el terrible fuego que quemaba sus órganos en su proceso de transformación. Solo podía cargar con parte del terrible dolor para poder compartir su sufrimiento. La sujetó mientras su cuerpo se liberaba de sus toxinas. En ningún momento detectó ni un instante en que lo culpara de algo, o dudara de haber decidido unirse a él.

Para Falcon el tiempo estaba pasando muy lentamente, le parecía eterno, por lo que se obligó a serenar su mente decidido a estar tan resignado como Sara. Decidido a ser todo lo que ella necesitara, incluso si lo único que pudiera hacer fuera simplemente creer que todo se iba a resolver perfectamente. Durante los siglos de su existencia se había mezclado con humanos y había visto extraordinarios momentos de valentía, pero el inalterable valor de Sara lo sorprendía. Compartió con ella la admiración que le profesaba, su convencimiento de que conseguiría sortear las oleadas de dolor, así como las convulsiones que se habían apoderado de su cuerpo. Ella vivía cada momento por separado e intentaba darle confianza cuando los estertores disminuían, aunque la dejaran sin energías y exhausta.

De pronto le sonrió y le susurró algo. Falcon no pudo oír lo que le decía a pesar de su fenomenal oído.

Tener un bebé va a ser como comerse un pastelito después de esto.

El humor irónico de su suave voz acarició las paredes de la mente de Falcon, que tuvo que apartar la cara para que no viera que tenía los ojos llenos lágrimas como prueba de su profundo compromiso.

En el momento en que supo que era seguro hacerla dormir, le dio la orden para que lo hiciera y abrió la tierra para hacer que sus propiedades curativas la ayudaran. El suelo de los Cárpatos, más que ningún otro, rejuvenecía y curaba a su gente, y podían usar todo el que hubiera disponible como había visto hacer durante siglos. Había olvidado la reconfortante riqueza del suelo de su tierra natal. Falcon ordenó el dormitorio cuidadosamente y limpió cualquier resto de Sara, o de su conversión. Tardó un buen rato. Confiaba en que los otros dos carpatianos iban a estar atentos y vigilantes ante cualquier ataque del viejo vampiro. Había pasado muchísimo tiempo desde la última vez que había estado en casa, desde que había sentido el consuelo de estar con su propia gente y el lujo de poder depender de los demás.

Entonces tomó el alimento que le había ofrecido Jacques, de nuevo agradecido de poder beber una sangre poderosa proporcionada por un antiguo carpatiano de un importante linaje. Descansó una hora bajo tierra abrazando con fuerza a Sara.

Cuando estuvo seguro de que Sara estaba completamente curada, la sacó a la superficie, y la acostó cuidadosamente en la cama. Estiró su cuerpo desnudo, limpio y fresco, y lo rodeó de velas encendidas que soltaban un aroma relajante y curativo. El corazón le latía con fuerza y tenía la boca seca.

Sara. Mi vida. Mi corazón y mi alma. Despierta y ven conmigo.

Inclinó la cabeza para atrapar su primer aliento como carpatiana. Su otra mitad.

Sara se despertó en un mundo diferente. Los intensos detalles, los olores y los sonidos eran difíciles de asimilar. Se aferró a Falcon acoplando su cuerpo con toda confianza al de él. Ambos podían oír cómo le latía el corazón frenéticamente.

Falcon le besó la coronilla y restregó la barbilla contra su cabello sedoso.

—Tranquila, amor mío. Ya está hecho. Respira conmigo. Deja que tu corazón siga el ritmo del mío.

Sara podía oírlo todo. Todo. Los insectos. El murmullo de las voces en la noche. El suave y trepidante vuelo de un búho. El crujido de los roedores que estaban en la vegetación cercana. Por más que estuviera metida profundamente bajo tierra, en una cámara de piedra con anchos muros. Si podía oírlo todo, también lo debía poder hacer toda la gente de su especie.

Falcon sonrió y le enseñó sus dientes inmaculadamente blancos.

—Es verdad, Sara —aceptó Falcon, que supervisaba fácilmente sus pensamientos—. Aprendemos a ser discretos desde muy jóvenes y a desconectarnos de lo que no son nuestros asuntos. Se convierte en una segunda naturaleza. Tú y yo hemos estado solos durante mucho tiempo; y ahora volvemos a ser parte de algo. El ajuste tarda un tiempo, pero a partir de ahora la vida va a ser como un emocionante viaje en el que siempre estarás a mi lado.

Ella se rio suavemente apoyada en sus hombros.

—Incluso antes de convertirme ya te podía leer como un libro. Deja de temer por mí. Soy fuerte, Falcon. Hace quince años que tomé la decisión de que eres mi vida. Lo eres todo para mí. Estabas conmigo en mis sueños y eras mi amante oscuro, mi amigo y mi confidente. Me acompañaste en mis horas más oscuras, cuando todo era deprimente y desesperanzado, y no tenía a nadie más. Cada día y cada noche has estado en mi corazón y en mi mente. Te conozco. Solo he podido vivir gracias a tus palabras. Nunca hubiera sobrevivido sin tu diario. De verdad, Falcon. Conoces mi mente y sabes que te estoy diciendo la verdad. No tengo miedo de vivir contigo. Quiero hacerlo. Quiero estar contigo.

Falcon sintió que le estaba dando una lección de humildad con su tremenda generosidad. Le estaba entregando un verdadero regalo. Le respondió de la única manera que pudo, un beso tierno y amoroso, y mostrándole con su cuerpo la profunda emoción que sentía y no podía expresar con palabras.

—Todavía no me puedo creer que te haya encontrado —le susurró cariñosamente.

Sara le pasó los brazos alrededor del cuello y sus suaves pechos se aplastaron contra su pecho. Movió las piernas incitantemente deseando que volviera a enterrarse profundamente en ella. Deseando el ancla de seguridad que le ofrecía su fuerza.

—Todavía no me puedo creer que seas real y no una fantasía, el amante soñado que inventé a partir de una visión.

Falcon sabía lo que ella necesitaba. Y a él le hacía falta el mismo consuelo. Sara. Su Sara. La que nunca había temido presentarse vulnerable ante él. La que nunca había tenido miedo de enseñarle sus deseos. Su cuerpo era cálido y acogedor, su cielo, su refugio, un lugar para la intimidad y el éxtasis. El mundo había desaparecido a lo lejos. Solo existían las velas parpadeantes y las sábanas de seda. Solo sus cuerpos y sus largas y pausadas exploraciones. Se extasiaron de placer y dieron rienda suelta a todas sus fantasías.

Mucho, mucho después, Falcon estaba acostado en la cama con la cabeza en el regazo de Sara disfrutando de la sensación del aire fresco que rozaba su cuerpo, y de que sus dedos jugaran con su pelo.

—No me puedo mover.

Ella se rio suavemente.

—No te tienes que mover. Me gusta que estés así.

Falcon le sopló en broma aire cálido en los muslos y ella se quedó sin aliento, con la respiración atascada en la garganta. Todo su cuerpo reaccionó intensamente. Estaba tan sensibilizado por sus sucesivos encuentros sexuales, que pensaba que nunca se iba a recuperar.

—Ah, pero lo haré, amor mío. Tengo que cazar a nuestro enemigo. Sin duda está cerca y debe estar con muchas ganas de terminar su trabajo y dejar estas montañas. No puede permitirse pasar demasiado tiempo aquí. —Falcon suspiró—. Hay demasiados cazadores en esta zona y querrá irse lo antes posible. Mientras esté vivo, ni los niños ni tú estaréis a salvo.

Volvió la cabeza ligeramente para acariciar la parte interna de su muslo con la lengua y al hacerlo deslizó su cabellera por su piel. Ella rápidamente reaccionó, su corazón palpitó con fuerza, y se volvió a encender.

—Deja de intentar distraerme —dijo ella.

Falcon la había rodeado con un brazo y le estaba masajeando insistentemente las nalgas. La distraía tanto que ella prácticamente era incapaz de tener ningún pensamiento racional.

—Y todo este tiempo pensaba que eras tú la que me estabas distrayendo a mí —dijo riéndose con la voz melódica, y deliberadamente deslizó un dedo en su zona más húmeda—. Eres increíblemente caliente, Sara. ¿Has entrado en mi mente mientras hacemos el amor? ¿Has sentido lo fuerte que te aferras a mí? ¿La manera cómo me hace sentir tu cuerpo cuando me rodea con su calor? ¿Tu fuego? —Le metió dos dedos y le hizo una caricia larga y lenta—. ¿La manera en que me agarran tus músculos? —Soltó el aire lentamente—. La manera que tienes de mirar. —Le cogió los dedos y se los llevó a la boca—. Tu sabor.

El cuerpo de Sara volvió a cobrar vida cuando observó cómo se metía sus dedos en la boca como si fuera a devorarla de nuevo. Falcon sonrió sabiendo exactamente lo que le iba a hacer. Sara se rio suavemente muy feliz y despreocupada.

—Si volvemos a hacer el amor estoy segura de que voy a estallar en mil pedazos. Y tú, si me tocas una vez más, querido loco, no estarás lo suficientemente en forma como para cazar vampiros. Si estás decidido a hacerlo, te tienes que portar bien.

Falcon besó el interior de uno de sus muslos.

—Pensaba que me estaba portando muy bien.

Ella le acarició el pelo.

—Creo que me necesitas para cazar al vampiro. Para llevarlo directamente hasta ti.

Falcon se levantó de golpe con su negra mirada muy cautelosa.

—Quédate aquí donde sé que estás perfectamente segura.

—No soy de las que se esconden, Falcon, pensaba que a estas alturas lo sabrías. Esperaba que colaboráramos y no estoy dispuesta a conformarme con menos —dijo firmemente.

Él estudió su cara un largo rato y estiró un brazo para trazar la forma de sus pechos. El ligerísimo roce le provocó un estertor en todo el cuerpo.

—Esperaba que colaboráramos, Sara —respondió honestamente—. Pero no has comprendido del todo lo que ocurriría si algo te hace daño.

Sara se rio y sus ojos de pronto resplandecieron como si fueran piedras preciosas.

—No creo que hayas comprendido del todo lo que ocurriría si algo te hace daño a ti.

—Soy un cazador, Sara. Por favor, confía en lo que pienso respecto a esto.

—Confío en tu buen juicio sobre todas las cosas, pero esto está muy sesgado en este momento ¿verdad? No tiene sentido que no uses a la única persona que lo haría salir abiertamente. Sabes que si me ha estado persiguiendo desde hace quince años, no va a dejar de hacerlo. Falcon —le puso una mano en el pecho y se acercó a él para besarle la barbilla—, se presentará en persona si piensa que tiene buenas posibilidades de atraparme. Si no me usas como cebo, todo el mundo seguirá estando en peligro. Nuestros niños están aterrados, y los está cuidando un absoluto extraño. Esta gente ha sido muy buena con nosotros; no quiero que ni ellos ni los aldeanos de los alrededores tengan problemas. —Se pasó una mano por su corto cabello negro—. Sé que puedo hacer que salga al exterior. Tengo que intentarlo. No puedo ser responsable de más muertes. Cada vez que me sigue a una ciudad y leo en los periódicos que ha aparecido un asesino en serie, siento como si yo lo hubiera llevado allí. Déjame hacerlo, Falcon. No te pongas tan testarudo e intimidador. Sé que entiendes por qué tengo que hacerlo.

Los duros rasgos de Falcon se suavizaron. Su boca perfectamente esculpida se curvó para formar una sonrisa. Enmarcó la cara de Sara con las manos, e inclinó la cabeza para besarla.

—Sara, eres un genio. —La volvió a besar. Lentamente. A fondo—. Esto es exactamente lo que haremos. Te usaremos como cebo y atraparemos nosotros mismos al viejo vampiro.

Sara levantó una ceja sin confiar demasiado en la sonrisa que apareció de pronto en la cara de Falcon.

Capítulo *10*

Sara estaba sentada en una roca, tenía una mano metida en el pequeño estanque y miraba el cielo nocturno. Las nubes cargadas y oscuras tapaban las estrellas, pero la luna todavía intentaba brillar valientemente. Se movían de un lado a otro del bosque volutas blancas de niebla, que le daban a la noche un aspecto fantasmagórico. Un búho, que estaba sentado en una de las ramas altas de uno de los árboles que tenía a su izquierda, permanecía completamente quieto muy atento a cada movimiento que se producía en el bosque. Varios murciélagos daban vueltas de un lado a otro por encima de su cabeza. De vez en cuando se lanzaban a toda velocidad para atrapar a los diversos insectos que volaban en el aire. Un roedor que pretendía alimentarse se escabulló entre las hojas y atrajo la atención del búho.

Sara llevaba un tiempo allí. Lo único que hacía era respirar el aire de la noche. Su perfume favorito se mezclaba con su aroma natural, y ambos olores se extendían por el bosque. Los animales salvajes eran muy conscientes de su presencia. Sara se levantó lentamente y se dirigió a la casa. Unas extrañas flores nocturnas captaron su atención, y se detuvo a examinar una de ellas. La brisa se extendió a través del bosque, y por encima de los árboles, su fresco aroma mezclado con el fragante olor de las flores. Un zorro olisqueó el aire, se estremeció y se metió entre los densos matorrales que estaban cerca de la roca donde había estado la humana.

Sara oyó un suave sonido en la vegetación cerca de sus pies. Se quedó inmóvil y vio a una enorme rata que se alimentaba en los arbustos muy cerca de ella. Demasiado cerca de ella. Entre ella y la casa. Se apartó del roedor y volvió hacia el bosque. Miró una roca y calculó su altura. Los vampiros eran una cosa, y las ratas otra muy distinta. Era un poco aprensiva con esos roedores.

Cuando se dio la vuelta se encontró con que un hombre la observaba. Alto. Muy delgado. Tenía la piel gris y una larga cabellera blanca. El vampiro la estaba mirando fijamente con sus ojos con el borde rojo. Estaban cargados de odio y de rabia. No pretendía fingir que eran amigos. Su amarga animosidad se reflejaba en cada una de las profundas arrugas que le estragaban el rostro.

—Después de todos estos años malgastados al fin te tengo. Me has costado más de lo que nunca podrás imaginar. Mujer estúpida y lamentable. Es ridículo que alguien tan insignificante como tú haya sido un incordio tan grande. Me parece indignante.

Sara se alejó de él y regresó de espaldas por el camino por el que había venido, hasta que sus piernas chocaron contra la roca. Con gran dignidad se sentó en ella y lo observó en silencio; la única señal de miedo que mostraba era que no dejaba de retorcerse los dedos. Este era el monstruo que había asesinado a su familia, había acabado con todos aquellos que quería y, finalmente, le había arrebatado su propia vida. Era este hombre alto y delgado, que tenía las mejillas hundidas y los ojos malvados.

—Tengo un poder casi ilimitado, aunque necesito gusanitos como tú para completar mis estudios. Ahora estás impregnada con el hedor de Falcon. Eso me enferma. —El vampiro se rio burlón y escupió una baba que contaminó el aire—. No pensaste que yo sabía quién era, y que lo había conocido bien en los viejos tiempos. Una marioneta que seguía las órdenes del príncipe. Vladimir vivió largo tiempo con Samantha, pero a nosotros nos envió a vivir solos. Sus hijos se quedaron con él y los protegió. Sin embargo, nosotros tendríamos que morir solos. Decidí no morir, y abracé la vida. Tuve que estudiar mucho. Ha habido otros en mi caso, pero yo seré quien va a gobernarlos a todos. Ahora que te tengo seré como un dios y nada me afectará. El príncipe se inclinará ante mí. Todos los cazadores temblarán cuando me vean.

Sara levantó la cabeza.

—Ya veo. A pesar de que te crees un dios todopoderoso sigues teniendo necesidad de estar conmigo. Llevas quince años persiguiéndome, y aunque soy una esmirriada mujer humana, una niña cuando me conociste, no has sido capaz de atraparme. —El vampiro siseó un sonido horrible y aterrador que anunciaba brutales represalias. Sara frunció el ceño y sus ojos de pronto se llenaron de sabiduría—. Me necesitas para que encuentre algo para ti. Algo que no puedes hacer. Mataste a todos los que amaba, y aun así crees que estaría dispuesta a ayudarte. No pienso hacerlo. Al contrario, voy a destruirte.

—No te imaginas el dolor que te puedo infligir. Las cosas que te puedo hacer. Obtendré un gran placer doblegándote a mi voluntad. No tienes ni idea de lo poderoso que soy. —El vampiro hizo la parodia de una sonrisa y le enseñó sus afilados dientes manchados—. Disfrutaré viéndote sufrir por haber sido como una peste para mí durante tanto tiempo. Tendrás que encontrar la tumba del gran mago y el Libro del Conocimiento, que me dará un poder inconmensurable. He conseguido varias de sus pertenencias, y tú sabrás encontrar dónde está el libro en cuanto toques esos objetos. Los humanos nunca conocen los verdaderos tesoros por lo que son. Los encierran en museos que son muy poco visitados, y nadie puede ver lo que es verdaderamente valioso. Creen que los magos y la magia son simples personajes de cuentos de hadas, y viven en la ignorancia. Los humanos merecen ser gobernados con puño de hierro. No son más que ganado. Solo son presas, alimento para los dioses.

—Tal vez esa sea la impresión que tú tienes de los humanos, pero es falsa. ¿O si no cómo puedo haber estado quince años escapándome de ti? —preguntó Sara suavemente—. No soy tan insignificante como quieres hacerme creer.

—¡Cómo te atreves a burlarte de mí! —susurró el vampiro y los rasgos de su cara se retorcieron de odio mientras miraba cautelosamente a su alrededor—. ¿Cómo es que estás sola? ¿Tus cuidadores son tan ineptos como para permitir que salgas a caminar sin protección alguna?

—¿Por qué piensas que no me están protegiendo? Están todos a mi alrededor —dijo pareciendo muy veraz y sincera.

El vampiro entornó los ojos y señaló hacia ella con un dedo con la uña afilada como una navaja. Si lo hubiera negado se hubiera puesto mucho más receloso. Por eso había delatado a los cazadores rápidamente.

—No juegues con mi paciencia. Ningún cazador carpatiano usaría a su compañera como cebo para hacer una trampa. Te hubiera escondido profundamente bajo tierra como un cobarde, pues sería consciente de que soy demasiado poderoso como para detenerme. —Se rio con un chillido horrible—. Tu propia arrogancia te ha traído la ruina. Has ignorado sus órdenes y has salido a hurtadillas de noche sin su consentimiento. La típica debilidad femenina. No pensáis de manera lógica, siempre os quejáis y os sentís insatisfechas. —Le hizo una señal con el dedo—. Ven conmigo de una vez.

Usaba su mente manipuladora, diseñada para hacer daño, para someter a una enorme presión a su cerebro. Incluso se atrevía a pedirle que le obedeciera.

Sara seguía sentada muy tranquila frunciendo ligeramente su dulce boca. Suspiró y negó con la cabeza.

—Eso nunca ha funcionado conmigo. ¿Por qué lo iba a hacer ahora?

El vampiro maldijo, levantó un brazo y cambió de estrategia. La vibración de su energía tendría que haberlo delatado inmediatamente a los cazadores carpatianos. Se lanzó hacia ella muy decidido. Con pocas zancadas cubrió la corta distancia que los separaba. Su rostro reflejaba la enorme rabia que le había provocado su impertinencia.

Sara permaneció absolutamente quieta mientras observaba cómo se acercaba. El vampiro dobló su alto cuerpo y extendió uno de sus huesudos dedos hacia ella. Sara entró súbitamente en acción, pero desapareció y el puño de Falcon, quien en un instante había recuperado su verdadera forma, golpeó con fuerza la cavidad torácica del no muerto. El vampiro cayó hacia atrás sin creerse lo que estaba ocurriendo. El puño de Falcon apenas había penetrado en su pecho, pero apareció Jacques por encima de ellos. Estaba transformado en un búho. Se lanzó desde la rama y planeó directamente hacia el no muerto con las garras extendidas. El pequeño zorro cambió de estatura y se transformó en el cuerpo alto y elegante de un cazador. Las manos de Mikhail rápidamente le lanzaron un hechizo para impedir que cambiara de forma, o desapareciera.

Presionado desde el aire y atrapado entre los cazadores que le impedían huir, el vampiro lanzó su propio ataque arriesgándolo todo con la esperanza de matar a uno de los carpatianos, y así obligar a los otros dos a hacer una pausa. Reunió cada gramo de energía y conocimientos que poseía, y lanzó un puñetazo contra el codo de Falcon y le rompió el hueso. Después se dio la vuelta y replicó su cuerpo una y otra vez, hasta que consiguió reproducir cientos de clones de sí mismo. La mitad de los clones se dispusieron a atacar usando estacas o lanzas muy afiladas; los otros huyeron en diversas direcciones.

Jacques, que seguía convertido en búho, clavó las garras directamente en la cabeza de un clon, pero no era más que vacío, por lo que se vio obligado a detenerse rápidamente antes de chocar contra el suelo. El aire vibraba de energía, violencia y odio.

Cada uno de los clones que atacaban lanzaba diferentes hechizos. La sangre pulverizada dejaba en el aire una estela de un tóxico color carmesí. La mente de Falcon reprimió el dolor que le producía el codo roto y evaluó la situación en una fracción de segundo. Era todo lo que tenía. Y todo lo que iba a tener. En ese instante pasaron por su cabeza los estériles siglos sombríos que había vivido. Había sido una etapa interminable hasta la aparición de Sara. *Este es mi regalo para ti.* Ella era su vida. Su alma. Su futuro. Pero siempre con honor. Formaba parte de lo que era, de quién era y para lo que vivía. Era un guardián de su pueblo.

Ella estaba allí con él. Su Sara. Había comprendido que él no tenía otra elección. No podía ser de otra manera. Sin lamentarlo, Falcon interpuso su cuerpo entre su príncipe y el vampiro que intentaba asesinarlo. Una multitud de lanzas muy afiladas se clavaron en su cuerpo hasta que lo dejaron sin aliento y su fuerza vital comenzó a derramarse por el suelo formando un oscuro reguero. Pero mientras estaba cayendo, estiró los brazos y dio un gran golpe con las manos abiertas en la fuente escarlata que manaba del pecho del vampiro, y le dejó impresas sus huellas como si fueran señales de neón que servirían de blanco para los otros cazadores.

Sara, que estaba compartiendo la mente de Falcon, reaccionó con calma, pues sabía lo que tenía que hacer. Había hecho buen uso de los conocimientos de Falcon. En un instante cerró el corazón y los pulmones de su compañero, para que yaciera quieto como un muerto en el campo de batalla. Se concentró y lo aferró a ella. Era como una tenue luz parpadeante que quería terminar con sus padecimientos. No tenía tiempo para sentir pena, ni para sus emociones. Lo aferró a ella con la misma feroz determinación que tenían los mejores guerreros carpatianos. Mientras tanto seguía librándose una batalla a su alrededor.

Mikhail vio caer al viejo guerrero con el cuerpo completamente agujereado. El príncipe ya estaba en movimiento rompiendo las lanzas como si fueran cerillas y siguió avanzando mientras daba instrucciones a Jacques con la mente. Los clones intentaron reagruparse para lanzar su olor a los cazadores, pero ya era demasiado tarde. El vampiro se había delatado al atacar a Falcon, y Mikhail se había aferrado a las marcas que este le había dejado. Eran tan seguras como huellas dactilares.

El no muerto rugía de odio y chillaba de furia, pero el hechizo había hecho efecto. No podía cambiar de forma y ya era demasiado tarde. El príncipe le enterró el puño profundamente en el pecho siguiendo el retorcido camino que le había señalado el guerrero antiguo. Jacques le agarró la cabeza y se la rebanó limpiamente como táctica dilatoria para dar tiempo a su hermano hasta que extrajera su tembloroso corazón negro. Entonces cayeron del cielo unos enormes insectos venenosos acompañados de granizo y lluvia.

Mikhail tranquilamente desplegó la carga de energía de las agitadas nubes. El corazón negro había saltado y se arrastraba ciegamente buscando a su dueño. El suelo se llenó de ampollas. El rocío escarlata que se le incrustaba en la piel hizo que también aparecieran en los brazos. La furia del viento los azotaba, se quejaba y murmuraba oscuras represalias. Mikhail continuó denodadamente, hizo una llamada a la naturaleza y lanzó desde el cielo una feroz bola naranja contra el corazón que todavía palpitaba. Cuando al fin se incineró, soltó un olor pestilente y una nube de humo negro.

El cadáver se sacudió y la cabeza rodó con los ojos fijos en el cuerpo inerte de Falcon. Tenía una expresión de odio superior a cualquier cosa que los cazadores hubieran visto. Movió una mano y sus afiladas garras se dirigieron hacia el guerrero caído como si se lo fuera a llevar en su camino hacia la muerte. La bola naranja de energía chocó contra el cuerpo, lo incineró al instante, y después saltó a la cabeza hasta reducirla a finas cenizas.

Jacques asumió la limpieza de la tierra y de su propia piel. Había que borrar los restos de la criatura inmunda que había ido contra la propia naturaleza.

Raven se encontró con su compañero en la puerta, le tocó un brazo, compartió con él su profunda tristeza y le ofreció consuelo y calor.

—Shea ya se ha ido a la cueva curativa para abrir la tierra y llevar las velas que nos harán falta. Jacques ha llevado allí a Falcon. La tierra es muy rica y la ayudará en su trabajo. He convocado a nuestro pueblo para que se unan a nosotros en los cánticos curativos —dijo y enseguida se volvió hacia Sara que se levantó lentamente. Veía la compasión, e incluso la tristeza, que reflejaba el rostro de Raven. Unas lágrimas corrían por sus mejillas. Le tendió ambas manos—. Sara, lo han llevado al mejor lugar posible, un lugar de poder. Shea dice… —Contuvo un sollozo y se metió un puño en la boca a pesar de tener sujetas las manos de Sara—. Tienes que venir ahora mismo a la cueva curativa.

Mikhail dio un paso hacia atrás evitando mirarla a los ojos. Su rostro era granítico, pero Sara sabía lo que estaba pensando. Le toco un brazo un instante para atraer su atención.

—Yo estaba compartiendo su mente cuando tomó la decisión. Fue una decisión consciente, y no dudó en absoluto. No rebajéis su sacrificio sintiéndoos culpable. Falcon creía que sois un gran hombre, y que para él y para vuestro pueblo hubiera sido intolerable que perdierais la vida. Sabía exactamente lo que estaba haciendo, y lo que le iba a costar. Estoy orgullosa de él y de cómo es. Es un hombre honorable y siempre lo ha sido. Apoyé completamente su decisión.

Mikhail asintió.

—Eres la compañera adecuada para un viejo carpatiano tan honorable como Falcon. Gracias por tu amabilidad en un momento tan triste, Sara. Es un privilegio contar contigo como parte de nuestro pueblo. Tenemos que ir con él rápidamente. No has tenido tiempo de acostumbrarte a nuestro modo de vida, pero te pido que me permitas beber tu sangre. La sangre de Falcon corre por mis venas. Tengo que ayudarte a que cambies de forma para que vayas a la cueva curativa.

Lo miró a los ojos firmemente.

—Me honráis, señor.

Los dedos de Raven se aferraron a Sara para acercarla a ella, pero apenas los sentía. Su mente estaba firmemente atrincherada en la de Falcon, aferrándolo a ella, negándose a permitir que se apagara, a pesar de la gravedad de sus heridas. Sintió el pinchazo de los colmillos de Mikhail en la muñeca, y el apretón reconfortante de la mano de Raven. Ya no le importaba nada, salvo esa tenue y lejana luz parpadeante.

Mikhail puso en su mente la imagen de un búho, y ella finalmente sintió que se le aplastaban los huesos. Su cuerpo se retorció y una ráfaga de aire la ayudó a emprender el vuelo. Pero continuó acompañando a Falcon. No se atrevía a soltar la luz que se desvanecía para mirar al mundo que se empequeñecía por debajo mientras volaba en dirección a la cueva curativa.

En las profundidades de la tierra el aire estaba pesado y espeso por el olor de cientos de velas aromáticas. Sara fue hacia donde estaba Falcon y se quedó muy impresionada al ver las terribles heridas de su cuerpo. Tenía la piel pálida, casi traslúcida. El cuerpo de Shea era un cascarón vacío. Sara tenía plena conciencia de que estaba dentro del cuerpo de Falcon reparando valientemente sus enormes daños. El sonido de los cánticos antiguos y los hermosos poemas en un lenguaje que reconocía, pero no conocía, llenaban la cámara. El antiguo idioma de los carpatianos. Sin embargo, los que no estaban presentes, estaban unidos a ellos a través de sus mentes. Continuamente enviaban sus poderes curativos y su energía al guerrero caído.

Sara observó que el príncipe donaba su sangre, tanta que hizo un gesto para que lo dejaran tranquilo cuando vieron que estaba dando mucho más de lo que se podía permitir, y comenzaba a ponerse débil y pálido. Su propio hermano tuvo que obligarlo a recuperar parte de lo que había dado. También vio cómo cada carpatiano, gente desconocida para ella, hacía reverentemente su donación para su compañero rindiéndole una especie de homenaje. Sara sujetó la mano de Falcon y vio que Shea regresaba a su propio cuerpo.

Shea, que se tambaleaba por lo débil que estaba, hizo una señal a los demás para que cubrieran las heridas de Falcon con saliva y la tierra tan rica del lugar. Se alimentó brevemente con la sangre de su compañero, y regresó a su monumental tarea de cerrar y reparar las heridas.

Tardó horas. Fuera de la cueva el sol estaba subiendo, pero ningún carpatiano flaqueaba en su labor. Sara aferraba a Falcon a ella gracias a su fuerza de voluntad. Cuando Shea emergió de su interior se miraron la una a la otra por encima del cuerpo. Estaban completamente agotadas y tenían los ojos brillantes por las lágrimas.

—Tenemos que ponerlo bajo tierra y esperar que lo consiga curar con su magia. Yo ya he hecho todo lo que he podido —dijo Shea muy suave—. Ahora es tu turno, Sara.

Ella asintió.

—Gracias. Tenemos una gran deuda contigo. Tus esfuerzos no han sido en balde. Va a vivir. No voy a permitir que ocurra otra cosa. —Se inclinó hacia su compañero—. No te vas a morir. ¿Me escuchas, Falcon? —preguntó Sara mientras le rodaban unas lágrimas por la cara—. Vas a recuperarte y vivirás por mí. Por los dos. Por nuestros hijos. Te lo exijo —dijo muy feroz completamente convencida.

Se lo había ordenado con el corazón, la mente y el alma. Tocó su amado rostro cariñosamente y trazó sus rasgos exangües.

¿Me oyes?

Sara sintió un mínimo movimiento en la mente. Un calor. Una risa suave y cansada.

¿Cómo podría no escucharte, amor? No puedo más que obedecer.

Era un caserón de piedra grande y amplio rodeado de columnas. El piso de abajo estaba rodeado por una galería, y había un balcón similar en el de arriba. Las vidrieras de las ventanas daban la bienvenida a la luna y eran unas hermosas piezas únicas de artesanía que calmaban el alma. A Sara le gustaba absolutamente todo de ese lugar. Los arbustos demasiado crecidos y los densos grupos de árboles. Las diversas flores que parecían salir por todas partes. Nunca se cansaba de estar sentada en la mecedora del porche contemplando el bosque de alrededor.

A pesar de que habían pasado un montón de meses, todavía le costaba creer que finalmente el vampiro hubiera salido de su vida. Había estado firmemente aferrada a la mente de Falcon cuando se transformó en ella. Sus pensamientos y emociones habían guiado su cuerpo transformado.

Falcon estaba escondido en lo más profundo de su interior, y el vampiro no había podido detectarlo. El plan había funcionado, el vampiro había sido destruido. Había tardado bastante tiempo en despertarse sin sentir miedo. Solo le quedaba esperar que el libro que buscaba el vampiro siguiese manteniéndose oculto, y que no lo pudieran encontrar ni los mortales, ni los inmortales. El hecho de que el no muerto hubiera viajado una distancia tan grande para encontrarlo significaba que era un libro tremendamente poderoso. En manos equivocadas podría traer el desastre, tanto a mortales como a inmortales.

Falcon había contado a Sara que había conocido al vampiro cuando era un joven que todavía estaba creciendo. Vladimir lo había enviado a Egipto, y a Falcon a Italia. En algún momento de sus vidas, Falcon había elegido conservar el honor, pero su amigo de juventud había preferido intentar conseguir el poder máximo. Sara se balanceaba hacia delante y hacia atrás en la mecedora dejando que la paz de la noche apartara los pensamientos desagradables de su mente.

Escuchaba a las empleadas de la casa hablando tranquilamente en la cocina con sus voces reconfortantes. También oía a los niños que estaban en las habitaciones del piso de arriba. Se estaban riendo y cuchicheando mientras se preparaban para meterse en sus camas. Falcon jugaba con ellos y su voz sonaba muy cariñosa. Estalló una guerra de almohadas como ocurría a menudo, casi cada noche.

Eres como un niño pequeño.

Las palabras aparecieron en la mente de Falcon rodeadas de su profundo amor, que siempre lo dejaba sin aliento. A Sara le encantaba que se divirtiera y que disfrutara de las cosas simples que se había perdido en su larga vida. Era muy consciente de que la amaba por eso, y por la manera cómo disfrutaba de cada momento de su existencia, como si cada hora fuera resplandeciente y novedosa.

Estos pequeños granujas me han atacado.

Sara podía ver la imagen de él riéndose, lanzando almohadas en cuanto se las tiraban a él.

Sí, bien, cuando acabéis con vuestra guerra, tu compañera tiene previstas otras actividades para ti.

Sara se recostó en la mecedora y dio unos golpecitos con el pie muy impaciente, aunque tenía una pequeña sonrisa en su dulce boca. Pensó conscientemente en su última fantasía. La piscina que había descubierto en la cascada del acantilado solitario. Sin ropa. Desnuda sobre una roca, estirando los brazos hacia arriba para invitar a la luna. Volviendo la cabeza para sonreír a Falcon que se acercaba a ella. Inclinándose hacia él para atrapar las pequeñas gotas de agua de su pecho, de su vientre, y después mucho más abajo.

El aire brilló un instante y Falcon apareció frente a ella con las manos extendidas y una sonrisa. Sara lo miró y se fijó en su larga cabellera sedosa, y en sus ojos oscuros y cautivadores. Estaba en forma y era guapo, aunque sabía que todavía tenía algunas heridas leves. Pero sobre todo las tenía grabadas en la mente, más que en el cuerpo. Sara fue hacia él, fluyó hacia él y se fusionó en él. Levantó la cara para besarlo consciente de que era capaz de mover la tierra por ella.

—Quiero probar esa piscina que has descubierto —le susurró pícaramente pegado a sus labios.

Acarició su cuerpo de manera cariñosa aunque posesiva.

Sara se rio suavemente.

—Estoy absolutamente convencida de que lo harás.

www.titania.org

Visite nuestro sitio web y descubra cómo ganar
premios leyendo fabulosas historias.

Además, sin salir de su casa, podrá conocer
las últimas novedades de
Susan King, Jo Beverley o Mary Jo Putney,
entre otras excelentes escritoras.

Escoja, sin compromiso y con tranquilidad,
la historia que más le seduzca
leyendo el primer capítulo de cualquier libro
de Titania.

Vote por su libro preferido y envíe su opinión
para informar a otros lectores.

Y mucho más...